ZUI

Zestful Unique Ideal

最世文化

Shanghai ZUI co.,Ltd

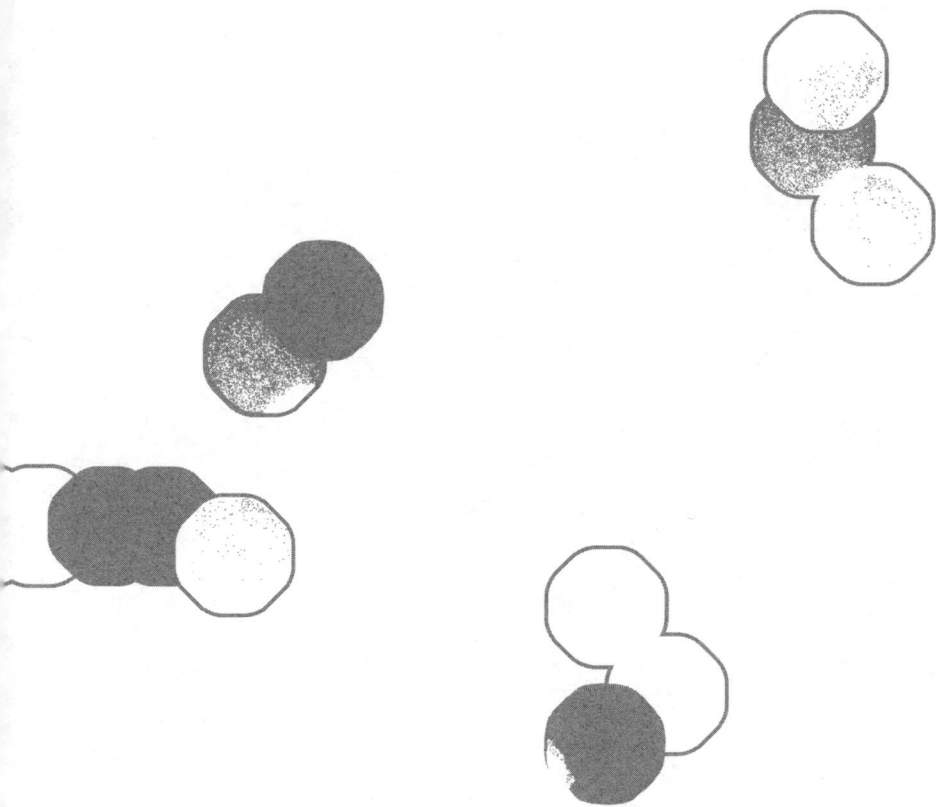

Rush *to the*
Dead Summer

夏至未至

郭敬明 著

C1S 湖南文艺出版社
PUBLISHING & MEDIA HUNAN LITERATURE AND ART PUBLISHING HOUSE 博集天卷
CS-BOOKY

那些男孩，教会我成长。
那些女孩，教会我爱。

我们要爱了，才会知道这就是爱。

我们也要恨了，才知道，恨也是因为爱。

夏之纪年

文 / 郭敬明

2006 年的夏天，我重新改写《夏至未至》。

时光又退回到 2004 年的夏天。

上海的白光依然泛滥滔天。

连续几日的高温让人觉得夏天永远都不会结束了。

可还是有一些情绪缓慢地生长在心里，那是 2004 年夏天再也无法重回的心境。

有些情绪，只能发生在我们最透明的少年时代。那时头顶的蓝天永远是一张寂寞的脸，浮云将一些渲染上悲伤的釉质，在天空里发着光。

那些光芒将我们这些平凡的男生女生，照耀成将来的传奇。

在完成《夏至未至》的那一年里，我经历了很多很多的事情。像是台风过境，悲伤一片荒草伏倒般辽阔。而在过去两年之后的夏天，当一切过去之后，所谓的悲伤，也已经被重新枯荣过两季的高草覆盖得看不出一丁点儿痕迹。

时间是最伟大的治愈师。再多的伤口，都会消失在皮肤上，溶解进心脏，成为心室壁上美好的花纹。

花了一个夏天的时间，将这个故事的脉络全部重新改写。包括一些情绪，在两年过去后的现在，又有了新的未曾表达的感受。

《夏至未至》在我的所有小说里，不是最悲怆的，也不是最好玩的，甚至不是情节最丰富的。可是，却有很多的读者，在对我说起，他们对《夏至未至》的喜欢。

其实我自己，也是深深地爱着这本似乎消失着声音的小说。它的安静像是夏夜巨大的星空，覆盖着整个地球，却温柔得无声无息。

如果你已经有一些忘记，如果你还愿意记起。

如果夏日的香气和热度依然可以翻涌起你内心沉睡着的年代。

如果香樟浓郁的树荫依然抵挡不住太阳投射到眼皮上的红热滚烫。

如果那些年少时寂寞的天空还未曾完全走出你的梦境。

那么……

离夏天
最远的地方

文 / 落落

　　我们所看见的世界——香樟树是流动的绿色，阳光在午后变得透明，蜻蜓向所有它可以到达的地方，不远处的公交车站传来繁忙的声响，因为瞌睡而睡着的人，投下一颤一颤的影子，蛛网在墙角隐隐约约。空气里绷着平缓而舒畅的节奏，像是永远停在了这一点，以至于完全不用考虑它的将来会演变出怎样的走向。

　　我们所看见的这个世界，如果没有遭遇时间的裁量，如果没有遇见脱轨的速度，如果没有被点燃殆尽，最后如同一截掉落的烟灰，吹散在空气里，状若无物……那么，也许它将永远带上香樟树凛冽的清香，以一个完美的截面，停留在这个离夏天最近的地方。

　　四维带来的这一本《夏至未至》，是将我们送到了哪个季节，在那里葬着怎样的脚印，遗落了怎样的琴音，让我们要想、要说、要形容，却总也找不到合适的思路。只有深烙在大脑皮层下的那些美好，带上花瓣的脉络，以仿佛再也不会遭遇冬天般的骄傲，将我们诱引进这一整个消失了季节的迷局。

他让出现在我们记忆中的夏天，在翠绿墨绿草绿中渐变；他让空气里膨胀着温暖的阳光和风信子的碎屑，有谁走来轻轻一挥手，仿佛能够带走些微的香气；他让每个年轻的生命都在这里舒展着自己无瑕的身体，压住那片绿草的地方，觉得痒痒起来。浅川的草，也许没有其他地方四季常绿的名贵，可它们又会在每年夏天来临的时候变成覆盖了整个城市的音符。

立夏在这里走过了。傅小司夹着画板看女生怎样像一艘白色的小船从绿色的湖面中划开长长的一条线，他的眼神在无意识中温柔一片。陆之昂躺在他脚边，嘴里咬着半根小草茎，微微笑着，阳光太猛烈的关系，皱出立体的眉眼。

这就是故事里的某一天，轻描淡写的一天而已。傅小司和陆之昂继续言语攻击，立夏拉着遇见的手说我们去买饮料喝好不好。仿佛在这个被青白色软壳包裹的世界中，可以彻底相信它永远不会被孵化，永远可以为我们描摹着这样浪漫而温暖的细节，在安静的背景乐中，成为一首绵长的抒情曲。

四维将大段笔墨用来描写这样的时光，其中虽伴有轻快的节奏，却只是调剂在浪漫而缓慢的底音上，在这里我们可以亲眼目睹那些男生女生是怎样一步步地从他们逐渐清晰的意识中发现了彼此的存在，是怎样凭借自己的年少享受了谁也无法享受的真实。仿佛落在画室里、走廊上、楼梯口、学校的香樟树下的所有秘密，最后都能串成行，串成完整的一份心绪。他让每个女生的脸红都带上了浪漫的原因，也使每个男生的决心都下得铿锵有力。

你可以看见的吧，那些发生在他们或者发生在自己身边的事情怎么被书写成我们心里一个暗暗惊讶的呼喊。那些在文字的润饰下，散发了别样的光彩的少年们，是怎样以他们的眼神，想要找到更远的将来，找到自己的路。

这是一段长时间的陶醉。好像什么都要以最完美的姿态展现在你面前，每个角色的性格各异，和他们的所作所为综合在一起后，产生了这样一段青春。虽然是简单的暗恋，是最平常的校园，是最普遍的少女情怀，却又因为四维的述说，每个人物尽心地演绎，在我们走到某个拐角的时候突然被抓住，随后动弹不得地在故事的美丽下被冲得不成原形。

好似他愿意为我们营造这样美好的局面。陆之昂与傅小司是两种不同类型的男生，又同样吸引人。遇见的登场就让人印象深刻，随后她的各种所作所为更让人感觉到她的倔强。立夏如同所有温柔善良的小姑娘一样，哈出体内的热气让人感觉到她的温暖，手拉着朋友摇啊摇的，不时掉一掉眼泪。甚至连短短出现几场的青田，也会用一两句话与某个角度下的特写让人揪心。这些在故事中俯拾即是的塑造笔墨，让《夏至未至》给予我们一种欣喜而难以自拔的幻觉。好似天堂和梦幻原来触手可及，云层上的鼓音可以落向地面。

有些段落该怎么说？透着初夏腥辣的热气，附和着知了叫声而变得无比漫长的下午，立夏在傅小司的图画中寻找她可以想象的美好，此刻的幸福感几乎可以蔓延到每个人身上，我们也都乐意相信这个冷淡、干净、双眼常常落在远方的男生，会真的和这个普通而可爱的女孩子，以他们的青春为基，留下幸福的纹理。

直到命运的齿轮在转动中终于倾覆了原先的大厦，让他们从柔软无害的生命层中直接走进人世的第二层，才发现"未来"并不是能对付一切的挡箭牌，它是个巨大的重量，牵着人悠悠地往下坠。而想要往哪里，想要和谁去，都由不得自己来决定。伸出去的手，握到荆棘的刺，干脆利落地插进皮肤。

我不知道该怎么去描述离开了校园的他们，好似原先听见了天堂的鼓音，却只是缓缓飘落人间的小小馈赠，一场雪，下了，积了，最后化了，人间依然是人间。踩下去的脚印清晰记录你一路迷失的过程。

原来青春就是这样脆弱到无法挽留的东西。

四维终究没有放过他们，更没有放过我们。他让每个人物都在命运的潮水中偏离了自己的航道，而我们只是作为无力的观看者，在一边，听见自己的叹息声，却还是走过辛酸的一站，走过无奈的一站，走过悲伤的一站。随之发现自己竟早已在精神上被施与了苦刑，灵魂也好似受过了鞭笞，而回头看看过去，那些在过去的少年们的身影，仿佛还在浅川的山坡上睡得像个小动物，光线饱满地停留在他们的额头上。

整个《夏至未至》的时间跨度达到十年，十年间可以发生的事太多了，让年轻失去它们翠绿色的汁液，让整个城市又换了新的流行，让我们有太多懊悔难以追及，让每个从校园中走出的人忘记他当时那张纯白的脸。而四维给予立夏他们的，同样是一段又一段大起大伏的命运。既有告白的暖意宜人，也有噩耗的晴天霹雳，在我们几乎还来不及细细琢磨的时刻，新的变动又来了，还来不及治疗旧伤口，新的伤痕又添加了，好似在飓风中丢掉呼吸，整个人逐渐被剥夺了小时候的信仰。

四维用这样明显的剧烈对比，把故事放在飞速旋转的两片风车中间，气流交错，小小的纸片进去后便被撕成碎片。我们还没有完全做好心理准备，我们还停留在那样脉脉的时光上，以为从此都可以用相同的幸福来期盼随后。当我们看着傅小司坐飞机去了上海，他和立夏各分了一只耳机，那时我们的微笑还停留在嘴角，心里的潮水还没有退去，却浑然不知随后他们将面临的各种不幸，究竟有多么庞大而无法容忍。

也许什么都不及"浑然不知"更可怕。走过三十里花海，随后突然变成了无垠的沙漠，远远地裸露着死去的枯木，没有半点儿生命的气息。

夏天正在不可阻挡地远去，仿佛要永远消失似的带走那些美好的过往。

那些依然驻足在过去的盼望还没来得及收走自己的线，就被无穷无尽的气流带走了，带着对十几岁的赞叹，带着夏天的味道，带着好似可以恒久不变的安然感，栽进了某个不见人迹的荒野。

傅小司伪装的微笑，陆之昂断送的未来，立夏听了七七的故事整颗心无声无息地沉向泥沼，遇见失去了所爱的人，七七，又活泼又大方的七七，不敢再正眼看一看以前的朋友。曾经她们是可以抱着睡在一起的女生，却在最后看对方怎样竭力掩盖内心的失落和愤怒。无数我们没有料到的事，一件件发生了。

为什么没有再像之前那样把时光拉得很长很长，最后织成一张网把自己放上去？为什么还记得眼保健操的音乐，却又记不得你当时闭起的眼睛？为什么坏事总是层出不穷，而我们唯一能做的仿佛只是向那些记忆里的夏天作无止境的缅怀，仿佛无力的香客希望能从中再借到一些庇护?

而谁也没有来庇护他们。

在离夏天最远的地方，十年的光阴让人发现，除了记忆外，什么也不能永久。

以故事最后为立足点，回去看曾经消耗了我们大半时光的青春、友情、一点点的爱慕、崇拜、拿画笔的手，我们的眼前隔着十年的距离，以至于不得不用泪水来放大一下让他们更清晰。傅小司在孤单地寻找立夏的时候，还能听见当初两人在台阶上的对话吗?立夏一人回到浅川，走在夏天曾经茂盛的草地上时，还记得当时身边男生的脸吗?有些记得，有些不记得，无论记不记得，都是扎在身体或深或浅处的刺，提醒着我们，回不去的，再也回不去，到不了的夏天，永远也不会来了。

从《幻城》到《梦里花落知多少》，再到《夏至未至》。在这本最新的长篇中，四维再次给了我们一个悲伤的结局，所不同的只是他的文风又有了新的变化，变得宁静而透彻，将写意抒情与叙事结合，在故事的前半段中让我们无数次地感觉到了青春的美好，那些丝丝入扣的细节，无处不在的妙趣。而他为人熟知的煽情，在《夏至未至》中得到了更大的体现，无论是开篇部分对于校园的渲染，还是男女生之间的暧昧体现，都如同颤抖的羽翼，清晰地投在我们的瞳孔里。而整个故事以一慢一快两种节奏为主，在这样的强烈落差下，更凸显了人物的悲剧性，似乎也是整部作品最大的特色之一。

他只是给人布下了个陷阱，用安逸无害的美丽日子，写出值得我们喜欢的人物，看他们动动胳膊动动腿，男生们推打开着玩笑，女生们穿上裙子努力装出骄傲的样子。眼下青春年少，未来又前途美好，没有什么可以将之打扰似的。就在这样绵密的笔触下，似乎谁都相信了这样的温暖将持续到最终，因而渐渐卸下防备，想要迎接一次动人的结局。幸福的王子或公主，驾着麋鹿的圣诞老人，之类。

于是正中作者下怀。

《夏至未至》终于向我们流露出它原来的样子，那些粉饰在生命上的美丽花粉，原来可以被轻轻一吹就吹得半点儿不留，只要时光突然以前所未有的节奏打乱我们自以为是的脚步。当故事被收进结局的口袋，我们像沉在水底的淤泥，透过湖面看向天空的蓝色，却不可能再起身去碰一碰它们，我们就知道四维的圈套又一次成功了，在他的剧情里，有些念头被永远扼杀，有些依旧垂死挣扎，人在无数渺小的生死间默默前进，让立夏和傅小司他们的生命在走到同一点后，再次分开。而数年前，她在走廊上，看着他茫茫的眼神，转向自己时的辛酸，已经失去了踪影。

　　风格既非梦幻化也不是口语型，用细腻而舒缓的节奏为我们讲述了这段历时十年的多人命运，四维将我们领到了离那年夏天最近的地方。你们全在一伸手的距离，像晒着太阳的小生物，微笑或聊天，等待下一节课的铃声响起来。

　　那么近的地方。

　　却是离得最远的夏天。

目录

录

一

Contents

引子

我们要听到大风吹过峡谷，才知道那就是风。
我们要看到白云浮过山脉，才知道那就是云。
我们要爱了，才会知道这就是爱。
我们也要恨了，才知道，恨也是因为爱。

这是 1998 年夏天。

7 月 9 日。

天空像是被飓风吹了整整一夜，干净得没有一朵云。只剩下彻底的纯粹的蓝色，张狂地渲染在头顶上面。像不经意间，随手打翻了蓝色的墨水瓶。

晕染开的，千丝万缕的蓝。

这天下午的阳光和其他寻常夏天里的阳光一样好，或者更加好。炎热让每个人失去了说话的欲望。张了张口就是干燥的热，像要吐出火来。所以每个人都只是静静地站在高大的香樟树下，皱着眉头，沉默不语。

傅小司从停车棚里把车拖出来后，看了看天上像要杀死人的白光，考虑是不是要先回家再说，况且刚刚结束的英文考试几乎要了人的命。身后那个女生一直在咳嗽，小司差点儿连听力都听不清楚。

"嘿。"陆之昂拿着一罐可乐碰了碰傅小司的胳膊，刺人的冰凉从他胳膊上的皮肤迅速而细枝末节地传递到心脏去。傅小司接过可乐拉开来，抬起头大口大口地喝下去，喉结翻上翻下的。泡沫弄了些在手上，他抬起手，用嘴含了下食指关节那里。

陆之昂在旁边瞄到他这个动作，喉咙里发出了一声阴阳怪气的"额油"。

傅小司记得自己三年前仰起头喝可乐的时候还没觉得喉结这么突兀，而自己现在已经高三毕业，十九岁，应该算大人了吧，嘴唇周围哪天忘记刮胡子就会留下青色的胡楂。傅小司记得自己三年前就是这么仰头喝了一罐可乐然后就离开了初中的一群朋友。大家只是拍了拍肩膀没有说再见，于是大家就真的没有再见过面。

三年后的今天，当一切都按照原样发生，阳光的角度，空气的味道，还有迅速消失在树林中的飞鸟都没有改变，变化的只是身边这一群要告别的人。那么，不知道会不会像三年前的那场告别一样，从此就不再见面呢？

傅小司抬起头看看陆之昂，他对陆之昂说："嗨，我们就这么毕业了对吧。"

陆之昂看看他，然后皱皱眉，说："好像是的。"

天空中一群飞鸟突然唰唰地飞过去，翅膀交叠的声音响彻天空。

傅小司转过头没有说话，微微皱了皱眉头，喝下一大口可乐。

眼前很多的人挤在一起，每个人脸上都是夏天里特有的潮红，小司记得拍毕业照的时候也是这种样子，所有人在烈日下面站队，因为阳光太强以至于大家在照片上都有点儿皱了眉头且红着一张脸，于是陆之昂生动地形容说"像是赴死前的集体照"，带着悲壮的表情伪装了天下无敌的气势冲向那座早就不堪重负的独木桥。然后听到很多人扑通扑通落水的声音，水花溅到脸上像是泪。泪水弄脏了我们每一个人的脸，可是还是挡不住疯了一样地往前横冲直撞。

当照相机扫射出的那一个红点依次划过每一个人的眼睛，然后"咔嚓"，定格，再然后一群人就作了鸟兽散。

每一个人都匆忙地赶回教室搬出参考书继续暗无天日地做题。五分钟之后就再也想不起自己的左右两边站着的是什么人。

　　这一天下午很多人笑了很多人哭了，然后很多人都沉默了。学校的香樟每到夏天就会变得格外地繁盛。那些阳光下的树荫总会像黏稠的墨汁一样缓慢地渗透进窗户里面，傅小司记得自己和陆之昂在树荫里昏睡了似乎无穷多个夏天。眼皮上的红光和热度一直没有散去。

　　可是现在竟然突然就要离开了。

　　傅小司想起自己很久以前看到过的话：离开，让一切变得简单，让一切有了重新被原谅的理由，让我们重新来过。

　　程七七在学校老校门的台阶上和几个男男女女打闹来打闹去的。她总是能和一个陌生人在三分钟内搞得特别熟络，彼此亲热地拍肩膀敲头，像是认识了几百年。这一点让傅小司觉得很不可思议。因为他觉得对一个陌生人说话简直是一件很可怕的事情，他宁愿去做一道五星级的数学题也不愿意去认识一个陌生人。所以他经常指着程七七对陆之昂说："她真厉害，不像我，从小到大似乎就你这么一个朋友。"

　　而每次陆之昂都是嘿嘿地笑两声，嘴角歪来歪去地说："那是因为实在是找不到另外的像我这么好的人了。"

　　陆之昂说话的时候嘴角总是喜欢用一种特别的角度上扬，然后嘴角就会稍微出现一道像是疤痕又像是酒窝的小褶皱。非常地特别。

　　特别归特别，可是也挺好看。带着年轻男孩子特有的阳光感，照得人眼睛发亮。

　　傅小司和陆之昂站在人群的边缘，喝着可乐，偶尔低下头互相说一两句话。程七七从远处跑过来拍了拍傅小司，问他："晚上我们出去玩，你们去吗？"

　　傅小司抬了抬眼皮问："都有谁啊？"

程七七说有某某某，某某某，某某某还有某某和某某。

傅小司问："你怎么总能认识这么多莫名其妙的人？"

程七七把双手插在胸前，有点儿无力地说："这些莫名其妙的人都是我们同班同学，你已经和他们在一个班级念了几万个小时的书了。"

傅小司说："哦，那立夏去吗？"

"嗯，去的。"

"啊啊，去的去的，我们去的！"陆之昂插进来，望着程七七笑眯眯地说。

"那好，晚上给你们电话。"然后她又重新回到人群里去了。

傅小司抬头看了看陆之昂，问他："谁告诉你我要去的？"

陆之昂"啊"了一声做了个向后倒的动作，然后又仰起来，面无表情地说："哦，那就不要去。"

傅小司张了张嘴什么都说不出来，表情有点儿郁闷，定格了一分钟最后终于说了句："……去死吧。"

接近黄昏的时候学校里就没有人了。

那些高一、高二的学弟学妹早就放假在家里看动画片了。而高三的学生在考完最后一门外语之后也三三两两地离开了。这一次离开，是最盛大的也是最后一次告别，傅小司甚至可以看到他们双脚迈出校门的时候身后的影子突然被割裂的样子，身躯继续朝前，墨般漆黑的影子留在原地。

就像是人死去时离开身体的灵魂，带着恍恍惚惚的伤心和未知的恐惧。

那些影子像是依然留在空荡的校园里，游荡着，哼着青春时唱过而现在被人遗忘的歌。

那些人终于走了，带着三年时光的痕迹消散在了城市的各个角落并最终会消散在全中国甚至全世界的每一个地方。

暮色四合。

夏天的天总是黑得很晚，可是一旦黑起来就会特别快。一分钟内彼此就看不清楚面容了。昏暗里陆之昂好像挥了挥手，空气中荡开一圈一圈热气，他说："不想饿死就去吃饭。"

傅小司站起来拍拍裤子上的灰尘说："走吧。"

浅川的街道总是很干净的，而且这个城市里到处都是香樟。傅小司和陆之昂在街边一个破烂的小摊上吃两块钱一碗的牛肉面，尽管他们身上穿着几百块的白T恤和粗布裤子。很有点儿"穿金戴银的饿死鬼"的味道。这句话是傅小司形容陆之昂的，因为他经常因为毛手毛脚乱用钱而穷得叮当响。这个时候，傅小司就会指着他身上的那些昂贵的衣服，面无表情地说："穿金戴银的饿死鬼。"

老板是个年轻人，留着拉碴的胡子但掩不住年轻的面容。

他对傅小司他们说："你们两个是刚高考结束吧？"

陆之昂来了兴致，把一只脚跷到凳子上，问："你怎么知道？"

"嗯嗯，你们高三的学生脸上都是同一种表情，一看就明白的。"

"哪种表情？"

"啊，说不清楚的，总之一看就看出来了。"老板哈哈地笑着。

陆之昂把脸凑到傅小司面前，盯牢眼睛问他："我现在什么表情？"

傅小司没抬头，一边吃面一边回答："智力障碍的儿童却非要读《十万个为什么》时的表情。"

然后两个人开打，打完继续吃面。

小司想想似乎他和陆之昂在学校里几乎每天都会打架，就这么从初中开学到高中毕业一直打了六年。

那些草长莺飞的日子，桃花开遍每一片绿色的山冈。红色像是融化的颜料般渲染在山坡上，雾气氤氲地扩散在每一个人的瞳孔里。

他和陆之昂就这样站在山冈上把颜料一笔一笔地画在画板和他们干净的衣服上。然后衣服变得和画板一样斑斓。

他和陆之昂总是用最劣质的几块钱的颜料，因为傅小司的钱都用来买CD了，而陆之昂的钱都用来请MM喝可乐了。老师每次都指着两个人交上去的画大发雷霆，他每次都是指着傅小司的鼻子问他是不是买不起颜料，然后傅小司就很纯真且饱含泪光地冲他点头。傅小司想他肯定对自己恨到咬牙切齿可是依然没办法。

于是他就每天听着CD走在浅川的大街小巷，那些吵吵闹闹的音乐在他身上生根发芽，那些又残忍又甜美的呐喊就在他梦里每夜唱起挽歌。他们说这个世界上总有块干净的大陆，小司想总有一天我会找到。

他们说这个世界上总有个安静的小岛，小司想我可以在上面沉睡几十年。

陆之昂买了很多的可乐认识了很多的MM，可是傅小司每次看到他还是一个人眯着眼睛骑着单车穿过那些高大的香樟。就像是青春的电影中那些孤单的男主角，穿着白衬衣，独自穿越着漫长而又寂寞的青春时光隧道。他的后座永远空空荡荡，如同他单薄的身上穿的空荡的衬衣。他总是不扣校服的扣子，敞着胸膛露出里面的白衬衣，斜挎着单肩包在学校里横冲直撞。

而傅小司在老师眼睛里永远是个干净的小孩。他会把黑色的校服穿得整整齐齐，连最上面一个扣子都会扣好，袖口上有精致的金色袖扣，背着双肩包遇见老师站得很直。陆之昂每次见到都会笑得从单车上跳下来，一边捂着笑疼的肚子一边指着傅小司说"你这个衣冠禽兽"。然后傅小司和老师的脸色同时变得很难看。

老师离开之后傅小司总会把他从车子上踢下来，然后把他打倒在地上滚来滚去才罢手。反正他不在乎衣服弄没弄脏，因为他妈妈每天都会给他新的衣服让他在外面像个永远长不大的小孩一样撒野。

陆之昂总是穿着落拓的衣服,不过傅小司却觉得他依然是一个干净的人,而陆之昂却对傅小司说:"尽管你每天面对别人都穿着白色干净的衣服,可是在我眼里你就是个落拓的臭小子。"

傅小司也从来没去想过到底谁对谁错,于是日子就这么安静地盘旋在城市上空。一点一点地烧燃了那些古老到石头都开始风化的城市。最后这些飞行着的时光都化成了鸽子灰般的羽毛,覆盖每一个人的骨骼。

那些朝着寂寞的天空拔节着的躯体,在这些时光的笼罩下,泛出琉璃一样的微光。

像是隐约的,还未曾诞生的传奇。

很多时候傅小司都在想,自己和陆之昂就这么像两个相依为命的痞子一样在浅川沉默地笑,然后矫情地哭,吵吵闹闹地过了一天又一天。这么多年,他想他已经习惯了和陆之昂一起在这个城市里闲逛,看着无数漂亮的MM,看着无数陌生的站牌,顺着无数陌生的弯曲的山路然后走向更多的未知的世界。那些繁茂的香樟在他们的年轮里长成日胜一日的见证。他和陆之昂就这样慢慢地从十三岁长到了十九岁。那些每逢下雨都会重现的日子真的就成为了记忆。傅小司有时候看着照片,看着看着也会出神。

他们的头发长了短了,衣服新了旧了,他们站在大地上哭了笑了。那个大大的太阳依然每天在这个城市升起,把他们的影子拉长再缩短。

于是岁月就这么轰隆隆地碾过了一个又一个生命中的切片。

还没吃完面程七七的电话就来了,陆之昂拿着手机"嗯嗯啊啊"了一会儿,然后就把电话挂了。他坐在凳子上翘来翘去如同个小学生一样,他对傅小司说:"你吃快点儿,他们在夏森街的那家卡拉OK里面等我们。"

傅小司皱了皱眉头,说:"怎么又是这种乱七八糟的地方?"然后匆匆扒了几口面后站起来说,"走吧。"

陆之昂拿出钱包付了账。

离开的时候天已经彻底黑下来了，天空有些暗红色边的云彩低低地浮动着，被风卷动着朝着头顶已经黑下来的天空移动，像是天堂着了火。

立夏看到傅小司和陆之昂进来立刻跑过去，傅小司指了指刚才和立夏在一起的那群人，问："都是谁？"

立夏摇摇头："我也不认识，好像是七七的朋友。"

傅小司点点头，说："哦，那就不奇怪了，她朋友一大堆，估计连比约克她也认识，还拜了把子。你英文考得好吗？"

立夏比较难以接受这个平时冷得像冰箱里冻过头的硬邦邦的冰砖一样的人今天怎么突然发了神经，讲起冷笑话，于是她忍不住踢了傅小司一脚，说："不好笑，而且我忘记告诉你我们刚订的条约了，谁讨论高考的事情谁去走廊里跳脱衣舞。"

傅小司张了张嘴，话到了嘴边却莫名其妙地消失掉了，最后小声地哼了一句"你身材又不好"作为收尾。不过立夏没听到。

立夏望着面前的傅小司，他喝着纸杯里的绿茶，皱着眉头看着电视屏幕上从白变蓝的卡拉 OK 字幕，隐约觉得他的脸上有一层白色的浅浅的光，让他轮廓分明的脸庞显得格外地安静和温柔。她想起自己三年前第一次看到傅小司时的样子，一张清秀的孩子气的脸，带了不染尘世的雪霜般没有任何表情，看人的时候眼睛里永远是散不尽的大雾，说话慢半拍的语速，像是对一切都漠不关心的样子。而三年过去，当初的少年现在似乎有了男人的轮廓，柔和的脸似乎带了些锐利，下巴的线条斜斜地断进耳鬓里去。她为自己刚才那一脚有点儿不好意思起来，"似乎太过亲密吧？"不过好在傅小司从来就不和她计较的。可是陆之昂不一样，立夏想，如果踢他一脚他会踢自己两脚的。

那天程七七一直拿着话筒唱歌，后来干脆坐到点唱机前面不走了，直接拿着话筒唱完一首再点下一首。陆之昂一直哇哇乱叫说受不了这个麦霸。立夏开玩笑说，看样子她以后是准备当一个歌星了。

立夏看着七七心里有一些羡慕，七七唱歌是很好听的，似乎七七做什么事情都是很好的，念书也好，全校的学生几乎都是她的朋友，爸爸妈妈疼爱照顾，画得一手好画，人也长得漂亮，总之就是个十全十美的人。

大家似乎都在尽情地释放压抑的情绪，啤酒一拉开就甩了满屋子的泡沫，再拉开一瓶就有人扑通一声倒地。一群人上蹿下跳地疯脱了形。某某抓着话筒喊着"我是番茄"，然后地上躺了个人接了一句，"你好很高兴见到你，我是黄瓜。"

唱到十二点大家都累了，于是作鸟兽散。剩下七七、立夏、小司和陆之昂。四个人望了望不知道去哪儿，最后决定随便走走。

浅川的夜晚很宁静，没有过多的霓虹和喧闹的人群。这里的人大多过了十一点都会睡觉了，所以四个人走在街上连鬼都看不见一个。

逛到街心公园坐下来。傅小司和陆之昂头顶着头躺在公园的躺椅上，立夏坐在他们旁边的那张椅子上，七七有点儿累了，于是躺在她腿上睡觉。

夏天的夜晚带着特有的潮湿和闷热席卷而来，路灯的光白晃晃地亮在头顶，凭空照出一些嗡嗡的弦音，围绕在耳边久久不散。

周围很多虫子飞来飞去。立夏揉揉眼睛觉得自己似乎也有点儿困了。傅小司和陆之昂的对话也渐渐地听不清楚，意识朝着混沌的梦魇慢慢地滑去。

模糊中立夏感觉傅小司靠过来，低声问："你最后还是填的中央美院吗？一直没来得及问你。"

鼻子里是傅小司靠近时 T 恤上传来的一股干净的洗衣粉的味道。

傅小司的声音像是一种催眠，低沉的、带着恍惚的磁性。

她点了点头，然后马上意识到光线太暗他也看不到自己点头。于是马上说了句："嗯。"

也是不轻不重的。

"如果大学还是在一起，嗯……"他停了一停，然后又接着说，"我会很开心的。"

立夏觉得心跳突然就漏了那么一拍。当初自己决定和傅小司填同一所大学的情景一瞬间又浮上来，让自己觉得紧张而惶恐。只是她很奇怪陆之昂为什么一直没有说话。按照以前的情形这个时候陆之昂肯定早就插了很多句话进来了。立夏转过头去，昏暗的光线里还是可以看到陆之昂躺在那儿，亮着一双眼睛，间或眨那么两三下。路灯下一块阴影投在他的脸上，让他的面容隐没在黑暗里，只剩下眼睛里的微光。

立夏问："陆之昂，你呢？"

陆之昂停了好像有那么两三秒钟，然后吐出两个字："上海。"

立夏点点头，说："嗯，那蛮好，和七七在一个城市。"

"滚。"傅小司的声音抬高了一点，立夏听得出傅小司的话里面有一些生气。她有点儿摸不着头脑，不知道这个"滚"字是骂自己还是骂陆之昂。

陆之昂坐起来，咳了咳，说："嗯，立夏，其实我是考的上海财经，但是不用去那个学校念书，只是需要那个大学的资格，考进财大里面设立的中日交流基地班，然后……直接去日本。"

"啊，以前没听你说过呀。"

"嗯，我也是今天……才告诉小司的。"

……

好像大家都睡着了，凌晨三点气温开始下降，周围闷热的暑气散去，大团大团略微带着寒意的水汽弥漫开来笼罩在街心花园里面。以前听过一些传说，说是午夜之后，黎明之前，所有的十字路口、街心花园，都会有很多这样游荡着的鬼魂，他们成群成群地凝聚成雾气，乳白色的，低低地浮在空气里。

立夏这样想着就觉得有点儿冷，还好七七的脸靠在自己的腿上，传来一些微热的温度。然后立夏似乎也睡着了。蒙眬中有人给自己披了件衣服，只是太疲倦没办法睁开眼睛看看是谁。

但衣服上干净的洗衣粉香味立夏还是熟悉的。

像是做了个梦，一切恍惚地回到三年前。自己第一次来到浅川，一出车站被整个城市遮天蔽日的香樟吓住了，那个时候阳光如同现在一样耀眼。整个浅川一半笼罩在盛夏墨绿色的阴影里，一半阳光照耀，呈现出泛滥的白光。

梦里很多人在笑着，满脸散发着光亮的幸福。

1995年的盛夏。

日光像是海啸般席卷着整个城市。

墨绿色的阴影像是墨汁滴落在宣纸上一般在城市表面渲染开来。男孩子的白衬衣和女生的蓝色发带，高大的自行车和小巧的背包，脏兮兮的足球和干净的手帕，这些年轻的具象，都如同深海中的游鱼，缓慢地浮游穿梭在整个城市的上空。

是盛夏了。那些浓郁的香气。

1995 夏至 ｜ 香樟 ｜ 未知地

香樟与香樟的故事，什么样？

在一抬头一低头的罅隙里有人低声说了话。

于是一切就变得很微妙。眼神有了温度手心有了潮湿。

那些天空里匆忙盛开的夏天，阳光有了最繁盛的拔节。

她从他身边匆忙地跑过，于是浮草开出了伶仃的花；

他在她背后安静地等候，于是落日关上了沉重的门；

他和他在四季里变得越来越沉默，过去的黄昏以及未曾来临的清晨。

她和她在夏天里走得越来越缓慢，拉过的双手牵了没有拉过的双手。

有些旋律其实从来没被歌唱过，有些火把从来没被点燃过。

可是世界有了声响有了光。

于是时间变得沉重而渺小，暴风雪轻易破了薄薄的门。

那个城市从来不曾衰老，

它站在回忆里站成了学校黄昏时无人留下的寂寞与孤独。

香樟首尾相连地覆盖了城市所有的苍穹。

阴影里有迟来十年的告白。

哎呀呀，我在唱歌，你听到了吗？

啊啊啊，谁在唱歌，我听到了。

有些地方你可能从来没有去过，但是当你真实地走在上面的时候，你会觉得，自己在几年前，十几年前，几十年前，甚至超越了自己的年龄的一个时间长度之前来过，你到过，你真实地居住过，每个地方、每个角落你都抚摸过。

　　有位作家说，这是因为空气中浮动着曾经生活在这里的人死去后留下的脑电波，每一个人都有不同的频率，而这些频率相同的机会微乎其微，但是依然有着很小的概率，让活着的人，可以接收到这些飘浮在空中的电波，这些电波，就是"记忆"。

　　而你恰好能接收到的那一个频率的脑电波，留下那一组脑电波的人，就是我们曾经称呼过的，前世。

　　浅川对于立夏就是这样的存在，真实而又略显荒诞地出现在她面前。

　　风声席卷。魂飞魄散。

早上很早就醒来了，因为明天才开学典礼，所以今天并没有事情。而且昨天已经把该搬到学校去的东西都搬过去了，学费也交过了，总之就是学校故意空了一天给学生们，以便他们可以伤春悲秋地好好对自己的初中作一下充满沉痛感情的祭奠，又或者没心没肺地约上三五个人出去 K 歌跳舞打牌喝酒，把一切过去和未来埋葬在大家无敌的青春里面。

立夏这样想着。

学校应该是这样想的。就算学校不是这样想的学生们也肯定是这样想的。于是这一天就变得格外有意义并且光彩夺目。

可是自己终究是个无趣的人，既没有享受精神的欢乐也没去放纵下肉体。

立夏就是来回地在浅川走走停停，看那些高大的香樟怎样一棵又一棵地覆盖了城市隐藏了光阴虚度了晨昏。

不过感觉真的很奇怪，立夏感觉自己很多年前肯定在这里的学校跑过好几圈，在这里的街边等过车，在这里的杂货店里买过一瓶水，在这里的树下乘过凉，在这里的广场上放飞过一个又一个风筝。

中午吃饭的时候妈妈打电话来了，于是立夏饭没吃完就开始和妈妈聊电话。聊了一会儿听到外面有一两声咳嗽，恍然醒悟自己是在别人家里，于是匆忙挂了电话，跑回桌子面前三五口随便吃了点儿饭然后把桌子收拾了。

不过还好明天去学校，否则在亲戚家里待下去立夏觉得自己要变得神经质了。

她想，人终究是喜欢待在自己所熟悉的环境里的，一旦环境改变，即使周围依然水草肥美落英缤纷，可是总会有野兽的直觉在瞬间苏醒，然后开始风声鹤唳草木皆兵。

1995 年夏天。高中开学第一天。

其实立夏到浅川才三天，可是感觉像是对这个城市格外的熟悉。那些高大的香樟像是从小在自己的梦中反复出现反复描绘的颜色，带了懵懂的冲撞在眼睛里洋溢着模糊的柔光。

立夏觉得浅川没有夏至，无论太阳升到怎样的高度，散射出多么炽热的白光，这个城市永远有一半温柔地躲藏在香樟墨绿色的阴影下面，隔绝了尘世，闭着眼睛安然呼吸。

人行道。楼梯间。屋顶天台。通往各处的天桥。围墙环绕着的操场。

总有一半是沉浸在香樟的墨绿色阴影里，带着湿漉漉的盛夏气味。

香樟从公车高大的玻璃窗外一棵接一棵地退过去。

立夏昨天住在一个自己都叫不出名字的亲戚家里，前天已经把生活用品搬到学校去了。这是立夏有生以来第一次住校，在初中毕业之前立夏一直都是走读生。向往着住校的生活，而且立夏也不愿意住在陌生人家里。来的时候妈妈问她是愿意住在学校还是亲戚家里，立夏没有任何犹豫地选择了住校。

太阳斜斜地照进窗户，眼皮上的热度陡然增加。

——应该是走出香樟了。

立夏闭起眼睛想。脑海中是妈妈的脸。立夏觉得以前自己似乎没有这么恋家，可是一旦离开，全身所有地方都像约好了一样一起悸动起来。肌肉血管神经全部细小而微弱地跳动着。

七七也从室县考到浅川来了，七七从小和立夏一起长大，念同一个小学同一个初中，毕业顺利地考进同一个高中。七七的父母从室县过来亲自送七七去上学，她的父母开着小轿车来的，七七问立夏要不要一起去学校，立夏说不用了。立夏想自己终究不是娇贵的人，开着轿车去学校这种事情对于自己来讲就像是坐着火箭去了趟火星。

红绿灯。

睁开眼睛的时候窗外多了个人。单脚撑地斜斜地跨在山地车上。头发盖住了一部分眼睛。耳朵里塞着白色的耳机，白线从胸口绕下，越过皮带消失在斜挎着的单肩书包里。他就那么安静地停在马路边上，像是隔了另外一个时空。那个时空里只有他一个人，所有的事物全部静止不动。只有他抬头低头成为微弱变化的风景。

他安静地趴在自行车的把手上。白色的 T 恤微微染上香樟的绿色树影。他的头慢慢地转过来了一点儿，眉目冲进立夏的眼睛。

她不得不承认这是她到浅川来所看到的最好看的一个男孩子，带着他人没有的干净，就像所有电影中的柔光镜头，男主角总是一身的白色微光，无论在拥挤的街道上走多少个小时灰尘都无法染到身上。

然而立夏还是微微皱了眉头。因为他漂亮的山地车和他衣服背后若隐若现的 CK 的经典 LOGO。立夏终究是不喜欢这样富有人家的男孩子，只是他那张干净的脸让人讨厌不起来。而这个时候他朝立夏的方向转了过来，立夏看到了他的眼睛，带着苍茫的雾气，像是清晨笼罩了寒雾的湖。

立夏觉得他只是转到了车子前进的方向，什么都没在意什么都没看。

一双没焦点的眼睛。

像是大雾。

然后绿灯。车子缓慢地前进。明与暗反复交替，不断地进入树荫再不断地走出。

立夏依然闭着眼睛，眼前一晃一晃地出现刚刚那个男孩子的脸。

每个学校的开学典礼都是无聊的，无论是初中还是高中。这是立夏坐在挤满人的操场上的时候想到的。所有的学生挤在升旗台前面的那一块空地上。主席台上学生会的那些学长学姐们忙着摆放桌椅，铺好桌布，再放上鲜花。

千篇一律的程序，和小学、初中时的开学典礼一模一样，"还真是没有创意呢。"

好在这个学校的香樟比这个城市的任何地方都要繁盛，几乎找不到整片整片的阳光。树叶与树叶之间的罅隙，阳光穿透下来，形成一束一束的光线。立夏觉得自己像是在一座茂密的森林里，周围上千个学生的吵闹声也突然退到遥远的地平线之外，光束里悬浮着安静的尘埃。

她想起自己初中时那个红土的操场，白色烈日下那些男孩子挥洒的汗水还有操场边拿着矿泉水安静站着的女生。操场上传来蝉聒噪的鸣叫，让整个夏天变得更加地炎热和躁动。立夏整个初中没有喜欢的男孩子。七七说立夏真是个乖乖女。立夏也没有否认，只是内心知道自己没有喜欢的男生并不是自己不想去喜欢，而是没人值得去喜欢。立夏心里有一个在很远很远的地方的人，这个人的面容立夏从来没有见过，可是每个晚上立夏在窗户前看书写字的时候草稿纸上总是不经意间就写了他的名字。那个名字像种不安分但却默不做声的神谕，黑暗中闪着模糊的光。

校长在主席台上讲得越发得意且文绉绉起来，从打扫楼梯一直讲到了中国第一颗原子弹爆炸，这让立夏有点儿受不了。

"又不是当初扫楼梯的人把第一颗原子弹给搞爆炸了，有必要联系在一起讲吗？"

于是她决定不再听他所讲述的事情，而且也的确没什么值得听的。这些东西从念小学一年级开始每个老师都曾经反复地讲过，无非是不准干什么和必须干什么，而且奇怪的是从小学到高中，九年过去了，这些不准干的内容和必须干的内容从来没有变化过。立夏想到这里就有点儿想笑出声来。

于是立夏开始看那些香樟树。尽管这也是一件看上去很无聊的事情。

影子和影子的交替让时间变得迅速。可是感觉却出了错，像是缓慢的河水漫过了脚背，冰凉的感觉。有钢琴声在遥远的背景里缓慢地弹奏。滴答滴答的节拍慢了下来。

昏昏欲睡。

立夏一回头就看到了早上来学校时看到的那个男孩子，在很后面。他的脸从他前面两个女生的头中间透出来，却比两个女生长得还要精致。立夏想真是见鬼了。恍惚听到他在和旁边的男孩子说话。因为太远听不清楚。所以也无从知道这样的男生讲话到底是什么声音。只是模糊地听到旁边的人叫他什么"笑死"来着。

笑死？怎么会有人叫这么奇怪的名字？立夏想不出来，"真是要笑死了。"摇了摇头然后继续看树。

午休的时候立夏没有去食堂吃饭，她拿了从亲戚家里带来的便当，坐在树下面一边吃一边翻着一本名不见经传的美术杂志。立夏之所以每期都会买这本杂志是因为这上面的一个叫做祭司的画家。立夏初二那年突然有一天在这本杂志上看到了祭司的一幅叫作《失火的夏天》的画之后就开始喜欢上了这个画家。尽管立夏从来不知道祭司的性别、名字、长相，是哪儿的人，可是立夏想他应该是个年轻的男子，有着好看的眉眼和不爱招摇的性格，爱穿牛仔裤和白衬衫，只喜欢喝可乐不喜欢喝水。这些都是女孩子固执的幻想，却被立夏当作现实一样来感受着。

祭司的那幅画里夏天完全烧起来，映红所有的天空。有一些芦苇在红色里描出亮眼的边，那些飘摇的芦花起伏在画面之上。天空有着唯一的一只鸟，斜斜地穿破厚厚的云，翅膀覆盖了所有未曾寻到机会讲述的事件。时间在画布上缓慢地流动。

从那以后立夏在那本杂志的每一期上都会看到祭司的画。像是一种安慰或者说是沟通，那一张一张洋溢了各种色泽的画成为立夏生命里成长的点缀。缓慢地，缓慢地，嵌在了立夏单薄的青春里。

她开始对祭司莫名其妙地迷恋起来，在每个夜晚反复猜度。他抚摸画纸时，什么样；他低头削铅笔时，什么样；他在画板上把一种颜色调成另一种颜色时，他眉毛向上的角度，什么样；他把画卷进画筒，嘴唇干燥舌头下意识地舔了舔下嘴唇时，什么样；他白天，什么样；夜晚入睡，什么样。

这似乎成为一种习惯，一直到立夏初中毕业。而对祭司的喜欢已经成为信仰的一部分，立夏是明白的。祭司的画里总是有种类似葬送青春的感觉，立夏很多时候都会觉得他是个穿着黑色而厚重的牧师长袍的人，站在昏黄的道路旁，沉甸甸地目送了一次又一次没有归途的送葬，有鸟群从天空中轰然飞过。

不知不觉睡了过去。夏天的中午总是慵懒，热度、光度、味道，一起弥漫开来，覆到眼皮上就变得沉重，像是热乎乎的沉重的黏质。

呼吸慢了起来，然后就睡过去。

很多个中午立夏就是这么突然失去了知觉般地昏睡过去。

等到立夏醒来看手表，她叫了声"杀了我吧"，然后狼狈地收拾起东西往教室跑。

立夏总是后悔自己这样鲁莽的性格，好像七七就从来不会。手上拿着画册、便当盒、书包，还有因为天气太热而脱下来的校服外套，让立夏看起来格外地狼狈。在三楼的转角，立夏突然觉得前面有人影，但停下已经是不可能，结果结实地撞上去了。

柔软的T恤微微有点儿凉，再往前就触到了有温度的肌肤。立夏的脸撞上脊背，感觉到两侧突起的肩胛骨。棉质的味道混合了香水和汗水，却像青草一样毫不浓烈。慌乱中手里的东西哐啷全部掉下来，稳不住身子下意识就抱了下那个人的腰，等摸到对方结实的小腹吓得马上缩回了手，可是温度却在手上烧起来，一缩回来重心不稳，于是重重地摔下去。

其实就一两秒钟的事情，可是立夏竟然记得每一个细枝末节。立夏跌坐在地上，抬起头眼前就出现了黑色的眉毛，眼睛，鼻梁……

上午在公车窗外看到过的那张脸。

那张脸没有任何表情，除了微微地皱了下眉头。立夏看到自己便当盒上的油腻染上了他T恤的下摆，然后眼睛再抬高一点儿就看到了CK的LOGO

图案，立夏倒吸了一口冷气心里说了句"再杀我一次吧"。

立夏匆忙站起来，一句"非常对不起"在嘴边变成了吞吞吐吐的"我……我……"最后声音低下去寻不见踪影，只有心跳清晰得像要从喉咙里涌出来。

那张脸还是没有表情，倒是旁边的那个人发出了声音。立夏才发现楼道里站着的是两个人。转过头去看到一张更加精致的脸和同样是 CK 的 T 恤，立夏觉得缺氧得厉害。那个人笑眯眯地说了声"啊……"就没了下文。脸上的笑容似乎在等待看一场精彩的歌剧。立夏突然觉得这个人有点儿讨厌，一副幸灾乐祸的样子。他比上午公车外看到的那个人高半个头，眼睛大一些，长得也好看一些，其实说不上谁好看，两个人站在人群里都应该是非常抢眼的。上午开校会的时候坐在"没表情"旁边聊天的人应该就是他吧。

衣服被弄脏的那个人转过身去，对身边的人说了句"走吧"。似乎什么事情都没有发生过一样。这让立夏有点儿吃惊，并且生出些许莫名其妙的失望来。其实立夏也不知道自己究竟是在期待发生些什么，只是这样的平淡未免让人觉得泄气。至少也应该争论一句或者接受下自己的道歉吧，实在不行我可以帮你把衣服洗干净啊。我虽然没有 CK 的 T 恤来赔给你，但洗衣粉总归是有的吧。

夹杂着生气的情绪，立夏在他们背后说了句响亮的"对不起"，鼓足的勇气让声音在楼道里来回扩音，连立夏自己也吓了一跳。"没表情"的背影稍微停顿了一下然后又继续往前走，他的背影像他的表情一样不动声色。倒是旁边的人转过头来笑了笑，露出一颗虎牙。一副更加幸灾乐祸的样子。

立夏匆忙地跑过他们朝教室冲过去。立夏想自己现在一定是傻得不得了了。

两点三十三分。迟到三分钟。立夏站在教室门口喘着气。老师的脸色有点儿不好看。第一天第一节课就迟到，这玩笑未免开得大了点儿。

老师说了立夏几句，尽管语气不是很重，可是在所有第一次见面的同学面前还是显得尴尬。

立夏站了一分钟终于等到了老师的那句"你进来吧下次注意"，然后匆忙地跑进教室，瞄了一眼黑板上按学号写好的座位表，找到自己的位置坐了下来。

东西一股脑儿全塞进桌子里去，刚喘两口气，一抬头就看到窗户外面刚才那两个男生走过。三秒钟后他们出现在教室门口。让立夏觉得委屈的是老师居然没有说任何话反而对他们点了点头微微一笑，然后他们就笔直地走了进来。

立夏有点儿生气，比自己迟到更久的人竟然不挨批评。这是什么道理？

立夏看到教室里唯一剩下的两个空的座位在自己背后，心里更加不舒服。像是有条虫子故意爬了进去，但却找不到方法可以弄出来摁死它。

"他们就是初中部直接升上来的那两个？"

"应该是吧。听说他们两个直升后整个初三下半学期都没上课哎。"

"好像是作为艺术生而直升的吧，但文化课考试分数好像比所有非艺术生的还要高哎。"

"天哪，真了不起啊。"

"是啊，而且长得也很好看。"

"……受不了你啊，没希望了你，听说一个已经有女朋友了哦。"

"那不是还有另外一个嘛，嘻嘻。"

"哈哈。"

"哈你个鬼。"

……

那些叽叽喳喳的议论弥漫在空气里，随着电风扇带起的风在教室里转来转去，立夏觉得身边的同学很三八，但还是忍不住回过头去看了看。

正好公车外面的那个人抬起了头，一瞬间清晰的眉眼冲进立夏的视线。可是他眼睛里像是起了大雾，没有焦距一样地散开来，不知道是在看黑板还是在看自己。这让立夏马上转了过去。背过身后听到旁边那个人笑了笑，说："啊啊，是刚刚那个冒失鬼呢。"另外一个人却依然没反应。

冒失鬼？！

立夏觉得背后像是粘了层浓稠的汗，洗也洗不掉，很痒但又毫无办法。恨不得卸下一只手然后拿到背后去抓。

电扇还是转个不停，吱呀作响着把夏天拉得越来越长。

空气里浮动着黏稠的夏日香气。

窗外是染绿了一整个夏天的香樟。

住校的第一个晚上。立夏有点儿睡不着。可是因为同一个寝室的女孩子也不是很熟悉，所以只能闷在床上，头顶的风扇送来微弱的风，狭小的寝室空间里非常闷热。刚洗好澡现在又是一身细密的汗。

枕头边上放着几封以前同学写来的信。来浅川的时候因为舍不得，带了很多很多以前同学写来的信，现在想想，在一个学校彼此竟然也可以写那么多，甚至还贴上邮票去邮局兜一圈，也许是年轻的冲动和固执吧，但也单纯，多少让人觉得微微地青涩。

告别亲戚家来学校前，觉得不会再看那些信了，于是晚上把那些信清理出来，相同的人放在一起，放了四五堆。然后搬出去问亲戚借了个铁桶来烧掉。那些火光映在立夏脸上的时候她觉得一瞬间有那么一点点感性了，以前的日子统统跑出来，谁谁谁在信里写了下个星期一起出去买衣服，谁谁谁写了你最近都不怎么搭理我整天和某某在一起，我要生气了……

后来信很快就烧完了，立夏也转身回到屋子里面。烟熏火燎的的确让人受不了，而且又是大热天怪难受的，满身都是汗，眼睛也被烟熏出了泪水。终于可以假惺惺地说自己为自己的青春感伤了一回。什么时候自己才可以改掉表里不一的虚伪作风呢？没理由地想起社会改造重新做人等一系列的词语。立夏心里也多少有些无力感。

躺在陌生的床上睡不着。翻来覆去感觉那些信烧成的灰烬又重新从天花板上掉下来覆盖在身上。感觉像是被一点一点活埋一样喘不过气来。

窗户外面好像有只猫一直在叫，声音婉转像是经过严格的声乐训练。大热天的不好好睡觉，把夏天搞得跟春天一样生机勃勃的简直受不了。立夏翻了个身，想起好像有个同学说过他家里的猫不分四季叫春，一年从头叫到尾。

想起下午放学后刚刚买的杂志。这一次祭司的画叫《没有神的过往》。里面是个穿着白衣服的男孩子站在大雨里，汹涌的大街上车来车往全部看不清楚，只有他一个人清晰得毫发毕现。那些在屋檐下躲雨的人望着雨中的男孩子睁圆了眼睛，而那个男孩子面无表情。画的下面是一句话："他面无表情地穿越了四季……"

而这时，睡意汹涌地袭来。

像是突然的潮水，淹没了每一根清醒的神经末梢。

立夏每天抱着一沓试卷穿行过那些烈日照耀下的香樟时总是会想，我的高中生活就这样开始了？在想了很多次之后末尾的问号就变成了句号。

每天早上都会看见那两个男孩子。在开学第一天的自我介绍上立夏记住了他们两个人的名字，因为他们的名字很特殊，一个叫傅小司，而不是自己听错的什么"笑死"，一个叫陆之昂。

立夏渐渐觉得两个人真的是天才，因为很多时候立夏都可以看到傅小司在上课时间根本就没听，只是随手在草稿纸上画出一幅又一幅的花纹，而陆之昂则是趴在桌子上睡觉。偶尔醒了拿过傅小司画下的草稿来看，然后也动手画些乱七八糟的东西上去，每次又都因此被傅小司在桌子下面踢得嗷嗷乱叫。立夏想如果是我的话我肯定也会踢他的，因为没有任何画画的人会喜欢别人在自己的画上乱动。

偶尔陆之昂会突然抬起头对回过头去看他们的立夏微微一笑，说："嘿，你好。"立夏马上就转过头去，为自己被他们发现而觉得有些脸红。不过陆之昂好像比较爱说话，经常对她说一些比如"你的名字真好听呢"之类搭讪的话，而且话语里还带着男生里少有的撒娇味道。真是和他那一副英俊高大的帅哥外貌完完全全不搭界。

而傅小司好像永远都是那副霜冻般的表情。偶尔有同学和他说话，他都是缓慢地抬起头，然后看着别人，几秒钟后再慢慢地问一句："什么？"眼睛里没有焦距像起了大雾，声音湿润且柔软地散在空气里。

已经九月了。天气开始微微发凉。早上骑车来学校的时候衬衣上会沾上一层秋天微凉的寒意，肌肤起了些微的颗粒。傅小司打了个喷嚏，额前的头发散下来遮住了眼睛。已经好几天了，傅小司一直想去把无意中留长的头发剪掉，可是一直没有时间。最近下午天天画画，美术老师说要参加一个比赛，所以要突击一下。

下午四点后的自习傅小司和陆之昂都是不用出席的，他们直接背着画板去画室或者学校后面的山上。立夏总是看着他们两个人大摇大摆地早退，离开的时候陆之昂还会笑眯眯地对她打个招呼说声再见。这让立夏经常咬牙切齿。可是咬牙归咬牙，傅小司和陆之昂的成绩的确是自己比不过的。这也是让立夏觉得很不公平的地方，凭什么上课画画睡觉的人可以每次考试都拿第一第二名，而自己上课写满了一页又一页的笔记却要费尽力气才能冲进前十名呢？

上帝你确定你没有睡着吗？

学校门口就是16路公交车的终点站，16路的另外一个终点站在浅川城市的边缘，那里是个废弃了的工厂，早就长满了荒草，走进去就被淹没得看不见人，一片摇曳的深深浅浅，在风与风的起伏里渲染出水状的纹路。

粉白色的茸毛飞起来，沾了一身。

傅小司俯在车的把手上，耳机里是嘈杂的音乐。里面的一个男人一直哼着一句好像是"I walked ten thousands miles, ten thousands miles to reach you……"，像是梦里模糊不清的呓语，却配上了清晰的伴奏，像站在喧嚣的火车站里那些吹着笛子的人。他们站在喧嚣里面把黄昏吹成了安静，把人群吹成了飞鸟，把时光吹成了过往，把过往吹成了回忆。

傅小司抬起眼，陆之昂出现在面前。他皱皱眉头说："你下次最好快一点儿。"

"啊啊，不是我不想快啊，有个 MM 一定要请我喝可乐，盛情难却盛情难却啊。"

"你主语宾语弄反了吧。谁请谁？"

"……算你狠！"

"你再不去拿车我告诉你今天又会迟到的。"

陆之昂突然明白过来的样子，一拍头然后转身跑掉了，衬衣下摆扬起来，在夏天里像是盛开的洁白花朵。

像他这样好看的男生，在女生眼里，总归是和花联系在一起的。

结果还是迟到了。傅小司恶狠狠地瞪了陆之昂一眼，陆之昂咳嗽了几声装作没看见。可是老师不会装作没看见。最后的结果是两人明天每人交五张石膏人像。正侧后逆光顺光不可重复。傅小司望着陆之昂，眼里几乎要冒出火来。

回来的路上傅小司面无表情地说："我挺同情你的，今天晚上要画十张石膏。"

然后陆之昂的自行车摇摆了两下咣当摔了下去。傅小司自顾自地骑走了，剩下陆之昂坐在路边大叫"啊啊啊啊"。

一群麻雀从路边的草丛里惊恐地朝天空飞去。

转眼就过了十月。天空开始变得高远起来，立夏偶尔抬起头可以看到成群的候鸟缓慢地向南方飞去。翅膀覆盖翅膀的声音在天空下清晰可辨。闭上眼似乎就可以看到那些弥漫着温热水汽的南方沼泽，成群的飞鸟在高高的水草间飞行。

每个星期都有考试。

这个学校以接近百分之百的本科升学率在全省几乎无人不知。所以，在这个学校里如果要进入前十名的话是一件很不容易的事情。

立夏觉得每天都累得要死。七七是艺术生，而且和立夏不是一个班的，她在七班，而立夏在三班。三班和七班在整个年级是最有名的两个班级。七班是出了名的艺术班，这个学校进来的艺术类考生几乎有一半都在这个班里，所以在马上到来的艺术节里，七班的学生几乎全部报了名。而三班集中了所有高分数的学生，每次考试的前十名里面三班的学生会占到八个，而前一百五十名中三班的学生会占到六十六个。

三班一共六十六个人。

所以立夏很多时候都觉得自己和七七生活在两个世界里。七七是学国画的，从小开始画金鱼画蝌蚪画对虾，一朵一朵的牡丹在夏天里盛开在宣纸上永不凋谢。而立夏在初一的时候画了一年的素描，初二开始不去上美术课，初三彻底把画笔和画纸丢掉。但是立夏从来没有觉得有什么不好，这个世界是公平的，换来的结果是立夏的文化课考了全县第一，于是顺利地来了浅川一中。而且在开学到现在两个月的四次大型考试里面都跻身全校前十名。立夏对自己说："嗯，这也是很不容易的。"

可是说完却突然没来由地有一股悲壮的感觉。

吃饭的时候七七问起立夏的情况，立夏说很好啊就是学习忙有点儿累。七七问有什么新的朋友吗，立夏摇头。

风扇呼呼的声音在头顶越发地响亮，让本来空旷的学校食堂变得有些嘈杂。

立夏觉得天气依然很热，十月应该算是秋天了吧，看来秋老虎无论公母都很厉害。

七七瞪大了眼睛，说："我还以为你一直没来找我是因为班上很多新认识的朋友需要照顾所以没空呢。"

立夏扒了两口饭，说："我哪有你那么厉害，而且我班上的人都是读书机器，你和他们说话你都会闻到满嘴化学公式的味道。"

"啊，那么恐怖啊，所有人都是这样吗？"

"嗯，当然……哦不，应该有两个人不是吧。"

"嗯？"七七来了兴致，"是谁啊？"

"算了不说他们。你呢七七，新的班级开心吗？"

"开心的。我们班上都是些神人。整天闹啊闹的，教室屋顶都要掀翻掉了。"

"是吗……"立夏的声音里有些羡慕。

"嗯，给你讲件好玩的事情啊，我今天笑了一天了，我们班的那个叫刘文华的女生写作文写道：……那只羚羊舍生逃命，拼了命地往树林里跑……你知道老师的评语是什么，老师写：……那只羚羊到底是想死还是想活？"

立夏呆了呆后立刻笑出了声。然后回想起自己的老师，不由得有点儿悲哀。那个长着一张符合杠杆原理的脸的物理老师，以及张一张口就会闻到硫酸味道的化学老师。立夏不由得后背有点儿发麻。

午后的阳光总是很好，带着让人倦怠的慵懒。七七靠着立夏坐在香樟树下面，阴影从两个人的身上缓慢地爬行过去。一朵云，然后还有一朵云。于是这些倒影就从她们两个年轻的面容上缓慢地爬过去。明与暗有了颜色，风从北方像水一样地吹过来。立夏开玩笑说："我的天上有两朵云，一朵是白云，另外一朵，也是白云。"

"就像我家门口有两棵树，一棵是枣树，另外一棵，也是枣树。对了，是枣树吗？还是桉树来着？"

"应该是枣树吧？那课文我也记不得了。"立夏微微挪动了下身体，换了个更舒服也更慵懒的姿势。

"已经过了很久了呢。"七七突然说。

"好像是的。"

"立夏你想过除了学习你要做什么吗？"

"不知道呢。"立夏伸了伸腿，膝盖微微有点儿疼，也许快要下雨了。

"继续画画吧，想过吗？"

立夏心里有什么东西被唤醒了，但是又好像没有彻底醒来，像是沉睡在梦里听到窗外打了雷下起雨，却没有睁开眼睛，只觉得身上一阵一阵的水汽和凉意，于是紧紧裹了被子。对的，就是像这样而已。

"啊，没怎么想过。我又不念七班，有什么好画的。"

"学校的素描班你去了吗？不限制的，谁都可以去。"

立夏觉得心里又动了一下，感觉像是翻了个身，眼睛在蒙眬里睁了睁。

"那，里面都是你们七班的人吗？"

"不是啊，好像全校的学生都可以去的，而且里面几乎每个班的学生都有。立夏你去吗？"

立夏转过头来望着七七，感觉像是梦醒了坐起来，在床上听到了外面哗哗的雨水声。立夏笑了笑说："嗯，那我去。"

学校的画室在西南的一个角落里，被香樟覆盖得几乎看不到房子的外形。

是个有着青瓦的平房，学校最早的教室。

好像从清朝的时候这座房子就有了。那个时候的学生就在这种低矮的平房里上课念书考试，然后几年时光过去，离开浅川去京城赶考。

立夏背着画板提着画画的工具箱推开了门。

沙沙的声音传来，很多支铅笔在画纸上摩擦出了声响，地上有各种石膏，几何体、人头像，最醒目的那个是大卫。

立夏在角落里一个靠窗的位置坐下来，刚把画板支起来老师就来了。

是个年轻的老师，下巴上却留着胡子，看上去让人觉得怪异。立夏不太喜欢这样的人。她想不明白为什么搞艺术的人就一定要把自己也搞成艺术品呢？

这已经是第三次课了，还好立夏以前就学过，所以从中间开始听也没有关系。其实画画多半是自己的事情，老师讲得很少，而且总归是要天赋的。

笔尖一笔一笔游走，手臂手腕抬上抬下，有了框架，有了形状，然后细密的阴影覆盖上去，银灰色逐步占据画纸。

窗外突然跳过一只猫，立夏吓了一跳，手一抖笔尖清脆地断在画纸上。

"啊。"立夏轻呼一声。尽管微弱得几乎听不见，可是在寂静的教室里依然显得突兀。有人微微地皱了眉。

立夏伸手在画具箱里找削笔刀，却总也找不到。汗水细密地出现在她额头上。

"喏。"眼前有手伸过来，拿着白色的削笔刀。立夏抬起头，黑色的眉，睫毛，瞳孔。傅小司从前面转过来，眼睛望着立夏。

"啊。"立夏又轻呼了一声。这次是因为吃惊。他怎么会在这里？立夏心里有点儿慌乱。本来觉得三班应该没人会参加这种对高考无用的补习班的。可是在这里竟然看到傅小司，多少让她感到意外。

"小司，怎么了？"后面的声音响起来。立夏回过头去看到一双笑得眯起来的眼睛。陆之昂抬了抬眉毛和她打招呼："嗨。"

立夏突然觉得坐立不安。

有点儿想走。因为她看过傅小司和陆之昂的画，自己的和他们的简直有天壤之别。她怕被别人看到自己的画，而且也不希望班里的同学知道自己在学画画。她现在就想收起自己的画板跑出去。

在立夏低头的时候手里的铅笔被人抽了去。抬起头傅小司已经在削笔了。手指缠绕在笔和刀之间，像绕来绕去的丝绒，立夏想，女孩子的手也许都没有这么灵巧呢。

"拿去吧。以后不要叫来叫去的。声音大了让人讨厌。"

"哦。"立夏低头应了一声。抬起头想说声谢谢，但看着傅小司那张没有表情的脸以及那双没有焦点的眼睛，那句"谢谢"终究还是被硬生生地吓了回去。

前面是一句"声音大了让人讨厌"哎，"谢谢"如何说得出口？

傅小司起身收拾东西，身后的陆之昂好像也画完了。立夏抬起头看着他们，心里想造物之神在造物的时候肯定也是有偏心的。为什么会有这样两个优秀的人呢？想不明白，心里微微有些懊恼。

黄昏开始降临。空气里开始浮现出一些黄色的模糊的斑点。傅小司揉揉眼睛，显得有些累了。他伸了个懒腰，关节响了几下。"真是累啊。"他说。

"哈哈，来来来，我背你回家。"陆之昂跳过来比画了一个扛麻袋的动作。

傅小司回过头来眼神冷冰冰的像要杀人，陆之昂吓得缩回了手，嘿嘿地笑了两下。傅小司看着陆之昂白衬衣上的颜料皱起眉头。他说："真不知道你妈是怎么洗衣服的。"

陆之昂说："这个简单的，我妈洗不干净的就丢了，买新的。"

傅小司说："中国就是这样才不能脱贫的。"

陆之昂愣了一下，然后奸笑了一声说："我要回去告诉我妈。"

这下轮到傅小司发愣了。因为他也没想到要怎么来回答这句话。傅小司这一瞬间呆掉的表情让陆之昂笑疼了肚子。

傅小司的表情有点儿懊恼，半天没有说话。陆之昂还是笑得很猖獗，不知道见好就收。于是两人开打。尘土飞扬。

冗长的夏天在一群飞鸟划过天空的时候就这么过去了。

那是这个夏天里最后的一群飞鸟。

谁都没有看见它们最后消失在天空里的那一个时刻。云朵烧红了一整片天空。黑夜迟迟没有降临。月亮挂在蓝色的天空上，阳光还没有完全消失。那一刻，世界像是一个幻觉。

"七七，夏天终于过去了。"

"是啊……"

"你想家吗？想以前的那群朋友吗？"

"不知道。立夏你呢？"

"我很想念他们。可是却不知道他们在哪儿，在干什么，过得好不好。"

"那找个时间我们回去看看吧。我也正好好久没有回家了。"

"……还是……算了吧。"

好像还没有剧烈的炎热，秋天一个仓促的照面，匆匆卷上枝头。树叶越来越多地往下掉，黄色席卷了整个山头。

浅川一中坐落在一座不知名的小山上。放学的时候会有很多的学生骑着自行车从山上沿路往下。轮子轧过路面的时候会听见落叶哗哗碎裂的声音。道路两旁是深深的树林，飞鸟像游鱼般缓慢地穿行过高大的树木，飞进浓厚的绿色里，消失了羽毛的痕迹。

不过立夏、七七这种寄宿学生是轻易体会不到这个的。早上晨跑结束的时候七点二十五，而每天的这个时候立夏差不多都会碰见穿过操场去教室的傅小司和陆之昂。自从上次画室里有了简短的对话后，他们好像不那么陌生了，但也仅仅限于见面彼此点头而已。傅小司的眼里依然是大雾弥漫的样子，偶尔他和陆之昂讲话的时候眼神才会清晰一点儿。

立夏一直想不明白他的眼睛是怎么回事。也许是自己的错觉吧。不过怎么看着怎么像白内障。自己也留心过他是否看得清楚东西，不过看他又跑又跳又骑车的样子，怎么也无法说服自己"他是个瞎子"。于是也就只能解释为"这个大自然里总是有很多奇妙的现象"。

傅小司看着立夏朝自己点头，本来有点儿想不起这个女孩子的，但看到陆之昂叫了声立夏自己也似乎有点儿记起来了。傅小司从小到大都不怎么能记住人，除非经常说话或者接近，否则根本记不住。

陆之昂拍拍小司的肩膀说："你觉得这个女孩子怎么样啊？我觉得很可爱的。"

傅小司歪了歪头，说："嗯，还好，安静，不吵闹，不讨厌。"

陆之昂露出牙齿哈哈笑了两声。一般傅小司这样说一个人的时候那就代表这个人在小司的心里还是蛮好的。傅小司很少夸奖人。应该说是从来没有过。陆之昂想了想，还是没有想起来小司夸过谁，从小到大这么多年都没听他说过。

陆之昂一直都觉得小司有点儿自闭，似乎一半时间活在这个世界里，一半时间活在另外一个世界里。所以他想，小司什么时候可以长大呢？长成一个能说会道口若悬河的人呢？也许永远都不可能吧。

陆之昂想到这里呵呵地傻笑了两下，走在前面的傅小司转过头来看了他一眼，冷冷地说了句："有病啊。"

陆之昂眉头一皱，卷起袖子，扑过去。

尘土飞扬。

秋天的阳光充满了穿透力。像是聚光灯般照在这两个男生的身上，如同一种微弱的暗示。

周六破天荒的不用上课，但是周日要上课作为周六放假后的补偿。其实也就是把周日的假期和周六互相换一下而已。可是全校的学生好像捡了大便宜一样乐疯了。感觉如同过圣诞一样。

七七和立夏借了年级里男生的自行车准备出去买东西。当然这自行车是七七去借来的，七七长了一张美人脸，借什么都不需要花大力气。那些男生在外借自行车的时候甚至想把自己一起外借来当车夫。

一直到黄昏立夏和七七才从市区回来。大包小包的东西放在自行车车筐里，车子变得摇摇晃晃。两个人笑着，穿过两边长满高大树木的上山的路，朝着学校费力地骑上去，一直骑到学校门口的时候立夏才准备下来，可还没等到落地后面就传来尖锐的刹车声音。

七七的尖叫声在黄昏里显得格外的吓人，立夏刚转过头就看见车子朝自己撞过来。车筐里的东西四散开来，立夏的脚卡到车的齿轮上，一绞，血马上涌了出来。尖锐的痛感从脚上直逼心脏，立夏感觉连视线都在那一瞬间模糊了。

七七手里的袋子掉在地上，她手捂着嘴巴说不出话来，眼睛里面大颗大颗的眼泪往外涌。立夏想安慰一下七七告诉她自己没事，可是嘴巴一张就是一声呻吟。这让立夏自己也吓了一跳。钻心的疼痛越来越剧烈。很深的一道伤口，血染红了一整只袜子。

开车的司机走了出来，本来立夏想说"算了，没关系"然后就离开的。可是这人竟然开口就是一句"你眼睛瞎了啊"。

立夏想，真他×狗屁你从后面撞上我到底是谁的眼睛瞎了啊，你眼睛是长在后面的吗？可是心里想归想，却也没和他争辩什么，一来疼，说话说不清楚，二来这辆车子一看就很高级，立夏懒得和这种富贵人家的人纠缠不清。

但七七听不下去了。她上来什么也没说，只是摸出本子抄了车牌，然后从书包里拿出同男生借的相机开始拍。地上刹车的印记，立夏自行车的位置，甚至拍下了学校门前的减速带和墙上的那个机动车禁止入内的标志。立夏知道相机里根本就没胶卷了，心里偷偷地笑。一个笑容刚诞生在嘴角，又被疼痛逼了回去。

那个司机有点儿慌了，额头上有了些细密的汗。他搓着手对七七说"你别拍了"。七七收起相机，把手抱在胸前，一副"我要听听你怎么说"的架势。

那个人有点儿尴尬地笑着，也不知道该说些什么。

七七过来扶立夏，她说："走，我带你到保健室去，伤口要包扎一下不然会一直流血的。"立夏看着七七，突然发现七七居然有这么成熟的一面，刚刚吓得滚出眼泪的七七现在变得像是妈妈一样冷静。立夏真是佩服死七七了。

那个人过来连声说着"对不起"。立夏看着他也很可怜，并且自己的脚也就只有一道伤口，虽然非常疼，但好像也确实没伤到神经和骨头。

立夏想干脆算了吧。

还没把这句话说出口，坐在车子后座的人出来了，一个漂亮的女孩子，一身的衣服也很漂亮，一看就知道价格不菲。立夏想又是富贵人家的女孩子。立夏低声对七七说："走吧。"

刚挣扎着站了起来，那个女生说了话，她说："你等等。"

立夏转过来，她走到立夏面前，从钱包里拿了一些钱，说："拿去，对不起，是我们的司机不好。"

本来立夏觉得这个女孩子很漂亮，并且她道歉的语气也是很诚恳的，可是她拿钱的这个动作让立夏觉得有种恶心的感觉从喉咙里冲上来。

立夏摇了摇头，说："不用。"然后转身和七七走了，心里想，富贵人家的孩子总归是讨厌的，有钱了不起啊。

"立夏！"有人在背后叫了自己的名字。

立夏转过头去看到陆之昂的笑容，还有旁边傅小司满脸的冷漠表情。

傅小司走过来的时候眉头皱起来，他转过头看着车里下来的那个女孩子，问："怎么回事？"

那个女孩子对傅小司笑了笑，说："我家的司机不小心撞到这个女孩子了。"

傅小司走过来，低头看了看立夏的脚，问："怎么不去保健室？"

立夏说："刚撞，没来得及，现在就去。"

傅小司说："我带你去吧。"

立夏突然觉得血液又开始涌起来，伤口突然变疼。像是每一根神经末梢都被人用指甲重重地掐了一下。全身的感觉突然变得敏锐起来。

在自己的心里，这个眼睛里永远有一层散不去的雾气的人，这个在班里出了名的冰山王子，不是应该看也不看地从自己身边走过去的吗？而那个整天在班级里逗女生开心、笑声响亮的陆之昂则应该是笑呵呵地望着自己，打个招呼说："啊，受伤啦？"然后两人转身离开。这比较符合印象中的两个人的形象，也比较符合生活一贯的乏味和苍白。

而今天这是怎么了？像是符合了少女漫画的脚本，以及内心中那些若隐若现的素描。

转身走进学校，立夏突然感觉到手肘处被手掌托了起来，肌肤上有了些微的温度。立夏有点儿脸红，距离被一瞬间拉近，空气中突然弥漫起青草的香气，像是原本就存在于空气中的夏日清香，从被突然压近的空间里挤了出来。

侧过去看到一张没有表情的侧脸，在黄昏里显得安静而深邃。光线沿着皮肤的各个角度遁去。

那个女生在后面说："我想给她钱的，可是她不要。"

陆之昂从后面匆匆地赶上来，从她身边经过的时候表情厌恶地说了句："收起你的钱吧，你家还没我家有钱。"

傅小司这时皱了皱眉头，然后瞪了下陆之昂。

立夏也觉得气氛有点儿奇怪。本来陆之昂对谁都是一副温水般的亲切样子，不可拉近也不可推远，可是今天明显对那个女生动了气，而且语言刻薄得几乎不像他。

傅小司转过头去，说："嫣然，你先进学校去吧，我送她去保健室，等下再找你。"

立夏瞪圆了眼睛。

——认识的。

——他们明显是认识的。

——可是他们怎么会认识呢？

各种想法从身体里冒出来，像是海底翻涌上来的气泡，冒出水面，就啪地破开。

香樟的阴影覆盖着这间坐落在教学楼底楼最右边的保健室。

风从高大的玻璃窗外吹过去，隔着玻璃，似乎也能听到呼呼的风声。

立夏躺在保健室的内间，手上打着点滴。

刚刚检查的时候医生说没有关系没伤到骨头，只是伤口有点儿深所以要吊盐水，消炎以及防止破伤风。而现在医生因为操场上有个女生被球踢到而赶过去处理了。

于是十几平方米的空间里，就只剩下傅小司和立夏两个人。

傅小司坐在立夏床前，眼睛有时候望着窗外，有时候望回来看看立夏。望来望去也没有焦点，看不出他到底在看哪里。这让立夏觉得脸上有点儿发烫。

"喝水吗？"他突然冒出一句。

"嗯。"立夏起了起身子，点点头，然后又补了句，"谢谢。"

傅小司起身在房间里四顾了一下，没有看到饮水机。水瓶也没有。于是他拿起床头柜上的玻璃杯子，打开书包，拿出了一瓶水，已经被他喝过了，剩下大半瓶。他拧开盖子，准备倒进杯里，又突然反应过来自己喝过，于是从口袋里掏出块手帕擦了擦瓶口。

立夏看着眼前的他，被窗外渗进来的微微白光照耀着，身上是一圈毛茸茸的光晕，像是电影里的人。

"是个细心的人呢。"立夏想着，挪了挪身子，坐得更高一些。

画板放在病床的边上，本来今天准备把画板带出去，看到美丽的景色就画一下的，没想到和七七两个人玩得忘记了时间。

傅小司翻开立夏的速写本,正在喝着水的立夏想阻止可是已经来不及了,张开口差点儿呛得喷水,动一动脚上就传来剧痛。

傅小司看了看立夏,皱着眉头说:"你好好躺着吧,乱动什么。"

说完他转过头去,一页一页地翻立夏的画稿,立夏看着他没表情的脸,觉得很尴尬。

傅小司看完后说了句:"嗯,真难看。"

"不出所料。"立夏心里想。

"嗯,是很难看的。"声音低得听不见。也许只是说给自己听的吧,谁知道。

傅小司放下画稿,站起来,说:"我要走了,下次教你画画吧,这样的画太难看了。"

立夏突然觉得傅小司也不是那么神秘的一个人。于是鼓足了勇气问了刚才一直想问的问题,她说:"傅小司,你认识那个女孩子?"

问完之后立夏就后悔了,因为她想傅小司肯定会觉得自己多事。

傅小司转过身来望着立夏,半晌,抬了抬眉毛,说:"你说李嫣然吗,她是我女朋友。"

一群飞鸟从窗外飞过去。玻璃隔断了声响。立夏听不见。

无数双翅膀在立夏身后的高远蓝天上成群结队地飞过去。阳光穿过玻璃,将阴影投射到她的白色床单上。点滴放慢了速度。玻璃杯回荡起嗡嗡的共鸣。

没有声响。

一百万个夏天。

都没有声响。

Chapter.
02 | 1996 夏至 | 颜色 | 北极星

当潮水涌上年代久远的堤岸，夏天连接了下一个夏天，
你，什么样？
当大雨席卷烈日当头的村落，夏天淹没了下一个夏天，
你，什么样？
跳过绿春悲秋忍冬和来年更加青绿的夏天，
你又出现在我面前。眉眼低垂。转身带走一整个城市的雨水，
再转身带回染上颜色的积雪。麦子拔节。雷声轰隆地滚过大地。
你泼墨了墙角残缺的预言，于是就渲染出一个没有跌宕的夏天。
来年又来年。却未曾等到一个破啼的夏至。终年不至的夏至。
逃过来回往返的寻觅。
他不曾见到她。
她不曾见到他。
谁都不曾见到它。那个从来未曾来过的夏至。
世界开始大雨滂沱。潮汛渐次逼近。

还没来得及察觉，天气就已经开始变凉。

起床晨跑的时候，偶尔也会返回寝室多披一件外套再下楼集合。

那些习惯了在吃完早餐之后早自习之前的那半个小时打篮球的男生，偶尔也会觉得只穿一件背心不足以抵挡早晨的寒气——尽管中午的时候依然艳阳高照。

树木依然葱绿。

这些厚重密实的树荫是没有四季的，只是林中的飞鸟和昆虫日渐稀少。于是整个学校也变得越来越安静。那些足足聒噪了一整个夏天的蝉鸣终于消失。

光线锉去锐利的角，剩下钝重模糊的光感，微微地烘着人的后背。

再然后。

时间顺着秋天的痕迹漫上脚背，潮水翻涌高涨，所谓的青春就这样又被淹没了一厘米。飞鸟已经飞走了很长一段时间，学校的香樟与香樟的枝丫间就变得越来越安静，于是落叶掉下来都有了轰隆的声响。

秋天已经很深很深了。

十一月的时候学校的所有布告栏里都出现了艺术节的海报，很多个早晨立夏晨跑结束后去学校小卖部买牛奶的时候都会路过布告栏，站在布告栏前面搓着在晨雾里冻得微微发红的手，嘴里喷出大团大团的雾气。

秋天真的很深了呢。

其实仔细想来，从十一月开始贴海报真的有点儿早，因为正式的比赛要到明年的三月才真正开始，也就是下一个学期开学的时候才开始决赛。但是每年浅川一中都是这样，提前四个月就开始了准备。因为浅川一中的艺术节在全省都是有名的。每年都有很多有才华的学生光芒四射，特别是艺术类考生。这是浅川一中每年最为盛大的节日，比校庆日都要隆重许多。

傅小司每天下午放学的时候都会等着陆之昂一起去学校的画室画画。其实也没什么好练习的，当初考进浅川一中的时候，小司和之昂的专业分数比别人高出三十多分。正是因为这样所以老师就显得特别地喜爱他们。而这种喜爱是不显山不露水的关心，表现为傅小司和陆之昂的作业特别地多。每次老师都是一样的语气，"小司，还有陆之昂，你们两个加强一下基本功的训练，明天交两张静物素描上来。"每次陆之昂都会嗷嗷怪叫然后就开始装作很认真的样子和老师讨价还价。而傅小司则安静地支起画板，框架慢慢地在画纸上成形。因为傅小司知道再怎么闹这两张素描也是跑不掉的，还不如在太阳下山之前就画完交上去省事。

夏天总是这样，等到要寻觅的时候才发现已经不见了，立夏微微有点儿懊恼。因为自己名字的原因立夏一直喜欢夏天。光线垂直照射，打在脸上似乎都有力道，世界浮游、纹路、祭礼、尘埃，都纤细可辨。

立夏偶尔还是会去画室，但已经不像夏天那样频繁。

自从上次的事情发生之后，立夏每次见到傅小司都觉得有点儿紧张，毕竟自己跟他的女朋友结下了不大不小的梁子——虽然也许人家并不放在心上早已经忘记了，况且学习压力又重。每次立夏在画室里用铅笔勾勒线条的时候总是会想到教室里所有的学生都在自习，黑板上密密麻麻的笔记，头顶风扇发出老旧的声响。于是自己在这里画画显得有点儿奢侈，在这个号称一寸光阴一克拉钻石的浅川一中。笔下的阴影覆盖上画纸的同时也覆盖上了立夏的心。

揉一揉就像要滴出水来。

星期五下午开班会的时候，班主任站在讲台上宣布着艺术节的事情。所有班上的同学都很兴奋。因为大家都是第一次参加，显得格外激动。在浅川一中，初中部的学生是不允许参加艺术节的，所以即使班上很多同学是从浅川一中的初中部升上来的，他们也是第一次参加艺术节。老师在上面指名道姓地叫傅小司和陆之昂参加比赛，因为在三班只有他们两个是作为艺术生考进来的。其实小司和之昂之所以会在三班是因为他们两个的文化课成绩也是全年级的第一第二名。这一直是全校的传奇。因为一般来讲，学艺术的学生都有点儿"不务正业"的味道，而所有成绩很好的学生，都有点儿"呆如木鸡"的味道——立夏在心里对他们两个的评价就是"不务正业的木鸡"，很有点儿冷笑话的味道。

很多时候都会有学姐们和初中部的学妹们红着一张脸从他们两个身边走过去，傅小司总是视若不见，而陆之昂则每次都会笑眯眯地和她们打招呼，一副小痞子的腔调。傅小司总是对陆之昂说："麻烦你不要这么没品，是个女的你就要吹口哨。"陆之昂差不多每次都是一脸无辜的表情说："哪有，学姐很漂亮呢！"说到后来小司也烦了，于是也就任由他一副花痴的样子，但心里恨不得举一个牌子写"我不认识身边这个人"。

然而小司再怎么装作不认识也是不可能的，学校里面谁都知道傅小司和陆之昂是从小一起长大的好朋友。他们是浅川一中的传奇。初中部的教育主任看见他们两个几乎都要敬礼了。天知道他们两个帮学校拿了多少奖杯和奖状。浅川一中恨不得颁一个"终身成就奖"给他们。

小司望着讲台上的老师低低地应了声"哦"，而陆之昂却说了一大堆废话，"老师您放心一定拿奖回来为三班争光"什么的，后来看到小司在旁边脸色难看就把下面的话硬生生地咽回去了，只剩下笑容依然很灿烂的样子，眼睛眯着，像是秋天里最常见的阳光，明亮又不灼人，和煦地在空气里酝酿着。陆之昂笑的时候总是充满了这种温暖的感觉，班上有一大半的女孩子都在心里默默地喜欢着这张微笑的脸。

"那么……"班主任在讲台上顿了一顿，"还有一个名额，谁愿意去？这次学校规定每个班级需要三名以上的同学参加比赛。"从班主任的表情上多少可以看出他为这件事情非常地困扰，因为三班素来以文化课成绩称雄整个浅川一中。不单单是高一这样，连高二三班、高三三班也是一样的情形呢。可是艺术方面，确实是乏善可陈。

空气在肩膀与肩膀的间隙里面传来传去，热度微微散发。立夏觉得头顶有针尖般细小的锋芒悬着，不刺人，但总觉得头皮发紧。这种感觉立夏自己也觉得很莫名其妙。

傅小司可以明显感到老师的眼光看着自己。于是他微微地抬了抬头，眼睛里的大雾在深秋里显得更加地浓，白茫茫的一大片，额前的头发更加地长了，挡住了浓黑的眉毛。"嗯……"他的声音顿了一顿，然后说，"要么，立夏也行。"

议论声突然就在班级里小声地响起来。目光缓慢但目标明确地朝立夏身边聚拢来。本来自己坐的座位就靠前，自己前排的同学都在交头接耳，而自己后面的……立夏连回过头去看后面的勇气都没有。只是立夏知道回过头去肯定会看到陆之昂一脸笑眯眯的表情和傅小司双眼里的大雾以及他面无表情的一张脸。

"等一下……"

"嗯？"傅小司回过头来，依然是木着一张脸。

"为什么……要叫我去啊……"立夏站在走廊尽头。放学后的走廊总是安静并且带着回声。

"哦，这个没关系，你不想去就去跟老师说一声就行了。"挑了挑眉毛，依然一副事不关己的样子。

"……"

"还有事吗？"

"……没了。"

也没说再见，傅小司就走下楼梯，白衬衣一瞬间消失在楼梯的转角。

夕阳把整个教学楼覆盖起来，爬山虎微微泛出的黄色开始从墙壁的下面蔓延上来。高一在最上面的一层楼，因为学校为了节约高三学长学姐的体力，按照学校老师的科学理论来说是让他们尽可能地把力气投入到学习上去。

三楼的阳台上，立夏趴在栏杆上，表情微微懊恼。

傅小司身上那种对什么都不在乎的气息让立夏觉得像被丢进了大海，而且是死海，什么也抓不住，可是又怎么都沉不下去。难受哽在喉咙里，像吃鱼不小心卡了鱼骨。

"立夏也行"。"也行"。凭什么我就是"也行"啊？！气死人。

身后传来急促的脚步声。立夏回过头去看到陆之昂满头大汗地跑过来。

陆之昂看到立夏笑着打了个招呼，然后问："看见小司了吗？"

立夏说："刚下去……你不是做值日吗？怎么这么快就完了？偷懒吧？"

立夏说完后有点儿后悔，因为自己似乎还没有和他们熟络到这种程度，这个玩笑显得有点儿尴尬，不冷不热地被僵在空气里。还好陆之昂并不介意，打了个哈哈然后靠过来压低声音说："你不告密我请你喝可乐。"

立夏松了口气。

与陆之昂谈话的时候总是很轻松的。但每次看到傅小司时的紧张的确让立夏有点儿摸不着头脑。

陆之昂把头伸出阳台的栏杆，立夏也随着他往外面斜了斜身子，然后看到楼下楼梯口的香樟下面傅小司跨在他那辆山地车上，单脚撑着地，前面半个身子几乎趴在自行车把上面，耳朵里依然塞着耳机，白色的耳机线从耳廓绕下来，沿着脖子，穿过胸膛，消失在衣服的某一处褶皱里。

阳光从香樟日渐稀薄的阴影里漏下去打在他的白衬衣上，白光四下泛滥。

陆之昂嗷嗷两声怪叫之后就马上往下冲，因为迟到的话又会被老师骂了。走前他还是笑着回过头来和立夏说了声"再见"，然后还加了句"其实是小司帮我扫了半个教室，不然哪儿那么快啊"。

然后这件白衬衣也一瞬间消失在了楼梯的转角，比傅小司还要快。陆之昂下楼梯都是三下完成，十二级的台阶他总是咚咚咚地跳三下。

陆之昂的最后一句话让立夏脑海里有了些画面。

眼前出现傅小司弯着身子扫地的样子，头发挡住大半张脸，肩胛骨从背上突出来，从衬衣里露出形状。单薄得很呢。立夏原本以为像傅小司陆之昂这种有钱人家的小少爷应该都是从小不拿扫把的，看来自己又错了。

其实仔细想想，立夏至今还没从陆之昂和傅小司身上发现富贵人家子弟的那种坏习性。

再探出头去就看到两个人骑车离开的背影。

陆之昂一直摸着头发，感觉像是被敲了头。

"立夏！"

立夏转过去，看见七七穿着裙子跑过来。天气这么凉了七七还敢穿裙子，这让立夏很是佩服。

刚刚做完每天早上的广播体操，大群的学生从操场往教学楼走，整个操场都是密密麻麻穿来穿去的人。七七一边挤一边说"借过"，足足借了三分钟的过才走到立夏身边。

"你很舍己为人嘛。"立夏朝七七的裙子斜了斜眼睛。七七明白过来了，用肘撞了撞立夏。她说："我们七班的女生都这么穿的，哪像你们三班的呀，一个一个穿得跟化学方程式似的。"

"你们七班的也好不到哪里去呀，一个个跟李清照一样，人比黄花瘦也就算了，还人比黄花黄，好歹我们班上的女生虽然不是那么赵飞燕，至少还能沾个'福态'的边啊。"

"行啦，你快赶上中文系的了。立夏你脚好了吗？"

"早就好了啊，其实伤口本来就不深。"立夏突然想起些什么，接着说，"对了，七七这次艺术节你干什么呢？画牡丹还是画对虾？"

"没创意的事老娘不干。我画对虾快画了五十年了，再画下去我要画成齐白石了。你猜猜？"

"少发嗲了，爱说不说。"立夏笑眯眯的，一副吃定了七七肯定憋不住要讲的表情。

"我唱歌呀！"果然，还是没忍住。

"真的？"立夏眼睛亮了。立夏一直觉得七七真的是个完美的女孩子，连立夏自己都会觉得特别喜欢，更不用说七班那一大群一大群的艺术小青年了。

"我还知道立夏这次要画画呢。"

"……你怎么知道？"

七七的这句话倒是让立夏愣住了。连自己也是在心里暗暗地决定了去画画的，还没告诉谁呢，怎么七七就会知道了呢？

"这个可不能告诉你。"

立夏正想开口，广播室传过来声音："高一三班的立夏，请马上到学校教导处，高一三班……"

立夏皱了皱眉，能有什么事情呢？立夏想破了脑袋也不知道。

穿过长长的绿色走廊，两边是高大的玻璃窗。阳光照进来，将一块一块巨大的矩形光斑投射到走廊的地面上，中间是窗框的阴影，分割着明暗。

"报告。"

"进来。"

立夏走进办公室的时候看见教导主任面对着自己，而坐在教导主任前面的是一个西装笔挺的中年男人，旁边是一个女孩子。等那两个人回过头来，立夏在心里轻轻地喊了一声"见鬼"。

李嫣然站起来说："立夏你好。"

立夏的心情很不好。

从教导处出来后，她的手指一直交错在一起，骨节因为用力而显得微微发白。

那些话语缠绕在心里面，像是一根一根浸满了黑色毒药的刺一样，朝着柔软的胸腔内扎进去；像是有毒的菌类，遍布所有内脏，蓬勃地生长着，吸收掏空着整个躯体，风一吹，变成壳。

然后再被某些复杂混淆的情绪填满。

立夏终于明白自己永远都会讨厌那些自我感觉良好的有钱人。都是些自以为是的浑蛋。

那个穿西装的人是李嫣然的爸爸，这次叫立夏去办公室就是为了表达一下他们自以为是的关心，一种居高临下的"施舍"。

立夏看着眼前这个男人伸着的手，手里捏着一个信封，不用问，里面装的肯定是钱。立夏站着没动，也没伸手去接，心里像是吃了条虫子般的恶心。旁边一个看上去像是助手一样的人说了一句"推辞什么啊，你家条件又不是很好"。这一句话让立夏当时有点儿想掀桌子。

立夏从来没有告诉过别人家里的事情，可是很明显，李嫣然的爸爸调查过她的家庭，至少看过学校的入学档案。上面的那个"单亲"的红色字样立夏现在依然记得。或者就是教导主任告诉他们的。总之，有种被人撕了衣服般的难堪。

立夏忍了忍眼泪，确定不会掉下来之后才敢开口说话，她说："谢谢了，我家条件是不怎么好，不过还不至于需要别人的接济。不需要的。这些钱留着吧，我想你家司机还需要这笔钱去上上课，学学礼仪什么的，不然，跟李先生您的作风太成对比了，丢您的人。"

说完后，立夏就走出了教导处。走的时候听到那个男人讪讪地笑了两声，然后对教导主任说："这次嫣然评选市三好学生应该没问题吧，你看嫣然还是比较乐于帮助同学的，哦对了，我们公司还打算为学校添置几套教学设备呢……"

立夏几乎是低着头冲出来的，她觉得再听下去自己肯定要吐了。出门的时候撞了个人，两个人都"啊"了一声，立夏觉得这个人个子挺高的，因为一下子就撞到他胸膛上。一种清淡的香味涌进鼻子，像是沐浴液的味道。立夏也没有抬头看看撞了谁，低声说了句"对不起"就走了，因为她怕自己一抬起头来眼泪就往下砸，这样肯定会吓着别人的，搞不好又要进一次教导处。

身后那个人一直"喂喂喂"个不停，立夏也没管，埋头一直跑回了教室。

整个下午立夏都陷在一种难过的情绪里面。像是被一层蜡封住了身体所有的毛孔，整个人陷入一种闷热和沮丧的情绪。所有的毛细血管里全堵上了纤维，动一动就全身痛。

立夏趴在桌子上，逐渐下落的太阳把光笔直地射进教室，晃花了她的眼睛，闭上眼睛就是一片茫然的血红色。立夏突然想起以前看到过的一句话：闭上眼睛才能看见最干净的世界。

立夏闭上眼睛，脸上湿了一大片。

放学的时候立夏习惯性地收拾书包然后开始准备画画用的铅笔、橡皮、颜料、画板等，收拾到一半突然想起早上老师通知了今天的美术补习暂停一次，正往包里放铅笔的手就那么停在了空气里面。

干什么呢？什么也不想干。教室的人差不多都走光了。立夏也不想现在回去。心情不好，整个人就变得很沉重。于是就那么坐着，手指在桌面上无聊地画着。写到后来就变成了重复地写着两个字"去死"。但是到底是叫谁去死，她自己也说不上来，只是心中觉得压抑，像是超过警戒线的水需要被释放掉一样。

光线一秒一秒地暗下去，立夏站起来伸了伸胳膊，背起书包转过身就看到了坐在最后一排的陆之昂。陆之昂马上笑了，朝立夏挥了挥手，说了声："晚上好。"眼睛眯成一条缝。

"你怎么……还不走？你在这儿坐了多久了？"

"等你带我去医院呢。"

"啊？"

"上午从办公室出来被你撞到的地方现在还是很痛啊……不知道骨头会不会断呢……"陆之昂一副困扰的样子。

"断了好，会断出一个夏娃的，这么大一个便宜让你捡到了，苍天有眼。"末了，立夏笑了笑，补一句，"无珠。"

"哈哈，谁是夏娃？"

……立夏的脸一下子就烧起来。心里想怎么会说出这样的话呢。

立夏站在山坡上的时候觉得很惊讶，自己以前竟然从来没有来过这里。她一直以为浅川一中就是学校的那十几幢楼房包围起来的面积，没想到竟然还有这么一片长满高草的山坡。

陆之昂躺在草地上，半眯着眼睛对着黄昏红色的天空。

他说："你以前没来过吧？我和小司逃课的时候往往就来这里写生。画天空，画高草，画树画鸟，画学校里匆忙的人群和暮色里学校的那些高楼。"顿了顿他换个话题说，"这样烧起来的天空不多了呢，马上天气就会很凉很凉的。"

立夏坐下来，也抬起头看着天，看了一会儿就看呆掉了。

"上午的时候……你是怎么了？"陆之昂还是没有睁开眼睛，可是表情却严肃起来。

"也没……什么。"立夏也不知道怎么说。毕竟是让人不愉快的事情。

"是李嫣然吧？"

"你知道？"

"我去教导处的时候看见她了。我也不怎么喜欢她。"陆之昂拔下头发旁边的草咬在嘴里，那根草一直在他脸上拂来拂去弄得他怪痒痒的。

"为什么呢？她不是傅小司的女朋友吗？我还以为你们……"

"什么你们我们。她是她，我是我，小司是小司。没有谁们。"

立夏转过头去，看到陆之昂睁开了眼睛，眉头微微地皱起来。还从来没见过他皱眉头的样子呢，以前总是对谁都一副笑容满面的样子像是世界和平亲善大使一样。

陆之昂吐掉嘴里的那根草，说："我和小司从念小学就认识了。一直嬉闹，打架，画画，然后混进浅川一中。其实以前我的成绩很不好，也不爱画画，不过跟小司在一起的时间多了就养成了很多他的那些洁癖似的各种习惯，后来就开始画画，然后成绩越来越好，从一个小痞子变成了现在这样的好学生。李嫣然是后来认识的，因为她的妈妈和小司的妈妈是最好的朋友，而小司是最喜欢他妈妈的，所以李嫣然经常和我们一起玩。因为小司的妈妈很喜欢李嫣然，所以小司也对李嫣然很好。其实这种好也就是愿意跟她多说几句话而已。你不知道吧，小司从小到大几乎不怎么说话呢，对谁都是一副爱答不理的样子，有时候都感觉他像不属于这个世界的人，总觉得他有着自己的世界，别人谁都进不去。不过这小子很受女孩子欢迎呢，嘿嘿，但是从小到大喜欢小司的女孩子在我眼里都不怎么样，李嫣然我也不喜欢。"

"为什么呢？"

陆之昂顿了顿，像是想了一下该怎么说，然后说："怎么说呢，我不太喜欢有钱人家的孩子从小养成的那种优越感。"

"去死吧，自己还不是一样。"立夏扯起一把草丢过去，心里有点儿想抓墙。

陆之昂坐起来，扯了一把草丢回去，说："哎你听我说完呀，说完了我再和你打架。"

"打……架？"立夏听得眼珠子都要瞪出来了，第一次听男生说出要和女生打架的话，而且还说得理所当然像是体育比赛一样。

"我有一个小表弟，家里没什么钱，很喜欢画画的他用着一块钱一支的那种很差很差的画笔，上面的毛都快掉光了。买不起画册就经常坐在书店的地板上翻画册，直到被老板赶出来。没钱买颜料了就不交色彩作业，被老师骂的时候也不解释，于是老师就觉得他很懒，不爱画画，可是我知道他是很爱画画的，他的愿望就是当一个画家。所以我很讨厌那些仗着自己家里有钱就耀武扬威的人……喂，你在听没有啊？"

陆之昂转过头去看到立夏脸上湿淋淋的一大片，立刻慌了手脚。

夕阳的余晖斜斜地打过来笼罩在两个人的身上。树和树的阴影交叠在一起成为无声的交响，来回地在心上摆荡。

光线沿着山坡消失。温度飞快下降。

一同消失的，还有那些流过脸庞的眼泪。

送立夏回宿舍的时候已经六点多了，夕阳差不多完全沉到了地平线之下。立夏侧过头去也只能看到陆之昂一张棱角分明的侧脸轮廓。鼻梁很高，眼眶很深，嘴唇很薄显得冷漠。眉毛斜飞上去消失在黑色浓密的头发里。

黑暗模糊了一切的边界，时间水一样地消失。

于是那一句"谢谢你今天陪我"也消失在胸口，无法说得出来。

傅小司从教室跑下来的时候天已经黑了。他拿着从教室取回的颜料穿过操场朝校门走过去，他微微地抬起头，然后看到陆之昂和立夏的背影。两个人的影子像钟面的指针，齐刷刷地指向同一个方向。不一会儿就消失在香樟的阴影里面。傅小司茫然地抬着头，眼睛里光芒明明灭灭。似乎立夏和陆之昂在一起让他多少有些困扰。陆之昂不是说放学有事情要早点儿回去吗？怎么到现在还在学校里面晃呢？

傅小司摇了摇头，正想回楼梯口拿单车，就听到有人叫他。回过头去看到李嫣然站在树影下面，傅小司和她打招呼，他说："你也在。"

"我爸爸开车来的，你别骑车了，我送你回家。"

傅小司低头想了一会儿，朝刚刚陆之昂消失的方向看了一下，校园空旷一片，然后他回过头来说："好。"

车门关上的时候傅小司心里突然空荡荡地晃了一下。手把颜料捏来捏去的，因为用力而让颜料变了形。

路过教学楼，陆之昂"咦"了一声然后停下来。立夏顺着他的目光看过去，看到傅小司的山地车停在教学楼下面。陆之昂喃喃自语地说："这小子怎么还没回去？不是说他有事先走了吗？"

送完立夏之后陆之昂就在学校里面逛来逛去。一方面他想对小司说一下立夏和李嫣然的事情，一方面又比较担心傅小司，心里像是气球被扎了个很小很小的孔，一直朝外漏着气，却又寻不到确切的痕迹。

秋天的夜晚像潮水一样从地面上漫上来，一秒一秒地吞没了天光。当香樟与香樟的轮廓都再也看不清楚，路灯渐次亮起时，陆之昂还是没有找到小司。他心里开始慌起来。住宿的学生三三两两地从浴室洗好澡回宿舍去了。八点的时候所有的住宿学生必须上晚自习。这是浅川一中几十年雷打不动的规定。

陆之昂坐在小司的单车上，望着空旷的楼梯发呆。坐了很久也没有办法，于是只好回去。出了校门赶忙在街边的电话亭打了个电话，电话响了很久终于有人接了。然后他听到傅小司惯有的懒洋洋的声音，不带一丝的情绪。

那边一声"喂，你好"之后陆之昂就开始破口大骂，骂完后也没听傅小司说什么就把电话挂了，然后开始飞奔去学校的车棚拿车，脸上露出如释重负的笑容，甚至不由自主地在夜色里哈哈大笑起来。

陆之昂现在就想快点儿回家，因为肚子真的饿得不行了。

早上七点一刻的时候陆之昂骑车到了傅小司家楼下，没看见傅小司的踪影，于是抬起头吼了两声，然后就听到关门下楼的声音还有傅小司冷冰冰的一声"吵什么吵"。

傅小司把书包扔进陆之昂的车筐里，然后跨上他的后座。傅小司说："我的车昨天丢在学校里了，你载我去学校吧。"

陆之昂踢起撑脚，载着傅小司朝学校骑过去。香樟的阴影从两个人的脸上渐次覆盖过去。陆之昂不时地回过头和傅小司讲话。他说："靠，你昨天不是说有事早点儿回家吗？怎么那么晚还不走？"

"颜料忘记在学校了，回去拿。"

"没骑车？"

"李嫣然送我回去的。"

"……又是她。"陆之昂的语气里明显地听得出不满。不知道为什么，昨天和立夏聊天之后陆之昂似乎越来越不喜欢李嫣然了。应该说是从来就没有喜欢过，现在越发地讨厌起来。

傅小司没理他，望着周围变幻的景色发呆。

"你知道李嫣然昨天对立夏说的话吗？"

傅小司摇了摇头，并没有意识到陆之昂看不到自己的摇头。陆之昂见傅小司不回答心里微微有些恼火。于是低声吼了一句："傅小司你听到我的话了吗？！"

傅小司才突然意识过来，于是回答他："我听到了。她和立夏怎么回事？她们怎么会在一起？"

于是陆之昂就告诉了他昨天晚上和立夏在一起的事情。昨天早上陆之昂看到立夏是从教导处哭着出来的。进去后看到李嫣然的爸爸和李嫣然在一起，于是向李嫣然的爸爸问了好，然后在边上一边假装着找自己的作业本，一边听着他们的对话。虽然不是很清楚，但是也知道了一二。于是他才会放学留下来，等着立夏。

陆之昂滔滔不绝地说了一大堆，在遇到一个红灯的时候停下来回转身望向傅小司，结果傅小司根本没听，靠在自己背上睡着了。这让陆之昂格外地光火，于是推醒他，铁青着一张脸。

傅小司面无表情地看着他，心里有点儿不明白。

他最清楚，陆之昂整天笑眯眯地对谁都很客气，这个人是从来不会把别人的事情放在心上的，这点跟自己一样，只不过自己表现得比较直接而已。可是这次却因为李嫣然和立夏的事情这么在意。于是他抬起眼睛望着陆之昂，想看他到底想做什么。

两个人就这么赌气地互相不说话，然后绿灯，周围的车子开始动了。陆之昂并没有走的意思，气氛很僵硬地停留在空气里，连头发都丝毫不动。

"你到底走不走？"傅小司问。

陆之昂倔强地不说话，还是铁青着一张脸。

于是傅小司跳下来，从他的车筐里拿出书包然后朝前面走去。陆之昂脸色变了一变，但放不下面子依然没有叫他。直到傅小司走出去一段路了他才勉强地在喉咙里挤出了一声干瘪瘪的"喂"，可是傅小司并不理会，依然朝前面走，走到前面的车站然后就跳上公交车走了。陆之昂的脸色变成了柠檬绿，他连着怪叫了四五声"喂喂喂"，可是傅小司根本没有从车上下来的意思。

陆之昂赶忙踢起撑脚往前一踏，结果车子纹丝不动。回头看过去后轮上竟然锁着傅小司平时用来锁抽屉的一把锁。陆之昂觉得肺要气炸了，可是抬起头傅小司早就不见了踪影。于是一张脸变得像要杀人可是找不到人一样，充满了愤怒和懊恼。

"钱松平？"

"到。"

"王室颂？"

"到。"

"陆之昂？"

……

"陆之昂？"

下面没人回答，班主任抬起头，瞄到陆之昂的空位。

立夏忍不住回过头去，看到傅小司边上空着的座位。目光朝旁边飘过去，就看到傅小司一脸杀气腾腾的表情，冷冰冰地在脸上写着"看什么看"。立夏吓得赶紧回过头。

正好这个时候，走廊里咚咚地响起脚步声。

陆之昂冲到教室的时候头上已经是一层细密的汗，头发上也有大颗大颗的汗水往下滴，身上那件白T恤早就被汗水湿透了，他紧赶慢赶还是迟到了。还好第一节是班主任的课，老师没怎么为难他。只是淡淡地说了一句"下次早点儿到"就让他进来了。没办法，好学生总是有这样的特权的，立夏也不是第一次见识了。

陆之昂冲进教室，穿过前面几排桌子的时候因为走得太快还把一个人的铅笔盒碰到了地上，走到座位上时把书包重重地朝桌子上一摔。这整个过程里，他杀人的眼光一直瞪着傅小司，可是傅小司低着头抄笔记，偶尔抬起头看黑板，眼睛里依然是大雾弥漫的样子，完全没有放在心上。

陆之昂恶狠狠地坐下来，桌子椅子因为他大幅度的动作发出明显的声响，整个班的人都朝这边看过来。立夏没有回过头去，觉得很奇怪，也不好意思问，低下头继续抄笔记。

整个上午陆之昂没有和傅小司说一句话，两个人都在赌气。其实傅小司也说不上来自己到底是在为什么而生气，仔细想想根本没有任何事情，可是当时看到陆之昂生气的样子就更想让他生气，于是顺手就把锁往自行车上一锁。现在想想傅小司有点儿想笑。可是旁边的那个头发都要立起来的人还是铁青着一张脸，这样是无论如何都不能笑的。输人不输阵，好歹要比脸色臭，自己可是强项。

上午最后一节是体育课，内容是游泳。

下课后傅小司从更衣室出来，头发滴滴答答地往下滴水，穿着一双人字拖鞋，宽松的白T恤空荡荡地挂在身上，弯下腰的时候后背骨架透过T恤露出锐利的形状。

傅小司抬头的时候看见陆之昂站在自己面前，也是刚洗完澡，身上湿淋淋的。他木着一张脸，指着傅小司说："想怎么样啊你？"

傅小司看着陆之昂，面无表情。但后来还是忍不住笑了，开始还只是咧了咧嘴，后来直接张开嘴笑了，露出两排白色的牙齿。

傅小司把毛巾丢给他，说："你擦擦吧，我先去拿车，学校门口等你。"

路上傅小司听陆之昂讲了很多立夏的事情。陆之昂几乎是把立夏告诉他的全部都转述给了傅小司。

陆之昂叙述着这些事情的时候像是从身体上弥漫出一种深沉而伤感的情绪，围绕着他，让他变得像是黄昏中那些悲伤的树木一样。傅小司定定地望向陆之昂，陆之昂回过头来，明白傅小司想问什么，于是说："小司你记得我有个小表弟吧，立夏给我的感觉就像是我的另外一个小表妹一样，有着相同的环境，有着一样善良的性格，所以早上我看到你一脸无所谓的样子我有点儿生气，因为立夏和李嫣然相比无论如何都是立夏更值得去关心的，而不是那个千金小姐李嫣然。小司，你知道我一直不喜欢那些从小娇生惯养的富家孩子的。我不明白的是李嫣然那样的女孩子为什么你还要跟她在一起。"

傅小司抬起头，眼睛里闪过一些光。陆之昂看着那些一闪而过的光芒的时候觉得微微有些刺眼。因为习惯了他没有焦点的眼睛，突然看到充满清晰犀利的光芒的眼睛反而觉得有些仓皇。

傅小司停了停，说："我没有觉得李嫣然有多好，只是她对我妈妈很好，我妈妈也很喜欢她，所以至少我觉得她不坏。"

"那么……立夏呢？"陆之昂望着傅小司。

傅小司没有说话。眼睛重新模糊开去。

之后一路上都是寂静。

汽车从他们身边开过去发出轰隆的声响。秋天的风从树梢上刮过，显得又高远又空旷。像是很远很远的蓝天上有人吹风笛一样。

中途经过红绿灯的时候停下来，傅小司问他："你早上怎么会迟到那么久？我下来的地方离学校已经不远了呀。"

陆之昂红了眼："因为你有病！你把我的车锁了你还来问我，我把自行车扛到学校都快累死了！你去扛着试试！"

"你才有病呢。"傅小司白了他一眼，"你没看见我把钥匙丢在你的车筐里了吗？"

陆之昂又憋了半天，然后更加郁闷地说："我扛到了学校才发现……"

傅小司愣了一下，然后就笑得从自行车上翻下去了。

到了傅小司家楼下，傅小司停好车，挥了挥手，就转身上楼去了。

身后的陆之昂突然"喂"了一声，傅小司转过来望着他，陆之昂把头转向左边，不知道望着什么地方，低声说了句："立夏和她妈妈一起生活的，她的爸爸，离开很久了……"

下午五点半。所有的课程都结束了。阳光从窗户斜斜地照进来。

立夏在桌子前收拾着书包，后面有人拍自己的肩。

"去画室吧。"陆之昂笑眯眯的，"小司也去。"

立夏收拾了一下就跟他们一起去了。只是有点儿奇怪他们两个上午不还吵架来着嘛，怎么下午就好了。

穿过一条被落叶盖满的道路。

"你的脚还有事吗？"傅小司不知道什么时候走到了身边。

立夏连忙摆摆手，说："没事没事。"因为李嫣然的关系所以立夏对傅小司讲话也变得十分小心。果然他顿了顿说："昨天李嫣然的事，对不起。"

立夏本来刚想说声没关系的，可是陆之昂在旁边瞪着眼睛一脸如同见了鬼的表情，然后陆之昂鬼叫两声说："啊啊啊，原来你也是会说对不起的啊……"话还没说完被傅小司一眼瞪了回去。

画到一半的时候傅小司把立夏的画拿过去看，不出所料地他说了句："难看。"然后拿过去用笔在她的画上开始涂抹起来。等他递过来的时候素描上的阴影已经细密了很多，而且重新分布过了，不再是她随心所欲搞出的光源不统一的那种。

画好后回寝室的时候路过别的教室，初中部的学生正在做大扫除，一个看上去像劳动委员的男生在冲着门口拖地的女生大吼："叫你拖你就拖，哪儿那么多废话啊！"然后那女的语气更加的横，说："我不是在拖嘛你急什么急……"

陆之昂听得哈哈大笑，弯下腰捂着肚子。

傅小司皱了皱眉头，说："你脑子里整天就是这些下流的东西。"

陆之昂"嗤"了一声，说："你脑子里如果不一样是这些东西，你怎么会知道我是在笑什么东西？"

傅小司脸上微微有些尴尬。

立夏赶紧朝前面走几步，假装没有听见这段对话。

送傅小司和陆之昂出了校门，立夏一个人去食堂吃饭，结果竟然吃出了一条虫来，这……立夏咬牙切齿了差不多十分钟，才鼓起勇气拿起饭盒去倒掉，倒的时候手一抖差点儿连饭盒一起倒进垃圾箱。然后格外愤怒地跑去食堂门口挂的那个意见簿上写了很大的几个字：饭里有虫！

黄叶似乎一瞬间就卷上了山头，浅川的周围开始一天一天变换着颜色，从盛夏的墨绿，到夏末的草绿，再到初秋的浅黄直到现在黄色包围了整个浅川一中。

　　日子就这样不断地朝身后行走，带着未知未觉的蒙面感朝着更加蒙面的未来走去。

　　立夏还是继续买着那一份不怎么起眼的杂志，而里面祭司的画开始呈现出一种前所未见的色泽，大面积大面积的忧伤占领了画面的所有边角，成为高唱凯歌的王，在摧城掠地的瞬间却又昭示着天光大亮。

　　妈妈来过浅川一次，带来了很多好吃的东西。放在寝室里一群大胃姑婆两天就解决了。然后对立夏的妈妈非常崇拜。寝室的四个女孩子一直以吃为最高理想，最伟大的牺牲是三个人在忍着生理痛的情况下每人连吃了三个冰淇淋，结果三个人晚上在床上痛得滚来滚去。嘴里大叫着："妈的想痛死我啊！"据说那一个晚上从一楼到三楼所有的男生都没睡着，而立夏所在寝室一战成名。

　　浅川一中的公寓很奇怪，男生女生住一幢楼，一楼到三楼是男生，三楼以上就都是女生了。夏天的时候每次从楼下走上来的时候都会看见穿着暴露的男生，甚至是顶着压力从刚洗完澡穿着内裤的男生身边走过才能回到寝室。而现在是十一月，在气温十几度的情况下穿着内裤到处溜达的男生变得越来越稀少。

　　除了公寓之外，游泳课的时候也是男生女生一起上课，所以女生最痛恨的就是游泳课。什么课都可以坚持，唯独夏天的游泳课一定要逃。谁都知道那些平时只知道看参考书的男生谈起女生都是一副色迷迷的口吻，所以根本无法想象穿着泳装在他们面前游来游去是什么心态，立夏的感觉就跟一只鸡在黄鼠狼面前昂首挺胸地踢正步一样，充满了行为艺术的气质。

　　所以几乎所有的女生都会打了假条上去谎称生理期到，无法下水充当浪里白条。唯独宋盈盈在上个星期就打了假条利用了这个借口回家休息了一次，这个星期就只能下水，于是伟大的盈盈决定去折腾两下。

后来立夏同寝室的三个女生在岸上观看了盈盈小姐在水中痛苦地浮来沉去，她脸上悲痛而肃穆的表情让立夏想起慷慨赴死的英勇战士。

下课后盈盈表达了她的体会，她说自己终于领悟到生理假要用在最紧要的关头，正如钱要花在刀刃上。

十二月。

天气一天凉过一天。有时候早晨起床也会看见窗外的树叶上凝了一层厚厚的霜。

粗糙的白色，密密麻麻地覆盖着那些常绿阔叶的浓郁树林。

而那些到了秋天就会落叶的树木，现在只剩下了光秃秃的枝丫，朝着冻得发出灰蓝色的天空伸展上去，大大小小的密集的树枝，像是墨水滴在纸上，沿着纹路浸染开去。

冬天的清晨。整个校园无边的寂静。像是被浸泡在水里。

没有飞鸟声，没有蝉鸣，没有树木拔节的声响——像是一切都停止了生长。

时间荒诞地停顿着。

只剩下很少很少的男生，会在这样的天气里坚持着晨跑，他们大口呼吸的声音从遥远的操场上传递过来，在空旷的校园里来回摆荡。立夏闭着眼睛，似乎都能感受到他们呼出的大团大团的白汽，扩散融入到冬日的晨雾里。

每天早上起床都变成一项格外充满挑战性的行动。

六点半的起床铃声就变得比午夜凶铃更加让人愤怒。

盈盈的起床方式充满了代表性,她总是先伸一条腿出被子试探一下气温，如果比较暖和那么她就会慢慢地爬起来，如果气温偏低的话就会听到她一声惨叫然后像踩了老鼠夹一样闪电般地把腿缩回去。

早上早读的时候语文科代表在上面带领大家读课文，结果他不负众望地把"本草纲目"念成了"本草肛门"，笑声掀翻屋顶。

中午立夏跟七七吃完饭从食堂走回来的时候碰见班主任，他带着儿子，七七不认识立夏的老师，看见立夏叫了声老师之后装作挺乖巧的样子也叫了声"老师好"，班主任刚想笑眯眯地说声"同学们好"的时候七七突然来了一句"这是您孙子吧真可爱"，立夏感觉差点儿就要后空翻了。

每天下午傅小司都会教立夏画画，她的画变得越来越能见人，并且立夏和陆之昂、傅小司也逐渐熟悉起来，彼此也能开开玩笑。

傅小司对于立夏的画技进步一直强调是"名师出高徒"，而立夏一口咬定是"师傅领进门修行靠个人"，反正他说一句"名师出高徒"立夏就一定要跟一句"师傅领进门"，将不要脸进行到底。

这一切自然地发生，抽丝剥茧般缓慢而绵密。

只是有时候，当立夏站在放学后人去楼空的走廊上，眺望着远处操场上状如蚂蚁般分散渺小的人群时，她才会在内心涌起一种幸福和悲伤混合的情绪。

在这样庞大如银河星系般的人群里，该有多小的概率，可以遇见什么人。

然后和这些人变得熟悉，依赖，或者敌对，仇恨。

牵扯出情绪，缠绕成关系，氤氲成感情。

当夕阳将那种融化后的黄金状粉末喷洒向整个世界，天地混沌一片，暮色中，遥远的风声描不出任何事物清晰的轮廓。倦鸟归巢，雨水飘向远方。

在这样的时刻，立夏会觉得，自己和这样两个传奇般的男生的熟识，就像是这样一整个温暖的，模糊的，散发着热气，却又昏昏欲睡没有真实感的黄昏一样。

温暖的，却又可以无限下沉的黄昏。

时间迈向十二月底。

似乎周围的一切都开始蒙上白白的霜，气温下降得很快。

穿起冬装，学校里每个人都显得格外地臃肿。不过男生们似乎总是不怕冷的，这样的天气里依然是一件衬衣外面加件外套就行。立夏对此总是非常佩服。

每天早上的晨跑越来越要人命。立夏每天起床的时候都在心里暗自倒计时。

"离一月还有五天。"

"离一月还有四天。"

……

因为浅川一中从一月开始就不用晨跑了，怕这样的天气跑出去一个人，抬回来一块冰。

每天早上依然会碰见傅小司和陆之昂，他们似乎穿得和秋天一样单薄。三个人呼出一团一团的白汽打着招呼。到后来陆之昂每天还会带一袋牛奶过来，见面就递给立夏。是从家里带出来的，放在书包里，还是热的。

每天下午立夏都和陆之昂还有傅小司一起画画，傅小司教给立夏越来越多的技巧，几乎有点儿让她眼花缭乱了。立夏也越来越佩服傅小司。很多时候她听着听着就出了神，抬起头看着傅小司格外认真的面容。而傅小司总是用铅笔直接敲她的头。立夏始终不明白傅小司眼里终年不散的大雾到底是怎么回事，立夏几乎要断定他真的是白内障了。

但是立夏最近也不是很开心，因为一直参加美术补习班的原因，立夏的学习成绩有点儿退步了。几次考试立夏都没有进前十名，这让立夏心里觉得很难受。一方面自己喜欢美术，另一方面对于文化课的成绩立夏也是非常在乎的。

立夏总是搞不明白，傅小司一样没有参加下午的自习，一样是去画室画画去了，可是为什么每次的考试排名他依然高居在第一位呢，连陆之昂也是，永远都在第二名。这让立夏觉得很气馁。

黄昏在六点的时候就来临了。教室里的人三三两两地散去。周围慢慢安静下来。

立夏拿着刚发下来的物理试卷发呆，77分，对于很多学生来说已经可以欢呼了，可是傅小司和陆之昂一个98一个92，这让立夏恨不得钻进地里去。

肩膀上被人拍了一下，立夏回过头去看到傅小司的脸。

"还不走吗？"他拉开旁边的椅子坐下来。

立夏摇了摇头，然后转过身去。过了会儿就觉得身边有人坐了下来。

立夏回过头去，望着傅小司有点儿疑惑。傅小司什么也没说，从立夏手里拿过试卷开始看。因为动作太快立夏想阻止都来不及了，只能乱找话题问他："陆之昂呢？"

傅小司眼睛没离开试卷，只是随便地说了声："哦，他爸爸找他有事情就先走了，我看你一个人在发呆就留下来看看。"

轻描淡写的一句话。很符合他的作风。

傅小司重新把书包打开，拿出钢笔在试卷上敲了敲，转过身来对立夏说："你忙着回寝室吗？"

"啊？"立夏有点儿没搞懂他的意思。

"你不急的话我就帮你把错的地方讲一遍。"

立夏望着傅小司的脸，发现他的样子已经比自己刚进学校的时候看见的成熟了许多，眉毛变得更浓更黑，睫毛也变得更长。

视线散开去，看到的还有薄得很冷漠的嘴唇。还有上面青色的胡楂。十七岁的男生都是这副样子。

脑袋上被重重敲了一下，反应过来就看到面前傅小司一双永远没焦点的眼睛，脸上一下子就烧起来。赶紧说："不急的，我听你讲。"

夕阳从窗外无声地遁去。

傅小司的声音不高不低地回荡在空旷的教室里面。空气凝固下来，从外面可以听到鸽子扇动翅膀的声音。学校后面的那个教堂每天都会在六点半的时候敲响晚钟，而每天的这个时候立夏的心情都会变得很平静。

钟声是种让人觉得宁静的声响。

后来钟声就响了，来回地在浅川一中里面回荡。傅小司捋起袖子看了看表，说："这么晚了。"

立夏点点头，说："你先回去吧，剩下的我都明白的。"

傅小司站起来在空气里伸了伸手，关节发出声响。他说："坐久了就要变僵尸的。"说完笑了笑。

立夏突然觉得在黄昏模糊不清的天光里傅小司的笑容也被蒙上了一层柔和的光芒，然后立夏意识到傅小司的笑容真是难得一见呢，平时都是一张扑克牌一样的脸。

傅小司背好书包，说了声再见，然后就走了，临走时摸了摸肚子说："没注意时间，现在有点儿饿了。"动作像个五岁的孩子一样。立夏心里觉得很好笑。

楼道里清晰地传来傅小司下楼的声音。立夏也开始收拾书包准备回寝室了，等一下还要上晚自习，迟到了可不是件好玩的事情。还没收拾好就听到脚步声咚咚咚地一路响过来，抬起头傅小司又出现在面前，立夏不由得"咦"了一声。

傅小司重新打开书包，拿出本黑色封面的笔记本，说："这个，是我的化学笔记，你的笔记我看过，太乱了，你拿我的去看吧。"

立夏接过来说了声谢谢，抬起头看到傅小司笑着摆了摆手。

"我先走了。"

"嗯。"

黄昏只剩下一丝光亮，天空布满了黑色的云，快要下雨了吧。立夏背好书包，准备离开教室，走之前去关窗户，刚把头伸出去立夏就轻轻地叫了一声"啊"。

傅小司打开自行车的锁，把车推出车棚，刚跨上去，结果一抬头就看到满天的大雪飘了下来，那些纯净的白色在黄昏里显得格外安静而且柔软，一瞬间整个浅川一中静得发不出声响，只剩漫天的雪四散飞扬。

那些鹅毛大雪纷纷扬扬地落在操场上，草地上，湖面上，单杠上，食堂的屋顶上，红色跑道上，一寸一寸地抬升了地面。不一会儿傅小司的头发上就落满了雪花，衬着他黑色的头发显得格外地晶莹。傅小司跨在单车上忘记了走，抬头看下雪看得津津有味。逐渐黑下来的暮色里，傅小司的眼睛变得光芒四射，像是黑云背后永远高悬的北极星。

立夏伸出去关窗户的手停在空中，窗外充满天地间每一个缝隙的雪遮住了立夏的眼睛。立夏微微地闭上眼，看见了最完美的世界。

这是今年的第一场雪。

消失了寒冷。只剩下庞大的温柔，用白色渲染着这个世界。

下过雪的道路变得格外难骑。

陆之昂跨在车上在傅小司家楼下等他一起上学。这已经成为很多年的习惯。下过雪后气温就一下子进入了冬天。傅小司下楼走出楼道门，离开中央空调的环境突然被冷风一吹，冻得傅小司马上重新上楼去，再下来的时候穿了件黑色的外套，后面有个帽子，帽檐上是看上去柔软的白色绒毛。这样的天气一件单衣已经顶不住了呢。

陆之昂就穿得更是多了，厚厚的手套围巾，还戴着顶看上去有点儿滑稽的毛线帽子。陆之昂特别怕冬天，一到冬天他就冷得不行，于是催着傅小司快点儿出发。

学校走廊尽头的茶水室也变得格外有人气。一到下课时间所有的人都冲到茶水间去换热水到暖手瓶里。这样的天气谁也受不了。

整个浅川一中银装素裹，学校暂停了体育课和晨跑以及课间操。每个学生都在大声欢呼。其中七班叫得格外响亮。任何时候七班都是最活跃的班级。

立夏不由得很是羡慕。羡慕归羡慕，还是要埋下头来认真地抄笔记的。

傅小司的笔记做得让人叹为观止。立夏想不通这个整天上课睡觉画花纹的人究竟是什么时候抄了这么满满一本笔记的。回过头去望着傅小司，他正露出得意的笑容，似乎猜到了立夏想说什么。于是立夏用鼻子出了口气就转了过来，自叹不如地拿出笔记本来抄。

第三节课下课后立夏把笔记还给傅小司，回过头去竟然看到他们两个在收拾书包。立夏莫名其妙，问："你们要干什么？"

陆之昂一边把单肩包往身上挎，一边充满神秘地歪起嘴角笑。立夏拿起笔记本在他头上拍了一下，说："笑个头啊，你们收拾书包干什么？"

陆之昂嗷嗷地惨叫，刚叫完一声就被傅小司捂住了嘴。傅小司望了望教室外面，确认没有老师，才回过头来对立夏说："我们逃课。"

立夏立刻张大了嘴巴，但冬天的风马上倒灌进来，于是赶紧闭上，问他们："逃课干吗？"

陆之昂笑笑说："浅川美术馆今天有场画展，只展一天，是全国大学生的美术作品，去看吗？"

"我？"立夏有点儿不敢相信。

"嗯，去不去？"傅小司和陆之昂已经背好书包了。

立夏咬了咬嘴唇，把笔记本往包里一放，说："好吧，死就死。"

三个人站在学校后山的围墙下面，抬头看了看落满积雪的围墙。傅小司和陆之昂把书包丢过围墙去，然后就开始往墙上爬，两个人都是运动好手，陆之昂还参加过初中部的跳高训练，他们很快就站在围墙上了，两个人刚往外面望了一眼就异口同声地"啊"了一下，回过头来，就看到立夏把书包朝围墙外面扔过去。陆之昂和傅小司同时愣住，然后又同时笑得弯下腰去，两个人在围墙上摇摇欲坠。立夏在下面有点儿急了，说："你们两个有病啊，快点儿拉我上去。"

两个男生一边笑一边把立夏拉上去了，立夏站到围墙上朝外面望了一眼就有点儿想哭。

外面是一个水洼，三个人的书包并排躺在水洼里。再回过头来看见傅小司和陆之昂笑得坐在围墙上站不起来。陆之昂抹着眼泪说不行了不行了肚子痛。

出了校门满地都是积雪，从后山艰难地绕到前门就花了差不多半个小时。鞋子差不多都湿了，手里还拎着个湿淋淋的包，滴答滴答地往下滴水。

陆之昂准备打电话叫家里找辆车子过来接，立夏听了心里有些话想说但也没好讲出口。立夏想自己和他们的世界终究是不同的。

他们是想去哪儿只需要一个电话的小少爷，而自己只是个背着书包上学念书的普通学生。想到这里就有点儿沮丧。

傅小司沉默了一会儿，然后抬起头拉住陆之昂说："算了，走过去吧，也没多远的路。"陆之昂说："也行，那走吧。"

立夏抬起头，正好碰见傅小司微笑的一张脸。他把衣服上的帽子戴起来，朝大雪里冲进去，回过身来朝立夏和陆之昂招了招手。立夏觉得有点儿感动，其实傅小司肯定知道自己刚才那一瞬间想了些什么。

原来也并不是完全冷漠的一个人。

美术馆的人很少，因为今天本不是休息日，而且展出的又不是什么名画，所以整个大厅就只有他们三个人转来转去。立夏看着墙上各种各样的画觉得心里有风声来回掠过。

她回过头去，光线并不很足的大厅里，傅小司和陆之昂的眼睛明亮，像星辰一样泛出洁白的光芒。他们脸上是虔诚而无比渴望的表情，在抬头的弧度里显出让人感动而充满敬意的肃穆。

立夏想，他们两个是真心地喜欢美术吧。

看完画展就中午了，傅小司说："干脆回我家里去吧，顺便换身衣服。"

落在身上的雪都已经化了，衣服泛出一股潮味。

立夏欲言又止的神色两个男生都看到了。于是陆之昂拍拍她的肩膀说没什么的，小司的妈妈非常和蔼呢。

傅小司说："走吧，没什么大不了的，喝杯咖啡，下午一起去上课。"

傅小司在楼下一直按门铃，过了好一会儿才听到下楼开门的声音。门一打开陆之昂就嗷嗷叫着冲了进去，一边冲一边说："阿姨啊，好冷啊外面。"傅小司侧身进去，于是立夏看到了傅小司的妈妈。正想开口叫阿姨，还没来得及出口，结果傅小司的妈妈倒先开了口，她说："你是小司的同学吧，快进来，外面很冷呢。"立夏看着傅小司妈妈的笑容突然就觉得轻松了，刚才还绷紧着全身的肌肉呢。

进去之后却看到陆之昂站在门口，傻站着也不进去，走到他面前才看见他木着一张脸。立夏顺着他的眼光看进去，于是看到客厅里李嫣然坐在沙发上喝着咖啡，她也在朝这边看过来，一瞬间立夏尴尬得想朝外面退，结果正好撞在傅小司的身上。

"干吗都不进去？"傅小司挤过来，然后看到李嫣然，他的眉毛也皱了一皱，低声问："你怎么也没上课？"

吃饭的时候气氛有点儿尴尬。几个人都埋头吃饭，没说什么话。傅小司吃饭的时候是从来都不怎么习惯讲话的，可是陆之昂平时那么能讲话的一个人今天也一直低着头吃饭。立夏则更加尴尬，连菜都不敢多夹。只对着自己面前的那一盘蚝油生菜一直进攻。

李嫣然突然对傅小司说："你今天逃课是去看画展吧？"

傅小司嘴里含着菜不方便说话，于是在喉咙里模糊地答应了一声"嗯"。

李嫣然于是就笑了，她说："你干吗在大雪里跑来跑去的呀，打个电话给我，我叫爸爸找辆车去接你们啊。"

"就你家才有车。"陆之昂突兀地顶了一句。

于是李嫣然就愣在那里,不知道自己哪里说错话了。

傅小司停下来,说:"没什么,我自己不想坐车的,而且又不远,就走了过去。你们快吃饭,等下还要上课呢。"

时间渐渐走远。说不清楚快,或者慢。

再抬眼望窗外的时候冬天已经很深了。已经不用晨跑也不用上体育课了,积雪再也没有化过。寝室里变得越来越冷,盈盈现在的起床方式已经从伸一条腿出去变成露一只眼睛出来感受气温。

迟到的人越来越多,太多的人不能在冬天的低温里起床。虽然早起对立夏来说也很痛苦,不过立夏还是每天早上坚持着上早自习。

学校的热水变得供不应求,打水的人在课间休息时间排起了长龙。一长排的人嘴里呼着白汽,哆嗦着,臣服在冬天的威力之下。

陆之昂是彻底地进入冬眠阶段,上课有百分之八十的时间都在睡觉。不睡觉的时候也变得目光呆滞,和他说一句话他三分钟后才抬起头,半眯着眼睛回答你。而且十有八九答非所问。

倒是傅小司,在冬天里整个人都显得很精神,身上微微透出一些锋芒,在冬天寒冷的气候里尤其明显,像是一把开过刃的剑。

傅小司还是经常会在下午放学的时候留下来帮立夏讲题,依然把笔记借给立夏。而这个时候陆之昂就躺在边上睡觉,傅小司给立夏讲完之后就推醒他,然后拉着哆哆嗦嗦的他回家。

立夏依然每个月在学校门口的书报亭里买有祭司专栏的杂志,里面祭司的画也开始充满了雪景。大片大片的白色被处理得充满了神圣的意味。

整个世界泛滥着白光,像是洪水一样。

立夏每天下午还是会和小司还有陆之昂一起去画画,只是现在傅小司已经不怎么教立夏了，因为基本功学完了之后总归是要靠自己的。现在才是真正的"师傅领进门，修行在个人"了。同样因为傅小司的帮忙，立夏的成绩也提高了一些。有一次甚至考过了陆之昂拿了第二名，这让陆之昂嗷嗷地怪叫了一个礼拜，然后在下一次的考试里总分又足足比立夏多了三十多分。

日子突然变得很平静了，立夏觉得生活变得很充实，这是自己初中时从来没有感觉过的。依然经常和七七吃饭，聊天的时候总是不自主地会对七七讲到傅小司和陆之昂，而每次七七都是笑而不语，用一种复杂的眼神盯着立夏看。看到后来立夏也不好意思老提他们两个了。

寒假到来之前的最后一次考试，期末全年级的总排名榜上，高一三班显得格外地辉煌。全年级前十名后面的班级全部写着"高一三班"。

第一名：傅小司，高一三班。

第二名：陆之昂，高一三班。

第三名：立夏，高一三班。

期末考试结束后很长一段时间学校依然在补课，寒假并没有真正地到来。一直到接近春节了学校才开始放假。立夏和七七一起回了老家。很多同学聚在一起，谈着自己高中的生活。大家都很羡慕七七和立夏，因为能进浅川一中不知道是多少人做梦都想的事呢。

而当寒假结束的时候，春天也来了。

立夏推开窗的时候发现雪已经开始融化，有些树上已经萌发了绿色的嫩芽。

回到学校的那天格外热闹，毕竟很久不在一起多少都会想念。

而且各自都回了自己的家，立夏的妈妈依然让立夏带了很多家乡的小吃回学校，整个寝室陷入一片狼吞虎咽的声音之中。

开学的第一天立夏拿了两包带过来的小吃去教室，在穿过操场的时候又碰见了陆之昂和傅小司。两个人都穿着黑色的长风衣，在雪地里像是教堂里的牧师一样。一个寒假没有见面，两个人的脸似乎都瘦了，显出青春期男生特有的消瘦，再加上风衣一衬，立夏竟然觉出了一些成熟的味道。

陆之昂看到立夏老远就开始挥手，立夏于是也举起手来挥了挥。

春天就要到了呢。

艺术节在三月一号开始了。整个学校的学生都有点儿不思学习，每天都有各种比赛在进行，立夏和傅小司参加的美术组不需要现场比赛，只把作品交上去就行了。立夏交了一张人物的色彩，是自己在寒假里回去画的妈妈。立夏在画妈妈的时候总是最饱含感情的时候，所以画出来的妈妈脸上都是温柔的光芒。立夏记得给傅小司看的时候就又等着他的那句"难看"说出来，不料傅小司却竖了大拇指微微笑了笑。立夏瞪大了眼睛，觉得有点儿不敢相信。

而七七一路过关斩将，顺利进入声乐比赛决赛，这点连立夏都没想到。以前只听说七七是学国画的，而不知道七七原来唱歌也那么厉害呢。

陆之昂不知道参加什么比赛，一直神秘地不肯跟立夏说，也不准傅小司对立夏说，任立夏再怎么软磨硬泡都没有用，只是告诉她说到文艺汇演的时候就知道了。

整个艺术节持续了半个月。

像是被人的声浪掀翻掉顶棚的马戏团。整个浅川一中像是中了魔法般地热闹。之前被整整浸泡了一个冬天的寂静，像是冰雪般消融干净。

剩下一些薄而透明的冰片，漂浮在青春的河面上，折射出剔透的光。

三月十六号文艺汇报演出，一大早学校的布告栏上获奖名单就已经贴出来了，傅小司理所当然地获得了美术组第一名，七七也拿了通俗组第二名，立夏竟然也拿了美术组的第四名，立夏觉得特别开心。而最让立夏吃惊的是赫然看到陆之昂的名字出现在器乐比赛的获奖名单里，而且是钢琴组第一名。立夏的嘴张得合不拢了。

下午就是文艺汇演。上午老师通知立夏说是下午要演出一个节目，和傅小司一起上台现场画画，声乐组和器乐组的获奖人会同台表演，是一个混合类的节目。

整个下午的课全部取消。

所有的学生都搬出凳子坐在操场上。整个操场上都是密密麻麻的人头。一颗一颗挤来挤去。

舞台也已经搭好了，一些校工在调试音响。

立夏和傅小司在后台准备着画画的工具。

不知道为什么立夏总是觉得心里慌，像要出什么事情，总也静不下来。回过头去看看傅小司，他正在低头削着铅笔。立夏张了张口却也不知道说什么，于是低低地叹了口气。

"嗯？"傅小司抬起眼。

"没什么，有点儿紧张。"立夏回答。继续摆弄着画箱里的那些颜料。红色放左边，白色放右边。自己的习惯。

"其实没什么，画画在哪儿画都一样的，你想我们去街上画人物速写不是一样面对很多人吗？"

"那不一样呢……"

"没什么不一样，一样的。"傅小司眼里的雾还是没散。立夏想也许看到他清晰的眼睛就不紧张了，这样一双没焦点的眼睛看了让人心里没底。莫名其妙地想起自己前几天看的一篇日本的恐怖小说《灵雾》，忍不住打了个寒战。

立夏叹口气，也坐下来削铅笔。其实铅笔老早就削好了，立夏只是想找点儿事情做，好不让自己老是去想表演的事情。

正削到一半就听到有人叫自己的名字，回过头去，陆之昂和程七七走过来，两个人连笑眯眯的样子都一模一样。

"你们……认识？"立夏有点儿摸不着头脑了。

"七七在我们美术班经常和我们一起画画的，她可是老师最喜欢的学生，老师专门给她一间画室，偏心着呢。"陆之昂阴阳怪气地说着。还没说完就被七七当胸打了一拳。

"没有，那间画室是老师给我们三个的。"

"三个？"

七七朝着立夏身后的傅小司打了个招呼，立夏回过头去看到傅小司难得一见的笑容。立夏彻底晕了。

"那么，等下的钢琴和演唱就是你们两个了？"

陆之昂眯着眼睛一直点头。

立夏想，今天见鬼了。

上台之前傅小司把立夏的颜料全部按照顺序放整齐，又检查了一下她的笔和画板还有橡皮。然后拍了拍她的头。

立夏站到台上的时候才发现自己刚才在台下的紧张根本不算什么，现在才是真正的煎熬。立夏看着下面无数张面孔就觉得头晕目眩想要逃下去，可是怎么逃呢，这么多的人，脚上像生出根来，穿过鞋子扎在舞台上，笔直地朝着下面如同物理老师没表情的脸一般坚固的水泥地面刺穿下去，于是就动也动不了。

立夏听着陆之昂的钢琴声再听着七七的歌声就开始自卑。自己以前从来没听过呢，无论是陆之昂弹琴还是七七唱歌，尽管自己还把他们两个当作很好的朋友。想到这里立夏就回过头去看傅小司。傅小司站在离自己两米的地方，全神贯注地在画板上用铅笔勾勒着线条，眼睛里的大雾比任何时候都浓，几乎看不到他的眼睛，只剩下一片白茫茫的颜色。

立夏突然就慌了神，脑子里也只剩下一片白茫茫的颜色，慌忙抽出铅笔去打线稿，结果一用力铅笔断在画板上，于是又慌忙地去调颜料，可是蘸满颜色的画笔却怎么都调不出自己想要的颜色。

立夏有点儿慌了，拿笔的手泛出惨白的光。到最后甚至忍不住发出一声低低的呻吟，随后眼泪也开始往上涌。立夏想这样子真狼狈，可是越想眼泪越多。

正当立夏觉得眼泪再也控制不住的时候，身边递了一支铅笔过来，傅小司转过身来，在桌子下面抓住立夏的手微微用力捏了一下，立夏张大了嘴，眼前出现各种各样的色彩，像是最绚烂的画。

回过头去是傅小司令人心定的笑容。

立夏也不知道是怎么结束的。听到钢琴声结束七七也停止了歌唱。然后立夏自己在画布上抹上了最后一道鲜红的色彩。

当她和傅小司把画从画板上拿下来站在台上对观众谢幕的时候，立夏激动得想要哭了。下面响起了热烈的掌声，立夏看到班主任站在人群里微笑。

她转过头去想对傅小司说谢谢，可是目光落到傅小司的画上就再也收不回来。

第一秒钟笑容凝固在脸上。

荒草蔓延着覆盖上荒芜的山坡。那些沉睡了很久的荒原，终于被绿色渲染出柔软的质感。

第二秒钟笑容换了弧度。

忧伤覆盖上面容，潮水哗哗地涌动。那些夜里听过的潮声，朝着尽头逼近。

第三秒钟泪水如破堤的潮汛漫上了整张脸。

夏日如洪水从记忆里席卷而过。

第四秒钟……第四秒钟已经不重要了。

立夏知道自己哭了。

像是听到头顶突然飞过无数飞鸟的声音，雪花混着扬花一起纷纷扬扬地落下。

立夏再抬头就看到了傅小司清晰的眼神，如同北极星一瞬间让立夏失了明。

傅小司的画的右下角出现了立夏看了无数次的签名——祭司。

1997 夏至 │ 遇见 │ 燕尾蝶

如果十年前无法遇见。是否永远无法遇见。
在大雾喧嚣了城市每一个角落的岁月里。
芦苇循序萌发然后渐进死亡。
翅膀匆忙地覆盖了天空。剩下无法启齿的猜想。
沿路洒下海潮的阴影。

黑发染上白色。白雪染上黑色。
白天染成黑色。黑夜染成白色。
世界颠倒前后左右上下黑白。
于是我就成为你的倒影。
永远地活在与你完全不同的世界。
埋葬了晨昏。
埋葬了一群绚丽华贵的燕尾蝶。

你是我的梦。

立夏也不知道是如何走下舞台的，只觉得脚下像是突然陷落成了沼泽，软绵绵地使不上任何力气。

整个世界突然像是被抽空了声音。

剩下所有的镜头像是无声的电影在眼前播放。

立夏看见七七对着台下挥手，笑容像是春天开满整个山谷的白色花树。而陆之昂从钢琴后面站起来，装模作样地对着舞台下面的学生鞠了一躬，感觉突然变成个成熟的绅士一样，只可惜依然是一张十七岁稚气未脱的棱角锐利的脸。

而傅小司呢？

立夏根本不敢抬头去看傅小司，只能听见他在自己的前面卷着袖子叮叮当当地收拾东西。从袖管里露出来的手臂，男生突出的血管，骨骼分明的关节。和女生柔软细腻的手臂完全不同。

然后立夏跟着稀里糊涂地下了台。走到舞台边缘的时候，立夏本来想抬起头问问傅小司的，可是一抬头就看到李嫣然漂亮的脸，她拿着一瓶矿泉水等在那里，傅小司抬眼和她低声说了什么，李嫣然的笑容很灿烂地挂在脸上。于是立夏差点儿一脚踩空。

在后台的时候立夏的眼睛一直跟着傅小司，几次话要出口了，都因为李嫣然在他的旁边，而变得什么都不敢问，但目光还是粘在他身上拉不回来。立夏想，这就是自己喜欢了整整两年的画家吗？眉毛，眼睛，鼻子，头发。黑色的头发。两个人的影子全部重叠起来。感觉变得奇怪而且微妙。

夜晚还是稍微带着些凉意。

尽管沉重的冬天已经过去，但是空气里悬浮着的那些寒冷的因子、窗外的寒气依然没有退去，依然寻找着每一个罅隙，潜伏进人的内部。

晚上立夏躺在床上一直睡不着。眼前反复出现傅小司在后台的情景。她几次都要开口询问了，话到嘴边又被李嫣然的笑容逼了回去。

翻过身。

眼前是过道里走过的同学拍拍傅小司的肩膀，傅小司抬起头，一双大雾弥漫的眼睛，然后礼貌地笑了一笑。再翻一下就看到祭司站在画板前面拿着笔停了一秒，嘴角浮现浅浅的笑容。

睡在左侧。

看到傅小司蹲下来收拾折叠的木头画架——浅黄色的木头架子自己也曾经借来用过一个礼拜，后来还弄了一些颜料上去怎么也洗不掉——头发垂在眼睛前面留下了细碎的影子。

睡到右侧。

画面跳转到祭司在深夜里穿过画室走向厨房打开冰箱拿出一瓶可乐，然后抬起脚避开散落在地上的画稿走回客厅。

眼睛盯着天花板的时候……

傅小司把颜料一支一支地按照顺序放进颜料盒里，脸上还是一副冷冰冰的表情，李嫣然在旁边要帮忙，他摇摇头指了指旁边的凳子叫她休息就行。

闭上眼睛的时候……

祭司走在大雨里，没有撑伞，雨水打湿了他的头发和衣服，大滴大滴的雨水沿着黑色的头发往下滴。地面一片湿淋淋的光。

傅小司走过来，祭司走过来，两个人叠在一起走过来，最后变成傅小司的脸，眉毛、眼睛、头发全部黑色，像是浓重的夜色一样的黑色。

"喂，表演完了，还不走，傻了吗？"

那么多的感觉一起涌上来堵在喉咙里，立夏差点儿哭出来，眼泪留在眼睛里，哽咽得难受。立夏不得不捂上了嘴。

黑夜变得很安静，可是立夏觉得有很多的东西都在这个春寒料峭的深夜里苏醒。所有的所有全部苏醒。

苏醒的是什么呢？

小司，如果那个时候你停下一秒钟，也许我的问题就能出口了。你……是祭司吗？是我喜欢了两年的……那个独一无二的人吗？

——1998 年·立夏

三月缓慢地过去，立夏一直没有再问，到后来也变得很淡然了，立夏想，其实傅小司是谁根本就无所谓，他依然是那个不爱说话眼神白内障的小混混！尽管他成绩全校第一美术全校第一面容干净衣着光鲜，可是他全身上下都是一种懒洋洋的让人摸不着头脑的感觉，所以立夏总是觉得只有混混这样的称呼比较适合他。

气温开始慢慢地回升。

在浅川这样深北方的城市里春天来得格外缓慢。

傅小司和陆之昂开始脱下大衣，从冬装慢慢穿回春装，只是陆之昂还是很怕冷，偶尔还要戴个绒线帽子，而且形状很搞怪，耳朵两边有两个小辫子，像是小姑娘一样。每次傅小司都会给他白眼，立夏和七七也跟着起哄，不过陆之昂总是捂着耳朵哇啦哇啦地耍无赖，一副"人家也不想这样嘛"的讨打表情。

好在他长着一张好看的脸，笑容灿烂，讨人喜欢不让人讨厌，露出一股孩子气。

三月末的时候立夏寝室的一个女生转学去了深圳，走的时候立夏并没有觉得多么伤心。其实也就相处一年都不到，而且平时也不怎么熟。所产生的对话无非也就是些"去上课吗"和"一起走吧"之类的。

对老师口中说的要转来的插班生立夏倒是很感兴趣。在班上的那些女生口中一直流传着转过来的是个问题学生的说法，这让立夏更加地好奇。因为一个问题学生都可以转进浅川一中甚至是转进三班，这就像一个考试一直不及格的学生可以被送进清华去学习一样具有爆炸性。

看着自己身边空掉的座位立夏就在想，到底是什么样的人会和自己坐在一起呢？

早上立夏去上课的时候，刚进教室就听见整个教室发出嗡嗡的声音，像是炸了窝的蜂巢。

立夏转过头去看到班主任站在窗户边上，另外一个女生站在他的前面低着头。

窗户光线太强，那个女生的剪影轮廓被照出一圈虚弱的光晕。到肩的头发剪得比较凌乱，所以感觉只有齐耳那么短。

立夏想，这应该就是那个女孩子了吧。

很久之后。却也想不起是多久之后。

立夏所能记得的就是她自我介绍时的语气和表情，她说过的唯一一句话是："我叫遇见。"然后就走下讲台坐到了立夏身边。

我们每一个人都会在一生中遇见这种那种，各种不同的人。有些擦肩而过，留下一张模糊的脸，存活三秒钟的记忆。有些人，却像是尘埃般朝着生命里聚拢，沙雕般地聚合成一座雕塑，站立在生命的广场上。

那天早晨的记忆已经很模糊了，立夏却依然可以回忆起遇见说话的神态、语速以及动作。像是另外一个傅小司一样，不发一言，全身冒着森然的冷气。

立夏以前听过每一个人都有一个气场。散发着自己独特的影响力。

像是涟漪般的电磁波。

干扰着周围所有的人。

虽然遇见的气场像是带着寒流的冷空气，可是——

之后的一个星期里遇见都没怎么和立夏说过话。只是偶尔老师上课提问的时候立夏会悄悄地把答案写在纸上给她看。然后她就照着念出来。坐下来之后也没说声谢谢，只是朝立夏望一眼，轻轻点了点头，然后又低下头去。

遇见的穿着在浅川一中里面算得上很另类的了。而且仔细看看还会发现遇见打了耳洞的。

果然是问题学生啊。立夏心里想。

那个周六中午吃过饭后，立夏从学校外面的书店回来，抬眼看到遇见在学校的大门口，身边站着一帮染着黄头发穿着流气的男生。遇见和他们争执着什么，而且到后来还拉扯了起来。

遇见刚刚吼完几句，就看到立夏突然跑过来，拉着自己就往学校里面跑，一边跑一边用最大的声音说："你还在这里啊，老师正找你呢快跟我走。"

立夏的心跳得很厉害，生怕背后的人叫自己站住。脑子里甚至像是电影里的那种连环爆炸的枪战场面般不断浮现出类似"被他们抓住了怎么办""会不会被强暴啊……"的问号。

不过遇见却自己站住了，她甩开立夏的手，很疑惑地看着立夏，像是在说"你是在干吗"。

身后的黄毛小痞子发出了几声不高不低正好能听见的嘲笑。那些嘲讽的语气像是粘在身上的荆棘的种子，伸出刺人的根朝着皮肤里面狠狠地扎进去。毕竟立夏从小就是乖孩子，没怎么见过这种场面，所以脸烫得像要烧起来。遇见回过头去吼了他们一声，然后他们也不敢做声了，回过头来遇见对立夏说："你回去上你的课，不要管我。"

立夏一瞬间觉得尴尬得要死，因为看起来的确是自己多事了。

正在立夏不知道如何是好的时候，一个人的背影突然挡在立夏前面，立夏不用抬起头也知道是谁。浅草的香味从白色外套上传过来，傅小司转过头来对立夏说："干吗在这里，回去上课。"立夏抬起头看到傅小司脸上有着微微的怒气。

不容置疑的语气，面无表情的脸。

"回去上课。"

"干吗在这里？"

遇见抬起头望着被傅小司拉走的立夏，她的背影显得很瘦小也很单薄。遇见也很奇怪，是什么力量让她能够对着自己这样的问题学生说话呢？想不明白。

整个下午立夏都觉得很不自在，想要找机会对遇见说声对不起却怎么都说不出口，这让她觉得特别懊恼。于是整个下午的课都没怎么听进去，昏昏沉沉地挨到了放学。

班上几乎所有的人都走了。

因为今天是周六，明天不用上课，所以很多人都回家去了。立夏收拾好书包的时候已是黄昏了，她走出教室，刚要下楼梯的时候，听到走廊尽头有人在叫自己的名字。

立夏抬起头望过去，遇见坐在走廊尽头的那个窗台上，书包放在脚边。在那个黄昏里面，遇见的头发泛出夕阳的金黄色泽。

"喂。你过来。"

"喂，你过来。"

"好。"

这样的对白在每一个人的生命里重复而频繁地发生着。谁都不曾预料这样普通的对话会在生命里打下怎样的烙印。

十年前我们不曾明白，十年后又想不起来。

只剩下当初的音节，漏空在陈旧的空气里。

立夏忘记了那个下午对话是如何发生，如何结束的，立夏只是记得了遇见的笑容，那是立夏从小到大看到过的最干净的笑容，甚至比傅小司、陆之昂的笑容还要干净。也许是黄昏的温暖氛围酝酿了无声的毛茸茸的温暖，使得一切都充满幸福的甜腻香味。

"你，怎么会突然想到要去管我的事情呢？"

"不知道呢，那个时候只是想，总应该和你熟悉起来呀，无论如何，哪怕毕业分开之后再也不会相见，哪怕以后看到毕业照片都想不起彼此的名字，可是，无论如何遇见都是我的高中同桌啊，以后各自境遇都不相同，我们也会遇见各种不同的人，与他们发生各种不同的关系，可是，高中同学，一辈子就这么六十六个，而高中同桌，一辈子又有几个呢……我这样说，肯定显得很矫情吧……"

立夏，你知道吗，那个时候我在浅川一中没有朋友，在认识你之前，我从小到大都没有朋友，所以，有人关心的感觉第一次让我觉得很温暖，那是像夕阳一样的热度。你相信吗，即使很多年之后的现在，我依然这么认为。

——2002 年·遇见

春天是个潮湿的季节。有时候整个星期都在下雨。尽管因为下雨不用出操不用上体育课，可是那种阴冷的湿漉漉的感觉还是让人不太好受。棉被渗出冰凉的感觉，像是被丢到水洼里泡过，睡下去要半个小时才会觉得有温度。

遇见每天晚上都不上晚自习，每次老师点好名之后一转身，就跑出去了，然后一直到晚自习结束都不会回来。经常是立夏打着手电趴在床上演算着习题或者重复地写着英文单词或者化学方程的时候，会听到楼道响起很轻微的脚步声，打开门就会看到遇见。

常常下雨，她往往都是湿淋淋回来。衣服被水浸出一大块一大块的水渍，发梢也滴着水。

就算是在春天，也是很冷。

本来立夏也想问她到底每天晚上都出去干吗，但想想上次发生的事情就果断地闭了嘴。她不想让遇见觉得自己是个多事的三八长舌妇。尽管自己有时候的确比较像长舌妇，盈盈她们一起讨论某某明星的花边以及二年七班的某某某是否爱上了一年五班的某某等诸如此类的八卦时，她也往往加入战斗聊得眼冒金星。

第一次去给遇见开门的时候立夏还着实吓了一跳，一打开门看见一个头发滴水披头散发的女人站在门口差点儿把舌头咬下来吐出去，张开嘴想要尖叫，被遇见一把捂住了嘴巴。

后来也就渐渐习惯了。

差不多每天晚上十一点半都要去帮遇见开门，碰到下雨的天气还会准备好干毛巾，立夏总是奇怪为什么遇见不喜欢打伞呢，但是又不好意思问。到后来立夏还会备好一杯热牛奶然后坐在写字台前等遇见回来。这种习惯越来越长久，变成了生活的一部分。

蹑手蹑脚小心翼翼，玻璃杯里牛奶的热度，遇见小声的一句"谢谢你"，午夜嘎吱打开的门，这些成为了立夏的习惯。像是一条刚刚踩出的小径，从最开始倒伏成一条路的草地，到最后渐渐露出地面，变成一条宽敞的道路，通向遥远的未来。

时光变成狭长的走道。沿路标记着记忆和习惯。

到后来立夏都觉得没什么奇怪了，遇见理所当然应该在十一点半出现，湿淋淋地回来。如果她准时上了晚自习并且准时回寝室，那么就应该去报警。

遇见习惯性地盘着腿坐在椅子上擦头发，然后看着立夏穿着睡衣黑着眼圈咬牙切齿地背外语。有时候是扎起头发，有时候还会贴一点儿眼霜膜免得第二天起来太难看。功课太难的时候也会呜呜呜地抱怨，并且会骂一两句傅小司陆之昂王八蛋凭什么不下功夫成绩都那么好之类的话。最常见的是把头往后仰到一个几乎要断掉的角度，然后号叫着"你是猪啊"。

也不知道是在说习题是猪还是自己是猪。

体贴而又真实。像是脚踏实地地站在木板上。这样的一个人。

牛奶的温度从喉咙一直向下来到心脏。遇见望着立夏这样想。

遇见有时候也问她说："干吗那么拼呢？"立夏瞪大眼睛看回来，说："不能让傅小司和陆之昂看不起呢。"

于是遇见就眯着眼睛笑笑。

"立夏……"

"嗯？"

"谢谢你……每天晚上都等我。"

"啊……别这么说啊遇见，我晚上都要熬夜温书的，正好有你陪我，我还想谢谢你呢。以前自己一个人在寝室里看书写日记的时候还会害怕的。"

立夏，也许你从来都不知道吧，就是因为你每天晚上都会等我，所以在回来的漆黑的路上，我都不觉得害怕，在那些雨水淋在身上的时候，我也不觉得冷。

也许知道前面有人在等待自己的时候，人就会变得格外勇敢吧。

——1996 年·遇见

"小司，陪我去剪头发。"

"自己不会去吗？"

"……你什么态度，不管的，陪我去。"

"你头发不是很好么，剪什么剪。"

"哎呀少废话。高兴剪了就剪。对了，下午的课旷掉吧，去山坡玩会儿，然后等放学了就去剪头发。"

"不会被抓吗，又旷。"

"不会的，下午老师不在，学习委员我早就打好招呼了，她一直暗恋我的呀，哈哈。"

"……去死。"

"小司，这是忌妒不来的，你认了吧。"

"杀了我！"

山坡上的草已经从冬天的枯黄一片变成了现在浅色的绿，而深色的绿一个转身席卷上树梢，更加深色的绿在树干上铺展开来。

傅小司把衣服蒙在头上睡觉，陆之昂坐在他旁边的草地上，低下头去看看蒙头大睡的小司，有点儿欲言又止。反复地张了很多次口，终于说了话。

"小司，你说人和人的感情会很持久么？还是说彼此在一起的时候就很开心，而一旦分开又会很快忘记，有新的伙伴，开始为新的事情哈哈大笑。一年半载都不会想起以前的人以前的事。你说会这样吗？"

"应该会吧。"

"可是我不喜欢这样呢。"

"喜欢不喜欢轮不到你说笨蛋，你以为你是谁？地球因为你才转的么？"

"小司……你想过分科的事情吗？"

"想过的啊。我念什么都一样的。要么做个艺术家，要么做个工程师。我妈妈都觉得好，所以我也感觉无所谓了。"

"我还没决定呢。念理科很累的啊，要么干脆做个艺术生，分科后去七七的班级，念文科，整天看小说，画画，和漂亮女生开玩笑……不过好像这样也是很空虚的人生啊……"

然后就是沉默。两个人都不再说话了。小司觉得脖子里有草一直痒痒，动了几次还是觉得痒。他叹了口气，闭着眼睛对着蓝天。眼睛里血红色的一片，有种毛茸茸的热度。

春天的阳光一天比一天热了起来。想着想着就想到了青海，以前小司在电视里看到过介绍，一到春天那里的景色就特别地美。那里的花海一片一片。旅人说，驾车穿越山脉的时候，经常半日半日地看不见人，然后半路会遇见一大片花海，整片花海一望无际，里面飞满了成千上万的手掌一样大的蝴蝶。

小司拿掉蒙在眼睛上的衣服，然后告诉陆之昂刚才自己想到的那些很遥远的风景。

陆之昂哈哈大笑，然后很起劲地说："小司你不知道呢，晚上我在台灯前做试卷的时候，我就觉得很累，有时候我就突发奇想地想要去旅行，我还想如果小司那家伙要去的话我就带上他，然后再带上我家的那只高大的牧羊犬宙斯，然后什么考试什么升学什么漂亮女生帅气衣服都见鬼去咯，我们两个就那么去流浪了。流浪这个字眼真的很酷吧？"

说完他就大声笑起来，头发在风里乱得像狮子一样。笑到一半觉得不对劲，因为傅小司一声不吭，于是转过去望了望他，然后看到他睁着一双白内障眼睛，面无表情一字一顿地说：

"你解释一下，什么叫带、上、傅、小、司、和、你、家、的、狗。"

"……"

不可避免地，两人打了一架，中间夹杂着陆之昂嗷嗷鬼叫的声音。打到后来两个人头发上都是草。

夕阳沿着山坡的轮廓落下去。

世界金黄一片。

"陪我去剪头发啦。"陆之昂说。

"不了，已经陪你浪费了一个下午的时间了白痴。我答应了立夏帮她讲化学的，女孩子上了高中好像理科都不怎么好，她好像对那些方程式一直搞不清楚的样子。得帮帮她呢。"

"啊要老婆不要兄弟。"

"你又想被打吗？"

"……那我就改天去剪头发吧。我等你一起回家。"

"嗯。行。"

连续的好多个日子。

下午五点半的太阳，太阳下一半金黄色一半阴影的课桌。外面无声渐次长出新叶的香樟。

尘埃慢镜头般浮动在光线里。眯着眼就看得很清晰。闭上眼就是一片热辣辣的红色。

立夏趴在桌子上呆呆地想，很多不相干的事物从脑海里一一过去。刚刚用完的笔记本，一块钱一支的中性笔，傅小司黑色的化学笔记，陆之昂长着辫子的小帽子……回过头去看到傅小司的一张不动声色的侧脸，手握着钢笔在演算纸上写写画画，那些沙沙的声音像是在深沉的睡梦中听到的雨声，恍惚地回荡在窗外。

"这个嘛是两摩尔的硫酸与它反应，但是在这种温度下它们是不反应的，需要催化剂和加热，而且……喂，你在听吗？"

立夏被傅小司的最后一句话打断，回过神来，看见傅小司一张凶神恶煞的脸和拿着笔要敲自己头的扬起的手，手指骨节分明。

时间在窗外缓慢地踱步，日子就这样过去。

立夏莫名其妙地想起这样的一句话来。

这样的日子好像已经很久了，每天下午放学后，傅小司就从后面一排上来坐到立夏旁边，摊开笔记本开始帮她补习，陆之昂在后面的座位把两张椅子拼起来睡觉，头发遮住大半张棱角分明的脸。

周围的同学陆续地离开，喧嚣声渐渐停止，日落时分的阳光在三个人的身上缓慢地照耀，世界是安静的，只有傅小司的钢笔在纸上摩擦出的声响。

全世界唯一的声响。

有几次李嫣然来教室找傅小司，应该是叫他一起回家，不过每次傅小司都是走到门口去，低下头和她说一会儿话，因为隔得太远，声音太小，立夏感觉就像是在看电影里的无声镜头。夕阳从他们两个人的背后打过来，一片金黄色，每次都是傅小司低声说了几句话之后李嫣然就笑笑转身走了。然后他依然面无表情地坐下来继续帮立夏讲题。

立夏有时候会觉得他们两个像是结婚多年的夫妻一样充满了默契，这个想象把她自己也吓一跳。莫名其妙。没有来由。

一般这个时候陆之昂会装作没看见李嫣然，继续蒙头大睡。

这天立夏本来也是以为傅小司会留下来帮自己讲一会儿化学再回家的，因为今天刚好发了上星期考试的试卷，立夏的成绩又是中等。可是下午第二节课的时候立夏回过头去就发现后面两个人都没了踪影，也不知道是什么时候就翘掉了。于是放学后立夏就和遇见回了公寓。

拿了饭盒去食堂打饭，队伍排成长龙。立夏侧出身子看了看前面望不到头的黑压压的人头，就感觉更加地饿。

磨蹭了差不多一个小时才走出来，立夏捧着饭盒往公寓走。来到公寓大门口的台阶上时，立夏一抬头就僵在那里，李嫣然站在门口，望着自己礼貌地笑。立夏觉得手里的灰铁饭盒微微地发烫，一直烫上耳根去。

"小司这一个月都在帮你补习吧？"

"……嗯。"

"怪不得呢，自己的事情都忙不完，还要照顾你的学业，他每天好像都是睡眠不足的样子，真让人担心呢。"

"本来我……"

"我没有别的意思，你不用解释。只是，自己的事情总归应该自己做吧。小司对每个人都很好的，但你这样老是麻烦别人也没意思的啊。何况你家和小司家的情况又那么不同，在别人眼里，也不知道会想成什么样子呢。"李嫣然讲到这里的时候微微地有些骄傲，并且带着点儿怜悯的神情看着立夏。立夏突然就慌了手脚，张着嘴也不知道要说什么，只是觉得眼眶酸得难受。

"我又不是为了……"

"为了什么……这个跟我没关系，我要去接小司放学了。再见。"

"请等一下……"

立夏下意识地就拉了李嫣然的袖子。

就像是对身边的同学那样，比如遇见，比如盈盈。立夏是那种喜欢亲昵感的女生，遇见在和她熟络了之后就说立夏其实是只猫，黏人黏得要死，立夏拉了李嫣然的袖子之后才觉得突兀，手就尴尬地停在那里。

李嫣然匆忙地甩开立夏的手，眼神多少带着些厌恶，虽然还是教养很好地维持着礼貌，可是这种礼貌紧接着就完全消失了。因为她的一甩手，也因为立夏的尴尬、茫然不知所措，于是立夏手里的饭盒就突然从手上翻下来，里面的菜汁溅上了李嫣然的白色外套。李嫣然不高不低的一声尖叫让周围的同学都看了过来。

像是消失了时间。还有所有的声音。

等立夏再抬起头，就看到李嫣然身后傅小司和陆之昂的脸，傅小司那张面无表情的脸让立夏觉得不那么慌乱，立夏甚至心里突然没来由地觉得整个人放松下来了。她想还好小司来了。

　　有些感觉曾经不经意地就出没在世界的某个角落。比如正在担心风筝下落，突然就刚好来了阵和煦春风。比如正在担心阴霾闭日，突然就看见阳光普照。比如一直担心的化学考试，最后三道大题刚好前一天晚上黑着眼圈熬夜的时候全部看过。比如我在害怕的时候，而你刚好从我身边经过。比如怕凤凰花凋落一地，而突然夏天就变得似乎永远不会结束，阳光灿烂充满整个世界。

　　立夏心里在念："傅小司，傅，小，司。"

　　不过傅小司却并没有看立夏一眼。他把李嫣然往他身后拉了拉，然后低下头看了看李嫣然衣服上的菜汁，低声说了句："衣服没问题吗？应该很贵吧，要么我买一件送给你。"

　　那一刻，整个世界是无声的寂静。

　　遇见，如果那一天，你没有及时地出现在我的背后，我肯定会像舞台灯光下一个手足无措的流泪小丑。

　　眼泪除了懦弱之外什么都不能代表。我突然明白了你对我说过的话。

　　无论在人前我是多么骄傲并且冷漠，可是，我真的是个懦弱的人。我无数次地想如你一样勇敢，像只美丽而骄傲的燕尾蝶。可是我还是会为很多小事流很多很多的眼泪。即使是现在，我还是没有学会坚强。

　　可是你从来都没有讨厌过我。

——1997 年 · 立夏

　　立夏重新抬起头的时候傅小司依然没有望着她，倒是李嫣然一副很宽宏大量的样子对着傅小司很好看地笑着说"没关系没关系"呢。

　　立夏觉得喉咙像被人掐着一样难受，很多词语在喉咙口反复组合，拆分，却没办法出口。倒是陆之昂在小司后面望着她一脸关切，但是到后来也因为不敢面对立夏的目光而把脸转向了别处。

立夏觉得自己应该说点儿什么，张了张口却是一句："对不起……这件衣服很贵吧，我，我……"

"我买一件赔给你。"本来是这样的话语。

可是这句话却怎么都不敢说出口，立夏看了看衣服还不知道能不能买得起，即使是问妈妈要钱，也不一定顺利，说不定就是家里半个月的生活费。于是"我……我……"的声音就逐渐小了下去，心里又难过又觉得羞耻。说到后来声音低下去，之后就安静了。立夏想，我就这么站会儿吧，看看他们能怎么说呢，也许他们不在乎就不要我赔了呢。本来是安慰自己的一句话，却差点儿让自己哭出来。

"有必要这么看不起人吗？"

立夏突然被人用力地往后扯，抬起头看到遇见，拿着装满刚刚洗好的衣服的盆子背对着自己站在前面。

"不就是一件破衣服吗，需要这么假惺惺地嘘寒问暖装着一副受了天大委屈的样子吗，多少钱我赔给你，你们三个可以滚了。"

陆之昂嗷了一声很委屈地叫起来："不关我的事呀，我一个字都没说呢。"

遇见一眼瞪过去，说："不关你的事就别放屁，闭嘴！"

陆之昂像是突然吞下了一个鸡蛋，堵得涨红了脸，抬起头向傅小司求助。

傅小司看着遇见，两个人的目光都冷冰冰的。他说："这也不关你的事吧。"

"的确是不关我的事，可是我看见疯狗乱咬人我就想踢死那只狗。不就是仗着家里有点儿钱嘛，一件破衣服搞得像别人抄了你们家祖坟一样。衣服穿不脏吗？脏了不能洗吗？实在不能洗他妈的重新买一件呀，家里不是很有钱的吗？有必要用件衣服来为难别人吗？"

傅小司没有说话，陆之昂在后面小声地嘀咕："啊……我们不是那个意思啊……"

"管你们是什么意思，少恶心了。至于你，喂，说你呢，到处看什么看，你的衣服我会赔给你的，少装得一副楚楚可怜的样子了。你比他们两个更恶心。"一句话说得李嫣然脸上一阵红一阵白，本来很小鸟依人地靠着傅小司，现在也把手从傅小司手臂上放了下来。

然后遇见拉着立夏回公寓去了，傅小司张了很多次口终于在喉咙里低沉地唤了一声："立夏！"立夏的背影在傅小司的声音里颤抖了一下，然后继续被遇见拖着往前走。傅小司看到立夏一只手被遇见拉着，一只手捂着脸，于是心里恍惚地想，她是哭了吗？

寝室没有人。其他的人应该都去吃饭或者洗澡去了。

立夏小声说："我先去洗澡吧。"

立夏低着头两只手搓来搓去的，仔细看头发上和衣服前面都有菜汁，真是狼狈呢……于是遇见忍住了心疼的语气不动声色地说了声"好"。

澡堂只有立夏一个人。

狭长的空间像是一条时间的走廊。水龙头一排。有两三个往下滴水。空旷的水滴声在空间里来回游移，像风声挤过缝隙。

立夏拿着花洒站着茫然地发呆。刚刚的事情全部在脑子里回放过去，无声的脸无声的表情无声的动作。像在看电视，又没有声音。画面不断跳帧，立夏看见傅小司大雾一样的眼神，看到陆之昂欲言又止的样子，花洒喷出的水哗啦啦地流淌到地上变脏了。眼泪大颗大颗地掉在白色的瓷砖上。

立夏突然很恍惚地想，什么时候，夏天才可以提前到来呢？

遇见站在窗户边上，黄昏已经快要结束了，夜色像潮水一样在窗外越积越高，甚至可以听到类似潮汐的声音，转过头去看着坐在床边的立夏也不知道怎么安慰她。

自己从小到大都习惯了独来独往的日子，既没有安慰过人，也没有人安慰过自己。所以面对低着头肩膀微微抽动的立夏也不知道如何开口。应该是哭了吧，遇见心想。

　　"立夏……"刚一开口后面的话就说不出来了，因为遇见看见立夏抬起头，整张脸都是泪水，而且在抬起头的一瞬间又有眼泪大颗大颗地滚出来，遇见立刻慌了手脚，低声地说，"有这么难过吗……"

　　尽管声音很低，可是立夏还是听到了，她用力咬着嘴唇才制止自己不对遇见大吼大叫，后来下嘴唇被咬得生生地疼起来才松开，哽咽着说："遇见，你家里情况和我不一样，你们永远不会知道因为没有钱而带来的耻辱是什么感觉。我也希望自己能很有礼貌地说对不起我赔你一件衣服，我也知道打翻了饭盒是我不对，我也希望自己很有教养的样子，可是我开不了口，我怕她的衣服太贵我没钱，你知道那是什么感觉吗？什么感觉啊？！在你们眼里我就是乡下人，粗鲁！低俗！没品位！没教养！不懂礼貌……"

　　讲到这里立夏的喉咙像是被人活生生掐住一样疼，张着嘴都说不出话了。只是眼泪依然流着，立夏想自己脸上现在一定很脏。

　　遇见任由立夏说着，直到她停了下来才缓慢地走到她面前，遇见蹲下来抬起头望着立夏，很慢可是很清楚地说："我要是像你说的那样我早抱着胳膊站在一边看笑话了。"

　　立夏望着遇见，眼前的遇见是冷静的、坚强的一张脸，于是终于忍不住哭出了声音。

　　"遇见，睡着了吗？"
　　"还没。"
　　"我想和你说说话，我到你床上去行吗？"
　　"过来吧。"
　　立夏钻进遇见的被子，遇见的皮肤冰凉冰凉的。
　　"你怎么冷得跟条蛇似的？"

"你怎么烫得跟发春似的？"

……

"哎，你到底想说什么呢？还在想下午的事情吗？"

"嗯……我躺在床上一直跟自己说不要在意不要在意，为这种事难过不值得。可是还是难过。遇见你知道吗，我一直以为傅小司和陆之昂像我对他们一样把我当作好朋友的，一直到今天下午之前，我都没有那么明显地认识到自己和他们的世界其实并不一样。我总是在和他们两个人一起上课一起画画一起逃课去看美术展，甚至在陆之昂用扫把敲我的头傅小司笑得弯下腰去的时候，我都没有觉得我们是两个世界的人。可是我今天真的很难过的……一开口就是询问衣服有事吗……可是我是个人啊，至少该先问问我吧……很丢脸啊，连件衣服都不如……"

遇见觉得肩膀上冰凉一片，伸出手去就摸到一手的泪水。

"哭了？"

"嗯。"

"没用啊，要是我就给他们三个一人一拳。"

"如果我家里和遇见家一样的话我也会这样的呢。其实当时我想我不说话不顶嘴，也许李嫣然觉得没关系就不会和我计较了。我当时就是这么没出息的想法，什么自尊啊什么骄傲啊都没有了。其实自己身上也有菜汤的，头发上也有的，那些菜汁沿着头发往下流到脸上，很狼狈的……遇见，你说傅小司和陆之昂他们真的就看不见吗……"

话语因为哽咽而硬生生地断在空气里。

像突然进行到一半的话剧，演员忘记了台词，黑暗的剧院突然消失了声音。

忘记的台词是什么？

春天过得很快，一瞬间就朝尾声奔走过去。夏日什么时候才会到来呢？等到夏日的末尾，在浅川的日子就是一年了吧？

立夏翻了个身，想起一位诗人的话。他说，一生就是一年，一年就是一天，朝阳和夕阳，都是你不动声色的茫然的侧脸。

早上起来精神好多了，立夏刷牙洗脸之后打开柜子拿出妈妈昨天寄过来的甜点——春草饼。这个是室县的特产，立夏从小吃到大的，每到春天那种叫作春草的植物就会在室县的各个地方蓬勃地生长，整个室县都会变得格外的绿，像是绿色颜料突然就淹没了一整个县城。春草有着很强的生命力，无论是多么恶劣的环境，只要春天来临，就会萌发新苗。立夏记得自己小时候妈妈就说过，如果长大后能像春草一样坚强，那一定是个很勇敢的人。

立夏本来习惯性地拿出一小包准备带到教室里去的，这已经成为她这大半年来的习惯。从夏天家里带过来的糖水罐头，到秋天的红松果仁，到冬天的冻柿果干，立夏每次看到傅小司吃着这些从家乡带来的小吃时微微皱起眉头认真的表情，看到陆之昂欢天喜地手舞足蹈死命抢着往口袋里放不给傅小司的样子，立夏就觉得周围的温度一瞬间重回春末夏初，一切温暖而带有微微的水汽。

可是现在呢。立夏想了想只拿了两块出来，塞了一块到遇见手里，然后就背上书包拉着遇见上课去了。下楼梯的时候因为怕迟到而跑得太快，心里突然冒出傅小司、陆之昂两个人三步跳下楼梯的样子。一瞬间心里有着微微的酸楚感。那一切尽管只过去了一天，可是竟然像过去了好几年一样让人心里生出了沧海桑田的感觉。

"哎，别等了吧，要迟到了……"
"少废话。"
"立夏这丫头什么时候也变得跟我们一样爱赶着最后一秒进教室了？"
"不知道。"
"小司……我问你个问题你别生气啊，你昨天为什么那样呢……多少有点儿过分呢……"

"懒得说。反正等下也要解释一遍的，你想听就听好了。"

七点五十五分，离上课还有五分钟，从公寓到教室跑去的话六分钟，拼了命像跑八百米考试一样的话四分钟，这些立夏都是知道的。所以她和遇见两个人鬼叫着从公寓楼上往下面冲，遇见拉着立夏的手，两个人的笑容像这个春天里面盛开的那些娇艳的花朵一样，年轻的女孩子脸上有着耀眼的美丽光芒。

遇见，拉着你的手，无论是在哪里，我都感觉像是朝天堂奔跑，你相信吗？
——1999年·立夏

因为穿着两件一模一样的CK外套，傅小司和陆之昂看上去格外像双胞胎兄弟，所以来来往往的人都会向他们两个看过去。在浅川一中，大部分人都是认识他们两个的，而且在这种时候不赶着去上课而是悠闲地坐在公寓大门口，更加引人注目，所以每个匆忙跑过他们身边的人都投过来好奇的目光。这让傅小司很不自在。陆之昂倒是没什么，不安分地晃着长腿吹着不着调的口哨，不时地拉拉傅小司指点看他口中的某某可爱女生，并且无一例外地在最后加一句"她一直默默地喜欢着我"。

而之后的相遇，像极了电影中惯用的那种慢镜头。傅小司看到立夏和遇见奔跑过来，起身走过去，那一个匆忙的照面短暂得使傅小司只来得及说出一个"立……"字，遇见和立夏的脸就像是模糊的影像从自己面前奔跑过去。
傅小司站在原地。消失了所有的表情。
那一刹那，有根神经突然断在胸腔深处，思维跳出一段空白。
那张熟悉的脸竟然带不出任何生动的叙述，于是只是仓皇地一瞥，即使他叫了自己名字的一个字。可是，已经没有关系了。立夏被遇见拉着朝前面跑过去，傅小司、陆之昂顶着一张英俊的脸，从开始的艰难开口到吃惊再到不动声色，一切像是熟悉的电影情节，所有曾经看过的胶片全部燃烧起来。在他的那个"立"字出口的刹那全部烧成灰烬。

立夏带着一种悲哀的情绪想，不就是这样嘛，再坏还能怎样呢。

一直到立夏和遇见跑了很远了，傅小司还是站在他刚刚开口的地方。陆之昂站在旁边搓着手，也不知道该说些什么，最后叹了口气摊开两条长腿坐在台阶上，抬起头望着傅小司，表情痛苦。

其实他很了解傅小司呢，从小到大，他生气的时候就是一言不发，一张面无表情的脸和一双白茫茫没有焦点的眼睛，平静地看书画画，要么就是戴着耳机躺在床上看天花板，一看就是两三个小时。而现在他又是这个样子。站在公寓前面一动不动，像是一棵早晨的树。是什么树呢？陆之昂眯着眼睛在想，本来自己这个时候该担心小司是不是不开心是不是难过的，却无来由地去想他究竟是一棵什么样的树。也许是木棉吧，不张扬，又或许是玉兰，有着无比的香气，又或者是香樟呢，这些头顶上终年不凋零的香樟。

"嘿，傅香樟，该去上课了。"

傅小司转过头来看了看他，然后一句话也没说就走了，走了两三步就开始朝教室跑过去，越跑越快。到后来都有点儿田径队训练的架势了。这让陆之昂慌了手脚，"噢"的一声跳起来追过去，一边跑一边觉得自己委实很笨，说不定最后迟到的只有自己一个人呢。妈的狡猾的傅香樟算你狠。

一整天是怎么过去的呢？傅小司眯起眼睛也想不起来，只是当自己突然意识到的时候太阳就已经沉到了学校围墙的爬山虎后面。

已经渐渐逼近了夏天，日照开始逐渐延长，日落的时间由五点，五点一刻，五点四十逐渐向后逼近，傅小司看看表才发现已经快六点了。一整天都很忙碌，抄了整整五页的化学笔记，去学校教导处拿了两份美术大赛的推荐表，一份给自己，另外一份是给陆之昂的，然后学生会主席找他说自己快毕业了希望小司能接替他的位置，中午去画室帮美术老师整理了一下乱七八糟的石膏像，下午的时候英语老师临时考试，所有人的表情都很痛苦，然后放学陆之昂值日，现在他正在扫地而自己坐在窗台上看着太阳，教室里除了他们两个已经没有人了。

而在这些事情与事情之间的空隙里，傅小司无数次无数次地看到立夏与遇见微笑的脸，语气调侃夸张，带着女孩子的吵闹和明快，而自己不动声色的侧脸无数次地经过她们，那一次一次的时刻世界是无声的。而在那一刻短暂的无声寂静之后世界又重新喧闹起来。于是寂静喧闹寂静喧闹，像是缓慢的钟摆一样来回。

摇荡出满满当当的空虚感。

似乎没有自己的世界，立夏依然过得很好。傅小司靠在窗框上想。以前就觉得立夏很坚强，像是那种无论在哪里都会生长的野草，而自己和陆之昂似乎就是活在家庭的温室里，没有见过雨雪也没有遇过狂风，只是在一个有着安全的玻璃外墙的世界里迸发出别人觉得耀眼的光芒。可是，这些真的是值得骄傲的事情吗？

多少还是有些气恼呢。本来是一副好心肠，却没有解释清楚。平时对别人的事情根本不会有兴趣，难得的一次为别人着想却变成现在不可收拾的局面。傅小司抬头看了看正在俯着身子扫地的陆之昂想，难道真的像陆之昂以前说过的那样自己有一个世界，别人都听不懂我的语言吗？又不是外星人。

傅小司心里烦，顺手就拿过刚发下来的物理试卷折了个飞机朝窗户外面飞出去。

"哎，发什么呆呢，我扫完了，回家吗？"抬起头陆之昂不知道什么时候站在自己前面，头发乱糟糟的，脸上还有点儿灰，"哎，做值日真是件麻烦的事情，我宁愿去画静物。"

"我不回去，你先回去吧。"

"……你要干吗？"

"不能这么窝囊啊。总归要把事情说清楚。不然好像我欠她什么一样。我也不是像她想的那么差劲的人呀。"

"哦，那我陪你去吧。"

"……干吗要你陪……你回去洗澡啊，全身的灰，做你妈真辛苦。"

"做我家洗衣机比较辛苦吧。"

傅小司从窗台上跳了下来，拿起桌子上的书包甩到肩膀上，然后头也不回地走出了教室。陆之昂把扫把一丢，拿起书包也朝教室外面跑。

傅小司回过头看到陆之昂，眉头皱起来快走了两步。身后那个人也快走两步。

傅小司开始跑了起来。后面那个人也跑了起来。

最后两个人气喘吁吁地停在了公寓楼的下面，傅小司大口地喘着气，冲陆之昂说："你神经病。"陆之昂弯着腰两手撑在膝盖上，因为呼吸太急促而说不出话来，只能用手冲着傅小司指来指去的。

等休息好才反应过来，寄宿制学生都是要上晚自修的，公寓楼里一片黑灯瞎火，一个人也没有。于是两个人你看看我我看看你，脸色死人一样白。傅小司说："我现在有点儿想打架。"

陆之昂摊开双手双脚朝地上一坐，一副随便你我破罐子破摔了的架势。

夜色开始变浓了，傅小司坐在公寓大门口的那张椅子上。他从包里拿出耳机开始听歌。中途陆之昂离开了一下，等回来的时候手上已经拿着两罐加热过的牛奶了。他对小司说："我去超市买的，先喝吧，等下肚子要饿了。我打电话给你家和我家了，我跟他们讲今天学校有活动要到很晚，不回家吃饭了。"

傅小司抬起头望着眼前这个头发乱糟糟的人，心里其实有些感动的，本来想说一声谢谢，却不太好意思出口，于是趁着喝牛奶的时候喉咙里含糊地哼了哼"谢谢"的那两个音节。

陆之昂马上一副笑得很欠扁的样子说："哈哈，我知道你现在心里肯定很感动有我这么一个优秀的好兄弟吧，不要说谢谢啦，我对朋友的好是全国有口皆碑的啊！"

本来还存在的一点点感谢的心情现在全没了，一个白眼翻过去就不想再理他。这种臭屁的性格也不知道什么时候能改掉呢，还全国有口皆碑，是不是全国还要为你立牌坊啊。

九点半晚自习结束的时候，傅小司才看到立夏走过来。只有她一个人，遇见不在。

立夏在经过公寓大门的时候朝旁边看了一下，然后面无表情地朝公寓里面走去。只有立夏自己知道心里有多少个声音在一起嘈杂。在转过头去的一刹那看到傅小司那双没有焦点的眼睛，还有傅小司身后陆之昂暖洋洋的笑容，立夏也不知道哪里来的勇气对这一切漠然，在走上楼梯的时候听到了身后一声接一声的"立夏立夏"。

其实心里并没有多少怨恨的情绪，只是不知道怎么去面对那两个人。终究还是另一个世界里的。立夏很沮丧。坐在台灯下面半个小时，可是面前摊开的化学参考书上的题目一道也没有做。盈盈她们都上床睡觉去了，只是立夏要等遇见晚上回来帮她开门，所以习惯性地晚睡。平常立夏都会用这段时间温书做题，可是今天手中的铅笔在纸上画来画去只写出一堆乱七八糟没有任何意义的数字和符号。还有一些莫名其妙的没有来由的短句："不要青春痘！""瘦死的骆驼比马大""星星点灯""小卖部的新笔记本真好看"……

立夏望着窗外，心里想，快要夏天了吧，风里都有很多的水汽了。什么时候才能到夏天呢？到了夏天，一切都会不一样吧。

"哎，小司，要么先回去吧……估计立夏她……"

傅小司没有说话，戴着耳机仰躺在长椅的靠背上，于是陆之昂也说不下去了，只能低低地叹一口气，然后也躺下身子望着天。

"之昂，你看天上的云那么厚，应该快下雨了吧？"

没来由的一句话。声音里也听不出任何的情绪。

"是啊，所以要快点儿回家呢。已经十一点了……"

"你先回去吧。我等下也走了。"

"……还是一起吧。我包里有雨衣的。"

"一件雨衣也不能两个人用啊，笨蛋。先回去吧你。"

"天上的月亮真圆啊……"

"哪儿来的月亮！"

"月亮代表我的心……"

"月亮要哭了。"

"……你！白内障！"

　　小司，有时候总是想，即使待在你的周围，哪怕帮不上什么忙，但是能告诉你你不寂寞，那也是好的。无论是小时候，还是你光芒万丈的现在。我总是觉得你有自己独特的世界，没有人能够听懂你的语言，所以怕你会孤独会寂寞。我从小就有一种很傻的想法：两个人一起无聊，那就不算是无聊了吧……所以一直到现在，我时时都会想，小司他现在，孤单吗？

　　所以当我这些年在日本的街头，偶尔看到一阵突如其来的樱花雨时，我都会想，傅小司不在，真可惜啊。

　　独自看到世间的美景而无人分享，真是一种让人沮丧的遗憾。我想拍下全世界的美景，带给你看。

——2003 年·陆之昂

　　后来果真下起了雨。春天的天气总是潮湿的。特别是浅川，似乎春天的每个晚上都是春雨连绵的。傅小司站起来脱掉衣服兜在头上，正要拉着冷得哆嗦的陆之昂离开，一抬头就看见散着湿漉漉的头发的遇见从学校外面跑进来。傅小司微微地皱起了眉头。大半夜才从学校外面回来，傅小司想起班上的关于遇见是个问题学生的传言。

"果然……"

遇见只顾着低头赶路，跑到公寓门口才突然看到长椅上有两个人，着实吓了一跳，等看清楚了是傅小司和陆之昂之后就停了下来。

"你们是鬼啊你们，大半夜地站在这里害人干吗？"

"等立夏呢。不过立夏好像不太愿意讲话的样子。有点儿伤脑筋。"

陆之昂用书包里的雨衣兜着头，看了看全身湿淋淋的遇见然后想了想把雨衣递了过去说："你要吗？"

遇见盯着他看了几秒钟然后说："你自己留着吧，我马上就回公寓了用不着。"之后又抬起头看了看傅小司，然后顿了顿说，"你等等吧，我去叫立夏下来。"然后在两个男生目瞪口呆的表情里麻利地翻过了铁门朝楼上跑去。

立夏也不知道该如何来回忆这一天发生的事情。记忆全部掏空，只记得自己几分钟前在楼下号啕大哭差点儿吵醒管理员的傻瓜样子。可是现在心里是毛茸茸的温暖。就像是冬天洗好澡之后冷得打哆嗦，然后突然钻进了妈妈用暖水袋暖好的被子。

本来是习惯性地等遇见回来，习惯性地在十一点多听到走廊的脚步声然后帮她开门顺便给她干毛巾擦雨水。可是她拉着立夏往楼下跑，立夏心里其实隐约地能想到什么，却始终有种惶恐，不过因为有遇见，心里并不怎么害怕。

立夏想现在傅小司和陆之昂应该已经到家钻进被子睡觉了吧。特别是陆之昂那个家伙，好像特别爱睡的样子呢。想着他们两个全身湿淋淋地站在铁门外面对她说话的认真样子，立夏就有一点儿想哭。

她想她一辈子都会记得今天小司说话的语气以及他说过的这段话。

他说，因为怕李嫣然计较那件衣服，所以才急忙开口说要赔给她，因为怕李嫣然说出来比他自己说出来会让立夏难堪一百倍。他说，本来以为立夏能理解他的想法，因为大家是朋友所以不会计较，可是没讲清楚，所以让立夏误会了，真是对不起啊。

其实立夏可以很清楚地听出傅小司语气里的那些失望，这让她觉得很内疚。为自己的不知好歹也为自己对他们的不信任感到丢脸。所以她忍了很久终于扯着嗓子放声大哭，这一哭惹得遇见马上用手捂住她的嘴并且骂了她一声笨蛋。

的确是笨蛋啊……

傅小司和陆之昂变了脸色，傅小司表情郁闷地说："难道我又说错了？"

然后立夏死命地摇头，尽管遇见用力地捂着她的嘴，她哭不出声来，可是她知道自己的眼泪流了很多很多，只是它们溶进了雨水里，没有人知道吧。

走的时候傅小司低下头表情认真地问："立夏你还生气吗？"

她只记得自己很傻地用力地摇头，然后看到傅小司终于露出了笑容，其实傅小司的笑容特别地温暖，不像是陆之昂如同春天的朝阳一样和煦的温暖，而是像冬日里的终于从厚厚云层里钻出来的毛茸茸的太阳，因为难得一见，所以更加地温暖。而且他的眼睛在夜色里变得格外地清晰，像是在舞台上看到他时的样子，北极星高悬在天空上面，指引北方的回归永不迷失。

上楼的时候还是一直哭，遇见在一旁摇头叹气拿她没办法。

每上一层楼，从走廊阳台望出去，都可以看到他们两个蒙着衣服在雨里奔跑的样子。

立夏想，他们两个从小在优越的家庭环境里能够一直如此干净而明亮地成长，真是不容易呢。等到他们长成棱角分明的成熟男人的时候，应该也会因为他们的善良和宽容而被越来越多的女孩子喜欢吧。

而五年，十年，二十年之后大家又会是什么样子呢？自己会像现在这样从自己的公司带一大包点心，穿越人潮汹涌的街道，走过红绿灯，走过斑马线，走过一个一个陌生的人，然后出现在他们面前吗？

不出所料第二天两个人都感冒了。遇见还嘲笑他们两个抵抗力弱，自己天天晚上都淋着雨回来还没感冒呢。立夏心里却很内疚。明明可以在晚上回公寓的时候停下来听听他们说话的，自己却摆了副臭架子。真的是臭架子呢，都不知道当时觉得自己有什么资格，现在想起来真的脸红。

陆之昂穿得像个粽子一样，在他们两个的座位边上摆了个垃圾篓子，擦完鼻涕的纸大团大团地往里面扔。立夏上课时不时地听到后面传来的叹气，因为鼻子不通畅所以带着嗡嗡的声音。

班主任很紧张的样子，甚至主动要批假让他们两个回家休息。看起来学生和学生就是不一样，其他一些同学偶尔要请一下假都难，而这两个人感冒一下就吓得老师要主动放他们大假。

所幸的是没几天两个人的感冒就好了，男生的身体总归是强壮一点的。于是立夏稍微放了点儿心。之后就开始从寝室里大包小包地带妈妈寄过来的点心到教室里来，让陆之昂很开心地吃了三天。

五一劳动节，学校破例放了两天假。这在浅川一中是难得的一次。因为随着功课越来越紧，时间就变得越来越不够用。所以立夏在考虑了很久之后决定还是留在学校看书比较好。傅小司和陆之昂肯定是回家去的，七七叫家里开车来接，她叫立夏一起回去，立夏摇了摇头，尽管立夏蛮想回去看看妈妈的。所幸的是遇见留在学校，这让立夏觉得特别开心。

早上起床的时候整个寝室甚至是整个公寓大楼都空荡荡的。立夏和遇见体会了一下两个人独占宿舍独占盥洗室甚至整个公寓楼的感受，这真让人开心。两个人从起床开始就一直打闹进盥洗室然后又打闹回寝室，像是疯了一样。

吃过早饭后遇见有点儿认真地对立夏说："等下上街去吧。"

"去干吗？不看书啦？快期中考试了呢遇见。"

"去帮那个女的买衣服啊，说过赔她的总归要赔的。"

"……遇见，我……身边没那么多钱呢……"

"是我赔又不是你赔，你要钱来干什么？"

立夏抬起头看着遇见微微有些生气的脸，心里像是有潮水一阵一阵打上来，她想起自己小时候站在海边上，傍晚时分的大海很温暖，那些海浪一阵一阵地覆盖到身上，像回到很多年前妈妈的怀抱一样，"……妈妈？咦……怎么把遇见想成了妈妈啊……夸张……"

路上到处张灯结彩，毕竟在中国劳动节还是一个很重要的节日呢。"不是说劳动最光荣吗，那么劳动者的节日似乎就应该最隆重呢。"立夏嘻嘻哈哈地对遇见说。

转过两个街角停下来，遇见抬起头看了看门口巨大的广告牌，说："应该是这里了吧。"然后拉着立夏走了进去。

马路上总有那么多的人那么多的车，他们朝着自己的方向匆忙地前进。没有人关心另外的人的方向和路程，每个人都在自己的旅途上风雨兼程。大街上熙熙攘攘的人群日复一日地重复着嘈杂和混乱，无数的脚印刚刚印上马上就被新的脚印覆盖。

头顶的电车线纵横交错。

在苍白的天空里切割出大大小小的零碎的块。

越来越小的碎片。越来越小。

立夏坐在马路边上，低头看着自己的脚背。而身边的遇见从里面出来后就一言不发地坐在马路边上，立夏微微转过头去就看到遇见因为用力而发白的手指骨节，再微微地低下点头就看到了遇见眼里含着一些细碎的眼泪，这立刻让立夏慌了手脚。

因为不知道为什么，所以立夏也只能机械地重复叫着"遇见，遇见"，叫到后来声音越来越小都带了哭腔。

遇见擦了擦眼睛，隔了很久然后抬起头说："那件衣服三百八十块，我只带了三百块。对不起呢。"

时间融化成液体。包容着所有的躯体。

就像是所有的婴儿沉睡在子宫的海洋里。落日从长街的尽头渲染过来，照穿了一整条街。

立夏本来也不明白遇见为什么因为没带够钱就那么伤心，可是之后就明白了。明白了之后，立夏觉得想哭的是自己了。

那个叙述缓慢而又冗长，不过立夏根本就忘记了时间的存在。大街上的人群就在遇见的声音里逐渐淡化了容貌，所有的声音都退得很远，时间缓慢而迅疾地流逝，夕阳沉重坠落，像是第二天再也不会升起来的样子，可是每个人都知道并且相信，它第二天还是会升起来。下班的人群朝着各自的家匆忙地赶回去。整个城市点燃灯火。

一切的叙述都从遇见的那一句不动声色的"立夏，你想听一个……故事么"开始。立夏像是走进了一段漫长而黑暗的甬道，胸腔像是被巨大的黑暗镇压，呼吸困难。当遇见讲完后，立夏像是突然穿出地面般大口呼吸了一下空气。

立夏，你曾经告诉过我你爸爸现在不在身边吧。可是，我连爸爸妈妈都没有见过呢。我从小和外婆一起长大，生长在一个叫白渡的乡下。你听说过白渡吗？就在浅川的附近。我妈妈是在没有结婚的情况下生我的，你知道，在那个年代，那是一种多么不可饶恕的罪孽吗？我的外婆一直叫我妈妈把孩子打掉，可是我妈妈一直不肯，到后来我外婆生了很大的气，甚至按住我妈妈的头往墙上撞，可是我妈妈除了流眼泪之外什么都没说。甚至任何声音都没有发出，像是一个从小就不会说话的哑巴。立夏，你听说过一句话吗，那句话是，哑巴说，相亲相爱。我觉得我妈妈就是那个样子的。即使是现在，我都经常梦见我妈妈被外婆按住头往墙上撞的样子，我在梦里都可以看到她眼睛里依然有光脸上依然有笑容。尽管我没有见过她。可是我从照片上看到过我妈妈，那还是她十七岁的时候，梳着大辫子，穿着粗布衣服，表情纯真。可是我一直都不知道我爸爸是什么样子。

我妈妈留下过一本日记，我可以从里面零星的文字去猜度我爸爸究竟是什么样子。他们是在火车上遇见的，我妈妈写道：他的眉毛很浓，像黑色的锋利的剑，眼睛格外地明亮，是我见过的最明亮的眼睛了。鼻子很高，嘴唇很薄，本来是张锐利的脸，可是在他微笑的时候所有的弧度全部改变。我就是在这样的情况下看见他的，那个时候他坐在我的对面，指着窗户外的大海手舞足蹈，他的表情开阔生动，像是无数个太阳同时从海岸线上升起来照耀了整个大地，让我一瞬间失了明。他一转过脸来就看到了对面的我，那是他这辈子对我说的第一句话，他说："真漂亮啊，这是我第一次看见大海。"

　　在那之后他们两个就一起结伴前行，我妈妈的日记本里有着那段时间他们两个最甜蜜的回忆。有我爸爸拼命在火车上为妈妈抢一个座位的样子，有我爸爸脱下衣服给我妈妈穿的样子，有我爸爸穿过一条又一条的街去帮妈妈买一碗豆浆的样子，有我爸爸表情生动地讲述他从小生长的西北高原大戈壁的样子，有我爸爸挥舞着手臂意气风发的样子。

　　而那个时候我妈妈就决定了和我爸爸在一起。妈妈的日记本里写到当她躺在我爸爸身边听着他年轻而深沉的呼吸时，她觉得这就是幸福吧。可是我妈妈又怎么能知道，这一份短暂的旅途中的爱，就换取了她整个人生。一个表情换走一年，一个笑容再换走十年，一个因为年轻没有经验而显得粗糙但是充满力量的拥抱就换取了一辈子。在我妈妈回家的时候，我那个年轻的爸爸——那个时候他还很年轻呢，二十岁的样子——执意要和她一起回去，可是我妈妈不同意。她写了份地址给他，说叫他回家问过父母后再去找她。然后我妈妈就上了火车。

　　"立夏，你知道每天站在田野里等待是一种什么样的感觉吗？"
　　"……不知道。"
　　"我也不知道。我只是在想，每天都站在那里看着太阳升起来然后再茫然地落下去，影子变短再变长，草木繁茂然后枯萎，这样的感觉……应该很孤单吧？"

立夏回过头去看着遇见，她脚旁边的地上有着一两点水滴的样子。立夏想，遇见总是这样，连哭都没有声音，坚强而倔强地活在世界上，哪怕世界上所有的人都用上了孤单、寂寞这种字眼，遇见也是不会用的，所以她只能假装借着想念自己的妈妈，来说出"这样的感觉……应该很孤单吧"。

可是后来就没了音信。后来我妈妈怀上了我，肚子一天比一天大。于是告诉了外婆……立夏，其实到现在我也在想，我妈妈当时下定决心把我生下来，究竟需要多大的勇气呢？可是似乎在生下我之前，妈妈就用掉了所有的勇气了，于是刚把我生下来没多久，她就走了……是真的走了，死掉。我妈妈给我取了名字叫遇见，可是因为不知道我爸爸叫什么名字，所以我一直都没有姓。我想我妈妈肯定觉得，能遇见我爸爸，就是一生最大的幸福了吧。所以才会给我取这个名字。

可是外公死得早，就剩下我和我外婆。外婆一直责怪妈妈，而这种责怪因为妈妈的去世而自然转到我身上来。因为从小没有父母的缘故，在学校也没有朋友……一个人去上学，一个人吃饭，一个人回家。有时候就一个人对着自己的影子说话，我小时候说得最多的话就是遇见你不可以哭哦，你哭的话那些不喜欢你的人就会很开心，我不要他们开心，我要他们比我生活得痛苦一百倍。我觉得我小时候就是个坏心肠的魔鬼，可是，这怪谁呢，从来都没有人关心过我，从来没有人会在我冒着大雨狼狈地跑着回家的时候让我跟他或者她一起撑一把伞，从来没有人叫我去他或她家玩……因为我没有漂亮的裙子没有好看的衣服不会说好听的话不会唱动听的歌，所以班上男生经常欺负我。我也总是和他们打架。虽然打不过……衣服不是太脏的话起来拍拍干净都可以回家的。

小时候外婆家没钱，所以经常吃土豆。每次我拿着土豆去河边洗的时候，邻居家的那些大一点儿的男孩就在我旁边洗肉，他们总是朝着我起哄，说我最喜欢吃土豆了。我记得有一次一个男孩子把自己刚洗好肉的手上的水甩到我脸上，然后对我说，闻过吗，这就是肉的腥味儿呢……

说话声断在空气里。是太难过说不下去了吧，立夏想。

很多尖锐的喇叭声在街道上空穿来穿去。抬起头可以看到城市上空彼此交错的电线、电车线、楼房阳台伸出来的晾衣竿、各种广告牌、路标以及大厦的玻璃外墙，还有一些鸽子在接近黄昏的天空里飞来飞去。立夏觉得似乎只有抬起头，泪水才不会流下来。一直都以为自己的生活很艰难，却从来没想过，就在自己的身边，自己的朋友曾经生活在那样一个世界里。

"遇见……"

"不用说一些同情的话，我不可怜。我说这些话也不是为了换取同情。很多年前当我可以认字之后，当我看了妈妈当年那些日记之后我就发誓我要很坚强，以后再也不许哭鼻子。因为妈妈曾经也很勇敢呢……尽管她没有一直勇敢下去……"

"我不是这个意思，我只是突然觉得自己很可耻。"

"可耻？可耻的应该是我吧……这么大了还要住在别人的家里，受别人的歧视，过着日复一日的傻瓜生活。后来外婆死了，家里来了很多人，他们都在议论外婆乡下的这些地应该卖多少钱，然后卖掉的钱应该怎么分掉，只有我一个人跪在外婆床前。那天我还是哭了，哭得很厉害，其实我是爱我外婆的，因为我外婆很爱我的妈妈，很多个晚上我都可以从门缝里看到外婆拿着我妈妈年轻时的照片叹气。只是外婆从来不说。因为那个时候我还小，所以总要有人收留我，于是我就去了舅舅家里……我舅舅就是我们现在的……班主任。"

"什么……"

"可是我舅舅并不是因为善良才收留我的，而是因为没有办法。他一直不喜欢我，觉得我是不应该出生到这个世界上的。以前我在我们那个学校里成绩不好，又整天打架，所以舅舅才把我转到浅川一中来的。"

"啊，是这样，所以才会转到浅川一中转到高一三班来吧？"

"立夏，你知道吗，那天晚上你哭着指责我，说我因为有幸福的家庭而无法理解你的难过时，我心里就想起了很多事情。"

"对不起，遇见……啊？！不对啊，那你刚刚的三百块怎么来的？"

遇见抬起头，望着立夏，还有一些残留的泪水在她的眼睛里面，可是在城市的灯火照耀下，显出格外晶莹的光芒。她又重新笑了，说："我带你去我打工的地方吧。"

立夏站在一家酒吧门口，抬头就看见一个巨大的招牌上面写着酒吧的名字"STAMOS"。遇见也和立夏一起抬起头，然后说："我呢，就是在这里上班。"

"啊？这里？遇见你在这里做什么啊……"

"唱歌。"

"唱……歌？"

"嗯，唱歌。我男朋友是这里的贝司手，现在这里还没开始营业呢，要到晚上九点吧，我带你进去看看吧。"

"遇见有男朋友啊……"

"嗯。"

立夏打量着周围的一切，几个朋克打扮的男孩子站在台上，其中一个在拿着贝司调音，看到遇见和立夏进来就从台上跳下来，立夏看着眼前这个染着黄色头发的男孩子，瘦瘦的样子，有着好看的大眼睛，嘴角微笑的时候很温柔的样子。他拍拍遇见的头，然后对立夏伸出手说："你好，我叫青田。"

已经五月了，所以即使夜晚的风吹过来也不会觉得冷。立夏拉着遇见往学校走。路上偶尔有车子开过去，车灯从两个女孩子的脸上扫过。回浅川一中的路盘山而上，两边长满了香樟，夜色中树木的香味变得格外浓郁。

"青田……应该是个温柔的人吧？"

"嗯。很温柔呢，平时都没听过他大声讲话。"

"我以前一直觉得玩音乐，特别是玩摇滚的人都是那种很邋遢也很粗鲁的男人，满嘴脏话，和无数的女孩子发生关系的那种呢。不过看见青田，真是个很特别的人啊……不过遇见你也很特别呢，所以你们才会在一起。"

"我和青田是初中同学，同一个年级同一个班同一张桌子。可是你知道吗，在初三之前，我们一句话都没说过呢。初二的时候我们被调成同桌，那个时候我在学校不爱讲话，他也是个安静而温柔少语的人，上课我就睡觉，老师点到我回答问题的时候他比我都要紧张，他每次都是把答案大大地写到他一直放在右上角的草稿本上，然后我就照着念出来。我回答好了坐下来的时候都能听到他松一口气的声音呢。"

"真是言情小说的路数啊……"

"可是后来才知道青田是个很有个性的人。初三结束的时候突然就决定不念了，和几个朋友决定了组乐队。那个时候我们已经开始说话了，我问他为什么突然就不念书了的时候他笑着回答我说，因为觉得生命似乎很短的样子，想做一些自己开心的事情，所以呢就不想再念下去了。那个时候我就突然喜欢上了他讲话的样子，笑容满面，充满了勇气。一直以来我喜欢勇敢而坚强的人，因为这样的人活在世界上才能够顶天立地。其实那个时候他的成绩很好呢，和我们班班长差不多的样子。"

"真是个奇怪的人，怪念头。"

"我们第一次说话还要有趣。想听吗？"

"嗯。"

"初二升初三的时候，从初二的置物柜里把东西拿出来搬到初三楼上的置物柜去，我抱着一个大纸箱朝楼上走，他走在我前面，因为我把纸箱举得太高了，没看到他在我前面，一脚踩到了他的裤子，结果两个人都摔在楼梯上……"

"然后就是第一次的对话：啊，真对不起呢，青田……啊，哪里哪里，是我对不起……你没受伤吧，遇见同学……然后就面如桃花开心如小鹿乱撞了，是吧？"

"不是。是那样的话就没意思了。少女漫画看多了吧你。我初中在学校里都不和人说话呢，哪儿来的什么'啊，真对不起呢'这样的话语，不打架就不错了。之后我也没理他，把自己翻倒出来的东西全部放回纸箱后继续朝楼上走，没走两步就听见他在后面叫我的名字，我回过头去看见他一张脸很红像要烧起来的样子，口里支吾着不知道要说什么，我有点儿不耐烦地说干吗，然后他憋了几秒钟后朝我伸出手，说，你的东西……掉在我纸箱里了。"

"就这样？"

"就这样。不过你知道我掉在他箱子里的是什么？"

"什么啊？"

"卫生棉。"

"……"

5月5日了。立夏起床的时候心情特别的好。昨天晚上妈妈来电话对自己讲了生日快乐，立夏还是像以往过生日的时候一样对妈妈说了声"谢谢妈妈"。

一整天立夏都过得很开心，尽管没有收到礼物依然笑容满面。因为自己也没有告诉过别人今天是自己的生日，其实生日只是一年中的一天而已，立夏一直都是这么想的。

晚上在台灯下看书的时候就听到楼下有人咳嗽，开始还没太注意，可是后来一直在咳嗽，于是立夏就探头出去看看，然后就看到傅小司、程七七和陆之昂在楼下招手。

立夏叫了遇见和自己一起下去，也不知道什么事情，这么晚了还到公寓来，而且还是如此梦幻的三人组合。

等立夏到了门口才知道三个人拿着礼物来的，三个盒子从铁门的缝隙里递了进来。立夏嘴上没说可是心里很感动。这是自己在浅川第一次收到礼物呢。趴在铁门上立夏一直在重复着谢谢谢谢，除了这个也不知道该说些什么了。

立夏看着铁门外的七七问："你怎么没回公寓呢，这么晚了？"

"今天不回公寓了，去亲戚家住。"

"哦……我生日，是七七告诉你们两个的吧？"

"不是，学生证上有的呢，上次帮你填表格的时候你给我我就看到了。"傅小司把手插在口袋里说。

遇见看了看铁门外面的三个人，然后又看了看立夏，从他们的对话里可以听明白今天是立夏的生日，可是相对于外面三个人的大盒小盒，自己两手空空似乎很难看。心里有些情绪不好发泄，一方面是自己没有注意到今天是立夏生日，另一方面又觉得立夏没有告诉自己有点儿失落。所以还是问了句："今天是你生日？"

立夏回过头看着遇见，有点儿不好意思地说："嗯……可是又不太想告诉别人，所以就没对你说。不好意思啊。"

遇见耸耸肩膀，把手插在口袋里，叹了口气说："没准备礼物。"

立夏摆摆手说："不用不用。"

遇见抬起头，歪着脑袋走神了半天，然后说："要么我唱歌给你听吧，你应该没听过我唱歌吧？"

该怎样去形容那种歌声呢？

像是夜色中突然腾起了千万只飞鸟，在看不见的黑暗中有力地扇动着翅膀。并不是很清亮的嗓音可是却很高亢嘹亮，像是带着朝阳般的生命力朝着苍穹生长。立夏突然产生了幻觉，如同上次艺术节上傅小司握着自己的手时一样，眼前出现大片大片华丽的色泽。立夏突然有点儿想哭，连自己都不知道原因，只是看着遇见认真的表情心里感动。即使是唱歌拿全校第一的七七也不曾带给过立夏这样的感觉，立夏想，遇见，应该是用自己的整个生命在唱歌吧。

而立夏回过头去看七七，七七盯着遇见的眼睛充满了光芒。七七本来觉得自己唱歌算是很好的了，可是现在听到遇见的歌声，才知道什么是拥有生命力的声音。如同朝着太阳拔节的麦子一样的高音，如同深深峡谷一样低沉的吟唱，然后回旋，泉水，蒸汽，山脉，沧海，世界回归黑暗，而声音重新勾勒天地五行。

　　立夏，你知道吗，正是因为在高一你生日的那一天看到了遇见站在我面前唱歌的样子，我才选择了唱歌。从那个时候起，我才真正知道了用整个生命去歌唱是一种多么磅礴的力量。歌声真的可以给人勇气使人勇敢，只要唱歌的人充满了力量。

——2003 年·七七

　　立夏回到寝室，先是拆开了七七的礼物，撕开包装纸的时候，立夏看到了和被自己弄脏的李嫣然的那件外套一模一样的外套，纸盒里还有一张纸条，上面是七七的字，"让那些不开心的噩梦都见鬼去吧。"应该是傅小司或陆之昂告诉七七的吧，立夏心里特别地温暖。

　　而陆之昂的礼物就比较怪异，是一个头发乱糟糟的长得有点儿像他的玩具男孩，立夏刚摸了下它的头结果就发出一阵一阵的笑声，吓了立夏一跳，听了一会儿才发现是陆之昂的声音。盒子里有张卡，上面是陆之昂漂亮的行书："录下我最帅最有朝气的笑声，希望你不开心的时候听到它可以忘记烦恼。"

　　最后是傅小司的，立夏把盒子放在手里拿了一会儿才打开，可是盒子打开后立夏就张了口说不出话来。盒子里是十七张祭司的原画，一张卡片上写道："立夏，十七岁生日快乐。"

　　合上盖子的时候立夏觉得有什么从脸上滑了下来，有着灼人的热度。

　　十七年来最快乐的一个生日，谢谢你们。

　　回到室县已经一个月了，暑假过去一半。其实自己回忆起来都不知道上个学期是怎样结束的，只知道最后的考试几乎要了自己的命，挣扎掉一层皮。不过好歹还是进了全年级前十名，拿了一等奖学金。

待在家里的日子总是悠闲的，每个星期会和遇见打打电话，有时候聊起遇见和青田以前的事情，立夏很羡慕遇见有这样的从小一起长大的男孩子，每次都会对遇见说，遇见真是很幸福啊。遇见也不说话，只是笑笑。

其实整个暑假立夏也并不是完全没有烦心的事情，期末结束的时候老师宣布了选择文理分科的事情，可是自己一直拿不定主意，尽管自己想学理科，可是该死的化学又太头痛，而学文又似乎太酸溜溜了。立夏一直都不喜欢那些围着白围巾整天酸溜溜地念诗的人，可是学校里还是有那么多的人装腔作势，也只能骗骗初中的小妹妹吧，反正立夏是这么想的。

所以立夏就一直拖着，想着反正离开学还早还早，可是这么想着想着就过去一个月了，始终是要决断的吧。

什么事情都要有个结果啊。下学期就是高二了，一转眼高中就过去一半，而马上到来的 1997 年也是重要的一年，香港回归似乎越来越引人注目了，大街上也可以看见各种倒计时牌。每次立夏从那些电子牌下面走过的时候就会想再过一年教室后面就会多出这么一块牌子，上面写着"离高考还有××天"。以前去高年级的教室里看到过的。不过自己才刚刚高一结束，担心这个应该早了点儿吧，还不如想想文理分科比较实际。

天气越来越热。尽管是待在绿树成荫的室县，依然被白光烤得不行。

立夏吃完一块西瓜后，拿起电话打给小司，问问关于分科的事情，也不知道他和陆之昂怎么决定的。如果自己和他们分开的话，多少也会寂寞的吧。傅小司上次打电话来的时候留了两个手机号，是他和陆之昂刚买的，因为学校里不能用手机，所以只能暑假里用用。立夏当时还骂他们两个奢侈来着，说是因为这样中国才不能致富。

电话一直响了很久都没有人接，估计没带在身上吧，立夏想要挂掉的时候就听到了傅小司没有任何感情的"喂——"。

立夏赶忙说："小司，我是立夏。还以为你没带手机呢。你在干吗？"

"出席一个葬礼。"

"谁的葬礼啊？"

"……陆之昂的妈妈……"

傅小司突然听到电话里传出咣当一声，之后就是突兀的断线的声音。

抬起头陆之昂依然坐在墙角的地上，头深深地埋进膝盖里。傅小司很想过去和他说说话，随便说点儿什么，却没有勇气迈开脚。

身体里有根不知来处的神经锐利地发出疼痛的信号。

夏天快要过去了吧。冗长的，昏昏欲睡的，迷幻之夏。

时光逆转成红色的晨雾，昼夜逐渐平分。
我在你早就遗忘的世界里开始孤单的岁月，闭着眼蒙着耳，
含着眼泪欢呼雀跃，
看不见你就等于看不见全世界。
黑暗像潮水吞没几百亿个星球。向日葵大片枯死。
候鸟成群结队地送葬。
一个又一个看不见来路的沉甸甸的远航。
是谁面无表情地挥了挥手，然后从此隔绝了世界。
无声的是你的不舍。还有你苍白的侧脸。
世界其实从来没有苏醒，它在你的衬衣领口下安静地沉睡。

白驹过隙。胡须瞬间刺破皮肤。青春高扬着旗帜猎猎捕风。
原来你早就长大，变成头戴王冠的国王，
而我却茫然不知地以为你依然是面容苍白的小王子。
他们说只要世上真的有小王子出现，
那么就总会有那只一直在等爱的狐狸。
当燕子在来年衔着绿色匆忙地回归，
你是否依然像十七岁那年的夏天一样在香樟下低头，
然后遇见我，
在那个冗长的，迷幻的，永不结束的夏天。

傅小司起初还不知道日子竟然这么悠长，每天早上被太阳晒得睁开眼睛，然后顶着一头乱糟糟的头发穿着人字拖鞋朝写字台走去，拿起钢笔画掉台历上的又一天。

　　刷牙。洗脸。

　　镜子里不知道什么时候已经乱糟糟的一头长发。

　　才突然想起暑假已经过去快一个月了。夏天终究是夏天，气温高得惊人，即使是浅川这样一个高纬度的城市依然会觉得水泥地面泛出的白光足以扼杀所有人想要外出的念头。

　　西瓜在路边一堆一堆地堆积成绿色的海洋，偶尔有苍蝇在空气里扇起躁动的声响，让人烦闷。李嫣然依然隔两天就会过来玩，说是玩其实也就是在客厅里看电视，因为小司根本就不知道该怎么陪女孩子玩，自己喜欢玩的东西像拼图看书听 CD 打电动等，在女孩子眼中应该都是乏味且落伍的玩意儿吧？小司有点儿懊恼地想，终究还是陆之昂比较受女孩子欢迎呢，聊起来话都没完，不像自己，在"嗨，过来了哦。""吃西瓜吗？"之后就再也找不到话题，于是就一个人闷闷地去卧室拼拼图。

　　好在李嫣然也已经习惯了这样低调的一个人，寡言少语，目光涣散，所以两个人安静地待在家里也没觉得有多无聊，甚至多少带了一些默契而显出了些许的温馨。嫣然不烦，这点让小司觉得特别好。很多女生一讨论起什么话题来就叽叽喳喳没完没了，傅小司每次都觉得头疼得厉害拿她们没办法。比如立夏和七七两个人，看起来都很文静的样子，讲起话来比妈妈都要多。

　　整个夏天还是很正常，没有什么不对的地方。依然有很多的年轻男孩子和女孩子成群结队地去游泳，一大片游泳池里明晃晃的阳光反射出来，年轻的笑容和冒泡的加冰可乐，盛夏里又产生多少青涩的爱情？整个城市的冷气依然开得很足，电影院里甚至可以把人冻感冒。小区的物业大叔依然每天笑容灿烂。一切时光流转得悄无声息。

　　可是究竟是什么呢？让这个炎热的泛着白炽光线的暑假变得缓慢而冗长，带着让人昏昏欲睡的热度，从眼皮上沉重地爬过去。

　　怪念头。想不明白。傅小司挥了挥手，像是在驱赶蚊子一样想要把脑子里那团热气腾腾的蒸汽挥去。后来打开衣柜找衣服的时候看到陆之昂上次因为下雨而换下来留在自己家里的那件白衬衣才想起来，原来是陆之昂一个月都没有跟自己联系。傅小司是在打开衣柜的那一刹那想到这一点的，于是嘴巴轻微地张了一张，没有出声地做了个"啊"的表情。

　　换了件短袖的T恤出门，跨上单车然后驶出小区门口，之后是一段下坡，之后再左转，左转，路过几个有着斑驳围墙的街角，围墙上的几张通缉令贴了好几个月依然没有动静。路边的香樟把夏日浓烈得如同泼墨一样的树荫覆盖到傅小司微弓的背上，忽明忽暗地斑驳着。

　　T恤在阳光下像是变得半透明，透出年轻男生的小麦色皮肤。

傅小司骑到陆之昂家的大门口，还没等把车停下来，就看见陆之昂推着单车出来。

　　陆之昂一抬头看到门边跨坐在自行车上的傅小司，表情在一瞬间起了种种微弱又强烈的变化，而最终还是归于平静，张开口老半天没有讲话，末了才讲出一句："你在这里干吗？"

　　我在这里干吗。小司心里想，还真像自己平时讲话的语气呢，而且还和自己一样臭着一张脸面无表情。

　　"没什么，路过这里，就过来看看你，这一个月你都关在家里造原子弹吗？"

　　傅小司有点儿生气地把自行车的铃按来按去的，然后抬起头看着眼前的陆之昂。也不知道什么时候这家伙就比自己高出半个头了。恨得牙根痒痒。

　　"没什么……在家里不太想出来。"

　　"就这样？"

　　"嗯，就这样……"

　　"好吧，那我先回去了。"

　　生闷气。

　　胸腔里像是有一个气球在缓慢地膨胀着。每踩一下脚踏板就像是用力压了一下打气桶。气球越来越膨胀。憋得像要爆炸了。

　　无论怎么样都可以看得出陆之昂心里有事情，就是不太想跟他讲。似乎从小到大这样的情况没有发生过吧，正常的情况应该是陆之昂哇啦哇啦在傅小司身边讲一大堆废话，详细讲述自己一个月来的生活情况，甚至可以包括几点几分起床和这一个月一共买了哪几张 CD 和哪几本书，如果生活稍微有一点儿挫折就会哭丧着一张脸反复地抱怨。而一般小司都是爱搭不理，一双眼睛茫然地看来看去，偶尔看他一个人讲得太眉飞色舞就"啊""是吗"地接一下他，免得他太入戏。

　　而现在……像是对着空气挥空了拳头。

用力地，挥进一片虚空的绵密里。

心里有火没发出来所以就死命地骑车。香樟模糊成一片一片拉长的带着毛边的绿色从身边嗖嗖地向后面退去。因为满脑子都在想着把那小子揍一顿踩在地上解恨的壮观场景，结果没注意在拐角的时候差点儿撞到人。

傅小司狼狈地把车刹住，然后抬起头就看到一张熟悉的脸，和刚刚几分钟之前看过的那张面无表情的脸几乎一模一样。

"啊对不起我不是故意……咦……陆伯伯你怎么在这里？"

夏天的空气让人感觉闷热，像是透不过气来。傅小司也一直在思索究竟应该如何去理解陆之昂的爸爸刚刚说的那句"他妈妈在森川医院……癌症晚期"。

傅小司甚至觉得自己经过了一个漫长的冬眠，懒洋洋地起床，浑身无力，似乎窗外依然是鹅毛大雪，可一睁开眼睛早就是炎炎夏日。

身上热辣辣地痛。像是有什么从皮肤上开始烧起来。傅小司想了想刚刚陆之昂从自己面前经过的神态——面无表情——以及他骑车离开的背影。

白衬衣像一面无风的旗帜。

应该心里很难过吧。可是他看起来还是很坚强。

小司突然觉得很伤心，因为他害怕以后陆之昂再也不会像以前那样露出牙齿开怀大笑了。想到这里他有点儿慌，于是对陆之昂的爸爸说了句再见，然后掉转车头朝森川医院骑过去。

世界是无声的，浸满水一样的安静。从陆之昂提着一个金属的保温饭盒走出森川医院大门的时候开始。

他抬起头就看到了坐在森川医院大门口路边的傅小司，心里有种隐隐的难过。可是那么多的话堵在喉咙里，到最后也只说了声："要回去吗？一起……"

"下学期要文理分班了，想过吗？"

——之昂你会和我分开吗？

"不知道，还没认真想，小司你应该学文吧。"

"嗯。这个周末浅川美术馆有场颜泊的画展，你陪我去吗？"

——随便去什么地方散散心吧，让我陪陪你，一个人孤单的时候会很难过。

"……小司你自己去吧，我最近有点儿累。"

"我那天认识个很漂亮的女孩子，不过很高傲哦，下次介绍你认识，看你能不能搞定啊。"

——之昂你一定要和以前一样，要笑，要很会逗女孩子开心，要幸福，不要像我一样经常皱起眉头，那样不好看。

傅小司正在等陆之昂的回答，顺便也在绞尽脑汁地想下一个问题，哪怕是随便聊聊也好，可是似乎很难的样子，想不起来以前自己摆臭脸的时候陆之昂是怎么安慰自己的。正想了一个"我们一起去剪头发吧"这样的烂问题刚转过头去，然后一瞬间世界静止无声。

陆之昂坐在马路中间，两条腿因为太长而无辜地弯曲着伸展在前面，夕阳从他的背后沉落下去，背影上是一层毛茸茸的光辉。没有车辆开过，也没有行人，只有道路两边高大的香樟散发着浓郁的树叶的味道。他的头低下来，头发遮住了清晰的眉眼，只是还可以看到白色的水泥马路上突然砸下了一滴水渍。傅小司心里突然一阵一阵地痛起来，因为在那些一片叠着一片的香樟树叶的撞击声里，在沙沙的如同海潮一样的树梢轻响里，在千万种或清晰或模糊的声音里，他听到了陆之昂那一句轻得几乎不着痕迹的话，他带着哭腔缓慢地说：

"小司，其实我认真想过了，以后的路，走起来一定很难过。"

风从树顶上刮过去，将所有的声音带上苍穹。然后消失在白云的背后。

头顶是十七岁寂寞的蓝天。永远都是。

消失了。

那些声音。

之后的时间里，傅小司每天早上骑车去陆之昂家，然后和他一起去医院。

以前每天上学是陆之昂到楼下叫他，现在颠倒过来，每天早上傅小司甚至比上学的时候起得都早，匆忙地刷牙洗脸，然后飞快地仰起脖子喝下牛奶，抓起面包就朝楼下冲。路上咬着面包的时候，扶车把的那只手的食指和中指都会叠在一起祷告，上帝请保佑之昂今天心情愉快。

路上总是不太说话，阳光从香樟的枝叶间摇晃下来洒在两个男孩子身上。高二了，突然变成十七岁的男生，身子日渐变得修长而瘦削，肌肉呈现线条。肩胛骨在白衬衣里显出清晰的轮廓。而在医院，陆之昂的妈妈因为脑瘤的关系，头部开刀，缝了很多针，再加上化疗的关系，头发都掉光了。他的妈妈大部分时间都在沉睡，偶尔清醒过来陆之昂就会马上俯身下去，而之后她又闭上眼睛昏睡过去。

傅小司也不知道自己应该做些什么事情，大部分时间在旁边的病床上看书，偶尔会在白纸上随手画一些花纹。而陆之昂差不多都是蜷着两条腿在椅子上红着眼睛发呆。偶尔小司削个苹果，然后分一半给他。

日子就这么一天一天消逝掉，带着死亡前独有的安静，庞大而让人无力。

世界像是变成一颗灿烂的果实，只是内核里有条虫在不断地缓慢蚕食，一点一点咬空果核果肉，逐渐逼近果皮。在那尖锐的突破果皮的一下狠咬之前，世界依然是光鲜油亮的样子，只有蚕食的沙沙声，从世界的中心一点一点沉闷地扩散出来。

每一天傅小司和陆之昂就在那条路人稀少的水泥马路上来往，在朝阳里沉默，在夕阳里难过地低头。

时光的刻刀一刀一刀不留情面，陆之昂的下巴已经是一圈少年独有的青色胡楂。在很多个回家的黄昏里，小司都在想，我们就这么长大了吗？十七岁，十八岁，十九岁，朝着漫长的未来成长过去。

时间在一瞬间停顿，一个夕阳满天的黄昏里，小司和之昂同时抬起头，听到监测心跳的仪器那一声波形回归直线的长音。

立夏起床后在日历上又画掉了一个日子，还有十七天开学。日子竟然过得如此漫长，立夏也微微觉得有些奇怪。有时候跑去七七家里找她聊天，会讲起浅川一中的很多事情，聊着聊着总会聊到浅川一中的那两个全校老师都当作宝贝的学生傅小司和陆之昂。可以聊的东西很多，比如陆之昂永远不变的那个蓝色的背包，傅小司惯常的白衬衣，两个人都爱喝的可乐，陆之昂无法无天的仰天大笑，傅小司眼睛里终年的大雾，教室里那两张画满花纹的课桌，冬天里黑色的长风衣，在一年就要过去的时候，立夏反而全部清晰地在心里回想起来。

每次谈到这里立夏心里都会稍微有一些伤感。早知道当初就不留电话给他们两个，弄得现在如此沮丧。也不知道那两个人在忙什么，立夏在家里偶尔看到那部安静的电话就会想，小司现在在干吗，还是皱着眉头在画画吗？而陆之昂依然在旁边蒙头大睡？

这些浅川一中的事情也只能和七七聊，因为像室县这种小镇，能够考到浅川一中去的人就如同小城市的学生考上了最好的大学一样稀罕。立夏在和初中的同学聚会的时候都很小心地避免不要提到浅川一中，更不敢提自己在学校是前十名的成绩，不然总会有人红眼睛并且开始酸溜溜地说话。立夏最怕这些。不过私下也会有点儿生气。当初不努力怪谁呢，自己从前晚上熬夜痛苦的时候你们在睡觉，现在又来眼红我能念全省最好的中学。荒唐。

整个暑假立夏一直都在考虑文理分科的问题，七七是学文的不用问，而立夏心里除了考虑自己之外还多了另外的两个人。

忐忑，甚至会在思考这个问题的时候在家里来回踱步，简直像是老人一样。而那天打电话给小司也是想问问这个事情，结果却听到陆之昂妈妈的事情。

立夏清晰地记得自己听到那句话的时候手里话筒咣当一声掉在地板上，再拿起来已经断线了，却没了勇气再打过去。立夏回过头去看了看在厨房里忙碌的妈妈，夕阳打在她的头发上，微微有些花白的头发，背弓成有些令人心里发酸的弧度。立夏心里一阵止不住的难过，眼圈在一瞬间就红起来。

立夏走过去从背后抱住妈妈。妈妈大声叫着："哎呀，小心油啊，烫。"眼泪滑下来。妈妈没有看见。

心里盛满了水。不敢动。怕漾出一地的悲伤。

院子里挤满了进进出出的人，夏天的暑气沉下来积累在地表附近，使得整个院子格外闷热，门外摆满了无数的花圈。白菊花一堆一堆地散布在每一个角落。傅小司和父母来的时候四周都已经挤满了人，人们面无表情，或者窃窃私语。偶尔能比较清晰地听到一声"太可怜了，那么小的孩子"之类的话语，傅小司微微皱起眉头。

陆伯伯一直忙着招呼来参加葬礼的人，面容憔悴，眼眶深深地陷下去。应该好几天都没有睡觉了吧。小司和陆伯伯打完招呼之后就开始找陆之昂，可是怎么也找不到，周围很多的人挤来挤去，毕竟陆伯伯在浅川也算是有头有脸的人物，所以来的人格外地多。

小司一边皱着眉头不断地小声对人说"借过借过"一边松开衬衣的领口，天气太热，胸口一直在冒汗。这件黑色的衬衣还是妈妈刚刚买的，自己的衣柜里从来就没有过全黑色的衣服。

在那些敲锣打鼓的开灵师闹起来之后，傅小司才看到了坐在墙角的陆之昂。一头乱糟糟的头发和嘴唇上没有刮的胡子，依然穿着白衬衣，上面蹭着一块一块的泥。

傅小司觉得眼睛刺痛得难受，他心里恍惚地想，也许是周围的人都是黑色，整个黑色的世界里，唯独陆之昂是纯净的白，所以自己才会觉得刺眼吧。

而这微弱而无力的白色，在黑暗无边的天地里，如同一团无辜而柔软的白絮。

傅小司刚想开口叫他，手机突兀地响起来。

小司从口袋里掏出手机，看到是立夏。接起来刚刚说完两句话，那边就突兀地断掉了。挂掉电话傅小司朝陆之昂看过去，正好迎上陆之昂抬头的目光。

陆之昂听到和自己一模一样的手机铃声于是抬起头，他知道是傅小司。站在自己面前的小司一身黑色的衣服，伫立在渐渐低沉的暮色里，像是悲悯的牧师一般目光闪耀，而除了他明亮的眼睛之外，他整个人都像是要融进身后的夜色里去一样。

陆之昂胸口有点儿发紧，在呼吸的空隙里觉得全世界像是滔天洪水决堤前的瞬间一样，异常汹涌。这样的情绪甚至让他来不及去想为什么傅小司永远模糊的眼睛会再一次地清晰明亮如同灿烂的北极星。

我永远都不会忘记陆之昂那天抬起头时看我的目光，在开灵师一下一下的锣鼓声里，陆之昂大颗大颗滚烫的眼泪顺着脸庞往下滑。我可以看得出他想控制自己的情绪，可是嘴角依然像极了他小时候被欺负时向下拉的那种表情。记得在幼儿园的时候我几乎每天都看他这么哭，为了阿姨的责骂，为了争不到的糖果，为了和我抢旋转木马，为了尿裤子，为了我把玻璃珠给了一个漂亮女生而没有给他……而长大之后的之昂，永远都有着阳光一样灿烂的笑容，谈话的时候是表情生动的脸，快乐的时候是笑容灿烂的脸，悲伤的时候……没有悲伤的时候，他长大后就再也没有在我面前有过悲伤的时刻，我都以为自己淡忘了他悲伤的脸，可是事隔这么久之后被我重新看到，那种震撼力突然放大十倍，一瞬间将我变成空虚的壳，像是挂在风里的残破的旗帜。

在浓重的夜色里，在周围嘈杂的人群里，他像一个纯白而安静的悲伤牧童。我很想走过去帮他理顺那些在风里乱糟糟的长头发，我也很想若无其事地陪他在发烫的地面上坐下来对他说，哎，哪天一起去剪头发咯。可是脚下生长出庞大的根系将我钉在地上无法动弹。因为我怕我走过去，他就会看到我脸上一塌糊涂的泪水。我不想他看到我哭，因为长大之后，我再也没有在他面前哭过。

陆之昂，妈妈一定会去天国。你要相信我。

——1996 年·傅小司

妈妈出殡那天陆之昂一句话都没有说。

车从小区的大门开出来，两边站着三三两两送别的人群。其他的人都坐在后面的一辆大客车上。路边还有掉落下的纸花。白色的，泛着刺眼的光。

他看着一切缓慢地进行像是无声的电影，而他唯一知道的是傅小司站在他的身边也是沉默不语。以前他总是不明白为什么小司的话可以那么少，而现在，他发现自己也可以轻易地做到了。

尸体被放进焚化炉。妈妈的脸消失在那个狭长的钢铁空间里。他想起五岁的时候本来妈妈可以离开浅川去大城市深造，半年后回来就可以成为银行的高层。而那天在火车站的时候，陆之昂看着妈妈跨上火车，突然哇哇大哭起来，在火车启动前的一分钟，妈妈从火车上跑下来。陆之昂长大之后，才明白妈妈当初做出的那个决定其实就是放弃了自己的人生，她选择了母亲而放弃了一个女性自己的事业。

——妈妈我再也不会哭了，再也不会让你为了我放弃任何东西了。你要自由地过你自己的生活。

火光隐隐泛出红色，热度在瞬间增加。陆之昂觉得眼眶发胀，他想起自己曾经差点儿病死的事情，那是他十岁的时候，突如其来的高烧，夜里叫不到车子，而且下着瓢泼大雨，爸爸在外地出差，妈妈一个人抱着他走了差不多三个小时去医院。那个时候他家没有住在市中心，山路泥泞，妈妈抱着他又不能换手，两只手已经没劲了就死死地抓在一起不松开。后来医生说这孩子如果晚到医院几个小时，就救不回来了。陆之昂记得当时妈妈在医院里大声哭着，他在昏睡里也可以感觉到她的伤心。

——妈妈我再也不会整天在外面玩得不知道回家了，妈妈我再也不会让你一直在客厅坐着等我了，妈妈我再也不会因为要出去陪女孩子开心而忘记你的生日了，妈妈我再也不会耍赖强迫你一定要说我画的画比傅小司好了，妈妈我再也不会说你做的菜不好吃了，妈妈我再也不会生病时大哭大闹了。

烟囱里开始飞出黑色的尘埃，暮色里那个高高的烟囱显得格外地凄凉。傅小司抬起头的时候突然想到，这个尘埃的出入口，不知道带走了多少人的伤心和思念。

黄昏的天空里有黑压压的鸟群无声地飞过去。陆之昂想起曾经有一个喜欢他的女孩子去他家里，妈妈很开心，因为她一直担心自己这样吊儿郎当的找不到老婆。妈妈见到那个女孩子很高兴甚至紧张得都有点儿不知所措。那天妈妈一直陪他们聊天，陆之昂知道妈妈很开心。可是那个女孩子竟然在他耳朵边上悄悄地说了句"你妈妈怎么还不走啊我想和你单独聊天呢"。就因为这一句话他把那个女孩子赶了出去。他妈妈因为这个还骂了他的臭脾气。他当时没有顶嘴，心里在想，以后一定会找一个全世界最好的老婆让妈妈知道我也是很优秀的男生呢。可是他没想到时间这么短，而来不及做的事情这么多……

——妈妈我再也不会每天都把衣服弄得很脏了，妈妈我再也不会忘记您喜欢红色而错买绿色的衣服送您了，妈妈我再也不会把您送给我的礼物借口不喜欢而丢在房间的某个地方了，妈妈我再也不会忘记您的生日了，妈妈……妈妈我再也不哭了，妈妈我会成为一个最好的注册会计师……妈妈，您一定要去天国，以后等我死了我也会来，您放心我一定会到天国来的，因为您告诉过我要做一个坚强而善良的人。上帝肯定会很喜欢我的，妈妈……再见。

傅小司抬起头，天空灰蒙蒙的看不清楚。他想，这个夏天终于要过去了，再也不会有这样的夏天了吧。

傅小司拉着宙斯往家走的时候心里生出很多莫名的情绪，甚至说不出是惶恐还是生气，又或者是深深的难过。

　　他原以为陆之昂心情已经渐渐好转，其实一切只是越来越糟。他站在陆之昂家的院子里，只能看到宙斯脏兮兮地蹲在狗屋旁边，一脸无辜的表情，看到傅小司走进院子的时候就一阵一阵低声叫唤。

　　陆之昂的爸爸同陆之昂一样，依然陷在伤心的情绪里面。只是陆之昂更加严重一点儿。傅小司在和陆伯伯聊完之后才知道，妈妈下葬之后，陆之昂很多时候都是凌晨才一身落拓的样子从外面回来，满身酒气，双眼通红。

　　陆伯伯说："我在给他一耳光的时候，他都没有做声，眼里的泪水也是忍着没有落下来。我也可以听见他咬牙忍耐的声音。我比谁都了解我这个儿子。平时似乎很随和的样子，其实个性比谁都倔犟。"

　　傅小司告辞的时候看了看院子里可怜的宙斯，然后说："我先把宙斯带回家养一段时间吧。"

　　傅小司把宙斯拴在大卖场门口的栏杆上，然后进去买狗粮。出来的时候看到暮色里宙斯蹲在马路边上看来往匆忙的车，周围有很多的人对宙斯投去好奇的目光，这么大并且这么漂亮的牧羊犬怎么会这么邋遢地被拴在路边呢？

　　宙斯专注地趴在地上盯着马路远处，安静地等待，而傅小司看着宙斯的背影突然心里一阵又一阵来路不明的难过。

　　在回家的路上傅小司想起很多以前的事情。那个时候宙斯还是条很小的狗，宙斯几乎是和他们两个一起长大的，从弱不禁风到现在站起来比小司还要高。

　　那些过去的岁月全部重新回来，他和陆之昂一起牵着宙斯去爬过山，也拖着宙斯去河里游过泳，买过各种各样的狗粮，换过三个不同大小的狗屋，最后一个狗屋是他和陆之昂用木块和钉子一锤一锤地敲打出来的。那些前尘往事从内心深处涌动起来往喉咙顶。傅小司突然停下来拍拍宙斯的头，宙斯乖巧地仰起头来用湿漉漉的舌头舔了舔小司的手心，然后小司一滴眼泪砸下来。这条暮色里喧嚣的马路无声地吸收着傅小司的那滴眼泪，发烫的地面容纳着他的悲哀并且迅速地朝着地心深处下降。小司蹲下来抱了抱宙斯，然后擦干了眼泪，他想，最后哭一次吧，再也不要哭了。

当小司站起来准备回家的时候，宙斯突然大声地叫起来。

前面一群飞扬跋扈的男生里面，最清晰的是一张面无表情的脸，白衬衣，瘦高的个子，手上提着个啤酒瓶。在看到傅小司的一刹那，那只握着酒瓶的手突然收紧，指关节发白，甚至可以听到那些细长的手指关节咔嚓作响。

傅小司的眼睛比以往任何时候都没有焦点，脸上是寒冷的表情。他拉着兴奋的宙斯一动不动地站着，然后一字一句地说："陆之昂，你要闹到什么时候！"

傅小司看着站在面前的一群流里流气的小混混心里很是愤怒。其中几个傅小司也认识，是他在浅川一中初中部念书的时候就被开除出去的问题学生。那个勾着陆之昂肩膀的人叫武岳，以前在学校的时候几乎所有的人都讨厌他。

"你这几天就是跟这种……人在一起吗？"

本来是想说"这种混混"的，不过傅小司还是维持着一些理性。因为在这段时间，他也不想对陆之昂发火。

陆之昂没有说话，只是低着头坐在路边的栏杆上，手握着瓶子一下一下无意识地敲着栏杆，他的头发垂在面前，也看不出是什么表情。

倒是武岳走过来一抬手就掐住傅小司的下巴，蛮横地说："你讲话给我讲清楚点儿，什么叫这种人，哪种人？！老子知道你是傅小司，傅小司了不起啊？"

傅小司还没怎么反应过来就听到骨头撞击骨头发出的沉闷的声响，然后一个背影闪过来出现在自己面前，陆之昂一拳用力地打在武岳的脸上，在武岳痛得哇哇乱叫的时候，陆之昂把啤酒瓶朝着栏杆上一敲，然后拿着碎酒瓶朝着那些因为吃惊而张大了嘴的人指过去，说："我心情不好，要打架的就过来。"

　　陆之昂看着傅小司一声不响地在房间里找着各种处理伤口的药品，光着脚在地板上来来回回，看着他的下巴上靠近耳朵下面泛出的一块瘀青心里一阵一阵地心疼。他咬着牙在心里咒骂，妈的武岳用力还真狠。尽管自己从小到大经常和小司打架，甚至打到满地打滚，可是依然不能忍受别人对小司动手。所以今天看到武岳掐着小司的下巴的时候陆之昂心里瞬间就火大了。而现在，尽管很多话想要讲，却不知道要怎么开口，憋到最后也只含糊地问了句"痛不痛"。

　　"当然痛，你他妈让我掐一下试试看。"

　　果然没有好声气。这也是陆之昂意料之中的事情。不过小司还能朝自己发脾气，证明气得不算厉害。从小一起长大，陆之昂算是了解他的脾气的，真正生气了的话是绝对不会和你说一个字的。所以陆之昂的内疚感轻了一些。

　　"不过话说回来你还真的很不会打架啊，好在有我，不然你就不止下巴青一块了。"陆之昂还是忍不住漏了一句。

　　"我手上拉着你家的狗！你拉着条狗去打架试试！"

　　"……"

　　傅小司并没有因为陆之昂语塞而停止，继续斜着眼睛瞪他说："而且！你也不看看谁挂彩挂得多！"

　　说完之后把找出来的棉花、纱布、酒精、碘酒、双氧水、创可贴、云南白药等一大堆东西朝他扔过去。然后自己倒在沙发上揉下巴，心里在想，娘的武岳这个王八蛋力气竟然这么大！

　　陆之昂摊开双手做了个"OK 你赢了"的无奈表情，然后开始用棉花蘸酒精清洗伤口。傅小司看着他笨拙的样子只能叹口气然后起身去帮他。

　　拨开头发才看到头上有道很深的口子，傅小司拿着酒精棉球都不敢用力，那些红色的肉和凝固的血让小司心里揪得难受，因为他知道这道口子是因为陆之昂跑过来帮自己挡了那个砸下来的酒瓶而弄出来的，喉咙有点儿哽咽，特别是在陆之昂不自主地抖动的时候。小司知道那是因为酒精碰到伤口的关系。

"痛你就叫，在我面前你装个屁。"

语气是没有波澜的平静，掩饰了其中的心疼。

"我是怕我爸听见，要是家里没人我早叫翻天了……喂你轻点儿啊你！"

傅小司把棉花用力往下一压，看着陆之昂说："你也知道怕你爸听见。你到底在想什么啊，跟那样的人混在一起。"

陆之昂低着头，也没怎么说话，不知从什么时候开始，他不太敢和小司顶嘴了，说不上来为什么，就觉得小司太威严。如果是在平时，他肯定就是一副嬉皮笑脸的样子，可是现在，因为心情沉重，所以就沉默着不说话。

傅小司转身走出房间，回来的时候端了杯水，他看着不说话的陆之昂心里有些难过，但也有些生气，特别是看到他跟武岳那种人混在一起的时候。他把水递给陆之昂，然后说："你这样自暴自弃，你妈妈会恨死你的……"

陆之昂刚听到"妈妈"两个字就把手一挥，"你不要提我妈妈！"可是一挥手刚好打到小司递过来的开水，抬起头就看到那一整杯水从傅小司肩膀上泼下去。陆之昂手足无措地站起来，因为他的手碰到了一点儿水，仅仅一点儿就非常地烫了。他望着傅小司面无表情的脸突然慌了手脚。

傅小司什么也没说，尽管肩膀被烫得几乎要叫出来。只是一瞬间心里有一些悲哀穿堂而过。男生的感情应该就是如此隐忍吧，再多的痛苦都不带任何表情地承受，顶着一张不动声色的侧脸就可以承担所有的尖锐的角和锋利的刃。

那天晚上傅小司住在陆之昂家里，他躺在客房的床上一直睡不着，眼前还是反复出现陆之昂那张悲伤的脸。

肩膀的疼痛时不时地在神经里出没，用手碰一下就是烫伤的热辣感。"这个笨蛋。"似乎只能骂句"这个笨蛋"而已。

第二天早上傅小司一睁开眼睛就看到枕头边上放着的烫伤用的药膏。那一瞬间他觉得嗓子里有什么东西堵得难受。他可以想象陆之昂晚上悄悄地走进来放下药膏，或者也会用内疚的眼神看看熟睡的自己。然后坐在地板上对着熟睡的自己说一些平时无法说出的话，或者也会软弱地哭。然后再悄悄地关上门离开。

傅小司走到阳台上拉开窗帘朝外面望出去，阳光灿烂，带着夏天独有的灼人的明亮，而太阳底下，陆之昂拿着水龙头在帮宙斯冲凉。他的脸上又一次充满了笑容，尽管没有以前的灿烂，却显得格外地平静，而水花里的宙斯也显得格外地高兴。

傅小司闭上眼睛，听到在高远的蓝天之上那些自由来去的风，风声一阵一阵地朝更加遥远的地方穿越过去。他想，这些突如其来的伤痛，也只能依靠时间去抚平了吧。只是经过如此伤痛的那个笨蛋，会变得更加地勇敢，还是变得更加容易受伤呢？

不过无论如何，这个漫长的夏季终于结束了。

开学已经一个星期了。却依然感觉不到任何的改变，或者说是很多的东西都在不知不觉里变化了，只是自己太过茫然的眼睛没有发现而已。

会不由自主地去打量着那些刚刚升入浅川一中的孩子。应该是老人的心态了吧，看着他们竟然会在脑子里回荡出"青春"两个字。真见鬼。而仅仅在一年多以前，立夏也是这样好奇地看着新的学校大门，看着无边无际的香樟，看着学校橱窗里的光荣榜上那些升学毕业的学长学姐和一所又一所名牌大学的名字而张大了嘴巴一直惊讶。

而现在，竟然要在放学的时候和那些刚刚进来的小孩子抢着食堂的座位，用同一个游泳池，每个星期一站在同一个操场看升国旗，曾经喜欢的林荫道被他们用年轻无敌的笑声覆盖过去，画室里出现了更多画画的人。立夏有时候真的觉得好沮丧，而这种沮丧来得莫名其妙。

教室被换到了二楼，依然是中间的教室。谁都知道这只是个临时的教室，因为在开学一个星期后就会决定最后的文理分科。那时大家就会进入新的班级，和新的同学成为朋友，有新的座位，有新的置物柜，有新的值日轮流表。然后逐渐开始遗忘以前的事情。

然后逐渐开始遗忘以前的事情。

当立夏想到这里的时候突然觉得有点儿难过。

因为这一个星期以来傅小司和陆之昂都没怎么说话，其实小司本来话就不多，她也早就习惯了，可是陆之昂的那种灿烂的笑容真的就凭空消失了。

有时候看着他平静地骑着车和小司一起穿过校园，看着他安静地穿着白衬衣靠在栏杆上，或者在游泳课上一言不发地在泳池里不断地来回，立夏都恍惚觉得是另外一个陆之昂。

小司告诉过立夏陆之昂妈妈的事情，可是她什么忙也帮不上，甚至不敢在陆之昂面前提起，怕一瞬间气氛就失控。只能在看到他沉默的时候一起沉默，在他安静的时候一起安静。

有时候她就想，会不会陆之昂的人生就此改变了呢？在他以后的十年，二十年，甚至更加漫长的岁月里，他还会像以前那样没心没肺地笑吗？他还会戴着有两个小辫子的帽子摇头晃脑地耍赖吗？他还会对着每一个路过的女孩子吹口哨吗？

想到这里只觉得心酸。

夏日渐渐消失。

气温变得失去锋利的热度。已经渐渐像要秋天了。天黑得很快。

立夏站在阳台上朝着黑暗的夜色望出去的时候，心里对未来没有任何的把握。远处的楼房透出星星点点的灯火，在浓重的黑暗里显得格外地微茫。觉得世界突然凭空地陷落一块，然后夜色像墨汁般迅速地填充进去，声音消失无踪，所有的未来都像是被硬生生地埋进了深深的河床，在河床的厚重淤泥之下一千米，然后水面还有一千米，永无天日。

已经到来的高二，即将到来的高三，那些曾经在传说中无数次出现的千军万马过独木桥的片段来回出现在脑海里，轰轰作响。

像是梦境里经常出现的那列火车，发出有规律的铁轨撞击声。又像是有人拿着刀，找准了我们最弱、最不设防的部分温柔地刺进去，然后拉出来，血肉模糊，然后再刺进去，一直到最后痛苦变得麻木，现在变得模糊，未来变成没有人可以知道的结局。

立夏突然有点儿想哭。

小司以前跟她讲过一个天使的故事，大概是说，每一个人都有一个一直守护着他的天使，这个天使如果觉得你的生活太过悲哀，你的心情太过难过，那么他就会化身成为你身边的某一个人，也许是你的朋友，也许是你的恋人，也许是你的父母，也许是你仅仅见过一面的陌生人，这些人安静地出现在你的生命里，陪你度过一小段快乐的时光，然后他再不动声色地离开。于是你的人生就有了幸福的回忆，即使你以后的道路上布满了风雪，一想起曾经幸福的事情，你就可以依然勇敢。所以那些默默离开我们的人，其实都是天使回归了天国，比如那些离开的朋友，那些曾经给过你帮助的陌生人，那些曾经爱过最后分开的人，曾经讲过一个很好听的笑话逗你开心的同学，曾经唱过一首好听的歌给你听的歌手，写过一本好书的作家，他们都是善良的天使。也许你有段时间会对于他们的消失感到伤心或者失落，会四处寻找想知道他们去了哪里，到了什么国度，可是到最后，你都会相信，他们在这个世界的某一个角落，安静而满足地生活着。于是曾经的那些失落和伤心都将不复存在，时间是最伟大的治愈师。

立夏有时候也在想，小司和之昂会是天使吗？有时候都觉得他们不像人间的男孩子，没有普通男生的邋遢与聒噪，也没有故意的扮帅和出风头，他们安静地出现在每一个清晨和黄昏，安静地笑或者微微地皱起眉头，可是无论如何都不能掩盖他们身上的光芒，有时候她甚至会想，当他们两个人站在人潮汹涌的街头，你不用费任何力气，就可以找到他们。

还有遇见，遇见也是一个天使吧。有时候都觉得这样的女孩子，已经坚强到了让人心疼的地步。咬着牙在漆黑的夜晚里走路，也有风雪，也有沼泽，也有反复出没的让人恐惧的梦魇。很多个晚上遇见都会给她讲她在酒吧遇到的事情，比如某一天某位客人突然送了她花说她唱歌真的很好听，说老板这个月又给她加了薪水，因为她的歌越来越受到客人的欢迎，或者说有男孩子专门从一个很远的城市赶过来听她唱歌，因为他的朋友告诉他，在浅川有一个很会唱歌的女孩子，这甚至让青田都有点儿微微地吃醋呢。

她对立夏讲起她的梦想像是一个孩童在描述她玻璃瓶里五彩的糖果。她说总有一天她要红遍全中国，成为全国最红的明星，她要每一个人听到她的歌就觉得充满了力量，她要让每一个哭泣的人都会因为听到她的歌声而变得勇敢，并且可以继续以后艰难而漫长的路。她要让善良的人们在经历黑暗和丑恶的人性的时候还可以在她的歌声里找到温暖和勇气。

在遇见对立夏描述这些的时候，立夏总会看见一些微弱的光芒从遇见的身上散发开来，在浓厚得如同海水一样的夜色里发出微波的光晕，像是从小到大看过的夏日夜晚的萤火虫。而她也明白，这些微弱的光芒，总有一天会让遇见变成最为华丽的燕尾蝶，在所有人的目光里光芒万丈。

无论什么时候，立夏都深深地相信着。

无论如何，寒冷总是让人无望。

这是立夏今天在语文书上看到的一个句子。

在课间去水房冲咖啡的时候她就在不断地回想着这个句子。

每到冬天开水房前就会排起长龙。她靠在墙上反复地想起这句话，心里一瞬间有了一些无法言说的感觉。手上小司和她的杯子发出微微的热度，像是隔了无比久远的夏天。

立夏很诧异语文书上会出现可以在她心里激起波澜的话。因为好长一段时间以来，她都是做着无数的语文试卷，机械地背着古文的意义，觉察不出任何的美感，在看到一句优美的诗词时，第一个反应不是文字组合的瑰丽，而是它的下一句究竟该如何背诵。做完一张语文试卷，然后翻到参考书的最后几页对答案，然后自己给自己打分。

而这样无望的日子，似乎已经持续了好久。

立夏觉得自己依然是那个刚刚进入浅川一中的小丫头，时间却不知不觉地快要走过三年了。她知道下一个夏天到来的时候，她们就会像学长学姐一样，离开这个长满香樟和回忆的地方，散落在天涯。

我们毕业了。这是一句残酷的话，可是每个人都必须要说。

其实回忆起来立夏都觉得诧异，不知道什么时候开始时间行走得如此迅速。我们在寝室的那张硬木床上睡去醒来的过程里，年华就悄悄地离开了。

高三的日子很寂寞，每天都是做不完的试卷。身边只有傅小司一个人，回首高一的岁月就会变得有点儿哽咽。

七七因为家里的关系而且美术加试又好，已经保送上海美术学院了，所以她不经常来上课，有空就会待在家里画画，并且给她写信。

陆之昂在理科班，他和遇见一起留在了三班，而立夏和小司选了文科在七班上课。

小司因为学习的压力而没有继续为杂志画画，立夏也没有对他说起这个事情。只能在很多个晚上翻着以前祭司的画而感伤，那些杂志带着陈旧的气味一本一本地堆在她的面前，像极了自己同样陈旧的过去。

有时候上课立夏会突然产生错觉，似乎旁边就坐着遇见，她安静地趴在桌子上睡觉，阳光洒在她的头发上，她的眉头微微皱起来，梦中似乎也很倔强。而身后就是傅小司和陆之昂，小司在桌子上画着花纹，而陆之昂则在旁边睡觉。自己一回过头去就可以看到那两张看了无数次的英气逼人的脸。

可是再眨一下眼睛，一切都回到现实。小司在教室的另外一边，很多时候当立夏穿越各种各样的面孔朝他望过去的时候都可以看见他很严肃地望着黑板，然后飞快地在笔记本上写着什么。有时候看着他的侧脸会有些伤心，立夏自己也不知道是为什么。可能是因为知道这样的日子太过短暂，马上就要毕业吧。

有时候也会听到不知道从哪里传来的钢琴声，不知道是不是陆之昂在弹奏呢。

毕业会是什么样子呢？立夏也不敢想象。以前听很多人说过，毕业就是一窗玻璃，我们要撞碎它，然后踩着锋利的碎片走过去，血肉模糊之后开始一个完全不同的人生。

傅小司有时候也会想，时光怎么会突然加快了速度，似乎前一瞬间一切都还停留在 1996 年的那个炎热的夏天，而再过一个瞬间，已经是 1997 年的年末。

十二月，浅川已经下过好多场大雪，圣诞节的气氛越来越浓重，街道上可以看见商店里挂出的各种礼物、各种圣诞树和各种漂亮的小天使。

街上有很多打扮漂亮的女生挽着自己身边的帅气男友，脸上是幸福的表情。灯光很亮，整个城市像是一天一天地变成一座游乐场。兜售不完的糖果，free 的门票，摩天轮转动不停。

闭着眼睛也可以听到 1998 年一步一步地朝着自己走过来的声音。

很多时候傅小司独自穿越教学楼和操场之间的那条林荫道都会恍惚地想起很多高一的事情，而高二，似乎整个就是被跳空掉的。似乎生命里凭空地少掉了 1997 年。而 1997 年究竟发生了一些什么事情呢，以至于自己一直到现在都还耿耿于怀?

其实是清楚的。记得比谁都清楚。只是刻意地不要去想起。

1997 年发生了什么呢?

1997 年香港回归，整个中国热闹了差不多一个星期，那面有着紫荆花的旗帜印在了几乎每一个中国人的心里。

但是 1997 年也有亚洲金融风暴，天空似乎并不是完全那么灿烂。

1997 年还有中国的海军军舰首次航行访问全球。

而凡此种种，对于傅小司或者立夏来说都不具有太大的意义。就像是悬浮在头顶几千亿万光年外的星体，无论它们多么地庞大或者耀眼，传递到他们身上的，都只有稀薄而微弱的星光。感受不到它们的气息，旋转，质量，甚至在它们死亡、爆炸几百年后，我们都依然可以看见它们的光芒。连死亡对他们来说，都不具有意义。

那么，具有意义的是什么呢?

是文理分科之后，陆之昂和傅小司不再同时出入于一个教室。

是遇见对立夏说："立夏，我不想再考大学了。我走了，但是我会永远想念你。"

1997 年学校新建的文科楼投入使用，于是从那个时候起理科生和文科生开始在两栋不同的大楼里上课，中间隔了一个空旷的操场。

现在，傅小司已经习惯了每天早上和陆之昂一起把自行车停到车棚之后挥手说再见，然后各自走向不同的教室。

窗外是熟悉的香樟，还有不熟悉的新的红色跑道和白色的线。

日光打到操场上变得更加地空旷而无力。

连飞鸟飞越的声响，都仿佛激荡起回声。

而 1997 年改变的还有什么呢? 是太多还是太少? 傅小司想不明白，也就不太愿意费心思去思考了。很多时候其实已经没有什么时间去思考其他的东西，在高三这种水深火热的世界里，学习就是一切。

每天陆之昂和傅小司还是会一起上学一起回家。很多时候陆之昂下课都会比傅小司早，因为七班的老师出了名地会拖堂，而且文科的考试比理科频繁，浅川一中的文科在全省都是很有名的。很多时候陆之昂放了学就会背着书包穿过操场，从理科楼走到文科楼，然后在小司的教室外面等他放学一起回家。

有时候立夏朝窗外望出去的时候就会看见陆之昂戴着耳机安静地坐在走廊上的样子，阳光缓慢地在他的身上绕着光圈，偶尔可以听到鸽子起飞的声音。在陆之昂抬头的时候也会对着走神的立夏笑一下，然后调皮地做一个"专心上课"的像是老师教训人一样的表情。只有在这种时候立夏才会觉得陆之昂像是高一的样子，仍是那个无忧无虑的少年。

谁都知道陆之昂的变化，立夏知道，遇见知道，七七知道，全校的喜欢陆之昂的女生都知道，可是谁都没有傅小司感受到的深刻。

而这种变化是溶解在这一整年的时光中的，像是盐撒进水里，逐渐溶解最后看不出一点儿痕迹。

在上学的路上，在陆之昂安静地坐在小司的教室外面等待他放学的时刻里，在偶尔钢琴教室里传出来的陆之昂的寂寞琴声里，在冬天和夏天的长假中，在抬头和低头的间隙里，在一条又一条的手机短信里，在日落时分回家的寂静的路上，傅小司一天一天地感受着他的转变，心里有一些难过，像是一漾一漾漫出来的潮水。

而陆之昂究竟变成什么样子了呢？是安静吗？还是寂寞呢？讲不明白。

立夏很多时候都觉得陆之昂像是变成了另外一个傅小司，只是比小司看上去平和，可是更加地寂静。因为小司是一种带着锐利棱角的沉默，而陆之昂，日渐变成一个对什么都格外温和的人，不像以前爱说话，爱笑，爱对着过往的漂亮女生吹口哨。

他现在每天安静地骑车，有空的时候会叫着小司立夏一起去图书馆，开始戴着黑色边框的眼镜皱着眉头做题，在图书馆找个阳光充足的角落，然后拿出很厚的参考书开始安静地在草稿纸上演算。

最夸张的是他还会用数学的理念来与你分析生活中遇到的困扰，活脱脱一副被理科长年迫害的书呆子形象。只有很少的时候，面对像立夏、遇见、七七这样的很熟悉的人的时候，陆之昂才会回复到曾经的样子，会讲很多的话，有着生动的表情，偶尔和小司比画着拳脚，更多的时候大家看到的都是带着微笑的一张无比安静的脸。当看着陆之昂专心在草稿上画出一个又一个函数图像时，立夏就会回想起当初那个在小司和自己旁边肆无忌惮地打瞌睡的陆之昂，想起那个笑容如同春日的朝阳一样的陆之昂，心里就会突然地刮过一阵风，把那些曾经的往事都从心里往四下吹散开去。

是高三改变了一切吗？还是我们改变了自己，在高三的这一年？

自从立夏和傅小司离开了三班之后，遇见在班上几乎就没有说过话，只是偶尔和陆之昂聊天。遇见在每节课下课后的休息时间里，都会趴在阳台上朝着操场那边的阳台眺望，有时候会看见立夏经常穿的那件红色的衣服，很红很红的红颜色，在一楼的走道里来来回回，有时候立夏会和傅小司一起出现在阳台上，虽然因为隔得太远，遇见看不清他们的表情，但她还是会很开心地冲着立夏挥舞着手臂，尽管她知道很多时候立夏都没有看见她。而陆之昂则经常站在她身边安静地微笑。

在立夏离开之后，应付老师突然提问的差使就交给了陆之昂，而班上发生的很多事情也是陆之昂在帮着遇见处理。有时候遇见会问陆之昂："你离开了小司觉得寂寞吗？"陆之昂只是笑，然后会不带任何表情地说："其实遇见是因为离开了立夏觉得寂寞，所以希望从我口中听到类似的字眼吧？遇见就是这么好强的人，永远都不会说寂寞啊、孤单啊这样的话。其实这样不丢脸啊，你根本没必要觉得难堪。就像我每天都会对小司哇啦哇啦地抱怨说离开他真是好无聊啊，整个班上都是一群理科机器。"

遇见白了他一眼，说："你少来吧，你哪有哇啦哇啦，你现在不是已经转型了吗，安静沉默王子型。哇啦哇啦是两年前的你吧？"

一句话把陆之昂说得灰头土脸，憋了半天后开始抱怨世界不公平好心没好报。

小司有这样的朋友真是很好呢，心里默默地对他说了声"谢谢"。

尽管每天晚上遇见依然会和立夏聊天聊到很晚，会告诉她在酒吧发生的很多事情，会告诉她青田每天送她回学校，会告诉她酒吧拿到的钱越来越多，可是却一直不敢讲那个在她心里已经埋藏了一段时间的秘密，甚至连对青田都没有讲过。遇见总是觉得一旦自己讲出了口，那么一切事情就再也不能回头了。

彻底的，永远的，不能回头。

很多个晚上遇见都会回想这一年多发生的事情。学校里只有立夏几个人让她觉得还有一点儿存在的意义，而其他，其他的种种事物无论是沉落或者飞升，都不会让她多看哪怕一眼。她依然另类地行走在所有浅川一中的女生眼里，依然穿另类的衣服戴着越来越多的耳环，并且在高二结束的那一天软硬兼施成功地拉立夏去打了耳洞，然后买了一副耳钉，一人一个。遇见依然记得立夏打完耳洞惊恐的表情，并且每三秒钟就会去弄一下耳朵边上的头发，生怕有人会看到。

不过后来立夏比自己都喜欢那枚耳钉。很多次遇见都看到立夏对着镜子里的那枚耳钉臭屁得不得了，于是就开始嘲笑她一直嘲笑到她脸红，说她是没打过耳洞的良家妇女。可是嘲笑归嘲笑，心里却是满满的温暖。

遇见你总是会笑我，很讨厌的。可是我很多时候真的会看着耳洞发呆，我到现在还记得当时因为疼痛而流出的眼泪。很多时候我都在想，在我曾经年轻的岁月里，我和遇见一起遭遇过一模一样的疼痛，那么以后的日子，即使是需要下地狱，我也会不皱眉头地跟着她一起吧。因为我一直那么认为，只要拉着遇见的手，无论朝着什么方向奔跑，都像是奔向天堂。这个想法，无论什么时候都没有改变过。

——2002 年·立夏

这一年里有很多时候遇见没有回学校，晚上住在青田在外面租的房子里。遇见明白，青田不会对自己怎么样。哪怕是自己睡在他的旁边，头枕着他的胳膊，他也不会对自己乱来。遇见听着青田呼吸的声音就会觉得世界特别安静。整个黑暗封闭的空间里全部都是他呼出来的气息，然后再被自己吸进去，如此循环往复。

遇见因为这些温柔无比的意象而在很多个夜晚想起种种类似"永远""幸福"等平日里永远不会想起的字眼。

在这一年里，青田捡了一只猫回家，取名叫布莱克。遇见开始慢慢地学会烧菜做饭，有时候也会和青田去菜市场买菜，甚至渐渐地养成和青田一样的习惯，在每天太阳落山的时候念一段圣经，所以很多时候遇见书包里都背着一本厚厚的圣经，在每天放学人去楼空之后念完一小段再离开教室。

1996 年圣诞节的时候青田买了手机送给遇见，他自己也买了一只一模一样的手机。遇见上课时常常会收到青田的短信。有时候问问肚子饿不饿，有时候告诉她布莱克顽皮掉进了路边的水沟现在湿淋淋地跑回家来，有时候就仅仅是一个念头——"窗户外面起风了，我突然很想你"。

有时候遇见会想，如果和青田结婚，应该是件很幸福的事情吧，在一日又一日的平淡里，却有着种种微小的温暖始终如阳光照耀。

可自从那天酒吧的老板告诉了遇见那个消息之后，遇见就觉得生命似乎开始缓慢地燃烧起来，带着浓烟甚至焦灼感。

老板说："我朋友现在在北京的一家唱片公司做制作人，你有兴趣去北京唱歌吗？"

那天早上遇见终于鼓起勇气发了条短消息给青田，她说：我要去北京了，你会陪我一起去吗？

整个上午，遇见的手机没有任何的响动。一开始遇见还可以静下心来想一些别的事情或者睡觉，时间过去得越来越久，遇见开始心神不宁。在操场上做操的时候，去水房打水的时候，站在阳台上朝着立夏他们的文科楼眺望的时候，她都会不断地看手机不断地看手机，一直看到自己都错觉那个黑暗的屏幕永远都不会再亮起来为止。

中午回寝室休息的时候，遇见频繁地看手机还惹得立夏一阵嘲笑，立夏说："遇见你怎么突然开始注意起手机来啦，以前不是都不管的吗，莫非青田向你求婚啦？"

立夏说这些话的时候并没想到遇见会发那么大的脾气，所以当遇见突然把手机朝床上一摔的时候立夏有点儿目瞪口呆，而且遇见用力太大，手机撞到床靠着的那面墙上，瞬间屏幕就暗淡了下来。

下午上学的时候遇见把手机留在寝室也没有带走，立夏提醒她的时候她也只是淡淡地说了一句："坏都坏了，带着干吗？"放学后，立夏借了一辆自行车，出了学校的大门，朝着山坡下骑出去，心里很多细小的难过的感觉。立夏把遇见的手机放在书包里，准备带出去帮她修好，因为毕竟是自己多话才让遇见摔了手机。

在手机维修部待了大概一个小时，天色开始渐渐昏暗，那个修手机的男孩子终于露出了笑容，然后递给立夏，说："喏，修好了。"

立夏按了电源，然后屏幕亮起来，立夏刚刚要骑上车子回学校，手机就震动起来，立夏不小心按了阅读，结果出现了青田的短消息：

遇见，我很抱歉还是不跟你一起去北京了，对不起。

回学校的路上，立夏脑子里一直都是各种各样的问题，旧的问题还没消失，新的问题就重新占据脑海，搞得自己像神经病一样。

北京？什么北京？

遇见去北京干什么？从来都没有说起过呀。

是去北京旅行？还是去生活？

要去多久？什么时间去？

而所有的问题悬浮在黄昏的空气里，那些黄昏空气中特有的胶片电影似的颗粒顺着呼吸进入身体，立夏感觉全身长满毛茸茸的刺，充满了烦躁和不安的情绪。

把车停在车棚后，立夏在朝理科楼奔跑的时候正好碰见下课的陆之昂，他告诉了立夏下午发生的事情。

起初是一个很小的矛盾，班主任因为遇见上课睡觉而让她在教室后面罚站。后来的一切像是受了核辐射一样产生了奇异的变化，遇见与老师的对话让所有的学生都目瞪口呆。

"遇见你为什么又在睡觉？"

"对不起，有点儿困了。"

"有点儿困了？这是什么话，马上就要高考了，你考不上大学怎么办？"

"能怎么办，总有出路吧应该，又不会死人。"

"你什么态度！那既然不会死人你就不要再来上我的课啊？"

"哦，那也行。我本来就不想上了。"

立夏在听着陆之昂叙述的时候心跳越来越快，她甚至可以想象出遇见站在座位旁骄傲的样子，以及她不肯对老师认输的语气。立夏心里很悲伤地想，遇见可能真的是要离开了。

立夏问陆之昂遇见在什么地方，陆之昂朝教室指了指，说："应该还没走吧。"

一直到很久之后，我都可以回忆起那天的天色，气味，温度，以及教室窗外鸽子扑扇着翅膀腾空而起的声音。我看见遇见拿着扫帚弯着腰一个人打扫着空无一人的教室。我看着她微微颤抖的肩膀和脊背，心里回荡起潮水的声音。后来遇见看到了我，对我笑。可是一直到最后遇见关上教室的门，我都没有意识到，那是遇见和我在浅川一中相处的最后一天。那天以后，遇见再也没有来过学校。

把手机还给遇见的那一刻，我恍惚觉得天空一下子就黑暗下来。似乎再也不会亮起了。

——1999 年·立夏

遇见走的那天是 12 月 24 日，圣诞节前一天，火车站的人很少，傍晚时分，空气迅速降温，天空很阴沉，黑压压的一片，好像是要下雪的样子。遇见抬起头模糊地想，大雪覆盖下充满圣诞欢乐的浅川，应该没办法看到了吧？

立夏站在面前，一直在忍着不哭，尽管从知道她要离开浅川放弃学业放弃朋友放弃现在所拥有的一切时，立夏就大哭小哭不断，可是当分别就在眼前的时候，立夏却丝毫都不敢发出声音。因为在来火车站的路上，遇见就对立夏说："你一定不能哭，不然我离开时就会很难过，以后的日子就会更加地想念你，和你们。所以，如果你想我难过的话，就尽情地哭泣吧立夏小姐。"

傅小司和陆之昂两个男生把她的行李扛上火车放到行李架上，把买的水果和零食等放在遇见的卧铺上，然后叮嘱她要怎样怎样，遇到什么情况要怎样怎样。陆之昂还好，以前很爱讲话，傅小司就不太适应，交代的事情太多，叮嘱的事情太多，放心不下的事情太多，以至于讲太多的话自己都觉得似乎瞬间变成了妈妈级别的妇女，所以一边说一边感觉奇怪，然后越说越脸红，可是不说又不行，只能硬着头皮继续一条一条地交代下去。

遇见看着两个男生忙忙碌碌心里格外难过，她想，为什么做这些事情的不是青田呢？而此时的青田，又在做什么呢？是在忙着表演前的调音吗？还是把牛奶倒在猫盆里喂布莱克？抑或是站在阳台上对着沉落的夕阳念着圣经的某一章节耳边出现天使扇动翅膀的幻听？

可是还有什么用呢？这些都已经是没有必要再想起的事情，多想一遍只会更加地难过。于是遇见摇了摇头，似乎甩甩脑袋就可以甩掉伤心了。

傅小司和陆之昂要下车的时候，遇见轻轻地拉着傅小司，对他说："立夏是个好女孩儿，你要照顾她。"

傅小司听出来遇见话里隐藏的意思，他沉默地点了点头，也没多说什么，然后就推着陆之昂的背，说着"借过借过"穿越人群挤下车去。

火车缓缓开动，长长的笛声在夜晚的空气里传得格外遥远。

遇见把脸贴在窗户上，看着立夏、傅小司、陆之昂三个人的身影越来越模糊。遇见突然觉得这个情景在以前的梦里出现过，同样的时间同样的地点，她可以很清晰地记得梦中有立夏有傅小司有陆之昂，却不敢肯定是不是有青田。难道很早以前自己就预知了命运的方向吗？

遇见一直把脸用力地贴在玻璃上，冬天的玻璃带来刺骨的冰凉，她希望多看他们一眼再看他们一眼，因为这一次离开，不知道什么时候才会回来，也可能永远都不会回来，也可能有一天自己重新回到这个长满香樟的城市，他们，早已经散落天涯。

在立夏他们的身影快要消失在远处的时候，她看到立夏突然朝着火车的方向追过来，可是她终究追不上火车的速度，于是她奔跑的样子很快消失在了窗框边缘。

立夏伤心欲绝的表情被瞬间放大迅速占满了遇见的视界，而表情却是无声，只有火车撞击铁轨的单调声响，可是遇见的耳朵里早已回绕着立夏那一瞬间的号啕大哭，像是交响乐里不断加强的强音，逐渐加强，逐渐加强。

遇见站起来朝厕所走，眼前依然是立夏那张伤心地哭喊的脸。走道上一个小孩在哭闹着，因为他妈妈叫他把那个吃完的装糖果的盒子丢掉，那个小男孩大颗大颗的眼泪往下流，弄花了一整张脸，他一边哭一边喊："妈妈你让我把它留下来呀，里面有好多的糖果，那些糖果都很漂亮的，真的，我不骗你啊！你不要丢掉它好不好，妈妈你让我把它留下来呀……"

你让我把它留下来呀。
你让我把它留下来吧！
你让我把它留下来。
让我留下来……

遇见突然捂住嘴巴往厕所里冲过去，因为她觉得胸腔里有很多的东西向上翻涌，从身体深处沿着胃，沿着食道，沿着喉咙，贴着扁桃体贴着口腔朝上翻腾。她用尽全力捂住嘴巴直到下巴发痛，拧开厕所的门冲进去，然后用力地把门"砰"的一声关上。那一刻世界重新回归安静。潮水翻腾后重回平静，镜面的湖安静地沉睡，像是再也不会拥有波澜。

一扇门就隔开了一整段曾经灿烂曾经灼灼光华的青春。

光线迅速消失在整个年华里，像一匹灿烂的织锦，被瞬间漂白了颜色。

"那个小姑娘怎么了？火车都会晕车啊？我看她很难受的样子。"
"是啊，刚才她冲进厕所去的时候我看到她一双眼睛里都是泪水。"
"好像是独自一个人呀。"
"离家出走吧？真可怜……"
"或者被男朋友抛弃了吧？"
"嘻嘻，你小声点儿……"

靠在窗户上慢慢地睡过去，间或醒来，看到天色完全暗下去，然后再醒来，再睡去，又看到天色亮起来，再暗下去。心里很空旷，像是学校空旷的篮球馆，一只篮球孤单地在地上弹起又落下，砸出空洞的声音。

闭上眼睛就想起青田。其实在走之前遇见去找过青田，因为毕竟要离开这里，一些话即使再难开口都要讲，生根的植物也会拔地而起，那些话就像是贴着皮肤生长的另一层皮肤，在说出去的一刹那就会拉扯得血肉模糊万般疼痛。

可是绕不开。走了再远的路依然像鬼打墙，千回百转地回归命运的岔口，天光泯灭，乌鸦沿着低空飞行。

很多的画面来回地乱闪。遇见想起自己走进房间，看到青田坐在沙发上，双手交叉握在一起，撑住额头，听到遇见进门的声音，抬起头来，轻轻地说了声："坐会儿吧。"

青田伸出手在自己身边比画了一下，结果抬起头却看到遇见在离他很远的地方拉了张椅子坐下来，于是青田伸出去的手就僵在空气里，好一阵没有拉回来。

然后两个人都没有说话。

沉默。

遇见想起青田半夜曾经因为自己发烧而跑出去买药，是在冬天，他太过匆忙以至于忘记了披大衣，结果是药买回来两个人一起发烧，然后一起在家里躺了两天，躺在床上，你看我我看你，越看越觉得好笑，甚至都忘记了生病带来的难受，遇见第一次觉得生病都是这么开心的一件事情。

还是沉默。

遇见的手指因为太过用力而发疼。戴在手指上的戒指压疼了指骨。这个戒指是自己生日的时候青田送的，是他用一块很普通的白银自己敲打出来的，因为以前没有做过这样复杂的东西，还被锤子砸破了手指。遇见还记得他用裹着纱布的手指拿着那枚戒指送给她时的情景，如此浪漫的场景可是青田那个笨蛋只是一直重复地说着"血汗结晶啊彻底的血汗结晶啊"和"痛死我了痛死我了"等毫不应景的句子，如同顽劣的小孩喋喋不休。遇见都要放弃内心的浪漫憧憬时，青田突然伸出手把她搂进他的夹克里，他用留有一些胡楂没剃干净的下巴贴了贴她的脸，说："以后你拿着这个简陋的小玩意儿，随时可以来找我换一枚真正的钻石戒指，有效期一百年。拉钩。"

沉默像是生了根。

遇见抬起头看到青田眼睛里开始变得潮湿，于是她心里突然觉得非常难过，像是有人在心里一遍一遍地践踏。在那一瞬间，她决定放弃离开。她想，也无所谓是不是要像电影里那些矫情的场景一样一定要男主角说出"你留下你别走"的煽情台词才会留下来，因为她肯定，在青田心里，一定在无声地呐喊。在遇见刚刚要开口说"青田我不走了"的时候，青田突然抬起头，他说："抱歉我不能陪你，你去北京后，也要加油。无论有没有人陪在你身边，你都要勇敢。"

那一瞬间，遇见觉得世界似乎归于原始，一切都失去了它的意义。包括离开，或者是留下。

遇见关上门的时候没有回头，她似乎一辈子都是这么顽固地活着，永远都没有回过头去看以前的路。她曾经对立夏说过她不喜欢回首过去，因为她知道，只要人对过去有着流连，那么面对未来，就会比较软弱。可是，如果那个时候遇见回过头去，她就可以看到青田那张忧伤的脸，以及他大颗大颗砸在地板上的眼泪。

无论有没有人陪在你身边，你都要勇敢。

对面铺位的人翻了个身，咳嗽了一下，然后继续睡去。遇见抬起手看了看表，快十二点了。今天是平安夜，整个浅川的学生应该都在狂欢吧。她想立夏傅小司他们肯定挤在桐鹿广场，和吵闹的人群一起等待着钟楼传出零点的钟声。遇见朝窗外望出去，发现不知道什么时候开始外面下起了鹅毛大雪，她默默地数着那些雪花，一片一片一片，那些雪像是全部落进了潮湿的内心深处，融化在渐次滋生的寂寞里。

她看着表，在心里默默地倒计时，5，4，3，2，1……

——圣诞快乐！

人群突然爆发出的声音让立夏的耳朵嗡嗡作响，甚至都听不到身边的傅小司在喊什么，就像是噪音很大的电视剧，只能看见里面的主角们张口闭口，耳朵里却只能听出一片嘈杂的雪花音。

而自己刚刚闭着眼睛许愿的时候也没有看傅小司在干吗，也不知道他有没有许下愿望。

大雪不断地落下来，很短的时间里面，傅小司和陆之昂的头发上都积满了雪花。他们三个坐在广场边的长椅上，周围的行人川流不息。

傅小司转过脸来问立夏刚才钟声敲响的时候有没有许愿。

"有啊，许了很多呢，像是什么高考顺利啊，父母健康啊，所有的流浪猫流浪狗都不要被冻得生病啊，我头发越来越长啊，等等，甚至非常好心地帮你许了个让眼睛越来越清晰不要永远白内障的愿望……"

"……你才白内障……"

陆之昂插话进来，一连说了十来句"没大脑"之后对立夏说："愿望说出来就不灵啦你个笨蛋。"

立夏突然意识到"对哦"，可是已经来不及了，于是目瞪口呆也不知道该说什么。

傅小司突然哈哈大笑起来，然后拍了拍立夏的头。

立夏转过头去看到傅小司的笑容，心里想，这个笑容真的好久都没看到了。过了一会儿才意识到刚才傅小司拍自己头的动作似乎有点儿过于亲密了吧，于是脸就微微地红起来。

陆之昂把一切看在眼里，然后微微地笑着。

天空突然出现很多的焰火，一瞬间天空像是盛开了无数的花朵，广场上所有的人都仰起了头，情侣的大笑声，焰火的爆炸声，雪花落在树梢的轻微声响，孩子吵闹着奔跑的声音，在千万种声音里，只有立夏一个人听得到自己心里的话：

"还好还有一个愿望没有说出来，那么这个愿望，真的能实现吗？"

遇见看着秒针滑向"12"，那一瞬间她似乎听到了从遥远的浅川传来的钟声，像是穿越了无数的岁月和山川之后到达自己面前。那一刻，眼泪从脸上滑下来滴在雪白的被子上。她闭上眼，在心里安静地许了个愿望。

青田，总有一天，你会在CD架上看到我的CD出现在销量冠军的位置上。我不会放弃这个理想，因为为了这个理想，我已经放弃了你。亲爱的上帝，这不是我心血来潮的临时许愿，为了这个目标，我从来没有放弃过，并且一直都在努力，你要相信我。所以，请你给我福音，照亮以后的黑夜，还有未知而漫长的路。

——1997年·遇见

从桐鹿广场回学校的路上，立夏没完没了地后悔自己把愿望讲出来了，而陆之昂依然不停地逗她说"没大脑啊没大脑"，两个人一路斗嘴。傅小司突然插话说："为了让你不那么难过，我也把我刚许的愿望讲出来吧。"

立夏张大了口摆摆手说："不用不用，何必陪葬。"

傅小司说："因为我刚许的愿望已经实现了。我刚刚看到我妈妈傍晚发给我的短消息，她告诉我，她收到上海寄过来的入围通知了，我进入了津川美术大赛的决赛。"

在小司讲完这段话的一瞬间，陆之昂和立夏同时张大了嘴："津！川！美！术！大！赛？"即使冷风倒灌进去也不能让他们把嘴闭上，因为真的太惊讶了。

津川美术大赛。

也难怪陆之昂和立夏会那么惊讶。因为去年的第一届津川美术大赛几乎把整个中国掀翻，获奖的学生除了可以直接进入美术学院深造之外，无数的出版商也开始介入，积极运作这些天才们的画集，一时间全中国出现了无数年轻的画家，速度之快影响之大，让那些上了年纪的美术家们跌碎了眼镜。这些年轻人的画集一经出版就在全中国开创了美术画集出版史上的纪录，每天都有销售纪录被刷新，所以，第二届的津川美术大赛，在还没开始举行的时候就吸引了差不多全国所有媒体的注意力。

小司用手把两个人张开的嘴巴合上，可是没用，两个人又张开了。傅小司叹口气，摊了摊手，说："好吧随便你们，吃惊完了就告诉我。"

然后陆之昂就开始不断地重复"太了不起了"这句台词，一直重复没完没了。其实小司在看到那条短消息的时候比谁都要激动，心里似乎响起了一种可以穿透一切的声音。

小司对陆之昂和立夏说："决赛时间是在寒假过年之前，你们两个陪我去上海好吗，就当是去玩。"

陆之昂用力地拍着傅小司的肩膀说："好的好的，完全没问题，我还可以帮你背画板和颜料，让我当你的助手吧，小司大明星！"

傅小司被他说得有点儿不好意思，挥着手说："问候你大爷。"

陆之昂说："有什么不好意思啊，你肯定拿一等奖啊，然后全中国学美术的孩子都会知道你的名字，太强了，小司你是我的偶像啊！要我帮你提鞋吗……"

傅小司没有理会陆之昂，让他一个人在那里发神经，回过头去想询问立夏，结果看到立夏为难的表情。于是他微微低下头来靠近立夏，说："立夏，你陪我去吗？"

立夏一瞬间想了很多的事情，最后终于鼓足勇气问了一句："去上海需要多少钱？我先看看我够不够……"

傅小司突然哈哈大笑起来，这让立夏有点儿懊恼。不过傅小司马上停下了笑，然后指着陆之昂说："你告诉立夏，你的那句口头禅是什么，刚好可以回答立夏的问题。"

陆之昂挠了挠头，有点儿不好意思，支支吾吾地憋了半天然后终于讲出了"老子有的是钱"这句非常欠揍的口头禅。说完之后就拼命解释说这句口头禅仅仅用在小司批评他乱买东西的时候。

立夏被他弄得哭笑不得，而小司微微笑着，温柔地说："一定要剥削陆之昂，他有的是钱。"

立夏也笑起来，因为她看到小司开心的样子心里突然充满了感动。小司的眼睛又变得格外清澈和明亮，立夏心里也不由得想，说不定小司真的会变成一个大明星呢。

风雪依然没停，三个人互相打闹着往回走，周围的空气都随之变得微微地发出温暖的气息，像极了春天马上就要回归的样子。

立夏心里默默地想，遇见，我还没办法把这个消息告诉你，不过，如果你知道了也一定会为小司开心吧。我们都要加油，在每个人自己的道路上，像你不断地告诉我的那样，勇敢地前进。我会像我保证的一样，在以后的路上，在离开你的日子里，变得越来越坚强。

大雪覆盖沿途。年轻的笑容。飞扬的青春。

公园关上了大门，一切回归无声的寂静。在大雪的覆盖下，谁都知道有新鲜的种子开始萌芽。最终刺破果壳，朝着冻土般坚硬的大地扎下深深的根。我们都无比地坚信，风雪再寒冷，冬天再漫长，都无法阻止温暖的回归。

可是所有的人都忘记了，春天再逼近，也无法阻止下一个冬季的来临。

可是至少时光在这一刻是幸福的。

平安夜的时候总是有白胡子的圣诞老人站在窗户外面或者爬上高高的烟囱，没有人会认为他是小偷。

平安夜的时候总是有卖火柴的小女孩划亮了手中的微光，照耀了所有平凡而微茫的幸福。

平安夜的时候总是有雪人站在人们的喧闹逼近不了的安静角落，在黑暗里小声地哼着歌曲。

平安夜的时候总有很多的气球纷纷升上天空，在烟花的背景和悠扬的风笛声里越升越高直到消失不见。

平安夜的时候总有耀眼的灯光和热气腾腾的晚宴。

平安夜的时候总有很多的秘密悄悄蔓延在心里。

这些都是世界在这一刻显得幸福的原因。

事隔多年，我回忆起高三在浅川度过的圣诞节，心里都会充满无法表达的情绪。那天小司充满光芒的眼睛依然反复出现在我的梦境里。如果时光倒转，一切回到最初，如果傅小司没有参加那个比赛，如果遇见没有离开，如果陆之昂不是陆之昂，如果我立夏不是立夏，如果一切都可以选择重新来过，那么，我们是不是就不会走到如今的地步？

那些小说里频繁出现的"物是人非""沧海桑田"等词语所指的情形原来真实地存在着。可是我知道，哪怕耗尽生命，我都不能让时光倒流一秒。我们输给命运翻云覆雨的手掌，摔得遍体鳞伤。摔得遍体鳞伤。

小司，如果重新选择命运，我们会是什么样的结局呢？

——2004 年·立夏

世界呈现迸裂时的光芒，
照耀了曾经微茫的青春和彼此离散的岁月。
鸢尾花渐次爬上所有的山坡，眺望黑色的诗篇降临。
那些流传的诗歌唱着传奇，传奇里唱着传奇的人，
那些人在无数的目光里随手扬起无数个旅程。
夹杂着青春还有幸福的过往，来路不明，去路不清，
只等岁月沿路返回的仪式里，巫师们纷纷涂抹光亮的金漆和银粉。

于是曾经喑哑的岁月兀地生出林中响箭，
曾经灰暗的衣裳瞬间泛出月牙的白光，
曾经年少的你英俊的你沉默善良的你在事隔多年后重新回归十七岁的纯白，
曾经孤单的我，变得再也不孤单。
这个世界是你手中的幸福游乐场，除了你，谁都不能叫它打烊。
于是天空绚烂，芦苇流连，
你又带着一脸明媚与白衣黑发在路的岔口出现，
像多年前那个失去夏至的夏天。

记忆中的夏天是什么样子？虚弱的热气，氤氲的黄昏，还有那些金色的掉落在傅小司睫毛上的夕阳的光芒。还有陆之昂的笑容。

　　在以前的夏天里面，他的笑容都像是充满号召力的嘹亮的歌声，在清晨和黄昏都让人觉得温暖。而在这个冬天，陆之昂的笑容依然带着温柔的线条，却再看不到他张大了口，发出即使是在很远的地方都能听见的笑声。现在的陆之昂，很多时候都是安静地笑着，眼睛会眯起来，在他笑的时候，春天都快要苏醒了。

　　现在的陆之昂已经不是一年前的陆之昂了，他变得像个懂事的大男孩，穿着学校加大号的黑色制服留着层次分明的短发，眉毛浓黑，偶尔在学校庆典上穿着礼服做演讲的样子更像个年轻的公司精英。似乎已经很难用男孩这样的字眼来形容他了。

　　冷静，沉着，温柔，包容，这些很难和十八岁搭界的词语甚至都可以用在他的身上，如果他有一个妹妹的话，那个女孩子应该是全天下最幸福的人吧。

而傅小司呢？该用什么去形容他？猫？冬天？松柏上的积雪？无解的函数方程？不可逆的化学反应，不可加热不可催化？反正是个怪人。

在陆之昂一天一天变化的时候，他似乎永远都是顶着那张不动声色的侧脸穿行在四季，无论讲话，沉思，走神，愤怒，他的脸永远都没有表情，只是偶尔会微微地皱起眉头，像是春天里最深沉的湖水突然被风吹得褶皱起来。可是仔细去体会，还是可以看出他的变化的，如果说陆之昂像世界从混沌到清晰再到混沌一样发生了翻天覆地般变化的话，那么小司则像是地壳千万年缓慢抬升的变化一样让人无法觉察，而当你一个回首再一个回首时，曾经浩瀚无涯的潮水早就覆盖上了青色的浅草，枯荣交替地宣告着四季。

还有遇见，不知道她好不好。

很多时候立夏都觉得遇见的离开像是上帝跟自己开的一个玩笑。她曾经以为找到了自己的另外一半灵魂，现在却又血肉模糊地从她身上撕扯开去。很多个夜晚立夏都梦见遇见那张倔强的脸。她说："我不寂寞，我只是一个人而已，我的世界里有我一个人就好，已经足够热闹。"

这是她对立夏说过的最让立夏难过的话。

而自己呢？自己是什么样子呢，在经过了浅川的一个又一个夏天之后？有时候想想日子就这样悄无声息地流走，而自己竟然无动于衷，这应该是最令人沮丧的吧？

立夏想着这样的问题，提着刚刚灌满的热水瓶从学校的水房往回走。

两边是高深的香樟。还有零星的一些只剩下尖锐枝丫的法国梧桐还有白桦。

风吹过去凋落下几片黄叶，晃一晃就溶解在浓重的夜色里。

已经晚上十点了。水房在立夏灌满开水后也关上了门。于是这条通往宿舍的道路上，就只有立夏一个人。

缓慢的上坡。

夜晚沉甸甸地压在树梢和路灯的顶上。好像一大床黑色的棉被从天上没头没脑地罩下来。立夏缓慢地走着，心里是满满的悲伤。

人们似乎也只有在这样的年纪，才会有这么丰富的感情，风吹草动，挥霍无度。

寒假前的考试依然让人格外痛苦。因为数学的基础很好，立夏比其他的文科学生分数高很多。

但她还是考不过傅小司，看着傅小司的成绩单立夏总是会叹一口气然后说"你真是神奇的物种"。

其实无论是在哪个方面，只要联想起他，立夏脑子里第一个浮现出来的词语就是"神奇"。而另外一个神奇的物就是陆之昂，在傅小司选择文科之后，他不出所料地成为全年级的理科第一名。立夏每次看到他们两个都恨不得伸出手去掐他们的脖子。

谁说上帝造人是公平的？见他的大头鬼。

放假前的最后一节课。

时间沿着坐标轴缓慢地爬行，日光涣散地划出轨迹，脑子里回闪的画面依然是八月的凤凰花溃烂在丰沛的雨水里，化成一地灿烂的红。而眼前却是整个冬天干冷得几乎没有水汽，有时候摸摸自己的脸都觉得摸到了一堵年久失修的石灰墙，蹭一蹭就掉下一桌子的白屑。

其实早就应该放假了，学校硬是给高三加了半个月的补课时间。尽管教委三番五次地下令禁止补课，可是只要学校要求，那些家长别说去告密了，热烈响应都还来不及，私下里还纷纷交流感想：

"浅川一中不愧是一流的学校啊。"

"是啊，你看别的学校的孩子，这么早就放假回家玩，心都玩野了。"

"听说收发室老张的女儿已经放假一个星期了，天天在外面跟一帮不三不四的二流子一起。"

"是啊，真作孽呃……"

"真作孽"的应该是浅川一中的学生吧。

立夏趴在桌子上，目光的焦点落在窗户外面的天空上面。夕阳快速地朝着地平线下沉过去，一边下沉一边离散，如同蛋黄被调匀后扩散到整个天空，朦朦胧胧地整个天空都烧起来。

有些班级提早放学，立夏看到了把书包甩在肩头上低着头朝文科楼走过来的陆之昂，他横穿过操场，在一群从文科楼冲出去的学生中逆向朝立夏的教室走过来，那些匆忙奔跑的学生全部晃动成模糊拉长的光线，唯独他清晰得毫发毕现，日光缓慢而均匀地在他身上流转，然后找着各种各样的缝隙渗透进去，像是被吸收进年轻的身体。

神奇的物种。

可以吸收太阳能。

怪不得成绩那么好。

难怪长那么高。

……

一连串搞笑的念头出没在大脑的各个角落。回过头去看傅小司，依然是一张不动声色的侧脸，望着黑板目不转睛，眉头微微地皱在一起，然后咬了一下手中的笔。立夏摊开手中的纸条又看了一遍，是小司刚上课没多久就传过来的，上面是他清晰的字迹：放学后等我一下。

放学后等我一下。又念了一遍，很简单的句子，读不出任何新鲜的含义。再回过头去望操场，已经看不到陆之昂的影子，一大群放学的学生从楼道口蜂拥而出流向操场。立夏莫名地想到下水道的排水口，真是奇怪的念头。

教历史的老师似乎知道这是放寒假前的最后一节课，所以拼命拖堂。下课铃已经响过十七分钟之后历史老师才说了句"今天就先讲到这里吧"。立夏忍不住在心里嘀咕了一句"那你想讲到哪里"。

收拾好书包的时候教室里差不多也没有人了，立夏回过头去看到傅小司依然在收拾书包，不动声色万年不变的样子。

他做什么事情总是慢半拍，有时候立夏都觉得世界在飞快地运转着，而傅小司则活在另外一个世界里。

紧张，慌乱，惊恐，急躁，这样的字眼都不会出现在他的人生剧本里，他似乎可以这样面无表情地收拾着书包收拾到世界末日。在他把红色的英语书放进书包的时候，刚刚一直坐在外面楼道用耳机听音乐的陆之昂提着书包摇摆着晃进教室，走到讲台上一跳然后一屁股坐在讲桌上。

"还是这么慢呢你，三年了都没有改，还号称喜欢音速小子呢。"陆之昂说。

立夏有点儿想笑，不是觉得陆之昂说的话有趣，而是觉得傅小司这样的人喜欢音速小子真的是让人大跌眼镜，因为像他这样冷调的一个人不是应该喜欢摇滚乐喜欢凡·高喜欢莫奈才比较正常吗？

傅小司喜欢音速小子……这样的事情就如同听到比约克喜欢去卡拉 OK 唱《夫妻双双把家还》一样让人震撼。

不过傅小司并没搭理他，依然是一副可以收拾书包一直收拾到世界末日的样子。

"鸦片战争。"陆之昂转个话题又望着黑板上残留的字迹，指指点点，"是 1940 年吗？"

立夏在座位上有点儿傻眼，"我拜托你是 1840 年啦。"

傅小司低着头继续收拾书包，说了一句："你不要理他，他历史考试17 分。"

然后立夏听到陆之昂从讲台上翻下来摔到地上发出"咚"的一声。

后来三个人走出教室还在争论，陆之昂交叉双手放在后脑勺上，书包扣在手指上垂在脑后，他说："你们两个很无聊啊，有本事现在把葡萄糖的化学结构完整地写出来给我看啦！"

在快要走出教学楼的时候立夏突然想起来还没有问小司叫自己留下来干吗。于是立夏停下来问傅小司，傅小司拍拍头恍然大悟的样子，说差点儿忘记正经事情。立夏再一次哭笑不得，这样的事情不是应该发生在陆之昂身上吗，看着傅小司这种走冷调路线的人做出陆之昂的表情还真让人觉得有点儿滑稽。

傅小司说："就是上次圣诞节告诉你的那个事情啊，去上海的事情，我都帮你订好机票了，后天的。"

这下轮到立夏说不出话来了，飞机这种东西对于立夏来说和火箭其实没什么区别，长这么大几乎没出过远门，从室县到浅川就是最长的距离了吧。

"没事啦，就去三天而已。很快就回来的。"陆之昂在旁边搭话。

"……那好吧。"机票都订了也就不能说"不好"。

傅小司嘴角的弧度微微上扬，是个好看而且温柔的微笑表情，"那么后天我来接你咯。你带一两件衣服就行了，其他东西不用带。"

结果傅小司口中的这句"后天我来接你"的定义就是后天开了辆车前端有着醒目的蓝白色格子标志的 BMW 私家车来停在学校公寓下面等着立夏。傅小司和陆之昂靠在车子上倒是没什么感觉，有一搭没一搭地聊天，但立夏从楼上阳台看到他们的那一刻就开始全身不自在，从楼上下来的途中一直有人打量她并且交头接耳，立夏心里在想，干吗搞成这样啊太夸张了吧，车子不用开到这里来啊。

浅川的平野机场是半年前刚刚建好的，以前乘飞机都需要先坐车到邻近的另一座城市，然后再搭飞机出去。

不过这些都是立夏听来的。不要说搭飞机了，自己连搭长途汽车的机会都很少。尽管很多时候立夏都会翻着学校图书馆里的那些地理杂志目不转睛，青海的飞鸟，西藏的积雪，宁夏连绵不断的芦苇……特别是那些芦苇，立夏每次都会想到《大话西游》里紫霞仙子就是划着船从那些羽毛状的芦苇里出来的，划破沉睡千年的水面，朝着灾难一样的幸福驶去，所以从那个时候开始，立夏每次看到芦苇就会莫名地想哭。

而现在，自己终于要去离家遥远的地方。上海。怎么听怎么没有真实感。那完全就是一个和自己格格不入的世界。弥漫着霓虹和飞扬的裙角。倒是想看一看那些老旧的弄堂，正午的日光从各个角度切割着世界的明暗，斑驳而潮湿的弄堂墙壁，打着铃喧嚣而过的三轮车，黄昏的时候有鸽子从老旧的屋顶上腾空而起。这一切所散发出来的甜腻的世俗生活的香味曾经出现在梦境里，像是微微发热的刚刚出炉的糖果。

平野机场的大厅空旷明亮，旅客不多，不会显得拥挤，也没让人觉得冷清。高大的落地窗外不时有飞机从跑道上冲向天空。立夏想起自己以前喜欢的一个作家也是很爱在机场的铁丝网围墙外面看飞机的起落。

那个作家说，生活在这一刻显得空洞。

左耳一直嗡嗡作响。

应该是飞行中常有的耳鸣吧。以前老听人说乘飞机的种种，而现在自己就困在九千米的高空上微微地发怔。抬起手按了按耳朵，然后把下巴张开再合上再张开，这些都是以前从电视上看到过的缓解耳鸣的办法，立夏一一做过来，唯一的效果就是耳鸣转到了右边。

见鬼。

转过头去就看到窗外的蓝天。说是蓝天，却雾茫茫的什么也看不见。应该是进入云层了吧。周围都是一些若有若无的淡淡的絮状的灰白色。看久了就觉得眼睛累。而回过头去，则是傅小司一张沉睡的脸。一分钟前空姐过来帮他盖了条毯子，而现在毯子在他偶尔的翻身后滑下来。立夏忍不住伸过手去帮他把毯子拉拉高，然后在脖子的地方掖进去一点儿。这个动作以前妈妈也常对自己做，不过对着一个和自己一般大的男生来做出这个动作，多少有点儿尴尬，并且还不小心碰到了傅小司露出来的脖颈处的皮肤。立夏有点儿慌乱地缩回了手，举目就看到傅小司旁边的陆之昂看着自己一脸鬼笑，但又怕笑出声吵到小司所以只能忍着在肚子里发出"嗯嗯"的笑声，像是憋气一样。

立夏没好气地瞪了他一眼，然后做了个"你继续看书吧"的手势，陆之昂笑着点点头用口型说着"好，好，好"，然后咧着嘴继续就着飞机座位上阅读灯的橘黄色灯光看书。

立夏这才注意到他手上那本厚厚的《发条鸟编年史》。以前都没怎么注意过陆之昂会看这种文学书呢，要么就是看一些打架斗殴的暴力加弱智漫画啊，要么就是拿着一本类似《高三化学总复习五星题库》等另类著作。以前一直都觉得他是文盲来着，现在竟然戴着一副金丝细边眼镜在飞机上看《发条鸟编年史》……

等等，他怎么会有金丝边的眼镜啊？以前不是都戴着那个黑框的眼镜吗？于是立夏稍稍偏过身子凑过去压低声音说：

"哎，你什么时候开始戴的这个新眼镜啊？我都不知道呢。"

"哦，上个月吧。好看吗？"

"哦对了，一直都没问你的眼镜度数呢。你到底近视多少啊？"

"嗯……150 度的样子吧。"

"150 你戴个屁啊！"

"好看呀你个笨蛋，怎么样，是不是像个读书人？"

"……你去死吧，像解剖尸体的变态医生。"

回过身来，傅小司的一张沉睡而安静的脸又出现在眼前。立夏饶有兴趣地打量着，因为一直以来都觉得小司太威严，而且又冷，还是个没有焦点的白内障，所以很少有机会这么近地打量他。越来越浓的眉毛，黑色，像是最深沉的黑夜，然后是在眼下投出阴影的睫毛，长得有点儿过分。

笔直的鼻梁，薄得像刀一样的嘴，下巴的线条柔软地延续到脖子，然后在耳朵后面轻轻地断掉。立夏伸出手在傅小司脸上隔空做着各种怪手势，看阅读灯在他脸上投下的各种手影，闹了一会儿觉得无聊了然后闭着眼睛睡过去。

立夏闭上眼睛躺下几秒钟后，傅小司睁开眼睛，咧开嘴对着睡过去的立夏笑了笑，回过头看了看陆之昂，然后把身上的毯子提了提，示意他"冷不冷要不要毯子"。

陆之昂摇了摇头笑了笑，然后拍拍小司的头示意他继续睡会儿吧。然后像刚才立夏那样把毯子在他脖子处披了披。

傅小司在阅读灯微弱的光芒下看着戴着眼镜的陆之昂，心里有很多很多的念头，像是溶解在身体的各个部分里，渗入到每个细胞、每根毛细血管、每个淋巴流遍全身，要真正寻找出来却无从下手。只是看着陆之昂一天天变得沉默，变得成熟而温和，小司总会在心里感受到那些缓慢流动黏稠得如同喷薄出来的岩浆一样的热流，带着青春的暖意在时光的表面上流动出痕迹。

以前的陆之昂总是像个小孩子，不知道从什么时候开始，自己竟然也习惯了他比自己成熟比自己冷静甚至开始照顾自己的样子。

如果说以前的陆之昂对于自己来讲像个不懂事的任性的小孩，是玩伴，是童年的回忆，现在，则更像是兄长或者比自己成熟的朋友。要小司承认这一点还真的有点儿难度。他记得自己在最开始产生这样的念头的时候，还下意识地摸了摸自己的额头看有没有发烧，因为这种类似"陆之昂还蛮成熟冷静"的念头对于傅小司来说真的是非常另类。

小司记得自己最初产生出这样的念头的时候是在去年夏天，在游泳课上，小司和立夏坐在游泳池边，而陆之昂在水池里沉默地游着一个又一个来回。那个时候小司第一次感觉到陆之昂似乎会成为了一个沉默寡言的人。那个时候小司还因为自己肩膀上被陆之昂用开水烫伤留下的痕迹而大惊小怪，而现在，肩膀上的痕迹已经消失了。

小司下意识地摸了摸肩膀上那块其实早就不再存在的伤痕，重新闭上眼睛，眼前出现静谧的蓝色。像是站立在海底深谷，抬起头有变幻莫测的蓝天，还有束形的白光从遥远的天空照向深海。

无数的游鱼。

年华稍纵即逝。

曾经那样清晰的痕迹也可以消失不见，所以，很多的事情，其实都是无法长久的吧。即使我们觉得都可以永远地存在了，可是永远这样的字眼，似乎永远都没有出现过。所以很多时候我都在想，之昂，我们可以做一辈子的好朋友吗？即使以后结婚，生子，日渐苍老，还依然会结伴背着背包去荒野旅行吗？

你还是会因为弄丢了一个我送你的皮夹而深深懊恼吗？

——1998 年·傅小司

立夏翻了下身，看到小司正睁着双大眼睛一副放空的呆呆的样子，而小司转过脸来正好撞上立夏的目光。"哎，睡不着？"小司拔下左边的耳机，递过去，"听歌吗？"

"嗯。"立夏把耳机接过来塞到右边耳朵里去，正好，右耳在耳鸣，"要听的。"

闭上眼睛听觉就会灵敏，因为视觉被隔断了。

不知道是什么时候在书上看到的理论，是用来解释盲人听力很好的理由的，当时看了就记住了。

确实有一些道理，在闭着眼睛斜靠在座椅上的时候，耳机尽管只有一半，里面的声音依然清晰。是个女声，在模糊而轻柔地唱着一些缓慢但坚定的旋律，其中有一句立夏听得很清楚：

"你提着灯照亮了一千条一万条路，我选了一条就跟着你义无反顾地低头冲向幸福。"

幸福。幸福是什么呢？细节罢了。

那些恢弘的山盟海誓和惊心动魄的爱情其实都是空壳，种种一切都在那些随手可拾的细节里还魂，在一顿温热的晚餐里具象出血肉，在冬天一双温暖的羊毛袜子里拔节出骨骼，在生日时花了半天时间才做好的一个长得像自己的玩偶里点睛，在凌晨的短消息里萌生出翅膀。

又或者更为细小，比如刚刚一进机场傅小司就背着立夏的行李走来走去帮她办理 check in 的手续，立夏想伸手要回来自己背的时候还被狠狠地瞪了一眼听到一句"你有毛病啊哪有男生让女孩子背行李的啊"，又哪怕是傅小司低下头在自己耳朵边上小声提醒飞机上需要注意的事情甚至弯下腰帮自己把安全带系上，又或者现在，即使闭上眼睛也知道小司轻轻地帮自己拉下了遮光板并关掉了头顶上的阅读灯，种种的一切都是拆分后的偏旁和部首，而当一切还原至当初的位置，谁都可以看得出那被大大书写的"幸福"二字。

抑或是现在。听着同样的歌曲，飞过同一片灰白色的天空。

立夏想着这些温暖的意象，内心堆积起越来越多的雨水。

那些电流和电子信号经过 CD 唱机的激光指针，经过银白色的机身，经过细长的白色耳机线，经过耳塞同步传进两个不同的身体里面，激荡起不同的涟漪。这些不同的涟漪夹杂着相同的旋律在世界里游荡，往来的季候风将它在全世界清晰地扩音。

内心里的世界开始缓慢地塌方，像是八月里浸满雨水的山坡在一棵树突然蔓延出新的根系时瞬间塌陷。

泥土分崩离析，渐渐露出地壳深处的秘密。

而同样浸满雨水的还有呼吸缓慢起伏的胸腔，像是吸满水的海绵，用手按一下都会压出一大片的水渍。

放在扶手上的手指紧挨着傅小司的毛衣，温暖的、细腻的羊毛绒线，在皮肤上产生钝重的触感。脖子开始支撑不起脑袋，然后向一边歪歪地倒过去。

倒过去。

脸颊感受到男生利落的肩线。

倒过去。

还有瞬间扑进鼻子的年轻男生的味道。像是夏日午后被烈日灼烧的青草。又或者是暴雨冲刷出的新鲜泥土的芳香。

之后意识就开始变得不太清楚，那些温热的想法都变得模糊，像是隔了雨天的玻璃，玻璃窗外是时而晃过的傅小司的脸或者陆之昂的脸，窗外雨水在地面的低洼处汇积起来越漫越高，是夏天的暴雨，滂沱的雨水让天光暗淡，地面水花飞溅，有树叶被雨水从枝头硬生生地打下来漂在水面上，有年轻的女孩子提着裙子快速地跑到屋檐下躲雨，有爱耍酷的男生独自在大雨里投篮，白色的 T 恤湿湿淋淋地贴在背后的蝴蝶骨上，长头发湿漉漉地扎在脑后，画室内在雨天里只剩下暗淡的光线，石膏像和各种水果模型安静地散落四处，而滂沱得几乎掩盖一切的雨声里，却有一笔一画的碳条划过纸张的声音，微弱得如同遗失多年的传说，却可以被毫不费力地听见，在不断重复的"沙，沙"声里，是脑海里 1995 年的黑白映画，面容寒冷的傅小司从前面递过来的削笔刀和转过身就看见的陆之昂的孩子气的笑容，傅小司还是 1995 年的傅小司，陆之昂还是 1995 年的陆之昂，而自己，却是 1998 年的立夏。在梦境里时光竟然延展出两个左边轴，自己站在这条线上，看着三年前的两个小男孩干净而无声的面孔，窗台上是一只安静的黑猫。而空气突然微微地波动，透明的涟漪在空气中徐徐散开，窗台上的黑猫消失不见，却出现面无表情的遇见，她坐在窗台上，脸靠着雨水纵横的玻璃，目光不知道溃散在窗外的什么地方。而画面就硬生生地停在遇见出现的这一刻，梦中的自己觉得喉咙发紧，像是被人用手紧紧地掐住了喉咙，捂着嘴莫名其妙地哭起来。

而窗外，是声势浩大的暴雨，淹没了整个城市。

北京的冬天非常的冷，而且干燥。

脸像是一面被烈日炙烤很久的石灰墙，摸一下可以掉落无数的白屑。那些说着"北京其实并不冷，挺暖和啊"的人全部是骗人。遇见无数次地在被冻得说不出话的时候这样想。那些整天不用出门偶尔出一次门就是直接有车停在门口然后下车就直接进屋的人当然不会觉得冷。他们永远活在暖气和空调的世界里，像是变态生长的花草。

"再变态也比死了好。"遇见悻悻地想。

每天早上在天还没有亮甚至还听不到收音机里放出音乐的时候，遇见就需要起床送报纸。

这一个小区有二十八栋楼，每栋楼有四个单元，订报纸的一共有多少家遇见不知道，只知道她要负责送的就有一百二十家。遇见每天早上要把一百二十份报纸塞到不同的信箱，稍微晚了一点儿还要被骂。

骂人的人很刻薄，并不是因为他们家财万贯，正好相反，也是贫穷的人家，拿着微薄的工资艰难度日，却还是要每日关心国家大事和琐碎八卦，好在茶余饭后的谈论里显得自己满腹经纶，所以更加会因为自己付了钱订了报纸而使用他们微不足道的"消费者权利"。

晚了十分钟都会被骂。有几个变态的中年男人似乎每天很热衷于等在门口算遇见迟到的时间，穿着睡衣站在铁门后面露出一只眼睛，然后等听到了遇见自行车的声音后嘴里就开始不干不净地数落着。尖酸刻薄，一副小市民的嘴脸。像极了他们身上穿着的看上去就是一层厚厚的霉斑的灰色棉衣棉裤。

而遇见多半是低声说一句"对不起"，然后把报纸塞进信箱或者铁门里，转过身骑车离开几米后响亮地骂一句"去死吧"。

北京的风是穿透一切的。无论你穿着多么厚重的衣服戴着多么厚实的手套，那些风总能硬生生地挤过纤维与纤维之间狭窄的缝隙，像跗骨上的蛆一样死死地黏在皮肤上面，像荆棘的种子一样朝着骨髓深处扎下寒冷的根。每个清晨遇见总是觉得自己像是一具行动的冻满冰碴儿的尸体，关节僵死着开合，血液半固化地流动。

在遇见接下送报纸这个工作的第一天，在送完最后一份报纸的时候遇见靠在楼群的水泥外墙上眼泪一直往下掉，喉咙被大口呼吸进的冷风吹得发不出声音来，只有泪水大颗大颗地朝脸上滚。滚烫的眼泪，是身体里唯一有着温度的部分。喉咙里是自己从前永远不会发出的"呜呜"的声音。

可是眼泪在脸上停留片刻，就化成冰碴儿，沾在脸上，纵横开合，从表向里固化，结冰，扎进皮肤落地生根。

生根是生出疼痛的根。

然而从那之后遇见就再也没有哭过。至少是再也没有因为送报纸这件事情哭过。顶多就是听到有人说起"北京的冬天其实不冷"这种论调的时候在心里暗暗骂娘而已。

真的。就再也，没有哭过。

因为可以多赚二百二十块钱。每个月就可以多存二百二十块。这样离幸福，就越近。那些用年轻的身体硬生生承受下来的寒冷并不是没有价值。

它们的价值是二百二十块。

而送完报纸后就要赶到离住的地方不远但也不近的二十四小时便利店上班。

依然是骑车，穿得臃肿，除了眼睛其他地方全部罩起来。可是尖锐的寒冷似乎可以在视网膜上凿出一个洞来，然后就像水银无孔不入般地倒灌进身体。

因为是小的便利店，所以只有两个店员，遇见，和一个名叫段桥的男生。

遇见第一次听说男生的名字的时候笑了出来，正着念，断桥，反着念，桥段，怎么听怎么好笑，在那个男生很有礼貌地说了句"你好我叫段桥请多指教"之后，遇见不冷不热地扬了扬嘴角，说了句不知道是嘲笑还是亲近的"名字还真好笑"。而段桥的脸上是一副整吞了一只茶叶蛋的表情。

遇见从上午七点半到晚上七点半，然后男生从下午四点半到凌晨四点半，凌晨四点半到上午七点半便利店关门三个小时。所以，说是二十四小时便利店其实是二十一小时便利店。而遇见和段桥同时工作的时间一天内有三个小时。

因为地段不太繁华，又不是在商业区或者校园集中的地段，所以客流量很少，很多时候店里就只有遇见一个人。

头顶开着白色的日光灯，货架整齐排放。偶尔有顾客推开门，门上挂着的风铃会发出叮咚的声音。然后遇见就会抬起头说欢迎光临!

有半个小时的时间是花在整理货架上，有半个小时是花在结算账目上，有半个小时是用在说"欢迎光临"并露出牙齿微笑上。其他的时间则用来写曲子。

在酒吧唱歌依然是遇见的职业。二十四小时里三个职业：送报纸，便利店营业员，酒吧歌手。完全风马牛不相及。却脚踏实地地存在着。

而那重合的三个小时，是二十四小时里面最普通的三个小时。因为普通，所以温暖着。

就如同我们习惯了自己普通的毛巾，牙刷，枕头，被子，床，台灯，笔记本，日历，所有习惯了的东西，都很普通。可正是因为普通，所以日渐散发出美好而温暖的触感，嵌进生命的年轮，一圈一圈地粉刷着苍白的年华。

一天是三个小时。十天是三十个小时。一百天是三百个小时。

小学生都会的算法。不需要大学的知识。不需要微积分。时光被切成一小段一小段的断层，在生命的平面上逐渐地累积起来。在这些一个又一个的

三小时里，出现的话题有：

我的家乡在福建的一个叫永宁的地方，很小的地方啦，遇见你没听说过的。可是我跟你讲哦，那里的大海一年四季都格外壮阔，蓝得让人眼睛都睁不开。

你竟然会作曲？妖怪吗……

明天学校要考试，死定了这次。

今天学校吃饭的时候看到个女孩子好像你，可是因为要赶着来便利店，所以只能匆匆地离开食堂了，没来得及多看几眼，哎。

你说为什么兔子每次赛跑都会输给乌龟呢？按道理说完全不应该的呀……

……

无聊。幼稚。

这是对段桥的看法。

想念。难过。

这是对青田的回忆。

遇见看到段桥有时候会想起青田，其实是完全不一样的两个人。一个是沉默寡言的摇滚乐手，一个是刚刚升进大一的拿着奖学金的建筑系乖学生。就好像马铃薯和荔枝一样，长得让人一看就知道不是亲兄弟。

可是经常就是会有这样的错觉。在某一个瞬间突然对着段桥叫了一个"青"字就没了下文，被自己混乱的意识稍稍吓到。

可是因为什么呢？总是觉得这样的感觉似曾相识，在曾经的年月，必定发生过，在过去的褪成亚光色的时光里，必定在黑夜中发出过萤火的微光被自己记住过。

也许。也许是因为两个人，都曾经陪伴自己度过寂寞的时光吧。

他们都曾是在自己最孤单的时候，世界上离自己最近的那个人。

晚上七点二十，天已经完全黑掉了。遇见收拾好东西等着七点半一到就走。因为还要赶回家化妆换衣服然后去酒吧唱歌。外面是漫天的鹅毛大雪，这是到北京之后自己看到过的第几场雪呢？一共不会超过五场，可是自己却记不得了。不知道为什么。

因为天气恶劣，便利店几乎没人光顾。于是两个人在齐齐地发呆。

段桥趴在收银台上，像个小孩子一样把脸贴在台面上，铅笔被细长的手指转来转去。遇见看着这个画面觉得好熟悉。像是在浅川一中那些晚自习的日子，宽敞明亮的教室，头顶是八盏日光灯，投下清楚而细腻的白光，所有的影子都被照得很淡很淡，老师坐在讲台上看报纸，黑板上是白天老师写下的复习提纲或者整理的材料，粉笔字迹有些微的模糊，周围所有人都在奋笔疾书，钢笔摩擦演算纸的声音如同窗外沙沙的雨声，静谧而深远。

这些是遇见脑海里关于晚自习的仅有的几个印象。因为大部分的晚自习遇见都逃课出去唱歌了。

其实也没有离开多久，可是回想起来却像是隔得异常久远。那些念书的日子被自己重新想起的时候全部打上了"曾经"这个记号。

曾经的自己是一个荒废学业的高三学生。

曾经的自己是全国有名的浅川一中的问题学生。

似乎可以加的定语还有很多。而现在，这些定语都消失不见。现在的自己是一个很普通在北京一抓一大把的为生活而奔波的底线贫民。当初来北京时的梦想现在想起来都觉得好久远好模糊，所以遇见很多时候都刻意地不去想它。虽然不想，却从来都没有忘记过那个理想——

青田，总有一天，你会在CD架上看到我的CD出现在销量冠军的位置上。

这个理想依然很温柔地蜷缩在内心深处，它从来都没有离开过，并且一直顽固地停留在那里。那里，是哪里？

胸腔最黑暗却是最温暖潮湿的地方。拥有庞大繁复的根系，难以拔除，日渐扎下遒劲的根，所有分岔的根系从那个角落蔓延，左心房，右心室，肺叶，腹腔膈肌，布满整个胸腔，所以才会每一次呼吸每一次心跳都牵扯出若有若无的痛。

"哎，遇见。"没来由地冒出一句话，段桥趴在台子上没有起来，"你以前的城市经常下雪吗？"

"下啊，浅川一到冬天就下非常多的雪。"

"啊，怪不得。"段桥把椅子挪到落地玻璃边，脸贴着玻璃说，"像我的家乡永宁啊，冬天不会下雪，所以我刚来北京的时候看见下雪好开心哦，可是同学都笑话我，说我是个大惊小怪没见过世面的乡下人。"

段桥望着窗外的鹅毛大雪出神，玻璃上倒映出来的面容年轻而锐利，却有着呆呆的神色，仿佛灵魂从头顶脱离出来，游走在窗外密不透风的大雪里，平时很阳光的一个人在这一刻却微微地让人心疼。

应该是那种受伤的语气吧。遇见格外熟悉，因为自己从小到大都听着别人对自己说着类似的话——

你这个乡下的小孩。

没人要的可怜鬼。

我叫我爸爸打你哦，我爸爸是最厉害的英雄！

没有妈妈哦，遇见是个没有妈妈的怪物啊，我们每个人都有妈妈。

……

这样的话语很多很多，散落在每一尺每一寸的年华中，吸取着年轻的养分长成了一棵枝叶繁茂的大树，在纯白的纸面投下巨大的阴影，吞噬着童年柔软的小心脏。

"可是呢……"突然变化的语气，玻璃上映出的面容泛着柔光，微微有些动容，是飞扬的神色，"我从来都没气馁过呢，总有一天，我会让自己设计的建筑物出现在北京最引人注目的地方，我会设计出地标性建筑，让每一个路过的人，都抬起头赞叹，他们会说，看啊，这个建筑的设计师是段桥，他真的是个很了不起的人呢！"

是什么，在瞬间从潮湿黑暗的内心破土？

——青田，总有一天，你会在 CD 架上看到我的 CD 出现在销量冠军的位置上。

"时间到了。"遇见从墙上取下大衣，眼睛微微地刺痛，她把这解释为光线太强，可是她知道再不走的话那些流下来的眼泪就不是光线太强能够解释得过去的了，"我下班了，你加油吧，伟大的建筑师。"

"每天都要上课啊。"段桥回过头来，笑眯眯地闭起眼睛，"每天教那些小孩不累吗？"

遇见稍微愣了愣，才想起自己骗段桥说是每天在教小孩子弹钢琴。

"很厉害呢，这么年轻就能教别的小孩。"清秀的脸，像最清澈的水，"我天生就没艺术细胞，什么乐器都不会。"

也是自己骗段桥说自己是大三的学生，兼职教钢琴和做便利店职员。

"不会啊，我听过别人说的，建筑是凝固的音乐，有一天，当你成为了最好的建筑师，那你同时也就是最好的音乐家啊。我先走了，要迟到了。"

再讲下去眼泪就会流下来。

潮水在内心越积越高。警戒线。红灯。长声汽笛。WARNING！WARNING！

遇见手放在门的把手上，用力，拉开，在寒风夹着暴雪卷进的瞬间，身后有温柔但坚定的声音说："等一等。"

遇见刚刚回了回头，肩膀上被披上一件温暖的大衣。

等一等。

时间没有等我。是你，忘了带我走。

为什么说等一等的那个人，不是你？

为什么在寒风倒灌的瞬间给我披上大衣的人，不是你？

为什么觉得在这样的大雪夜晚我的衣裳太单薄肯定会冷的人，不是你？

为什么鼻子里瞬间扑进的男生大衣上的洗衣粉味道，不是来自你？

时光究竟带走了多少个无法丈量的年华，以至于在回首时，弥漫的大雾几乎隔断了天？

我再也不会在放学后匆忙地骑车去找你了，就像你再也不会在起风的时候给我短信了。

我再也不会在下雪的时候把手揣进你的大衣口袋了，就像你再也不会守在厨房门口因为闻到香味而忍不住咽口水了。

我再也不会因为想起你的那张线条柔和的脸就忍不住伤心了，就如同你再也不会在深夜里因为我发烧而慌忙地在大街上奔跑了。

青田，我并不是因为我们的分离而摆脱不了伤心，我之所以伤心，是因为形影不离那么多年的我们，在分开的时候，竟然没有认真地说过"再见"。他们说，认真说过再见的人，哪怕分别了再久的时光，终有一天，还会再见。那么我们，也就是永远也无法相见了？

你还会站在校门外等着我放学吗？

你还会像初二结束的那个夏天一样，站在楼梯上抬头，微微地红起脸吗？

——1998 年 · 遇见

一直安慰自己不可以哭。就算为了不让泪水在脸上结冰时冷得刺骨也好，不能哭。并且一直在告诉自己，这些漫天的风雪，这些无法抵抗的寒冷，终将过去，前面是温暖的房间，虽然没有人在等自己，可是还有暖和的空气，以及窗台上那盆四季常青的盆栽。

遇见大步冲上楼梯，一步跨过两个、三个台阶，一层一层，然后摸出钥匙，打开大门，一股冷风从屋子里倒卷出来。

阀门又堵了。

最近暖气阀门总是出问题，热水经常被堵得上不来。整个屋子像冰窖一样嗖嗖地吐着冷气。遇见脱掉大衣，从屋子角落积满灰尘的工具箱里拿出扳手钳子，跪在冰冷的水泥地上开始修管道阀门。前几天也坏过一次，在遇见的敲敲打打下已经可以用了，现在又堵了，遇见心里念着，他妈的见鬼。

沮丧和难过像潮水一样在心里堆积。像是学校夏天暴雨里的池塘，地理小组放下的浮标慢慢抬升。

弄了半天终于通畅了，遇见还没来得及把阀门关上，一股热水直喷出来，就算遇见躲得快，手上依然被烫红了一大块。

钻心地疼。

遇见拧开水龙头，冬天的自来水刺骨地冷。像是无数尖锐的芒刺扎在皮肤上，并且深深地扎进血肉里去。遇见在水龙头前发怔，任手放在冷水下一直冲，冲到麻木，冲到整只手全部变得通红，才回过神来。

关掉水龙头，两行眼泪唰地流下来。

缩在墙角的被子里发呆。屋子里的温度随着暖气恢复供热而一点点地升了上来。玻璃窗上因为温度变化太快迅速地凝结上了一层水汽，然后越结越多，有一两颗大水滴从玻璃窗上沿着紊乱的痕迹流下来。

这他妈的是什么日子啊。

喉咙发不出声音，像是被掐住了脖子。

遇见闭上眼睛觉得双眼发疼，手上被烫红的一块冒出水疱，一跳一跳地疼。胸腔里一阵一阵玻璃碎裂的声音，像是被巨大石块砸碎的落地窗，凌乱的碎片散落下来朝着心脏最柔软的地方深深浅浅地扎下去，血液汩汩地往外冒。

是什么样的日子呢？几乎完全丧失了离开浅川的意义。

来到北京之后，在那个老板的引荐之下认识了那家唱片公司的一个经纪人，其实那家唱片公司确实在中国大名鼎鼎。虽然遇见根本就没有名气，而且没有受过任何的声乐训练，但她还是被签下了。经纪人对她说，我之所以还是决定签下你，不是因为你唱歌的技巧好，而是你的感觉。

之后却没有想象中的顺利，公司并没有在遇见身上花太多的力气，而且她的经纪人手里有很多个艺人，遇见就在公司里不死不活地待着。一些大牌明星在演唱会中场换衣服的时候，遇见可以和其他的几个新人一起在台上唱唱歌，而且都是唱别人的歌。一些大型的活动如开业典礼或者小型时尚派对上，遇见也可以露面唱唱歌助兴。

经纪人后来帮遇见争取到了一份在一家五星级酒店里唱歌的工作，但是遇见习惯了摇滚的嗓子在唱着那些金丝雀们的歌曲时，总是显得尴尬而别扭，在穿着晚礼服的时候她觉得浑身难受。于是她就放弃了。在她放弃这个工作的同时她的经纪人也放弃了她。

遇见记得经纪人对自己说："没有新人可以挑三拣四，你自己选择放弃，不要怪我。"

遇见心里一直在想，真的是自己放弃的吗？坚持那么久的理想真的是被我自己放弃的吗？想了很久也想不明白，心里很多委屈，可是因为从小就好强的个性，依然没有任何的妥协。

从那个时候开始，遇见就没有工作，没有通告，没有任何露面的机会。这些她都忍气吞声地过来了。可是需要钱。好不容易找了家便利店的工作，薪水微薄，正好小区里有送报纸的工作，很累，遇见也接了下来。还在一个酒吧找了份晚上唱歌的工作。

然后开始在北京这个庞大的城市里生存。

活在石头森林的夹缝之间，蝇营狗苟。

遇见曾经以为从浅川出发来北京的路上，在火车上度过的那个平安夜是生命中最寂寞的时刻，到了北京之后，才发现每一天都比那个时刻还要孤独。

可是孤独，寂寞，这样的字眼是不会出现在遇见的字典里的。走在北京尘土飞扬的马路上的时候，遇见依然坚信，总有一天，自己会成为全中国最好的女歌手。天空尽管阴霾，终究还是会蔚蓝。云依旧会潇洒地来去。年华终将羽化为华丽的燕尾蝶，在世间撒下耀眼的鳞粉。

　　立夏他们住的旅馆是上海的一条老街上的一栋老洋房。正好靠近小司比赛的考场。整条街上都是异域风格的建筑，古老的别墅，有着铁栏杆的洋房。红色的墙壁上爬满了藤蔓，在冬天里大部分都枯萎成淡黄色，叶子的背面泛出更深的灰。

　　白色的窗户洞开在三角形的屋顶下面，那是标准的阁楼的窗。院落里有高大的法国梧桐，叶子落了一地，剩下光秃秃的枝丫挣扎着朝天空刺去。

　　暮色四合。天空上有模糊不清的云飞速地移动，在地上投出更加模糊不堪的日影。

　　这就是上海吗？这就是张爱玲笔下那个繁华的十里洋场吗？立夏拍拍耳朵，似乎飞机上的耳鸣还没完，神志依然有点儿不太清楚，怎么就从浅川到了上海了呢，太夸张了吧。

　　把行李从计程车上搬下来，走进旅馆的大门。因为刚下过雨，地面湿漉漉地反着路灯的光。行李箱也不好放在地上拖着走。傅小司把立夏手里的箱子拿过来，立夏连忙说不用我自己可以，然后两人争来争去，最后立夏被傅小司一声"不要逞强！"给吓得缩了手，然后就看着傅小司和陆之昂朝前面走去了，两人低声说着话，也没理睬自己。

　　直到两人快要消失在远一点儿的暮色中时，傅小司才转过身来，"发什么傻。"暮色中傅小司的眼睛发出细小的光，"快跟上来啊。"

　　分开住两个房间。房间在三楼，要经过木质的楼梯，在上楼的时候会听到脚下咚咚的声音。木头的门，宽大的房间，白色的床单和很大很软的枕头。看起来很不错的样子，价格却格外的便宜，而且人又少。傅小司都有点儿怀疑是黑店了，陆之昂却一直拍着胸口说没问题，自己来的时候已经在网上查过了，是很好的一家小旅馆。

把行李放好后傅小司抬眼看了看窗外，天色已经完全黑了下来，借着路灯的光可以看到斜斜掠过的雨丝，泛着路灯银白色的光。"啊，又下雨了。"傅小司回过头来望着正在拿着暖水瓶往杯子里倒水的陆之昂，"那还要出去逛吗？"

"嗯，不了吧。"陆之昂把软木塞盖上，"今天早点儿休息，反正也累了，你明天还要比赛呢，比赛完了再去。"

傅小司点点头，然后说："那我去和立夏说一声。"

"冷死了。"傅小司坐在窗台上，面无表情地突然来了一句，"上海比北方还要冷，简直乱套了。"还是改不掉早就养成的喜欢坐窗台的习惯，这点倒是和遇见一模一样，总是喜欢盘腿坐在窗台上，然后面无表情地朝着窗外发呆。

陆之昂露出白牙齿，很好看也很安静的笑容，"因为上海不像我们北方都有暖气的啊。"

傅小司回过头看着正在微笑的陆之昂，歪了歪嘴角，嗤了一声，说："干吗要学我笑的样子啊，有本事你像你以前那样咧着嘴巴露出牙床白痴一样地笑啊，你个半路转型的冷调帅哥。"

说完就被扔过来的枕头砸中脑袋。然后两个人开打。

打累了两个人各自坐在床上裹着被子聊天。

"哎，小司你还记得吗，有次我们出去旅游也是这个样子呢，裹着睡袋聊天，我记得你还说我们像两个成精的会聊天的粽子。"

"嗯，记得啊，而且记得某个白痴选的睡觉的好地方，第二天起来周围都是大卡车开过去的车轮印子。不死真的是说不过去啊。"

"……可它还不是过去了。哈……"

"不要嘴硬！粽子！"

"喂……"

"干吗？"

"你紧张吗，对于明天的比赛？"

"我们不聊这个。"

"不要紧啊，我这个人别的本事没有，可是我很善于把一件很严肃很紧张的事情弄得很轻松。"

"这个我知道啊，你高一的时候不是就上演过这种好戏嘛，校长在上面向我们讲述消防队员的英勇事迹，说某队员从三楼抱着婴儿跳下来，婴儿毫发无伤，可消防叔叔的胳膊摔成了好几截！校长的那句感叹句不是也被你听成了询问句，然后在下面瞎起劲地接话说'三截'，搞得全校笑翻掉。你本事大着呢……"

"……你什么时候记性变这么好？"

"一直如此。所以我历史从来不会考出 17 分。"

"你！你去考化学看看！"

窗外是上海冬日里连绵不绝的雨。

带着突兀的寒冷。绵密地缠绕住所有的空气。

但在这栋古老的洋楼里，依然洋溢着温暖的热度。

像是传奇一般的少年。慢慢张开背后的翅膀。

之昂，你知道吗，在很多年之后，回想起 1997 年那个冬天，我那时觉得你又变成了 1995 年的陆之昂，你依然是那个从来没有经历过悲剧和伤痛的少年，依然会露出牙床开心地大笑，比赛前一天的紧张心情真的在和你斗嘴的过程里烟消云散。有时候在想，这一辈子有你陪在身边，真是件快乐的事情，所以我总是很感谢上帝，让你陪我度过如此漫长的时光。从孩童，到少年，然后一直到成年后复杂的世界，你都一直在我的身旁，像一个从来都不会因世俗而改变，剔透的年轻的神。

谢谢你，无论是爱笑的，还是爱沉默的陆之昂。

——2003年·傅小司

"啊！"陆之昂突然从床上跳起来，"下雪啦！"

傅小司掀掉身上的被子爬起来，爬到窗台上贴着窗户往外看，"真的啊，南方也下雪吗？"

陆之昂也跳起来坐在窗台上。

傅小司朝着浓重的夜色里望出去，尽管地面依然湿漉漉地反着路灯的白光，并没有像浅川一样的积雪，可是空中那些纷乱的雨丝中间，确实是夹杂着大片大片的雪花，虽然称不上鹅毛大雪，却的确是大雪。

"啊，难得啊。"陆之昂的手指搭在玻璃上，无规则地敲着，"上海都会下雪，我觉得这应该是吉兆吧，你明天肯定会拿第一名的。"

"这哪儿跟哪儿啊，完全不搭界的呀。"尽管语气是不冷不热，但傅小司看着陆之昂的眼睛里却充满了感谢。

陆之昂很开心地笑了。正要说话，就听到立夏房间一声惨叫。

等到傅小司和陆之昂拧开立夏并没有锁的房门时，映入眼帘的却是立夏跳在电视柜上大呼小叫的样子，立夏听到门开的声音回过头来看到站在门口的两个大男生，自己正踮着脚尖站在电视柜上，动作就在瞬间定格。

傅小司张着嘴巴一副"搞什么飞机"的表情，而陆之昂已经靠在墙上捂着肚子笑得一副要撒手人寰的样子。

"你干吗啊？"傅小司伸手指了指立夏，"下来啊。站那么高干吗？"

"而且……而且叫那么大声。"陆之昂一边笑一边搭腔，"一副少女被色狼强暴的样子。"

"有蟑螂呀！"立夏看了看地上，确定没有了，才有点儿尴尬地下来。

傅小司指指陆之昂，说："你怪他咯，他订的旅馆。他一直说这家旅馆很好很好，我都怀疑这家旅馆的人偷偷给了他中介费。"

陆之昂大小拇指扣在一起，伸出食指中指无名指，做发誓状，说："上天作证完全是因为这家旅馆离你比赛的地方近，我是好人。"

小司说："要么我们陪你一会儿吧。"

陆之昂接过话，说："我们在房间还发现了围棋，小司很会下啊，他从小学就开始学下围棋了，叫他教你也行。"

立夏张大嘴巴觉得吃惊，听着摇滚乐的人从小学围棋……这个是笑话吗？不过看着傅小司认真询问的表情又觉得不太像是在说笑。

"没事了你们先回去呀。"立夏的脸也有点儿红，不敢要求他们留下来，不然更加尴尬。

傅小司哦了一声，而陆之昂把手搭到傅小司肩膀上勾了一下，冲立夏坏笑说："要么，小司陪你睡呀。"

门"砰"的一声关掉，差点儿撞到陆之昂鼻子上。

傅小司看着他说："你的冷笑话可以再冷一点儿，没关系。"

陆之昂说："我又没讲笑话咯，是她自己想到了一些令花季少女又梦幻又不敢开口的事情吧。"

刚说完门突然打开，一个枕头直接砸到陆之昂头上。

"陆之昂这里是三楼！再胡说八道我就把你扔下去！摔不死就冻死！"被使劲关上的门里传出来立夏的吼叫。

陆之昂拿着枕头，嘿嘿地笑说："她学我哦，哈，扔枕头。"

傅小司根本就没打算理他，穿着拖鞋回房间去了。

厚厚的被子。白色干净的床单。陶瓷的茶杯。有着宽阔的窗台可以坐在上面看外面深深的梧桐树影。木质的地板。木头的门和桌椅。大衣柜。大梳妆台。一切都好像老上海的片子里演的那些沪上人家。立夏窝在被子里的时候想，确实是像陆之昂说的那样是很好的一家小旅馆呢，而且价钱还很便宜。真不知道他是怎么找到的。想起来他已经不再是以前那个什么事情都要依靠小司的大男生了。相反，他却在帮着小司做很多的事情。想想这个世界真是神奇。

早就说了他们两个都是神奇的物种嘛。美貌，智慧，幽默，善良，才华。

"应该是冥王星的人。"立夏想。

然后睡了过去。梦中傅小司拿了第一名。半夜醒来的时候还因为以前听说过的"梦都是相反的"论调着实吓了一跳，连着"呸呸"好多声。

下午一点半到五点半，长达四个小时的比赛时间。因为是现场命题，所以每个考生都很紧张。小司倒是没什么，依然是一副以前在学校画画的样子，调着画架的高度，清理着颜料，装好清水，等等。陆之昂和立夏站在旁边，也帮不上忙。不过周围的那些上海本地的参赛者都是有爸爸妈妈跟来的，一会儿帮他们披衣服，一会儿帮他们倒水，搞得一副皇帝出巡的样子。

"喊。"

"嗤。"

陆之昂和立夏从鼻子里出气的声音被傅小司听到了，他回过头对嗤来喊去的两个人哭笑不得，他说："好啦，你们两个去外面逛街吧，我结束了出来就给你们打电话。"

"好吧。"陆之昂点点头，走之前转过身望了望其他考生，再一次，"喊。"

考试的学校是一所全上海甚至全中国都有名的女子学校。学校外面的铁栏杆上是铁制的玫瑰，里面有大片的绿地，还有教堂，有穿着长袍的修女慢步行走在学校里，有鸽子成群结队地在上空盘旋。

"好漂亮啊。"立夏看着学校里的一切，"在这里上学一定很开心吧。"

"我不觉得整天和一群尼姑在一起上课有什么开心。"陆之昂这会儿又变得活泼起来，"浅川一中的 MM 们才更正点。"说完还自我肯定地点了点头，像是非常同意自己的看法。

两个人坐在学校外面的长椅上，面前是一条四车道的马路，往来的车辆很多，行人也很多，骑自行车的人更多。有穿着西装的中年男子，也有提着菜篮子去买菜的妇女，还有很多穿着各种制服的学生骑车去上学。耳边是熙来攘往的各种声响，而庞大的背景声就是上海话软绵绵的腔调。

陆之昂起来去买了两瓶绿茶和几个饭团，然后两个人一边聊天一边吃东西，倒也不觉得时间难挨。

两点半。

太阳从云隙中直射下来。一束一束的强光穿透了昨晚蓄满雪的厚厚云层。

三点三刻。

路边有个清秀的男生骑着车载着一个可爱的女孩子哼着歌曲过去。

四点二十。

光线开始暗淡。黄昏扩散在微微潮湿的空气里。下班的人流纷乱地穿行在这个庞大而忙乱的城市里。空气里有很多白色的点，像胶片电影里那些陈旧的霉斑一样浮现，伸出手抓不住，却在视网膜上确凿地存在着。

五点半。

傅小司从那些神采飞扬的考生里走出来，面无表情，一双眼睛依然是大雾弥漫的样子。"肚子好饿。"他抱着美术用具站在校门口对两个人说，"我们去吃饭吧。"

叫了一碗牛肉面。厚厚的汤面上浮着大把的香菜。傅小司是不吃的，统统夹到陆之昂碗里。然后顺便抢回几块牛肉。从脸上看不出他的情绪，所以也无从得知比赛的情形。陆之昂两三次张了口，都被硬生生地堵在那里，最后把话重新咽回肚子里去。

"嗯，那个……"还是立夏开了口，"决赛画的什么？"不安的语气，怕触及某些敏感的神经。

"哦，比赛啊。"因为埋头吃面，所以咬字含糊，"是命题的，叫《从未出现的风景》。"傅小司抬起头，脸上也看不出是喜是悲。

"哦？怪名字呢。"陆之昂拿着筷子敲着碗的边缘，叮叮当当的，"那你画的什么啊？外星人轰炸地球吗？还是音速小子大战面包超人？"

"那是你的领域，我高攀不起。"傅小司白了陆之昂一眼，"也没画什么，就是一男一女吧。"后面半句是说给立夏听的。

"一男一女……"立夏小声重复着，也想不出来到底是什么样子。不过看起来小司也不像心事重重的样子，所以稍微放了点儿心。

"本来是说素描速写或者色彩都可以的，没有硬性要求。"傅小司接着说，"不过我想反正我上色快嘛，就直接选了色彩。"

立夏和陆之昂只有吞口水的份儿，像这种"反正我上色快"的话也不是谁都轻易敢说的。

"哎，你知道吗。"傅小司低着头吃面，间隙里突然说，"我今天和颜末在一个考场。"

"啊……上一届画芦苇画出名的那个女孩子？"陆之昂笑眯眯的，"漂亮吗？"

傅小司抬起头翻了个白眼。

"呃……我的意思是……"陆之昂抓抓头发，"有……才华吗？"

不过傅小司已经不准备再理他了。

一年后在小司的第一本画集里，我第一次看到了他比赛时创作的那张《从未出现的风景》。画面上是一个站在雪地里的穿黑色长风衣的男孩子，半长的微翘的头发，抬起头，全身上下在雪地的纯白里被映得毫发毕现，有一双失去焦点的大雾弥漫的眼睛，而天空的大雪里，有一个模糊的白色的女孩子的轮廓，从天空微微俯身，像是长出白色羽翼的天使，轮廓看不清楚，却有一双清晰而明亮如同星辰的眼睛。两个人在大雪里，安静地亲吻。

那一刻世界静默无声。这是从未出现却永恒存在的风景。

——1999 年 · 立夏

第二天去颁奖典礼的现场，很多的参赛选手，很多的画坛前辈，周围很多的工作人员忙来忙去，忙着调音，忙着测试话筒，忙着布置嘉宾的位置和姓名牌。

小司三个人进去之后，找到最后一排座位坐下来，抬起头看到自己前面就是颜末，不由得又开始紧张起来。那种感觉真的很奇妙。以前自己一直喜欢的画手突然出现在自己的面前，看着他们的样子，想起他们笔下的画，感觉像是被很多的色彩穿透，在内心重新凝固成画面。

有很多的人都在交头接耳，有个男生在前面一直很得意。好像昨天晚上组委会就已经通知他他是一等奖其中的一名了，自然得到周围很多人的羡慕眼光。

陆之昂不由得问小司："你接到电话了吗？"

小司说："我又没留下手机号，怎么会接到电话？"

之后颁奖典礼就开始了，扩音设备不是很好，加之坐在最后一排，声音断续着传进耳膜，很多句子纷乱复杂地散发在空气里。

傅小司一直紧握着手，虽然脸上看不出任何紧张，拇指却一直抠着掌心，而且很用力，整个掌心都有点儿发红。微烫的热度。那些撞进耳朵的句子有——

这次大赛的水平非常地高，超过了第一届。

来自全国各地。

各个年龄组的发挥都很超常。

美术形式多种多样。代表了中国年轻一代美术创作的最高水平，这也是组委会所期待达到的目标。

直到听到那句"高三年级组第一名，傅小司"时，小司才觉得世界在一瞬间冲破黑暗，光芒瞬间照耀了干涸的大地，河床汩汩地注满河水，芦苇沿岸发芽。

成千上万的飞鸟突然飞过血红色的天空。

——高三年级组第一名，傅小司。

小司，看着你从最后一排站起，在人们羡慕的目光里朝着主席台举止得体地走去，看着你站在台上光彩夺目的样子，我突然有一点儿伤怀——你已经扔下依然幼稚而平凡的我们，独自朝着漫长的未来奔跑过去了，不知道为什么，我突然没来由地想起MARS，那个带领着人们冲破悲剧的黑暗之神。你不要笑我这样幼稚的想法，我也不知道为什么在这样本应开心的时刻如此地感伤。我想，也许这两年来我日渐成熟的外表下，终究是一颗幼稚的心灵吧。如同一个，永远无法长大的停留在十六岁夏天的小男孩般幼稚而可笑。

不知道未来的你，和未来的我，会变成什么样子呢，十年，二十年之后，我们究竟会怎样呢？我想不出答案。微微有些伤怀。

——1998 年·陆之昂

那些由浮云记录下来的花事，
那些由花开装点过的浮云，
都在这一个无尽漫长的夏天成为了荒原的旱季。
斑马和羚羊迁徙过成群的沙丘，
那些沉默的浮草在水面一年一度地拔节，
所有离开的生命都被那最后一季的凤凰花打上鲜红的标记。
十年后在茫茫的人海里彼此相认。
是谁说过的，那些离开的人，离开的事，
终有一天卷土重来。

走曾经走过的路，
唱曾经唱过的歌，
爱曾经爱过的人，
却再也提不起恨。
那些传奇在世间游走，身披晚霞像是最骄傲的英雄。
那些带领人们冲破悲剧的黑暗之神，
死在下一个雨季到来前干涸的河床上。
芦苇燃烧成灰烬，撒向蔚蓝的苍穹。

不知不觉已经又是夏天。遇见离开已经半年了。

　　很多时候青田都没有刻意地去回忆她，感觉她好像从来没有离开过。在某一个黄昏，她依然会穿着牛仔裤骑着单车穿行过那些香樟的阴影朝自己而来，带着一身高大乔木的芬芳出现在家的门口。她依然是1997年的那个样子，那张在自己记忆里熟悉的单纯而桀骜的脸，带着时而大笑时而冷漠的神情。

　　可是错觉消失的时候，大街上的电子牌，或者电视每天的《新闻联播》一遍一遍地提醒着他现在的日期，是1998年6月的某一日。

　　烈日。暴雨。高大沉默的香樟。

　　漫长的夏天再一次到来。

　　青田在遇见走后依然在STAMOS打工。在很多空闲的时候，比如表演前的调音空隙，比如走在酒吧关门后独自回家的夜路上，比如早上被逐渐提前的日照晃得睁不开眼睛时，他都会想到遇见离开那天的情形。那一切像是清晰地拓印在石碑上的墨迹，然后由时间的刻刀雕凿出凹痕，任风雪自由来去，也必定需要漫长的时光才能风化。

其实遇见走的那天青田一直都跟在他们四个人的身后，看遇见提着很重的行李却提不起勇气冲上前去帮她，只剩下内心的懊恼和惆怅扩散在那个天光泯灭的黄昏里。一直到火车消失在远方，他依然靠在站台的漆着绿色油漆的柱子上默默地凝望着火车消失的方向。周围小商贩来来往往地大声吆喝，手推车上堆着乱七八糟的假冒劣质的零食和饮料在人群的罅隙里挤来挤去，而在这喧嚣中，青田是静止的一个音符，是结束时的尾音，无法拖长，硬生生地断成一个截面，成为收场的仓皇。

青田摸着自己手上的戒指，心里微微有些发酸。他没有告诉遇见自己也有一只，和遇见那只是一对，也是自己敲打出来的。在上次送遇见的同时自己也悄悄地做了一只一样款式的。不过这些都不重要了吧。

后来立夏他们从自己身边经过的时候，青田也没有叫他们，只是躲在柱子后面，看着立夏那张哭得一塌糊涂的脸，喉咙有些发紧。他一直盯着他们三个的身影走出站台消失在通道口的深处，然后回过头看到落日在瞬间朝着地平线沉下去。

在那一刻陨落的，不仅仅是落日吧。

他想，是不是就像那些蹩脚的小说和电视剧一样，故事就这样结束了呢？

遇见，有时候我抬起头望向天空时，看到那些南飞的鸟群，我就会想起你。已经没有以前那么浓烈了，是淡淡的想念，带着轻描淡写的悲伤。像是凌晨一点在一家灯光通亮没有顾客的超市里买了一瓶矿泉水然后喝下去的感觉一样。应该算是一种由孤单而滋生出的想念吧。

有时候我想，你真的像你的妈妈一样啊，坚强而顽固地活在自己的世界里。从你离开我的那一天起，我就知道，也许这次离开之后，永远不能相见了吧。所以这些巨大的绝望冲淡了分离的痛苦，因为没有希望，就不会再失望。所以那些思念，就像是逐年减弱的季风，我想终究有一年，季风就不会再来看望我这个北方孤单的傻瓜了吧。

这些日子以来，我就是这样想着，安慰着自己的。

不然生命就会好漫长。漫长到可以把人活下去的力量全部吞噬干净。

——1998 年·青田

高三已经进入最后的阶段了。所有的人都恨不得一天有三十六小时看书做题。

函数，化学方程式，间接引语，过去完成时，虚拟语气，朝代年表，农业的重要性。所有考点都在脑海里乱成一锅粥。被小火微微地炖着，咕嘟咕嘟冒泡。

很多女生都在私下里哭过了。可是哭也没办法，一边抹眼泪还得一边在草稿纸上算着数学题。

经常出现的年级成绩大榜是每个学生心里的痛。哪个班的谁谁谁是突然出现在前十名的黑马，哪个班的某某某怎么突然发挥失常掉出了前三十，都会成为大家关注的焦点。

一直都有的比较和计较，像是粘在身上的带刺的种子，隔着衣服让人发出难受的瘙痒和刺痛。

整个教室里弥漫着风油精和咖啡的味道，混合在一起伴着窗外枯燥的蝉鸣，让夏日的午后变得更加令人昏昏欲睡。头顶的风扇太过老旧，学校三番五次地说要换新的，可是依然没有动静。想睡觉。非常的想睡觉。非常非常的想睡觉。甚至是仅仅想起"我想睡觉"这个念头心里都会微微地发酸。经常从课桌上醒过来，脸上是胳膊压出的睡痕，而身边的同学依然还在演算着题目。

参考书塞满了课桌，还有很多的参考书和试卷堆在桌面上，并且越堆越多，剩下一块小得不能再小的地方用来写字。

每天都有无数的散发着油墨味道的试卷发下来，学校自己印的，劣质的纸张，不太清楚的字迹，却是老师口中的高考良药。

走廊也变得安静，很少有学生会在走廊打闹，时间都花在看书或者做题上了。高一高二无法感受到的压力突然变成了有质量的物体，重重地压在肩膀上。

阳光斜斜地穿过篮球场，带着夏天独有的如同被海水洗过的透彻，成束的光线从刚刚下过暴雨的厚云层里射出来，反射着白光的水泥地上，打球的人很少。

立夏拿着饭盒从食堂往教室走的时候，通常都会望着那个空旷的羽毛球场发呆。高一高二的时候，傅小司和陆之昂经常在这里打羽毛球，汗水在年轻的身体上闪闪发亮。而现在，都很少看到陆之昂了，除了在放学的时候看到他在教室外的走廊上等着小司，大部分的时间，大家都各自在学校里拿着书低着头匆忙地奔走。那个羽毛球场像是被人荒废的空地，地上的白线已经被雨水冲刷得模糊不清，悬挂的网也早就陈旧了。好像高一高二的同学都不太喜欢打羽毛球的样子。

立夏很多时候都觉得莫名其妙地伤心，压力大得想哭。看着那些高一高二的年轻的女孩子在球场边上为自己暗恋的男生加油，手上拿着还没开启的矿泉水等在铁丝网外面，立夏的心里都会像浸满了水一样充满悲伤。

看着那些年轻的面容，看着他们在学校的每一个角落挥洒着年轻的活力，尽兴地挥霍，用力地生活。她想，难道属于自己的那个年轻的时代已经过去了吗？

每天晚上都有晚自习。兵荒马乱的。

立夏很多时候写那些长长的历史问答题写到右手发软。抬起头看到头顶日光灯发出白色的模糊的光。窗外的夜色里，高大的香樟树只剩朦胧的黑色的树影，以及浓郁的香味。

傅小司依然拿着全年级文科第一名的成绩，陆之昂依然是理科的全年级第一名。

而立夏，需要很努力很用功才能进入年级的前十。

晚自习下课的时间被推迟到了十点半。每天从教室独自走回公寓的路上，立夏都会想起遇见。那些散落在这条路上的日子，两个女孩子手拉手的细小的友谊。彼此的笑容和头发的香味。用同一瓶洗发水。喜欢吃同一道学校食堂的菜。买一样的发带，穿同一个颜色的好看的裙子。用一样的口头禅，爱讲只有两个人才彼此听得懂的笑话，然后在周围人群茫然的表情中开心地大笑。

遇见，我好想念你。那些失去你的日子，全部都丢失了颜色。

我像是个孤单的木偶，失去了和我形影不离的另一个木偶，从此不会表演不会动，被人遗弃在角落里落满灰尘，在孤单中绝望，在绝望中悲伤，然后继续不停地，想念你。

——1998 年·立夏

上海的日子像是一场梦。对于傅小司而言，那是段快乐的记忆。可也只是梦而已。梦醒了依然要继续自己的生活。

只是从上海回来，在学校眼里，或者在同学眼里，傅小司身上已经多了"津川美术大奖"的光环。傅小司并不觉得有什么变化，倒是陆之昂和立夏每次走在傅小司身边的时候都会因为路人的议论和注视感到尴尬，这已经不是以前同学们因为傅小司成绩好或者美术好而纷纷注目了，现在的注视和议论，多少带上了其他的色彩。

"看啊，傅小司哎。"

"别这么大声啊，不要乱看，被发现了好尴尬的。"

"当然要看啊，他马上就要毕业了啊，以后就没的看了。"

"也对哦。没想到本人比照片上好看呢。"

"是啊，好可爱呢……没想到画家也可以这么好看的啊。"

"你是什么狗屁逻辑啊。"

......

久而久之，陆之昂养成一个习惯，每到傅小司被关注的时候，他就会默默地伸出大拇指，拍拍他的肩膀，然后故作很严肃的表情说："你红了。"结果每次都被傅小司摁在地上打。

临近高考的时候，傅小司出版了第一本画集《麦田深处的幸福》，因为也只是小有名气而已，画集并没有大卖，只是印刷了一万册。但在年轻人出版的画集里，已经算可以的了。而且，高中就出版画集的人，在全国来说都不算多。所以傅小司很开心。

他把出版的画集拿给妈妈的时候心里充满了自豪的感觉，他撒娇地躺在沙发上，头枕在妈妈的腿上，像个玩闹的孩童一样把手挥来挥去地说："妈你看我厉不厉害啊，厉不厉害哦！"

画集出版后，傅小司经常会收到全国各地的读者来信，这些信带着各种不同的邮戳，穿越中国辽阔的大地，从未知的空气里投到自己面前。

那些鼓励，那些朝自己倾诉的心事，那些和自己分享的秘密，那些寄给自己的幼稚却真诚的画作，那些对小司的询问，都在这个夏天，在丰沛的雨水里缓慢而健康地朝着天空拔节。

傅小司在学习的空隙里，也会咬着笔认真地写一写回信。会很开心地对他的读者讲一讲画里的故事，讲他的长满香樟的校园浅川一中，也会脸红着叫那些对他告白的女孩子认真学习考上理想的大学。每次偷看到的时候陆之昂都会仰天大笑，搞得傅小司灰头土脸。

可是立夏的感觉就会微妙很多，看着学校里越来越多的人开始喜欢小司的画，立夏心里生出很多莫名的情愫，似乎傅小司再也不是以前自己一个人默默喜欢了好多年的祭司了，似乎祭司已经消失在了年华之后，没有留下痕迹。而眼前的傅小司，逐渐地光芒万丈。心里甚至说不出来是高兴还是伤感。

日子就这么缓慢地流逝。夏季到达顶峰。
丰沛的雨水让香樟的年轮宽阔。高大的树干撑开了更多的天空，绿色晕染出更大的世界。

傅小司骑着单车穿过两边都是香樟的干净的碎石路，夏日的微风把白衬衣吹得贴在他年轻的身体上，头发微微飞扬。他头顶的香樟彼此枝叶交错，在风中微微摇摆，它们低声地讲着这个男孩子的故事。

起初它们只是随便说说，就像它们站立在这个校园里的以前的时光中议论过其他男孩和女孩一样，可是它们不知道，这个男孩子后来真的成为了校园中的传奇，足够让它们倾其一生漫长的时光去讲述他曾经的故事。

如同遗落在山谷间的那些宝石，散发着微微的光芒，照亮黑暗的山谷。

而时光转瞬即逝。他们毕业了。

立夏在接近傍晚的时候才醒过来，由于昨天在外面玩了一个通宵，又喝了很多的酒，头疼得厉害。昨天的一切都成为过去：冒泡的啤酒。午夜KTV的歌声。街心花园微微有些凉意的凌晨。这一切都成为了时光的某一个切片，在瞬间褪去了颜色，成为了标本，被放置在安全的玻璃瓶里，浸满药水，为了存放更为久远的时光。

昨天的英语考试成为自己高中时代的最后一场考试，那样漫长的时光，长到以前的自己几乎以为永远不会结束的时光，竟然就在昨天画上了句点。

看着满寝室堆放的参考书、试卷、字典、教材、英文听力磁带，立夏心里一阵一阵满满当当的空洞感。

尽管自己以前无数遍地诅咒这样辛苦而漫长的高中年代，可是，现在，一切真的就要成为过去的时候，立夏突然觉得自己是那么地留恋。

早上回学校的路上，立夏和陆之昂聊到大学的事情。傅小司刻意地走在前面很远的地方，不太想听他们两个的谈话。陆之昂看着小司的背影，表情带着些微的悲伤。

"之昂，你怎么会突然……要去日本呢？"

"也不是突然……有这个想法已经很久了吧，只是没和你们说过而已。"

"啊？"

"应该是从我妈妈……去世的那天开始吧，这个想法渐渐形成。你知道我为什么不陪小司一起选择文科吗？因为我妈妈一直希望我成为一个优秀的注册会计师。我以前总是不听妈妈的话，调皮，贪玩，在学校惹祸。可是，从妈妈离开我的那天开始，我就一天比一天后悔为什么她还在世的时候自己那么忤逆她。现在想起来，悔意依然萦绕不去。"

"所以……"

"嗯，所以就决定了去最好的大学念最好的经济专业。我爸爸认识上海财经大学的校长，他告诉我爸爸说学校里有一个中日学生的交流班，考进去的人都可以直接去日本早稻田念经济专业。所以，后来就决定了去日本。"

"你和小司提起过吗？"

"没有……也是今天才提起的。"

"那你会告诉他你去日本的原因吗？"

"会啊，肯定会。我不想我最好的朋友一直到我离开中国去了另外一个国度的时候还讨厌着我。当初我和小司约好了要念同一所小学同一所初中同一所高中一直到同一所大学。很小的时候我们就约好了要一直在一起念书。所以，我整个初中、高中才会那么努力地去维持自己的好成绩，因为我怕有一天我差小司太多而考不进他的学校，因为你也知道小司有多么优秀啊。现在想来，背叛约定和誓言的人……应该是我吧……"

空气里满是悲伤的味道。在香樟的枝叶间浓重地散发。那句"应该是我吧"的话语断在清晨的阳光里看不到痕迹。

可是谁都听得到那些痕迹破裂在内心深处。像是经历了大地震之后的地面，千沟万壑。

陆之昂看着独自走在前面的傅小司，心里非常地难过。他孤单的背影在风里显得更加地单薄，陆之昂突然恍惚地想，在自己离开之后，小司会一直这样孤单地生活吗？一个人吃饭，一个人旅行，一个人上学，一个人抄着笔记，一个人骑着单车穿越偌大的校园，一个人跑步，一个人走上图书馆高大的台阶，一个人哭，一个人笑，一个人沉沉地睡去。因为从小到大，他都只有自己这么一个朋友，简单得近乎白纸的生活，而自己的离去，在小司的世界里又是一场怎样的震撼呢？是如同轻风一般不痛不痒？还是如同一场海啸一场地震，一场空前绝后的冰川降临？

　　想不出来。眼角渗出了细密的汗。谁都没有看见。

　　而走在前面的傅小司，紧紧皱着的眉头和掉在脚边的泪水，同样也没人看见。

　　只有头顶的香樟知晓所有的秘密。可是它们全部静默不语。只是在多年之后，才开始传唱曾经消散的夏日，和夏日里最后的传奇。

　　因为早稻田要提前入学的关系，所以七月刚刚过去，陆之昂就要走了。

　　平野机场依然是以前的那个样子，恰到好处的人，恰到好处的喧嚣，以及头顶的天空，全部都一样。天空比冬天还要蔚蓝，高大的香樟树已经枝叶繁茂。整个平野机场笼罩在绿色的海洋里，人群像是深海的游鱼，安静而沉默地穿行。

　　而改变的究竟是什么呢？

　　是分离吧。一起长大的朋友，在这一刻之后，将生活在两个不同的国度，头顶的天空都不再是同样的颜色，手腕上的指针也隔了时差。想念的时候，也就是能在心里说一句"我很想念你"吧。也就只能这样了。

　　一路上小司都没怎么说话，陆之昂有好几次想和他搭话，可是张了张嘴，看到傅小司没有表情的侧脸和大雾弥漫的眼睛又硬生生地把话吞了回去，只能检查着护照，检查着入学需要的手续，和开车的爸爸以及坐在副驾驶位置的阿姨说着一些家常话。

可是这些都变得微不足道。而傅小司的沉默，像是一种有实体的东西，在汽车狭小的空间里渐渐膨胀，膨胀到陆之昂觉得呼吸不畅，像是在海底闭气太久，想要重回水面大口呼吸。

换登机牌，飞去香港。转机日本。

傅小司看着陆之昂忙碌而有条理的样子，心里掠过一丝悲凉的感觉。小昂真的长大了，再也不是以前那个跟在自己旁边的什么都不懂的大男生了。眼前是陆之昂的背影，熟悉，却在这一刻些微显得陌生。

在时光的硬核里褪出了清晰的轮廓和比自己挺拔的身材。中长的头发，泛出黑过一切的黑。日光沿着斜斜的角度倾倒在头发的表面如萤火般流动。在等候的空闲时间里，有用左脚掌轻轻敲打地面的习惯。喜欢把手插在裤子口袋里。在撞到路人表示抱歉时会微微点一下头。这些习惯如同散落在宇宙中的恒星，在自己漫长如同银河的生命里频繁地出现。可是这些，马上就再也看不见了。

陆之昂拖着大大小小的行李走进安检，傅小司心里回荡着半年前的画面。那个时候是立夏还有自己，以及小昂，三个人一起去上海。时光竟然流淌得如此迅疾，整个世界似乎还停留在和陆之昂一起在窗台上看上海难得的落雪的那个时刻，可是一转眼，像是梦境突然被疾风吹破，气球的碎片被风撕成更小的碎片撒向天空，陆之昂，这个从小就和自己像是被绳索捆绑在一起的小人偶，竟然就要去日本了。傅小司不得不承认，命运的手掌真的可以翻云覆雨。我们输给无法改变的人生。输得彻底。血肉模糊。血肉模糊。

"小司，我要走了。"

"嗯。保重。"

——冷语调。扩散在机场玻璃顶棚渗透下来的日光里，显得更加冰冷。

"我到日本会每天都给你发 E-Mail 的，你要记得回我啊。"

"哦，好。"

——我不是不想说话，而是说太多，我怕自己哭起来。

"听说日本的楼群非常密集，完全看不到地平线在哪儿。有句话好像是说什么看不到地平线的人，会觉得彷徨而且孤独。听了真是害怕呢。"

"少文绉绉的了。恶心。你要参加诗歌朗诵吗？"

——其实那句原话是日本一个小说家写的，还是我拿给你看的呢，你都忘记了吧。那句话是说，一个人如果站在望不到地平线的大地上，那么他就会觉得人潮汹涌却没有朋友，于是就会分外地感到孤单。

"不是……我说真的。离开了小司，肯定会寂寞吧。"

"是吗？"

——你也知道会寂寞的吗？

"小司……你会讨厌我吗？"

"会。"

那一个"会"字突兀地出现，在那一瞬间陆之昂看到的是傅小司无比肯定的脸。他沮丧地想，小司终究还是会生气的。哪怕以前自己再怎样顽劣，再怎样逃课不上进，打架，或者乱和女生搭讪，他都没有生过气，顶多对自己翻白眼或者亲切地对自己说"你去死吧"。可是现在这样的冷淡，隔了一面玻璃的触感，让陆之昂觉得比和小司吵架还难受。

"背叛誓言和约定的人……应该是我吧……"

"应该是我吧。"

在进安检前的一刻，陆之昂回过头去看傅小司，可是小司只有一句"再见"。那一刻，陆之昂觉得世界重归黑暗，带着寒冷迅速降临，霜冻，冰川，还有未知世界的塌陷。

"再见。"陆之昂露出好看的笑容，像是瞬间闪现的世间最和煦的阳光，照亮了黑暗的世界。傅小司在那一刻，心里翻涌出无尽的酸楚，表情却依然是无动于衷。

在飞机起飞的时候，傅小司一直望着冲向天空的银白色机身。他知道那上面坐着自己从小到大最好的朋友，而这个金属的机器怪物，即将把他带到遥远的国度，隔了山又越了水。

飞机巨大的轰鸣像是直接从天空砸下来响彻在自己的头皮上，泪水模糊了双眼。

而没有说出口的话是：我不讨厌你，但是舍不得。你还会回来吗？还会记得这里有个从小到大的玩伴，来看望我吗？

陆之昂的座位在机翼边上，所以从起飞开始一直耳鸣。望向窗外，是起伏的白云和浩瀚的蓝天。闭上眼是一望无际的湖水。那些盛放在眼中的湖水，拔升上九千米的高空。

小司，从机窗往下看的时候，我在想，我真的就这么告别我脚下的这个城市了吗？告别了那些我闭着眼睛也能找到的路，告别了我的那辆被我摔得一塌糊涂的单车，告别了陪我们一起长大的宙斯，告别了你。那一瞬间我恍惚地觉得我的脚下地震了，整个城市急遽地塌陷。我好害怕。我好害怕站在望不到地平线的地方孤单地看落日。

人生，是不是就像你十六岁生日的时候说的那样，是一部看不懂却被感极而泣哭得一塌糊涂的电影呢？

在巨大的轰鸣声里，我突然莫名其妙地想起了我十八岁成人时你帮我唱的生日歌。我切开蛋糕的时候你正好唱完最后一句"祝你生日快乐"。那个时候你依然是呆呆的表情，眼神放空没有焦点，可是却有张在烛光下格外好看的脸。

你说，终于成了大人了，从此要越来越坚强。

这些，我都记得。我永远记得。

而你会一直记得我吗？

——1998 年·陆之昂

回到家，躺在床上，在脑海中反复播放的是陆之昂最后抬头看天深吸进一口气的神情，以及那一句"离开了小司，肯定会寂寞吧"。

傅小司踢掉鞋子，仰躺在床上。天花板看起来像是苍穹那么远。傅小司觉得屋顶上一直在掉落着灰尘，细小的白色的灰尘，落在脸上，眼睫毛上，身上，脚上，一点一点把自己掩埋起来。

三岁的时候和他一起进同一所幼儿园。自己连续三年拿了大红花，学会了很多的汉字，能看连环画。而他只是一个调皮捣蛋，经常被老师罚站的顽劣男孩，喜欢争糖果，喜欢捏女生的脸。

七岁的时候和他一起念小学。自己连续六年都是班长。成绩全校第一。那个时候以为自己是个小大人，所以装出一副大人的样子语重心长地对整天迷恋弹珠和纸牌的他说："你再不认真学习，就不能跟我念同一个初中了，因为我成绩最好，我要念的学校你会考不进去。"他听得张大了嘴，然后"哇"地哭出声，手中的玻璃弹珠撒了一地。

十三岁的时候和他一起考进浅川一中的初中部。他拼了命才考中，而且成绩刚擦过录取线。他开始跟着自己学画画，虽然依然不会在上课的时候抄笔记，可是会在放学后拿自己的笔记回家认真地重新整理一遍，参加了体育队，进入了学校跳高队。开始有很多的女生暗恋他，他还是改不掉从幼儿园就养成的喜欢逗女孩子的习惯。

十六岁的时候，和他一起直升浅川一中高中部，学习成绩与艺术类专业成绩和自己不相上下。高二选择了理科，和自己相反，从此开始连续成为学校理科第一名。高三毕业选择留学日本。

朝窗外望去，尽管泪水模糊了视线，依然可以看到，暑假再一次来临时，整个世界泛滥出的绿色。那是无穷无尽的香樟，在城市的每个角落点题。可是曾经看香樟的两个人变成了一个人，那个人走了，剩下的那个人还在看着。

十九岁的夏天。画上的那个安静的句点。

手上中央美术学院的录取通知书泛出金色的光泽，那些昏黄的落日光泽从手中的烫金字体上反射出去，带着一圈一圈毛茸茸的光晕。

本来待在家等通知单的日子里，自己还一直在考虑当初和傅小司填报同一所大学的行为是不是理智。因为毕竟小司是美术生，艺术类考生会很多，而自己美术加试肯定比小司弱，好在现在一切都不用担心了。

打电话告诉小司的时候，听到他开心的声音。电话背景声里还有狗叫，立夏忍不住问："你家养狗吗？"

"哦，不是，是陆之昂的宙斯，借过来养几天玩玩。"声音低下去，似乎是因为想起了离开的陆之昂而稍微有些难过吧。不过小司马上又换了高兴的语气说，"祝贺你呀，真高兴啊，可以和你一个大学。"

黄昏时分，立夏站在学校大门口，高二的学生刚刚放学，蜂拥而出，而自己站在人流的中心就显得有点儿碍事。于是不好意思地让到一边，最后干脆就在学校主干道边的花坛上坐下来。

看了一会儿，人渐渐少了。立夏起身朝教室走去。高三七班的教室人去楼空，经过一个暑假，看上去多了很多沧桑感。

应该都蒙了一层灰尘了吧，这么久都没有人用过。立夏贴着窗户朝里看，只能依稀地分辨出桌椅的轮廓，和黑板上不知道是什么时候留下的字迹。高考前最后一天上课的内容已经无从想起了。黑板擦安静地放在黑板槽里，还有一些用过的大小不同的粉笔头陪伴着它。讲台上有一把三角尺，一个圆规。讲台下的桌椅摆放得不太整齐。

在这个夏天结束的时候，高二七班的学生应该就会搬进来吧，那么自己和自己的同学曾经生活在这里的痕迹就会全部消失吗？

立夏想起暑假里听说的学弟学妹们所做的疯狂事情。傅小司放在桌子里忘记带走的草稿纸和用过的书，都被分抢一空，他随手在桌面上画下的花纹被那些小女生用透明的防氧化漆涂了一层，好保留更长久的时间。甚至教室后面贴出来的傅小司的标准试卷，也被全部撕了下来。立夏当时还在电话里哈哈大笑，而现在，竟然有说不出的酸楚，慢慢地，慢慢地，从内心深处涌上来。

自己，竟然没有任何一件，属于傅小司的东西。

看了一会儿，觉得累了，于是离开教室。

真的一切就要结束了吧。立夏在离开学校的时候回过头去，这个曾经生活了整整三年的地方，在最后的黄昏里显得格外的伤感。

曾经在这里第一次遇到傅小司，弄脏他的衣服，第一次看到他大雾弥漫的眼睛。

第一次被陆之昂取笑。第一次取笑他的长着小辫子的帽子。

这里有傅小司和陆之昂很爱光顾的小卖部，里面有傅小司最喜欢买的可乐和陆之昂最喜欢买的饼干。

这里有立夏喜欢的高大的香樟和香樟投下的带着湿漉漉香味的树荫。

这里有傅小司和陆之昂一起打过球的羽毛球场。

这里的篮球场在雨天里也会有男生独自练习投篮，雨水打湿了衣服紧紧地贴着年轻男生线条分明的背。

这里有那个永远爬满藤蔓的画室。老旧的木质结构，四处散落的石膏像。学生没有收走的画架，墙上贴的示范素描。

这里有后山的一块长满柔软青草的山坡，自己在那里哭过。

这里有男生女生合住的奇怪公寓。

这里的铁门遇见可以轻而易举地翻过去。

这里的凤凰花在自己毕业的这个夏天终于灿烂地开了，烧红了整个校园，最后凋落了一地。

这里每年都有新的人睁着大眼睛走进来，如同三年前年轻而幼稚的自己一样。而每一年都有人带着各种无法言说的心情离开，在最后的回望里，掉落下滚烫的泪。

夕阳沉落。永远地关上了那道门。那道隔开了青春和尘世的大门，在十九岁的夏天，轰然紧闭。

时光断出的层面，被地壳褶皱成永恒。

那些诗人遗落在山间的长靴，浸满了日出前的露水。

来去的年华，露出未曾拓印的章节。

在晨光里反复出不舍，和充满光影的前程。

躺下的躯体花开四季，身体发肤，融化成山川河流。

你在多年前走过的路面，现在满载忧伤的湖水，

你在多年前登过的高原，如今沉睡在地壳的深处。

那些光阴的故事，全被折进了书页的某个章节。

流年未亡，夏日已尽。

种花的人变为看花的人，看花的人变成葬花的人。

而那片荒原变成了绿洲，这也让我无从欣喜。

只有你的悲伤或者幸福，才能让空气扩音出雨打琴键的声响。

在黑暗的山谷里，重新擦亮闪烁的光。

那些幽静的秘密丛林，千万年地覆盖着层层落叶。

落叶下流光的珍珠。

是你多年前失明的双目。

林协志是全中国做访谈节目做得最好的主持人兼制片人。他手上有三个节目，而且都是去年收视率前三名。这让他在去年风光无限。

　　他拿着手中的嘉宾资料，口中低声念着：傅小司，2001 年和 2002 年连续两年中国斯诺雅名人财富排行榜最年轻入选者，2001 年和 2002 年出版界的神话，第二本画集《天国》成为 2001 年文艺类图书排行榜的第一名，第三本画集《花朵燃烧的国度》在 2002 年初一经出版就造成轰动，连续好几个月一直占据排行榜榜首。拿遍所有美术新人大奖。

　　手上的资料可以用惊人来形容。

　　林协志隐约记得自己三年前做过这个叫傅小司的孩子的访谈，当时是因为一批插画家和漫画家的出现，在中国引起了一场不大不小的轰动。不过那个时候混在一群画家里的他并没有让人觉得他有多么地特别，事隔两年，当初一起参加节目的几个孩子已经渐渐被人淡忘了，而傅小司，这个当时在几个人中最不起眼的男生，如今却红透全中国，如日中天的出版业绩让美术界资格比他老上十倍的画家跌破了眼镜。现在，想要发他的通告变得很难，约了差不多两个月才约到，而他的助手，那个叫立夏的女孩子也说他的通告差不多排到两个月后去了。现在林协志已经觉得傅小司不能和别的嘉宾放在一起做一期节目了，因为他身上，有太多让人惊奇的地方。

可是，究竟是为什么呢？

转到后台去的时候，看到立夏正在帮傅小司修眉毛和做头发。

男孩子还是应该帅气一点儿，出现在别人面前的时候永远都要光芒四射，这才是年轻的男孩子应该有的朝气，而不是像那些四五十岁的成年人一样西装革履，一副别人欠他钱的表情。这是立夏的想法。

立夏每次帮傅小司化妆的时候心情都会格外宁静，因为看到自己心爱的人比别人好看很多是一件很让人高兴的事情。而傅小司每次也都温柔地微笑着，让她随便地弄来弄去。

林协志靠在门边上，看着一边化妆一边低声和立夏说话的傅小司，心里在想，这个男孩子，究竟具有什么样的魔力呢？一不小心就真的问出了口。傅小司听到声音，回过头来简单地笑了一下，是成熟的笑容，带着客气的尊重。

林协志想，还真是个腼腆内向的人呢，和三年前相比一点儿都没有改变。可是到正式录节目之后，林协志才知道自己的想法有多么可笑。

傅小司已经不是三年前那个对着镜头和记者的问题会躲闪，一副受伤的表情的傅小司了。看着面对镜头能说会道的傅小司，林协志心里微微地泛起不同寻常的感觉。

三台机器。两台固定，一台下面铺着运动轨道。

灯光太足，让人觉得全身发热。机器运转时嗡嗡的声音，有点儿像夏天午后睡觉时讨厌的蚊子。这样想着立夏就觉得身上似乎被蚊子叮出了包，后背也微微痒起来。应该是太热出汗了吧。这样想着马上抬起头去望小司，还好，他脸上似乎没有什么汗水，如果太多的话就需要补妆。台上的小司穿着白衬衣，领口开两扣，露出明显的锁骨，是男生里少有的纤细，随着年龄的增加甚至微微有了性感的因素，袖口随意地挽起来，让人觉得干净利落。坐在沙发上，斜靠着，既不会太没礼貌，又显得随意而舒服。其实呢，谁都知道灯光下烤得让人难受，像是被装进微波炉里的食物，在看不见的红外线下慢慢地变得通红发烫。果然天生的明星胚子呢。好像从高中就是这个样子吧，随便坐着也比别人好看。神奇的物种。

笑容甜美。说话温柔。

这些都是看过傅小司上通告的人的评价。

而私下里那个沉默不语的傅小司，应该只有自己看到过吧。立夏坐在有点儿发凉的地板上，头歪靠在墙上，看着无数灯光焦点下的傅小司，露出亲和的笑容，明亮的眼睛，清晰的瞳孔，还有温柔的眼神。

不是这样的。

不是这样。

那是怎样？

究竟哪一个才是真正的小司呢？连立夏自己都快搞不清楚了。

是生活中那个在每天黄昏到来的时候就开始不再说话，在每个起风的日子站在楼顶眺望遥远的东方，在每个下雪的日子独自去找一条安静的大街然后在街边堆一个雪人，在画板前花一个通宵调好颜色却画不下一笔色彩的男孩子吗？

还是在镜头前笑容甜美，在每个通告的现场或者每个节目的后台温柔地和每个人打招呼，在签售会上对每个人微笑，满足所有人的要求，在面对记者的时候可以熟练地回答所有的问题，有时候又在文章或者画作里搞笑到每个人都会忘记悲伤忘记难过，在发着高烧的时候也可以在拍摄平面时露出那种像是可以使世界一瞬间都变得幸福的笑容的男孩子呢？

想不出来。

时间像水一样慢慢地从每个人身上覆盖过去。那些潮水的痕迹早就在一年一年的季风中干透，只残留一些水渍，变化着每个人的模样。

傅小司在录节目的时候，在轮换面对不同机位的时候，眼角的余光偶尔掠过立夏，看到她坐在地板上，头靠着墙，双手夹在膝盖的中间，头低着，刘海儿在额前投下阴影，眼睛似乎是闭起来了。

应该是累了吧，估计在打瞌睡。傅小司的心里微微有些心疼，像是一张白纸被轻微地揉起来，再摊开后就是无数细小的褶皱。

在中间休息的时候，傅小司走过去，低头低声问她："累了吗？"

语气是细风一样的温柔，在听觉里荡漾出波纹。

"不累。节目录得还顺利吗？"

"嗯，还行。应该快完了吧。这个是今天最后的一个通告吗？"

"嗯，对。"

"嘿。"轻轻地笑起来。

立夏歪过头去，看着这个露出孩子气笑容的画家，心里出现的字幕依然是"神奇的物种"。

节目录好已经是晚上六点多了。华灯初上。公司的车停在广电大厦的大门口，傅小司和立夏上了车，挥手和林协志告别。

黑色的宝马很快淹没在汹涌的车流中，车灯在飞速行驶中拉长成模糊的光线。

林协志望着那辆车消失的影子，心里微微地叹气。

时光真的能够那么轻易地改变一个人吗？

车的后座宽敞舒适，立夏还专门买了一个很厚的皮草垫子铺在后面，感觉毛茸茸的，让人坐在上面就想睡觉。立夏还记得傅小司在看到这个垫子的时候着实吓了一跳，以为后面进了只老虎呢。后来他的评价就只有一句，他说立夏上辈子应该是个土匪的压寨夫人，就是叉着两条大腿坐在虎皮椅上耀武扬威的那种悍妇。

手被傅小司的手握着。男生的温度总是比女生高半度。不易觉察的半度，但却真实而鲜明地存在着。也许真的有些累了，头下意识地朝着肩膀靠下去。恰好的线条，留出适合的凹处可以放下自己的脸，质量上乘的棉质衬衣，很淡的香水味道。

"什么香水啊？"

"不是你买给我的吗，就是上次你买给我的那瓶啊。"

"啊？没闻出来。"

再靠过去一点儿，把脸埋在颈窝的地方，眼睛正对着锁骨。即使靠这么近，也没闻出来是自己送的那瓶草香味的香水。只是男生皮肤上那种像是朝阳一样浓烈的味道清晰了一点儿，像是琴弦在空气中发出铮铮的声音。似乎动作太过亲密了吧？这样想着，脸就微微地红起来。对方脖颈处的肌肤似乎也在变化着温度。

终于脖子动了一下，然后是他的一句小声"嗯，那个……"

"什么？"

"……稍微，靠上来点儿……呼吸的气，弄得脖子有点儿痒。"红起来的脸，以及像落日一样沉远的温柔。缓慢的语气。

立夏抬起头，看到的是一张面无表情的精致的侧脸。看久了就觉得像个精致的礼物。美好得如同幻景。

"那个……"

"嗯？"头朝着自己靠下来，却没有转过脸，依然面对着前面的座椅后背。喊，后背有那么好看嘛。

"没事。我只是觉得我的化妆技术越来越好而已。你这么难看的人也可以变得这么好看。不容易。"

"嗯，我一早就这么说啊。"温柔的笑容，眼睛盛满混沌如同大雾的琼浆，甜得足够溺死一头成年的雌性霸王龙。

哪有难看。只是嘴硬而已。立夏心里一直明白。眉目间的开合，带出细小而暧昧的变化，并随着岁月的风霜日渐渲染出男人的成熟和性感。

二十三岁的年轻男孩，应该是最好看的物种吧。

立夏把身子坐直一点儿，然后规矩地靠在傅小司肩膀上。闭上眼睛，很多事情像是蚂蚁一样列队从心脏上面缓慢地爬过去。很缓慢地，爬过去。

车窗外是春深似海的植物，将浓重的绿色泼满了整个北京。

立夏很多时候都在想，自己在别人眼中，应该也是被列进"神奇生物物种"名单的吧。其他条件不说，单是一条"傅小司的女朋友"就让人觉得是天方夜谭了。也的确很天方夜谭。第一次见面的时候，就已经开始暗恋了吧。

高一的时候，在公车上第一次看见这个骑着单车的男孩子，像是沉浸在自己的世界里，周围的一切都是无声的布景。而之后的相遇，认识，熟悉，彼此牵挂，进入同一个大学，进入同一个班。这种暗恋一直都存在着，并且像遥远但是温热的太阳一样持续着。无论在夏季，还是寒冬，都不曾走远，哪怕有时候乌云密布，可是闭上眼睛，还是可以准确地感受到太阳的存在。

而这份暗恋也一样，立夏曾经觉得这份感情应该永远是这个样子的，自己一个人呆呆地看着他，安静地在他的生活里出现，平静地谈话，轻松地微笑，或者无声地离开。而这一切都应该是理所当然般持续下去的。在立夏的想象里，应该是这样一直暗恋下去，直到傅小司交了女朋友后，自己回家大哭一场，然后继续默默喜欢着他，到他结婚的那一天，他为那个女生戴上好看的戒指，自己回家大哭三场，然后诅咒那个女生不得好死，然后继续喜欢着他，直到自己死去的那一天。

这种感情从诞生的那一天开始，就注定是不会消亡的。

一切都被傅小司那一句轻得近乎听不见的话语改变。

轻得近乎听不见。

近乎。却五雷轰顶般地听见了。

那是在大一快要结束的夏天，在素描基础的课堂上，看着老师那张呆滞得如同石膏像一样的脸，听着他讲的那些在高中早就耳熟能详的东西，立夏对上课失去了兴趣，看着外面的鸣蝉和白色的天光，觉得世界这样一圈一圈地转真的是很无趣。

"很无趣啊！"站在铁丝网外面看着小司练跳高的立夏趴在铁丝网上大吼。

"发什么神经。"小司滴着汗水跑过来，"怎么还没回宿舍啊？"

白色的短袖 T 恤，早就被汗水弄湿了，脖子上挂着条白毛巾，也是在滴水的样子。男生的浓烈的气味，却很奇怪带着些微的薄荷味道。

"臭死了呀，你。"

"自己跑过来要闻的。"被脖子上的毛巾抽了一下头，然后又被傅小司甩了个熟悉的白眼，"怪谁！"

还是喜欢拿那双没有焦点的眼睛瞪人。从高中就没变过的招数，没创意。立夏就曾经嘲笑过他叫他改改这个白内障的毛病，免得以后深情款款地对女生告白的时候被回应一句"要死！你冲我翻什么白眼呀！"

"喂，小司。"立夏叫住转身离开的傅小司，"这个周六你陪我去附近的哪个城市玩吧。"

"……嗯，班上别的家伙不行吗？"眉头皱在一起，若有所思的样子。

"这也不是随便谁都可以的吧！"额头冒出青筋。立夏有点儿想要出拳。

"麻烦啊你们女孩子，不是上课上得好好的吗？"傅小司摸了摸后脑勺，"真是困扰啊……"

听起来应该是拒绝了。

所幸自己也只是心血来潮随便提起。而且算算日子这个周末好像还不仅仅是"心血""来潮"那么简单。讨厌的东西一起来。所以也就没有过多地考虑。过了两天就忘记了。

可是这样的对话傅小司可不会轻易忘记。接下来的三天他去图书馆借了地图，查了附近好玩的地方，然后找好乘车的路线，顺便在周五晚上从超市买好路上吃的东西和喝的绿茶。他从上大学就开始喝绿茶了，也不是听了其他男生的所谓"可乐对男性某方面不好"的歪理邪说，只是对绿茶产生了好感而已。这些准备的工作听起来很简单，做起来却要花点儿时间。好在这一切在陆之昂离开之后变得简单起来。

傅小司想，既然以后没有人帮我做这些事情了，那么总要自己学会。这样想着，傅小司就慢慢地变成了和陆之昂一样会照顾人的男孩子了。

所以当星期六早上傅小司提着两大袋东西出现在立夏寝室门口的时候，一切就变得有点儿滑稽。傅小司看了穿着睡衣一脸不明所以的立夏一分钟后，面无表情地说："我要打人了。"

立夏模仿着小司的偶像音速小子，三分钟内收拾好了一切，然后拉着他出门了。从傅小司的表情来推断他真的是要把自己摁到地上踩两脚才甘心。立夏稍稍松了口气。

到离学校后门不远的地方乘车，一个很冷的路线。立夏坐在汽车上，浑身不舒服，又不好意思说自己生理期到了，只能一直憋着。在座位上挪来挪去。看着傅小司拿着地图认真研究的样子又不忍心说"我们回去吧"，所以一路上表情都显得有一点儿另类。

下午的时候路过一条溪流，是穿越农场边缘的，清澈见底，看得见纤细的水草和鱼。傅小司光着脚在浅水里踩着鹅卵石走来走去，并招呼着立夏下去玩。

立夏见着水心里直发毛。连忙摆手说算了算了，您尽兴。

傅小司也没继续劝她，一个人沿着河流缓慢地走着，低头看着水里的游鱼。

立夏看着被水光映照的小司，心里安静无声。像是有一块巨大的海绵，吸走了所有的喧哗。

回来的时候已经黄昏了。傅小司在车上一直没说话，低着头，暗淡的光线里也看不出表情。他是累了吧。立夏心想。

走回学校宿舍的时候，傅小司突然没头没脑地问："不开心吧？今天。"

那种沮丧的语气把立夏吓了一跳，抬起头看到小司一张灰灰的脸。

"啊，误会了误会了，你别瞎想呀，我玩得很开心的。就是……就是那个……有点儿……"

尴尬。说不出口。太隐私了呀。

"哪个？"还是一脸茫然的表情。

男生大脑里装的都是棉花呀！

"月经！"想了想牙一咬就说出来了，心里突然倒塌一片，毁了，人生不就这样了嘛，索性再补一句，"今天是第二天。"

"……那你早点儿休息，早日康复。"飞速涨红的脸，红得超乎预料，像刚被烧了尾巴的猴子一样坐立不安。"再见。"说完转身逃掉了。

搞得立夏呆立在当场，反应过来后捂着肚子笑岔了气。

回到寝室一脚踢开大门就对着三个女生开始笑，扑到床上继续笑：

"早点儿休息……哈，早日康复……哈哈……我要笑死了呀我！救命啊……"

结果乐极生悲。

也不知道是那几天体质弱还是出去吹了风或者感染了什么细菌，回来第二天立夏就开始发烧，然后一直昏睡了一整天。醒来的时候已经是星期一的早上了，立夏还以为是星期天的早上，不知道自己昏睡了一天，并且温度格外危险地直逼四十度的鬼门关。醒来的时候大脑还是很混沌，睁开眼睛半分钟后，身边傅小司的那张脸才在空气里渐渐地浮现出清晰的轮廓。

"小司你在啊？"

"嗯，还好，现在没事了。你再多睡会儿吧。"

立夏躺着，看着傅小司到寝室门口倒水。白衬衣的褶皱发出模糊的光。看着小司的背影立夏觉得有种莫名其妙的伤心。不知道是热度作怪还是什么，立夏竟然流出了眼泪。当发现脸上湿漉漉的时候，立夏自己都吓了一跳。以前看到感冒药广告上说的什么"治疗感冒发烧，打喷嚏，流鼻涕流眼泪"，自己都觉得最后一个症状太 OVER，谁会发烧流眼泪啊。可现在竟然印证在自己身上。

傅小司在床边的椅子上坐下来，低声说："没事了呀，哭什么。"责怪的句式，却是温柔的语气。像是哄着哭闹的小孩。

而后来的落日和微风都变得不重要了，窗外男生用篮球在篮板上砸出来的声音也不重要了，渐渐暗下去的光线也不重要了，夏日已经过掉多少也不重要了，大学的校园几乎没有香樟也不重要了，衬衣上散发出的干净的洗衣粉味道也不重要了，呼吸变得漫长而游移也不重要了。

所有的一切，都在那一句"让我试着和你在一起"里，消失得无影无踪。

傅小司后来干脆坐到了地上，背靠着床沿，头向后躺着，就在立夏的手边。伸手可及。

"喂……"

"嗯？"

"做我的女朋友，让我照顾你吧……让我试着和你在一起。"

听了太多信誓旦旦的誓言，听了太多风花雪月的告白，听了太多耳熟能详的许诺，听得自己毛骨悚然的对幸福的描绘，而这一切，都是虚幻，都敌不过那句看似毫无力量的"让我试着和你在一起"。

简单的句子，平稳的语调，唯一的破绽是颤抖的尾音分岔在黄昏的空气里。

可是却是经过了漫长的日光曝晒，经过了沉重的风雪席卷，才让声带发出了最后的这一句小心翼翼的"让我试着和你在一起"。

考虑得太过认真太过漫长，竟然让这一句话变得如同山脉般沉重。

而窗外，是夏天里摇曳的绿色乔木。看不到香樟的枝叶，可是香樟的树荫却无处不在地覆盖着所有闪动着光芒的年华，和年华里来往的浮云。

夏天是一个传奇的季节。

所有的平凡都在这一个季节里打上华彩和绚丽的印章，被聚光灯放大了细节，在世界中被清晰地阅读。

从回忆里回过神来的时候，立夏才发现车子已经快要开到公司楼下了。转过头去看到傅小司沉睡的侧脸。立夏盯着他的脸看了很久，霓虹和路灯的光影从他的肌肤上流动过去，像水一样覆盖上他的面容。沉睡的样子于是有了生动的起伏。看了一会儿，就看得哭起来。没有声音的哭，只有眼泪滴在手上，有滚烫的温度。

小司，当我现在这么近地看着你的时候，我才突然意识到，这个就是小司，就是无数女孩子喜欢着的傅小司。我也终于可以体会身边那些女孩忌妒我的原因了。这一瞬间我明白我也是所有喜欢着小司的那些单纯的女孩子中简单的一个，我在这一刻甚至都有点儿忌妒自己，忌妒自己轻易地就陪着你度过了一生里唯一的一去不再回来的少年岁月，忌妒自己轻描淡写地就和你站在阳光里快门按动的刹那告别了高中的时光，忌妒自己随随便便地就待在你的旁边看你发呆走神或者安静地睡觉，忌妒自己曾经和你在画室里看过天光暗淡时的大雨，听过暮色四合时的落雪。你知道吗，我在这一刻无比欣喜，甚至喜悦得胸腔深处微微地发酸。

——2002 年 · 立夏

回到工作室已经快八点了。公司加班的人在陆陆续续地往外走，看见傅小司和立夏就会点头，然后友善地嘲笑他们这两个加班王。

立通传媒。一个全国有名的跨行业的集团。旗下有众多的中国一线的歌手、主持人、作家、画家、演员、导演，人才遍布文化产业的各个领域，并且有很多圈内鼎鼎有名的经纪人。

小司的《天国》2001 年出版引起轰动的时候，立通传媒就邀请傅小司加入其中，并且专门为他成立了一个独立的工作室"屿"让其单独运营。

过了差不多一年半的时间，"屿"工作室已经成功地培养了一大批年轻的画手，并且出版了《屿》系列画集，成为美术出版界的奇迹。

可是这一切荣誉的背后，究竟是什么呢？

是每天彻夜点亮的工作室的日光灯。

是每天喝掉的大量的苦涩的咖啡。

是揉掉的成千上万的画纸。

是红红的眼圈和疲惫的面容。

白天的时间是无数的通告。晚上的时间是画画与工作。学校的课业只能勉强完成。整个人差不多二十四小时运转。立夏很多时候站在旁边，仅仅是看着都觉得累。一个人怎么能有这么多的精力呢？很多时候他不累自己都累了，他不想哭自己都想替他哭。

电脑又发出微微的运转声，立夏回过神来，看到傅小司已经把白衬衣换下来，换上了一件宽松的蓝白色棉 T 恤，很柔软舒服的样子，下面是一条粗布的米黄色裤子，宽松地罩着两条腿，布料沿着腿的线条褶皱出层层的深浅阴影。

皱着眉头喝下一大杯黑咖啡，拍了拍手，伸个懒腰，傅小司说："我要开工啦！"

果然是音速小子。

"哦，你先去睡觉吧。"他忽然想起什么似的回过头，"今天晚上我只需要画完这两张画就可以了。你休息去吧。"

立夏的卧室就设在工作室旁边。而傅小司的卧室在工作室的另一头。自从工作开始变得繁忙，立夏和小司就直接住在工作室里了。所幸的是工作室正好有三个房间，一间大的做办公间加会议室，另外两间小司和立夏就去向公司申请作为两个人的临时宿舍了。

立夏关掉房间的门，倒在床上。看着天花板发呆。思绪还是停留在车上想起的片段。那些大学的时光，回忆起来竟然带出比高中时代还要模糊久远的光晕。像是已经告别了不知道多么久远的时光后重新想起一样。而自己现在也才大四，尽管不用再去学校上课，毕竟是实习期间，没有毕业，依然可以厚着脸皮说自己是大学生。可是自己在还是大学生的时候就开始回忆自己的大学时代。这未免太夸张了点儿吧。

外面房间传来一些细小轻微的声响，仔细听可以分辨出空调运转的声音，电脑风扇发出的声音，还有夹杂在其中偶尔响起的傅小司咳嗽的声音。

因为工作太过繁忙的关系，小司和立夏今年新年的时候都没有回家。

除夕夜，广场上有烟火表演，两个人跑出去看了。回来的路上冻得直哆嗦。可是看着小司笑得微微眯起眼睛的脸，立夏又觉得世界重新变得温暖。站在马路边上一直打不到车，后来不得不走了一大段路去乘地铁。地铁里的人非常的多，像沙丁鱼罐头里的鱼一样挤在一起。立夏躲在傅小司的厚大衣里面，也感受不到周围挤成了什么样子，只是一个劲儿地听到傅小司不耐烦地深呼吸的声音，心里不由得好笑，一般小司在非常不耐烦就要发脾气之前都会发出这种听起来像深呼吸的声音，现在应该是因为周围太多陌生人把他撞来撞去的，很不耐烦，但又没地方发作。

立夏闭上眼睛，再抱紧一些。几乎要把整张脸埋进小司的毛衣里去了。

回到工作室已经快十二点了，打开临街的窗户朝外面望去，很多的地方零星地都有烟花的火光细小地点缀在一片霓虹闪烁的夜色里。傅小司在身后催促："快把窗户关上吧，冷死人了要！"

立夏回过头去，不知道什么时候他已经拿出一大幅拼图在玩儿了。他还是改不掉从小养成的爱好，非常爱玩拼图。越大越复杂的他越喜欢。立夏看着傅小司认真研究手中的小碎块儿时的表情，心里微微一动。

"那个……"要不要问呢？

"嗯？"傅小司放好一块小拼图，然后抬起头。

"小司为什么会要我做你的女朋友呢？我的意思是说……那么多的女生喜欢你呢，我又太普通了，扔人堆里三秒消失的人，要来干吗呀？"

"她们喜欢的才不是我呢！"靠着墙坐在地板上的傅小司把两条腿朝着前面笔直地伸出来，把双手交叉着放在脑后，头靠着墙，一脸小孩子闹脾气的样子，"她们喜欢的是她们想象中的那个人，那个纸面上的傅小司。她们喜欢的是每次出现在公开场合衣着光鲜的我，发型拉风的我，笑容温柔的我。可是私下里呢，我却是个爱黑着眼圈熬夜，脾气很臭，不喜欢对别人笑，又爱玩一些比如拼图啊这种落伍的玩意儿的怪家伙……总之是个不讨人喜欢的人。所以立夏你呢，是见过我真实的样子，而依然会想要跟我在一起的，所以我就该庆幸呀。"

立夏听得要晕过去，很难想象这个万人迷竟然会觉得自己没人喜欢。这样的话从这样的人嘴里说出来简直像在讲笑话一样。可是内心深处，一些很柔软的东西慢慢地苏醒了。那条记忆里安静的河，河面打着转的落叶，顺着河水漂到下游。

立夏重新站到窗户边上，看着外面繁华的世界，耳边重新响起烟花炸响的声音，在深邃的夜空里格外地震耳欲聋。还有车流的声音，窗外吹过光秃秃的树木枝丫的风声，每家每户电视机里欢乐的声音，尚未结冰的河水缓慢流动的声音，在这些声音里，有个温柔而低沉的声音在耳边轻轻地说："立夏，接吻吧。"

醒过来的时候是早上七点。公司的人还没有开始上班，所以整栋大楼还显得很安静。立夏打开房间的门，抱着枕头晃着出了房间，看到依然坐在电脑面前的傅小司。又是整晚没睡觉吧，半长的头发乱糟糟地七翘八翘，一双眼睛像兔子一样红。

听到立夏开门的声音，傅小司转过头来，对着刚起床的立夏说了声"早安"。然后是一个温柔的笑容，可是瞎子也看得出来笑容里盛放得满满溢溢的疲倦。

立夏说完"早安"之后心疼地看着憔悴的傅小司。看了一会儿就想起昨天晚上梦里的情形。那双放在自己腰上的手，和一双有力的胳膊，还有男生的温暖的毛衣带来的毛茸茸的质感，混着他爱惜得不得了的头发上的青草香味，脸颊的温度，下巴上因为粗心没有刮掉的胡楂，以及薄薄的嘴唇，还有男生口腔里天生和女生不同的干净的味道。所有零散的部分像是打乱的拼图，合在一起的时候就变成那个在除夕夜窗前和自己接吻的傅小司。

"立夏，接吻吧。"

想到这里脸就像发疯一样烧起来。内心闪过一连串不相关的画面，蘑菇云爆炸以及非洲群象大暴走。一瞬间气氛尴尬得要死，甚至都不敢抬眼去看那个在电脑前写写画画的男生。喉咙里也很不舒服，咽了好多口水结果还是弄出了一声"咳"。

傅小司回过头来，盯着自己面前的这张番茄一样的红脸，饶有兴趣地上下打量着，然后眯起眼睛有点儿坏笑地说："喂，做了什么坏梦吧？"

"要死啊你！"立夏把枕头丢过去，被说中心事的尴尬，慌乱地在空气里穿梭着，都可以看见空气被急躁的情绪带动出透明而紊乱的涟漪，"干嘛学陆之昂那个小痞子讲话啊。"

傅小司接过丢过来的枕头，微微地笑着，可是笑容就那么渐渐地弱了下去，脸上的表情一秒一秒变着幅度，最后变成一张微微忧伤的脸。他顺势把枕头抱在胸前，两只脚缩到椅子上去，抱着膝盖，把下巴放到屈起来的膝盖上，这些动作缓慢地发生，像是自然流畅的剪辑，最后成型，定格为一张望着窗外面无表情的脸。

"我哪有……"

窗外阳光从乌云间迸裂出来，像是无数的利剑一瞬间从天国用力地插向地面。

"学他的样子……"

鸟群匆忙地在天空飞过，划出一道一道透明的痕迹，高高地贴在湛蓝的天壁上。

"……讲话啊。"

匆忙到来的春天，忘记了把温暖和希望一起带来。

小昂，东京的樱花，现在已经繁复地盛开了吧？

很多时候我看见那些摩天大楼，我就好想上到顶层天台去。我总是幼稚地想，如果站得足够高，就可以看到很远很远的东方了吧。上个月我去上海东方明珠塔的时候，在最高的那层观光的地方，玻璃外墙上写着，离东京塔多少多少米。到底是多少米我都忘记了，因为那个时候，我突然心里微微地发酸，然后眼睛也模糊起来。

我都没有格外地想念你，即使是你离开了如此漫长的一段时光。

我也忘记了要写信对你说，当年那个任性的不爱说话的小孩，他现在已经是个年轻的男人了。这些，都是在你离开之后的日子里，发生的缓慢的变化。你都无从知晓。你也无从知晓上海的梅雨季节和北京的沙尘暴统统让我讨厌。

你也无从知晓，我有多么怀念那些覆盖了整个浅川的茂盛的香樟。不过我想你应该也忘记那些绿色而朴实的植物了吧，在绚丽得如同天国烟霞的樱花面前，所有的植物都会失去色泽吧。上次你发给我的照片里，你不也是在樱花树下笑得一脸灿烂吗？我突然想起以前我们在书上看到的那句话，大风吹，大风吹，春光比夏日还要明媚。

　　只是我在想，你会不会像我一样，有天突然在街上看到一个相似的背影，就忍不住想起四年前的那个整天跟在身边的讨厌的家伙呢？

——2002 年·傅小司

那些匆忙回归的夏天，冲乱了飞鸟的迁徙。
世界一瞬间黑暗无边，再一瞬间狼烟遍地。
满天无面的众神，抱着双手唱起挽歌。
那些在云层深处奔走的惊雷，落下满天的火。
只剩下最初的那个牧童，他依然安静地站立在森林的深处，
依然拿着横笛站在山冈上把黄昏吹得悠长。
我们在深夜里或哭或笑，或起或坐，或清晰，或盲目。
那些命运的丝线发出冷白的光。
目光再远也看不到丝线尽头，谁是那个可怜的木偶。

而你，带着满身明媚的春光重新出现，
随手撒下一千个夏天，
一千朵花，
一千个湖泊，
一千个长满芦苇的沼泽唱起宽恕的歌，
而后，而后世界又恢复了最初的安详。
花草又重复着轮回四季，
太阳又开始循环着升起，再循环着坠落。
而没有人记得，
谁是牧师，
谁是唱过诗篇的歌者。

不知不觉又已经是夏天了。当白昼不断地提前，黑夜不断地缩短的时候，立夏知道，又开始了一个漫长的夏天。似乎是自己的错觉吧，总是觉得四季里面，夏季最为漫长，像是所有的时光都放慢了速度，沿着窗台，沿着路边，沿着湖泊的边缘缓慢地踱步。

　　打印机又在咔嚓咔嚓地朝外吐着刚打好的文件，立夏一页一页地看过去，是傅小司接下来一个月的通告，二十二个，差不多平均每天一个的样子。在翻到第二页的时候，立夏抬起头，朝拿着画笔站在画板前的小司笑了笑说："你下个星期有个通告是和七七一起的呢，是一个颁奖典礼，七七是年度最佳新人呢。"

　　"哦？"傅小司抬起头，露出难得的笑容，"那正好啊，可以聚一聚，难得可以约到她这个大明星一次呢，好久没见到她了。我是去颁奖吗？"

　　"嗯。而且正好你就是颁给七七的。"立夏点点头，继续打印文件。

　　不单是小司，连立夏都好久没有见到七七了，仔细想想，自己身边的人一个比一个传奇。谁能想象当初那个在学校里爱唱歌，一群人去 KTV 玩的时候一定会握着麦克风不放手的女孩子如今成了全中国最红的新人呢。谁能想到当初保送去上海美术学院的那个画国画的女孩子现在竟然是个流行歌手呢？的确，很多时候，命运都呈现让人惊叹的轨迹。

其实就连七七自己都不知道怎么会莫名其妙地就成了红透半边天的女歌手。也就是在大学里面参加歌唱比赛的时候被一家唱片公司的经纪人无意中看到了，然后去参加了一次自己都没放在心上的试唱会，之后就莫名地被签了下来，而签约后仅一年时间，就成了现在全中国提起名字差不多男女老幼都知道的程七七。

有时候立夏和别人聊起朋友都会很骄傲，自己的朋友都是在全中国闪闪发亮的人。可是每次立夏说完小司和七七之后，内心就会突然掠过一个人的名字。那个名字闪动着黑色的光芒，安静地贴在心房壁上，随着心脏的跳动，带来一阵一阵弱小的疼痛来。

遇见。

在高三的那一整年里面，遇见只写过两封信给立夏。信里轻描淡写地提到了一些自己在北京的生活。尽管刻意回避了艰难的营生和事业上的不顺利，立夏还是可以在字里行间看出遇见在北京的生活并不如意。

而那个高三，在立夏的回忆里就是沉甸甸的灰色棉絮，压在心里，横亘在血管中间，阻止着血液的流动，硬生生地在内心积压起绝望的情绪，像刻刀一样在皮肤上深深浅浅来来回回地切割着。

在高三最后的日子里，遇见的两封信立夏每天都放在背包里。在难过的时候，在考试失败的时候，在被老师骂退步的时候，在深夜里莫名其妙地想哭泣的时候，在看到镜子里憔悴的自己的时候，在看到高一高二的女孩子可以在周末相约出去逛街而自己只能埋在泛黄的试卷里的时候，在昏暗的台灯再也照不亮漫长的黑夜的时候，立夏就会拿出那两封信来看。十遍，二十遍，三十遍地看。立夏甚至觉得这样一直看就会看出更多更多的东西来。纯白色的信纸上黑色的墨水字迹一直都是那么清晰，立夏在看着那些漂亮字迹的时候就会觉得遇见从来就没有远离过。她一直在那里，一直站在自己的背后，穿着另类的衣服，打着耳洞，带着骄傲的神色，像一只永远华丽的燕尾蝶。

信里的那些段落深深地刻在立夏的心里，甚至不用背诵，就会像电影结束后的字幕一样一行一行地从心里自下而上地出现。立夏记得最深刻的是遇见第二封信里的一段内容——

立夏，我常常在想，那个时候我选择离开浅川，离开青田，到底是对还是错。想到后来就会感到深深的恐惧。未来太过漫长，太过遥远，我用力睁大了双眼还是看不清楚。很多时候我都在想还是回浅川算了，至少那个地方还有我熟悉的街道，熟悉的香樟覆盖的校园，还有永远温柔的青田和永远善良的你们。但回去了又能怎么样呢，高三毕业你们也会离开浅川，去另外的城市。你们会有自己光彩夺目的人生，会有更加璀璨的未来。而我，不希望自己的人生就那样平庸地继续下去，庸俗地结婚生子，然后一天一天地衰老。如果人生真的是这样的话，那我宁愿死在我最青春的美好年华。我没你们念过的书多，但我记得以前我喜欢过的一个诗人曾经写过追日的夸父，他写：既然追不上了，就撞上。这是我很喜欢的一句话。充满了同归于尽的毁灭感。也许你又要说我极端了吧。可是我情愿自己的人生是短暂而耀眼的烟火，也不愿意是无休无止毫不起眼的昏暗油灯。所以每次想到这里，我就会重新地充满勇气。所以我们都要加油，风雪交加的时候，也要咬紧牙。

在高三毕业的那个漫长的暑假里面，立夏回想起刚刚经过的硝烟弥漫的时光，心里对遇见充满了感激。在立夏心目中遇见永远是那么坚强的一个人，即使被压得站不直，也不会懦弱地跪下。那种力量，就像她的歌声一样，可以让人变得勇敢。就像是神话里的 MARS，陆之昂曾经用 MARS 来形容过小司，可是立夏觉得，真正如同带领着人们冲破悲剧的黑暗之神一样的人，是遇见。

"喂……喂！"

回过神来傅小司已经走到了立夏面前，问她："发什么呆呢？"

　　"啊，没有啊，只是想起了遇见。"

　　"嗯，我也是，我刚就想和你说，要邀请遇见一起去吗？你们也很久没见了吧？"

　　"嗯，好。我打她的电话。"

　　"喂，你好。"

　　"……遇见吗？我是立夏。"

　　"啊……立夏。什么事情啊？"

　　"嗯，也没什么，还好吗？很想念你呢。"

　　"嗯，挺好。前段时间还参加了一个很多明星参加的演唱会来着。虽然不是作为什么重要的人物出场，可是还是很高兴呀。总归一步一步努力吧。你呢？"

　　"还行，挺好的。那个……还是住在以前那个地方吗？"

　　"是啊，因为忙的关系，而且也没什么多余的钱换好一点儿的房子，所以就一直将就着住下来了。已经习惯了，也不觉得辛苦。对了，你找我有事吗？"

　　"啊，差点儿忘记正经事情，下个星期五晚上有个颁奖典礼，是小司给七七发奖，因为我们几个人也好久没在一起了，所以想叫你一起去，有空吗？"

　　"啊！那替我恭喜七七呀。是什么奖啊？"

　　"歌坛年度最佳新人。"

　　"……哦，真好……很羡慕呢……哦星期五是吧？没问题，我超市的工作应该可以请假，然后再和酒吧老板商量下就行了，反正还有另外一个唱歌的女孩子，可以顶一下的。"

　　"嗯，那到时候我叫人开车去接你吧。"

　　"好……嗯对了……那个，需要穿晚装吗？我也没太高级的衣服，我的演出服可以吗？可以的话我问公司借一下。"

"……嗯，没问题的。"

"好，那下星期五见！"

"好。"

遇见，我都不知道自己为什么挂掉电话就会莫名其妙地哭起来。心里拥挤了那么多的难过，你还是以前的那个样子，无论是多么困难的时候，也无论承受着多少痛苦，你都可以坚强地笑着，用力地大步朝前面走去。可是，我宁愿看着你哭，看着你软弱，看着你身边有高大的男生借肩膀给你让你可以靠着休息一会儿不用站得那么用力，人站得太久，就会疲惫。可是你永远都是坚强的样子，像是最顽固的杂草一样生长着，无论别人如何压迫，如何践踏，你都会在艰难的缝隙里伸展出新的枝节。

遇见，我一直深信，总有一天，全世界都会听到你的歌声，看到你的光芒，如果连你这样努力的人都不能得到回报，那么这个世界就他妈的见鬼去吧。

我从高一那一年听到你的歌声那一刻起，就是你的歌迷，并且这一生，都会因为做着你的歌迷，而深深地骄傲。

——2002 年·立夏

"谁的电话啊？"正在搬一箱啤酒的段桥从货架后面探出头来问。

"嗯，一个朋友，叫我去参加一个颁奖典礼。"

"颁奖典礼……这什么跟什么啊？"

"嗯，傅小司你认识吗？他颁奖给程七七。这两个人都正好是我的高中同学。"

"啊！知道的。"段桥从货架后面绕出来，拍拍手上的灰，若有所思的样子，"画《天国》的那个时尚画家？"

"嗯。"遇见低着头清点着账目，也没想在这个话题上多聊下去。

"程七七也是你同学啊？真了不起呢……好想要她签名啊。"

有什么在心里缓慢地变化着，在刚刚的那句话里，微微地发酵，产生出一些奇异的东西。

手中的笔无规则地在白纸上乱画，心里乱成一片，口中却平静地说着"嗯好啊，我去帮你要，她是我高中同学，虽然不同班，可是应该没问题"。

自然的语气。没有表情的脸。看不出破绽。可是段桥却觉察出了遇见眼睛里短暂掠过的沮丧的微弱光芒。

他走过去俯下身，对牢遇见的脸，遇见吓一跳，冷冰冰地说："发什么神经啊？你要干吗？"

"不干嘛。"段桥笑了笑，眼神是暖阳般的温柔，"虽然想要程七七的签名，可是呢，如果要让我选择听谁唱歌的话，我肯定会选择那个叫遇见的歌手。"

"你不是念建筑系的吗？除了学会乱骗女生还学了什么？"嘲讽的语气，内心却像是在季风中乱成一片的芦苇。也是个细心的人呢，自己些许的沮丧也听得出来。

"还学会了要在别人沮丧的时候鼓励别人，以及分辨什么时候女孩子是真的讨厌你，而什么时候仅仅是嘴硬但内心却深深地感激着你……我在学校很受欢迎的哦。"

段桥转过身去继续搬着啤酒箱，口中念念有词。然后回过头来冲遇见露出一个"不用感谢我"的得意表情。

遇见给了他个白眼。低下头去的时候却微微地红了脸。那一句短短的"谢谢你"没有出口，却在内心里反复地诵读，像是山谷里往返的回声。

接完立夏的电话，遇见才发觉，从自己第一次看见立夏到现在，已经过去六年的时光。当初十六岁的自己，现在也已经是二十二岁了。

就算是眼前的段桥，也认识四年了。

他从一个刚刚进入大城市的毛头小子变成了一个讲话带着北京口音的年轻男子。那个曾经还为考试发愁的男生已经拿了三个建筑设计大奖，现在直升建筑设计专业硕士研究生了。那个有着青涩的表情和动作的大男生，那个会贴着玻璃窗惊讶地看着窗外大雪的大男生，那个因为龟兔赛跑而困惑的大男生，现在也已经拥有了一张棱角分明的成熟面容。曾经单薄的身体现在已经变得强壮，在拥挤的公车上，用一双手臂就可以圈出一个安静的空间让自己轻松地待在其中了，曾经毛茸茸的下巴现在已经是青青的一块，亲吻的时候也会微微地有些扎人了。

距离他第一次对自己说"我爱你"的时光，也已经过去了整整三年了。

那些早就不再想起的往事，全部从内心深处翻涌起来，感觉发生微妙的变化，像是时光突然倒流，一切逆转着回归原始。那些久远的夏天，那些茂盛的香樟，那些曾经以为再也不会想起的事情，在这一刻又全部从记忆里被拉扯出来。像是黑白的底片，反出一个熟悉而又陌生的世界。

在立夏他们高三快要毕业的时候，遇见悄悄地回过浅川一次。

那个时候刚刚和经纪人闹翻，在五星级酒店唱歌的事情弄僵掉了，生活格外窘迫，一切都没有自己想象中的顺利。每个月底的时候拿出各种各样的账单，开始算这个月一共需要多少钱。无论怎么算，钱都不够。再算一遍，还是不够。再算。再算！算到后来心里就开始发酸。

站起身来想去倒一杯热水，结果碰翻了床头的台历。厚厚的台历散落下来，每一页上都有自己写给青田的话。离开浅川来北京之后，每一天遇见都会在台历上写下自己想对青田说的话，这已经形成一种习惯。在孤单的世界里，在静默的世界里，还可以对着一个人说话，是苍白的生活里唯一一点让人欣慰的色泽。遇见拿起来，一页一页地翻回去——

"青田，北京的冬天比我想象中还要冷。浅川是在更北的地方啊，怎么会比北京温暖呢？我想不明白。好想问问你，可是你又不在身边。"

"今天接了一个演出的机会，好开心。本来想打电话给你，却无论如何都提不起勇气。"

"今天在街上看见一个人穿的外套，红色的，和你那件一模一样，我竟然莫名其妙地跟着他走了一整条街，后来被我跟丢了。"

"你说我到底是不是一个令人讨厌的人呢？"

……

遇见一页一页地翻过去，才明白自己竟然已经离开那么长的一段时光。那些懊恼，沮丧，软弱，在一瞬间冲破警戒线，泪水啪啪地打在手背上，是久违的温度。而自己，有多长时间没有哭过了呢？

遇见在地板上坐了一下午，夕阳从窗外缓缓地切割过去，变幻着天光和温度。房间没有开灯，在日暮之后显得一片昏暗。在这些庞大的黑暗里面，遇见想，我还是回浅川吧。

走得很干净。

仔细想想，在北京半年下来，竟然没有任何需要带走的东西。自己带着怎样的行李过来，又带着怎样的行李回去。这算不算是一种悲哀呢？能不能说自己这半年在北京的生活，没有任何意义，兜兜转转一圈，又回到原点？

可还是多了一个累赘，而且是很大的一个。

遇见看着自己身边吹着口哨的段桥，心里默默地叹了口气。

本来是好心地去和他告别，没想到他死缠着也要跟去浅川看一看，因为平时听自己描绘那个城市的香樟描绘得太多了，就想去看一下那个没有一整片阳光的城市，而且正好学校这个星期是大学生运动会，便利店也有其他代班的店员，所以就死皮赖脸地跟了去。

遇见本来是想告诉他，自己回去了就不会再回北京了，又一想，还是不要说的好。

窗外的太阳高高地悬挂着。火车发出熟悉的咣当咣当的枯燥的声音。遇见转过头去，阳光正好照着段桥的侧脸，一半浸在阴影里，一半在阳光下毫发毕现。高高的鼻梁，整个人显得很精神。嘴角的两个酒窝在安静地熟睡时变得若隐若现，只有在他微笑的时候，才会看到那两个明显的酒窝。以前一直觉得有酒窝的男生太秀气了不值得信赖，可是段桥却不会给人带来这样的感觉。

顶多是孩子气吧，遇见想。

后来就微微地有些困。初夏的阳光总是带着惹人的睡意。遇见靠着车窗睡了过去。醒来睁开眼就看到连绵不断此起彼伏的香樟。公路的两边，小区的中央，大厦的门口，城市间的绿地中，全都是这些肆意铺展的绿色。

浅川，在隔了半年的时光之后，再次站在这块熟悉的土地上时，遇见竟然说不出自己到底是什么感觉。北京这半年发生的一切都像是梦境一样，模糊不清，被糅在一起发出暗淡的白光。而现在就像是大梦初醒，被刺破眼帘的阳光照得微微地发怵。

身边是段桥的大呼小叫，他挥舞着手，说："真漂亮啊，我第一次看见这么茂盛的香樟呢！"普通的一句话，却在遇见心里激起波澜。在那一瞬间，遇见竟然想起母亲留下的日记本中对父亲的描写，那个时候，年轻的父亲也是突然地说："真漂亮啊，我第一次看见海呢！"

怪想法。自己都被吓了一跳。竟然会莫名地想起自己的父亲。也真够奇怪的了。眼前这个毛头小子吗？别开玩笑了。遇见自嘲地哼了一声。

"干吗？"段桥听到声音回过头来瞪大眼睛问。

"不干嘛。"遇见站起来，"快拿行李下车吧。"

"少来。"不肯罢休的语气，"你用鼻子出气的声音聋子都听到啦，快说，干吗？"

遇见和段桥说好了，让他不要跟着自己，自己要好好地在浅川逛一下。因为浅川不大，所以也不担心段桥会迷路。遇见把行李放在住的旅馆里，然后一个人背着个背包到大街上溜达去了。

重新走在浅川的街道上，那种熟悉又陌生的感觉在心里荡出一层又一层透明的光圈。浅川还是这样宁静，似乎再过一千年一万年，它依然会像现在这样，永远是香樟覆盖下的夏天，带着浓烈的热度，包裹着人们千姿百态的生活。风依然沿着墙角奔跑，还是有很多的孩子背着书包低着头看着脚尖快速地行走，书包里是沉甸甸的试卷和参考书，头发扎起来，长长的马尾。

双腿自由来去，目光沿路描红。当看到浅川一中大门的时候，遇见才像是从梦境中挣脱出来一般清醒，自己怎么又走到这个地方了呢？

没有告诉立夏自己要回来，现在依然不想打扰她。应该快高考了吧。从立夏回给自己的信里就可以看出来，高三真的是炼狱一样的日子。极度缺乏的睡眠，高强度的脑力消耗，脆弱的友谊，暗地里的较劲，名校的保送名额，一切美好的面容都在高三这一年露出丑恶的嘴脸。

而此刻，立夏又在干什么呢？

是不是还像以前一样，在所有人都离开的教室里面，听着傅小司帮她讲她难懂的化学题呢？哦，应该不会吧，立夏已经转到文科了。是正在拿着饭盒穿越那些茂盛的香樟走向学校的食堂，还是站在阳台上眺望着对面的理科楼，就像自己在没离开的时候那样眺望着文科楼？抑或是坐在学校的湖边上，背着那些长长的英文词条？还是正在独自穿过阶梯教室外那条阳光充沛却格外冗长的走廊？

所有的想象都在脑中瞬间成形，然后瞬间消失，再产生新的想象。可是，这些都仅仅是停留在自己的臆想之中，遇见不敢走进大门。

暮色四合。光线渐渐暗淡下来。偶尔有走读的学生从车棚里把自行车推出来，推出校门后就骑上去，沿着两旁长满香樟的下坡山路骑进浅川市区。

那些学生经过遇见的身旁，目光偶尔打量，或者直接忽略。在那一瞬间，遇见觉得自己似乎从来就未曾与这里融为一体，而那些面容年轻的男孩女孩，才是这里的主人，自己，像是一个多年前的过客。那一瞬间，悲凉的情绪从心底缓慢地扩散出来，像是以前做过的关于扩散的化学实验，一滴墨水滴进无色的纯净水里，然后慢慢地，慢慢地，把一杯水染成黑色。

立夏，你肯定不会想到，在你以为我还在遥远的北京的时候，我们曾经隔着一个校门的距离。我望着这个被香樟覆盖得严严实实的校园，觉得那是你们的世界，干净而纯粹的学生时代，烙印着香樟和凤凰花的年代，和我没有任何关系，遥远得像是以前我们一起躺在草坪上看过的那些星辰。

　　在来的路上，我想了好多的话想要对你讲，我甚至设想了一千种我们重逢时的情景，你是会像以前一样抱着我撒娇般地开始哭泣，还是会开心地大笑起来？可是，当我真正站在这里的时候，我心里却第一次有了恐惧。我甚至为自己离开了又回来感到耻辱，我不想让你看到一个这样失败的我。我甚至没有面对你的勇气，当初那个执意要离开浅川的遇见，如今这样灰头土脸地回来，这不是个笑话吗？而我就是那个画着大花脸逗大家开心的小丑。我不要这样。

　　我突然想起你说过的话，你说，就算分离得再遥远，可是头顶上，都还会是同一片星空吧，所以，无论什么时候，我们都不能觉得孤单。

　　你知道吗，在离开你们的这些漫长的日子里，我就是靠着你说过的那些话，在寒冷的黑夜里，重新觉察出温暖来。

——1998 年·遇见

　　其实在遇见的设想里面，应该是自己默默地回到浅川，找到青田，那个自己唯一信赖、可以在他面前表示出软弱的人，抱着他大哭一场，把在北京受到的委屈全部哭出来，然后就回到之前和青田的平静的生活中，也不要告诉立夏他们自己回来了，一直安静地等待他们高中毕业离开浅川。她不希望立夏看到一个失败的自己，等立夏他们去了另外的城市之后，再告诉他们，自己已经回来了。

　　可是在遇见走到 STAMOS 门口的一瞬间，这些想象像是烈日里被泼到滚烫的马路中间的水，咝咝地化作白汽蒸发掉了，连一丁点儿的水迹都没有留下。

　　像是从来都没有发生过。

遇见看到青田拉着一个女孩子的手走出 STAMOS 的时候，内心竟然像是森林深处的安静湖泊，没有一丝的涟漪，即使刮过狂暴的旋风，水面依然如镜般平滑。用手指的关节反叩上去还会在森林里回荡出空旷的敲击声，像是谁在敲着谁关闭的大门。镜面上倒映着曾经绚丽的年华和赠予这些年华的那个人。

眼前是青田错愕惊慌的脸，英俊的五官显出慌乱而惊讶的神色，在昏黄的暮色里，依然那么地清晰。在表情变化的瞬间，他拉着女孩子的手飞速地放开，然后尴尬地僵在空气里。女孩子一瞬间觉察到气氛奇异地转变，先是抬起头望着像是瞬间石化的青田，然后顺着青田动也不动的眼神，看到了站在青田前方不远处的女孩子，凌乱的短发，面无表情的脸，以及从手上滑下来"啪"的一声掉在地上的帆布背包。熟悉的颜色熟悉的款式，与挂在青田家门背后的一模一样的背包。

遇见在看到那两只紧握的手放开的时候，没有任何的喜悦，甚至带着一种强烈的厌恶和深深的绝望。她甚至觉得有点儿可笑，青田，你觉得在这样的时候放开了手又怎么样呢，会有任何的不同吗？在面对面的尴尬里，你这样放开手，又算是什么呢？是内心对我的亏欠，还是无法掩饰的慌张呢？

可是在这些想法都还盘桓在遇见的脑海里的时候，在这些想法都还在激烈地翻涌着的时候，又发生了另外一个简单的动作，而这个动作，在遇见的眼前像是电影里经常出现的慢速特写镜头，一点一点，一点一点，蚕食完遇见躯壳下的血肉和骨骼。

在那个慢速镜头里，青田的手重新缓慢地抬起来，摸索到女孩子的手，然后更加用力地握起来，坚定地再也没有放开。像是示威一样的，像是炫耀一样的，像是展示般的，像是插在胜利山头上的旗帜般的，在那一瞬间把遇见推向深不见底的深渊。

世界在那一刻回归黑暗。而记忆里那个手指缠着纱布送给自己戒指的英俊男生，那个在初中的楼梯上红着脸呼唤自己名字的学长，那个睡在自己枕头边上的安静呼吸的年轻男孩子，在这一刻，死在无边无际的黑暗里。

一千只飞鸟飞过去。

带来夏日里最最华丽的送葬，也带走了年华里逝去的记忆。

剩下一片白茫茫的大地，日光在上面践踏出一片空荡荡的疼痛。

似乎已经没有什么必要开口了吧，可还是硬生生地发出了问候，诡异得像是另外一个自己，在自说自话。

"青田……你还好吗？"

"嗯，还行……你回来了？"

"不是，只是北京工作放假，顺便回来看看。你的女朋友？"

"嗯，她叫林甜。她现在也在 STAMOS 唱歌。"

也在 STAMOS 唱歌。

那个"也"字在心里硬生生刺进去，像是小时候打针前要做的皮试，锐利的针头挑起一层皮，然后迅速地注入疼痛的毒素。

"你好，我叫遇见，是青田以前的……同学，初中的。后来毕业去了北京。"

女孩子慌乱的神色，不敢接话，下意识地往青田身后靠了靠，那种柔弱，应该所有的男生都会想要去保护的吧。甚至连自己，也会在心里有些微的波动。所以，活该自己没人要，那么坚强的性格，怎么会聚集到女生的身体里呢。

"遇见，你在北京还好吗？"

"还好啊，在那边也唱歌，而且还参加过几次演唱会呢，我也有歌迷哦！"

强装起来的笑脸，在夜色中洋溢着虚假的幸福。

"那就好……还担心你过得不好呢，哈，白担心了。"

松一口气的表情，英俊的五官，因为靠近而闻到的熟悉的气味，一切都还是记忆里的那个青田，那句"白担心了"在心里捅出一个大口子，汩汩地往外冒血。空气里弥漫的血腥味，你闻不到。

"嗯，我在走的时候就说过啊，我会活得很好，我从小就是这样的小孩啊。"

坚强的笑容正觉得吃力，突然就有一声拉长的呼喊出现在身后，随着那声在空气里拖长的"遇见——"跑过来一个留着利落短发的男孩，干净的脸，和青田一般高的身材，背在身后的旅行包带出一丝流浪的味道。

"哈哈，居然碰得到你呀，咦？"段桥看着面前尴尬的场面，摸了摸头，指了指青田和林甜，"你朋友？"

"嗯。"重新露出的笑脸，和挽过段桥的手一样自然，"青田，林甜。"遇见把头往段桥肩膀的位置靠了靠，继续说，"我男朋友，段桥。"

段桥差点儿站不稳摔下去，好在遇见撑着自己，并在自己的胳膊上用力地掐了一下，算暗示吗？算吧。段桥也是个聪明的男孩子，于是大方地伸出手，朝着青田伸过去，"嗯，你好，我是遇见的男朋友，她以前肯定很任性吧，给你们添麻烦了，多多指教啊。"

两个男生的脸，一个笑容明媚，一个失落而伤感。青田看着眼前笑容灿烂的遇见，心里竟然有无限的失落，像是被人从高楼上抛了下去，永远都碰不到地面，一直下落一直下落，每次觉得应该摔到底了，应该血肉模糊了，可是还是继续下落，没完没了。

"你好，我叫青田，是遇见以前的学长，多多指教。"

握在一起的双手。都是布满血管的男生的有力的手臂。都是骨节突出的手指。可是，一个手上是干干净净的空白，一个手的无名指上，是那个无比熟悉的戒指。和自己手上一模一样的戒指。

遇见悄悄把戴着戒指的手插进口袋里，低下头，恍惚地想，这真是一个完美的告别，像是一个交接的仪式。

青田，在转身告别你的时候，我觉得内心像是散场的剧院，突然出现无

数的空座椅，灯亮起来，人群离散，舞台上剩下我一个人。在我离开的这些日子里面，你终于变得成熟了，终于变得不再对喜欢的女生随便放手了，终于学会努力去争取幸福了。你的头发也终于变长了，你学会穿一些温暖朴素的衣服了。你也不像以前那样再打扮成另类的小朋克了。可是这样优秀的你已经与我无关了。好男朋友，好丈夫，好父亲，这些以前在我心中评价你的词语，现在前面也全部都需要加上一个"别人的"了。这些都是没有办法的事情，因为正是我们少不更事的年纪里犯下的种种错误，提醒着你逐渐变得优秀。

我现在也不再是以前那个浑身是刺的女孩子了，我也不再是以前那个脾气火暴爱打架的问题学生了，我现在也会忍气吞声更好地保护自己了，我现在更温柔了，我也会学着牵男生的手而不再只顾着一个人往前走路了。可是这样的我，现在对你来说，已是无关紧要了，在我的名字前面也是需要加上一个"别人的"了。我很难过也很惆怅，可是又有什么办法呢？正是在和你失败的恋爱里，我才学会了这些，正是在和你分离的日子里，我才变得这样温柔。

从此活在各自的幸福里，那些以前的旧时光，那些你教会我的事情，我永远都记得。

也请你记得我。记得我洒在你身上的，我最美好的年华。那是我单薄的一生里，仅有的一点儿财富，好不容易给了你，所以你也要珍惜。记得我的名字，和那些我用眼泪和难过教会你的事情。

——1998 年·遇见

青田转过街角，刚刚一直沉默的他突然蹲下来靠墙坐在地上，喉咙哽咽着发出呜咽的声音。

你怎么能又出现在我面前呢？怎么能又让我想起你呢？

你怎么能若无其事地祝我幸福呢？

你怎么能忘记那么多我无法忘记的事情呢？

青田觉得眼睛很痛，用手背抹了一下才发现一手的泪水。他抬起头的时候看到很多飞鸟在黄昏的天空里飞过去。

遇见，当初我为什么不和你一起走呢？当初认为任性的你，现在看来，并没有什么不可以包容的啊。

只是谁都没有认输，大家一起告别然后头也不回地朝着不同的方向走去。于是落日关上了那道沉重的大门。谁都无法再将它推开。

遇见低着头走路，尽量去想着其他的事情。否则，眼泪就会掉下来。

倒是身旁的段桥，若无其事地把手插在口袋里走着，并且可以看出来他微微的兴奋。

"喂。"脸有点儿红，两个酒窝在嘴角浮现出来，"要不，我真的做你男朋友吧。我以后会是很好的建筑师！虽然家里不是很有钱，可是我以后会努力地赚钱啊……"

"别跟着我！"突然爆发出的情绪，连遇见自己都被吓住了。段桥愣愣地站在那里，还没反应过来是怎么了。看着遇见越走越远，渐渐地消失在人群里，心里升起失落的情绪。

段桥喃喃自语："你肯定以为我在开玩笑吧，可是……我是认真的呀。"

受伤的脸，少不更事的表情，逐渐融化进浅川的夜色里，在香樟与香樟茂密的枝叶之间，流动成一首伤感的歌。

在乘火车离开浅川的时候，遇见看着窗外不断倒退的站台，心里有个声音在对自己说，这次是真的离开了，真的，离开了。眼泪顺着脸颊流下来，滑进嘴角。原来文学作品里描述的苦涩的眼泪都是真的。

遇见回过头来，突然看到段桥那张格外悲伤的脸。一瞬间，半年前立夏送别自己时的面容从记忆的深处浮现出来，和面前段桥忧伤的眼神重合在一起，难过的情绪被瞬间放大。就在遇见喉咙哽咽得说不出话的时候，她听到段桥简短却干净的声音。

建筑是凝固的音符。

声音是坚固的诺言。

火车冒着白烟，悠长的汽笛声里，段桥说："我爱你。"

"喂。"被人拍了头，从悠长的回忆里抽身出来，像是做了个梦，冗长的，冗长的梦，"在想什么呢？"

"没有啊。"低下头整理账目。

"不要嘴硬啊。"段桥咧着嘴笑，露出孩子气的酒窝，"我允许你精神出轨三分钟呀。"

"那我谢谢你。"

"完全不用客气。"段桥半生气半拿她没办法，转过身继续搬东西去了。

遇见看着段桥，心像被温柔的手揉皱在一起。

我也不再是那个刁蛮任性的女孩子了。

可这样的我，也与你无关了。

那天的颁奖大会很成功，傅小司上台的时候下面很多他的书迷在现场帮他打气呐喊，主持人还开玩笑说傅小司比明星都还要像明星呢。七七穿着一身红色的晚装，头发高高地绾起来，全身散发着光芒。立夏看着他们两个站在台上，一瞬间甚至觉得他们两个很般配，产生这个感觉，连自己都觉得好笑。

后来七七唱了歌，已经不是高中时代的少女嗓音了，现在七七的声音，充满了流行的女人味道。全场雷动的掌声里，立夏回过头去看到遇见眼睛里闪烁出的羡慕的光芒，还有积蓄在眼底的泪水。

立夏转过头去看舞台，不忍再看遇见，因为这样的遇见，看了让人忍不住想哭。

立夏想，七七现在的样子，应该无数次地出现在遇见的梦境里吧。希望有一天，上苍可以赐给遇见荣耀，和满身的光芒。

晚上典礼结束之后，一群人一起去 KTV 喝酒。这家 KTV 是立通传媒的 F 开的。F 是现在国内歌坛数一数二的经纪人，手上捧红的歌手无数。

一群人在里面开了个 PARTY 包房，然后聊天的聊天，喝酒的喝酒，划拳的划拳，闹得鸡飞狗跳。立夏甚至感觉像是回到了高中毕业的那次狂欢，当时所有的人也是像今天一样，疯得脱了形。

后来立夏喝得有点儿多了，就叫遇见唱歌。因为从高中之后，立夏再也没有听过遇见的歌声。即使是后来来了北京，两个人见面的次数也不多，见了也就是坐下来喝东西聊天，聊着聊着立夏就开始哭，每次的收场都是遇见拉着她跑出咖啡厅，否则所有的人都会像看动物一样打量这两个年轻好看的女孩子，一个泪眼婆娑，一个脸红尴尬，所以立夏今天死活要拉着遇见唱一首，遇见拗不过她，只好握着话筒开始唱。

起初立夏还大吼大叫说要所有人都不要讲话，并且挨个地去拍人家叫人家先别划拳喝酒先听歌不听就是天大的损失什么什么的，却根本没人理睬她。傅小司见她有点儿喝多了，就把她拉到自己身边，抱着她，叫她乖不要再乱跳乱叫了，"别人不听我们两个听啊。"

可是在遇见开始唱歌之后，人群的声音一点一点地小下去，到最后整个 PARTY 包间里面就再也没人说话了，那些喝酒的人，划拳的人，聊天的人，喝醉的人，都在歌声里慢慢地抬起了头。

遇见却没有看他们，闭着眼睛沉浸在自己的世界里。到后来，立夏也不闹了，乖乖地缩在傅小司怀里。而七七，则安静地站在角落里，脸上看不出什么表情，但看得出来她很专心地听着遇见唱歌。

那些带着华丽色泽的歌声，像高一生日的那天遇见为自己唱的一样，从空气里清晰地浮现出来，眼前又是大片大片的迅速变幻着的奇异色泽。立夏觉得胸腔隐隐地发痛，是那种被震开的酸楚感。这么多年过去，遇见的声音依然高亢嘹亮，穿透厚厚的云层，冲向遥远的天国。

在最后歌声结束人们爆发出的掌声里，立夏在角落里捂着嘴小声地哭起来。

回到家的时候已经凌晨三点了。

躺在床上睡不着，手上一直拿着那张名片看来看去。借着床头灯可以清晰地看到名片上 F 的名字和所有的联系方式。耳边反复响起 F 的话："如果你想做歌手的话，就联系我。我觉得你可以。"

"我觉得你可以。"

遇见觉得离开浅川独自来北京时的那种沸腾的感觉又回来了。全身的血液仿佛都燃烧起来，带着不可抗拒的热度，冲上黑色的天空。

那些蛰伏了几年的理想，又从心里柔软的角落里苏醒了。

在那个颁奖典礼结束仅仅两天之后，报纸上就开始莫名其妙出现傅小司和七七的绯闻，那张傅小司在台上拥抱七七表示鼓励的照片频繁地出现在各家报纸上。

工作室也开始天天接到记者的电话，问傅小司是不是和当红歌手程七七在一起。立夏每次都是说没有没有，解释到后来就越来越火大。挂了电话心里就在念：不！他的女朋友是一个年轻可爱善良诚实的助手！是助手！

气得胸闷。每次抬起头都看到傅小司一副事不关己幸灾乐祸的样子，还咧着嘴笑，立夏就更气，搞得好像没他什么事一样。而每当这个时候，傅小司就会过去抱抱她，说："这种事你也要生气啊，不是已经在这个圈子里这么久了吗？还不习惯这些胡说八道的东西啊？"

立夏想了想也对，前段时间立夏的另一个朋友也是被莫名其妙地卷进一桩绯闻里，立夏还取笑过那位朋友呢。现在事情落到自己身上，虽说是心里明白，可总归不甘心。

后来七七也打电话过来，两个人在电话里你一言我一语地大骂记者，骂了一通觉得解气了，心情就变得很好。立夏心里觉得七七还是高中时的那个样子，什么事情都跟自己站一边，喜欢同样的东西，大骂同样的东西，尽管现在是大明星，可是在立夏眼里，七七还是和以前一样善良而可爱的。

挂掉电话之后，立夏回过头去看到傅小司一脸放光的样子，甚至嘴角都忍不住要笑出来。立夏觉得肯定有什么事情，于是上下打量着傅小司，傅小司都被看得不自在了。

立夏笑了笑，说："嘿，小子你捡钱包啦？"

"不是啊。"傅小司咧开嘴笑了笑说，"他要回来了。"

"他？谁啊？"

"陆之昂。"

"……真的假的啊？！你什么时候知道的呀？"

"就在你刚刚和七七在电话里大骂的时候啊，我打开信箱，就看到他发给我的 E-Mail 了。明天下午四点的飞机到北京。"

"这么快？"

"嗯……这小子也是刚刚才告诉我的呢。立夏你去跟公司说一下，把我明天的通告都推掉吧。"

"嗯，好，我现在就去。"

傅小司站在高大的落地窗边，望着脚下的北京城。

抬起头，很多的飞鸟从天空飞过去。天空显现出夏天特有的湛蓝。一些浮云在天上缓慢地移动着。从陆之昂离开，到现在，一晃已经四年过去了。自己都没发觉，还一直觉得陆之昂的离开似乎是半年前的事情，他的音容笑貌在记忆里都如从前一样地深刻。

可能是因为彼此一直都在写信联系，而且从小到大那么多年培养的感情，所以即使分别了四年，比起以前的相处，也只是一段短暂的时光。也许对于别人来说，四年足够改变一切事情，可是对于自己和陆之昂而言，仅仅是一次分开旅行。各自看了些不同的风景，各自消磨了一小段人生。

而那些刻在香樟里的回忆，永远都像是最清晰的画面。

闭上眼睛，他还是站在校门口的香樟下提着书包等着自己放学。

他还是会在黄昏的时候和自己一起把自行车从车棚推出来然后一起回家。

他还是会和自己一起穿越半个城市只为了去吃一碗路边的牛肉面。

他还是会和自己拉着宙斯去大街上随便乱逛。

从高二起就穿 XL 号校服的他依然会取笑比他矮大半个头的自己。

依然会和自己打架打到满身尘土满面笑容。

依然会在游泳池里拍打着水花，沉默地游着一个又一个来回。

所以他其实从来都未曾远离过。他一直都在这里。

举目望去，地平线的地方是一片绿色，应该是个公园。那些绿色绵延在地平线上，渲染出一片宁静的色泽。已经是盛夏了。家乡的凤凰花，应该又是开出了一季的灿烂了吧。

傅小司想着这些，眯起眼睛笑起来。

电话在这个时候突兀地响起来。

立夏在的时候都是立夏接电话，可是这个时候立夏不在。傅小司把电话接起来就听到一个陌生的声音。那人问："傅小司先生在吗？"

"在啊，我就是。"

"我是《风云日报》的记者。请问您看过一本叫作《春花秋雨》的画集吗？"

"嗯，有啊，一年前我在网上看过前面的部分。"

"您觉得怎么样啊？"

"嗯，我觉得很好啊，而且我也尝试过那种风格，很漂亮呢。"

"相对于你而言，《春花秋雨》的作者应该比你名气小很多吧，几乎没有人知道她的。"

"嗯，好像是哦。"

"那你们画画的人会在创作中模仿别人的绘画风格吗？"

"嗯，应该都会吧，像我们从小开始学美术的时候都会临摹很多老师的画作呢，然后要到自己真正成熟了才会形成自己的风格，并且也一直要不断地学习别人新的东西，才能充实自己啊。"

"那你认识《春花秋雨》的作者吗？"

"不认识。没接触过呢。"

"那你想要和她联系吗？"

"也可以啊。"

"好的，谢谢您。"

"不客气。"

所有的问题都是陷阱。

所有的问题都隐藏着预设的技巧。

所有的对话都是一场灾难。

傅小司像个在树洞里冬眠的松鼠，沉浸在甜美而温暖的睡梦中，却不知道暴风雪已经逼近了树洞的大门。他还沉浸在对陆之昂的回忆里，时而因为想起两个人好笑的事情而开怀，时而因为想起以前难过的事情而皱起眉头。

他不知道，在自己的前面，是一条大地震震出的峡谷，深不见底。

而一切都是龙卷风袭来前的平静假象。地上的纸屑纹丝不动，树木静止如同后现代的雕塑。那些平静的海水下面，是汹涌的暗流，推波助澜地翻涌着前进。

2003 夏至 | 旋涡 | 末日光

那些离散的岁月，
重回身边。
那些暗淡的韶光，
缠绕心田。
曾经消亡的过去在麦田里被重新丰收。
向着太阳愤怒拔节生长的怨恨，
同样的茁壮生长。
那些来路不明的仇恨，那些模糊不清的爱恋，
全部苏醒在这个迟迟不肯到来却终于到来的夏日。
天光散尽，浮云沉默着往来，带来季风回归的讯息。
而多年前是谁默默地亲吻着他的脸？
那些风中被吹破的灯笼，泛黄的白纸糊不起黑暗中需要的光明。
谁能借我一双锐利的眼睛，
照亮前方黑暗而漫长的路？
谁能借我翅膀，
谁能带我翱翔？

北京国际机场的人永远那么多。那些面容模糊的人匆忙地奔走在自己的行程里。一脸的疲倦和麻木。大多是穿着黑色西装的男人和穿着职业套装的女人。他们永远是这个世界上最忙碌的一群。

傅小司和立夏坐在国际到达的出口正对面的星巴克里面。傅小司不断地抬起手腕看表，再有三分钟三点，三点四十，三点五十七，傅小司心里越来越急躁不安。

立夏在旁边时不时地还取笑他，说感觉像迎接失散多年的恋人，搞得自己都快吃醋了。

傅小司抬起头瞪了立夏很多次，还是一双大雾弥漫的眼睛，这么多年都没有改变过。

立夏看着傅小司，心里也开始回忆起高中时代。无论是高一时像个野孩子一样的陆之昂，还是之后变得越来越沉默的他，回忆起来，都是那么的清晰。最开始的时候，也是陆之昂将自己带进了傅小司的世界，从此生命开始了完全不同的旅程。之后，谁都没有想到命运竟然会让陆之昂从傅小司的世界里离去，唯剩下自己。很多时候立夏都觉得陆之昂有点儿残忍，因为谁都可以看到傅小司在陆之昂离开之后的改变。本来就不爱说话的他变得更加地沉默寡言，本来就面无表情的他更是难得看到笑容，甚至在听到任何关于日本的新闻的时候，都会不自觉地放慢脚步留意，即使是走在大街上，也会停下脚步抬起头看着大厦外墙的电子屏幕，又或者在很高的地方，无论是摩天大楼上面，还是高大的山脉顶峰，他都会朝着东方发呆。而现在，离开那么多年的陆之昂终于重新回到这个世界里面，立夏想，小司应该是什么样的心情呢？

会不会像自己在大学入学来北京的时候，再一次见到遇见而抱头痛哭呢？

正陷在回忆里的立夏，突然看到小司脸上迅速改变的表情和一双清晰得如同星辰的眼睛，立夏顺着他的眼神看过去，看到通关口走出来的，穿着深色西服的陆之昂。

陆之昂在飞机上一直跟邻座的一个小孩子聊天，那是个中国小男孩，去日本旅行回来。陆之昂因为太久没说中文的关系，和他聊得格外起劲。

下了飞机，周围几乎全都是讲中文的人，来往穿梭，那种感觉，是在拥挤的东京街头无论如何也无法感受到的。

在行李提取处拿了行李之后从通道口走了出来，抬起头，就看到正前方挥舞着双手的立夏，和立夏身边面无表情安静地站立着的傅小司。

看着面前的小司，我竟然有一瞬间的错觉，像是时光迅速地倒流回浅川香樟下的岁月。我伸开双手抱了抱他，四年过去了，尽管稍微有了点儿男人挺拔的骨架，可还是格外地单薄。那些记忆深处的画面全部浮现出来，我在一瞬间竟然哽咽得说不出话来。而在周围喧闹的人声和飞机起落的巨大轰鸣声里，耳边是小司哽咽着说出的那一句，你回来了。

——2002 年·陆之昂

车从机场出来,陆之昂很新鲜地看着北京繁华的街道和耀眼的夏日阳光。

"对了。"傅小司问他, "你回国联系工作了吗? "

"嗯,已经找好了。"

"这么快? "傅小司有点儿不相信。

陆之昂咧开嘴笑了笑,像突然想起了什么似的"哦"了一声,然后从包里拿出一张名片,递给傅小司。

傅小司白了他一眼,没有接,说:"我又不会日文,你给我我也看不懂呀。"

倒是立夏拿了过去,不过在看了一眼之后就是一声像见到鬼一样的尖叫,把旁边的傅小司吓了一跳。

"你叫什么啊。"傅小司揉了揉被震得有点儿嗡嗡作响的耳朵,没好气地说, "名片上又没印着日本首相陆之昂。"

"不是……是……"立夏有点儿结巴,于是把名片递给傅小司, "你自己……看吧。"

傅小司满是疑惑地拿过来,结果看了一眼嘴巴就再也合不上了。抬起头看着一脸臭屁模样的陆之昂,又看看自己手中的名片,确定没有看错,上面印着中文:

立通传媒,宣传营销部副经理,陆之昂。

"搞什么飞机啊……"傅小司还是没明白过来。

陆之昂叹了口气,说: "我在回国前就已经和他们联系了呀,并且把履历表什么的统统寄过来了。正好我们学校的一个中国籍的老师和立通传媒有些交情,我知道这是你在的公司,而且他们待遇也不错,就决定来了呀。这个名片是他们寄给我看的样本啊。"

说完后就继续看着车窗外的风景,沿路的树木飞速倒退。车厢里安静了几分钟,之后陆之昂缓慢地说: "小司,我在高中的时候就说过有一天我们一定要并肩打天下,一起开创事业,你还记得吗? "

你还记得吗？我当然记得。

没有出口的话是：你曾经说过的那些话，我统统都记得。

车直接开回了立通传媒大厦。

立夏打电话到他们经常去的一家酒吧订了个最大的包间，然后又打电话叫了遇见七七，两个女生在电话里都尖叫起来，大声吼着："啊啊啊啊啊这个祸害终于回来了呀！！！晚上弄死丫的！"

立夏被公司的电话叫到楼上去了，傅小司说他先洗个澡，就进卧室去了。

陆之昂坐在工作室里，打量着周围乱七八糟的东西，拿起散落在地上的原画，心里不由得赞叹小司的画又进步了。

无聊就玩了会儿小司的电脑，桌面上有个文件夹叫"小昂的信"，打开来竟然是小司把自己写回来的每封 E-Mail 都整理成了文档，一封一封地按日期排列着。陆之昂一封一封地打开来，很多内容自己都忘记了，小司却全部保留了下来，甚至连"今天的东京下了场好大的雨，我一天待在房间里没有事做"也保留了下来。那些信里的文字全部复活过来，带回东京的樱花和落雪，带回四年东京的时光。

陆之昂把脚跷起来放到桌子上，双手交叉在脑后，听着傅小司在房间里洗澡时哗哗的水声，嘴边露出灿烂的笑容，像是夏天里洒下的透明的阳光。

嗯，真好，我回来了。

也不知道喝了多少酒。

空调开得很足，凉风吹在皮肤上起了细小的颗粒。大大小小的酒瓶摆在茶几上。有些直挺挺地站着有些东倒西歪。桌面上也洒了很多的酒，顺着桌子边缘滴滴答答地砸在地面上积成一摊水。窗户隔绝了外面燥热的暑气，以及此起彼伏的喧嚣。

还好今天晚上自己喝得少。小司遇见和七七三个人都已经喝得在沙发上东倒西歪了。

立夏靠在沙发的靠背上，看着眼前的这些朋友，眼睛有点儿微微地发胀。

陆之昂把外套脱下来披到熟睡的傅小司身上，用手轻轻托起小司的头，然后拿了个沙发的靠垫放到他的脖子下面去。回过头来望着立夏，低声说："嘿，你还好吧？"

"嗯，我还好，就是……"喉咙哽咽着，声音从胸腔中断断续续地发出来，"有点儿想哭。"

还没说完，两行眼泪就流了下来。

"喂，之昂，你睡了吗？"

"还没有啊。"

"你想哭吗？"

"哈，其实我在你之前就已经悄悄地哭过了呢。只是没被你们发现而已。"

"我也是，我好久没有这么开心过了。我想小司也是吧，我有好多年没有看到他像今天这样闹得像个小孩子了，大口地喝酒，笑得眯起眼睛，露出整齐的牙齿。我看多了他在通告时完美的标准笑容，生活中他那种真正从内心发出来的笑容，在我的记忆里却变得好模糊。"

"嗯，已经四年过去了。在日本的时候，每到一些特别的日子，比如春节比如小司的生日，比如学校的校庆的时候，我就会很想念你们。因为长大了，不会像以前那样随便地哭哭闹闹了，所以也只能隐藏着自己的情绪，只想快点儿完成学业，然后回到曾经的世界……这几年，小司应该很辛苦吧？"

"非常的……辛苦。你在国外不知道，我每次看到那么努力的小司，心里就会想哭。"

"屁咧。你以为我不上网啊，我也每天都搜索关于小司的新闻啊，看着他一步一步地从一个默默无闻的小画家，到现在大红大紫的时尚的畅销画集作者，画集卖这么好的，也就日本的一些著名画家吧，在国内来说，还真是很少呢。世人总是认为别人的地位或者成就都是侥幸得来的，可是在我的心里，每一个站得比别人高的人，一定比别人忍受过更多的痛苦，也付出过更多的努力。"

"是呀，所有人眼中的小司都是个幸运儿，一帆风顺，事业成功，无数的人追捧。但在我的眼里，他是个比谁都辛苦的人，太多的委屈，刁难，算计，他都忍了。"

"……是么……"

"嗯。发烧的时候也需要强颜欢笑坐在台上签售，一签就是两三个小时。通告多的时候也没时间吃饭，只能在从一个地方去另一个地方的车上咬两口面包喝点儿纯净水。看不惯他在同辈里出类拔萃的人总是胡乱编造着他的新闻，造谣，中伤。有时候签售的场面控制不了，书店会强行中止进行，可是读者都不知道为什么，于是就以为小司要大牌，有时候还会拿着小司的书冲到他面前当着他的面撕掉。这种时候小司通常什么话都不说，只是把书捡起来，然后低头走回后台……总之……很多的委屈，他都不怎么讲，上很多通告或者节目的时候，也只是喜欢讲生活中开心的好玩儿的事情……"

"他真的长大了呢。离开的时候，我还在想，小司什么时候可以变得勇敢和坚强呢。因为以前我们在一起的时候，虽然看上去他是一副冷静的样子，其实只是有着冷酷的外表，内心却柔软得像个婴儿一样。所以我都好担心，怕他到社会上会受到很多的伤害。现在看来，他比我想象的要坚强很多呢。"

"那些忌妒着小司的人，总是说他是被别人商业包装出来的，说他是运气好，说他的东西没有价值，可是，我可以对天发誓，小司是我看过的最努力的人。那些说着风凉话的半红不紫的画家，活该没人喜欢他们！"

"哈，你的脾气还是没改呢，臭小孩一个。"

立夏也不知道是什么时候睡过去的。

陆之昂站在窗户前面，稍微把窗户打开了一点儿，外面闷热的空气就汹涌地冲进来。

把窗户关上。回过头去看着睡在沙发上的几个人，立夏，七七，遇见，还有从小和自己一起长大的小司，心里是无数难以言说的情绪。这些情绪都在夏天的炎热空气里微微地酝酿，发酵，然后扩散向更加遥远的地方。

房间的黑暗里，所有人的呼吸都变得缓慢而沉重。每个人都有每个人的梦境。在梦境里，哭着，笑着，或者沉默着。

陆之昂在小司的脑袋边上坐下来，伸手帮他理了理凌乱的头发。感觉小司像自己的弟弟一样。梦中的傅小司翻了个身，不太清楚地说了一些梦话，其中的一句陆之昂听清楚了，是"我还以为你不回来了"。

陆之昂的心朝着深不可测的夜色里惶惶然地沉下去，带着微微涌起的酸楚的感觉。

早上被一阵莫名其妙的声音吵醒，立夏睁开眼睛看到手机在地上震来震去的，拿起一看是公司的上层打来的电话，慌忙接起来。

"喂，我是立夏。"

"傅小司人呢？"

"和我在一起。有什么事情吗？"

"电话里说不清楚，你们两个现在马上回工作室。回来就知道了。"

挂了电话立夏的心开始莫名其妙地乱跳起来，电话里上司的语气听上去好像发生了什么不好的事情。可是能有什么不好的事情呢？想不出来。于是摇醒了傅小司，又吩咐酒吧老板等遇见和七七醒了之后分别叫车送她们两个回去。

路上傅小司继续靠着陆之昂的肩膀睡觉，而立夏坐立不安的神色让陆之昂有点儿觉察。

"有什么事情吗？"陆之昂问。

"不知道，电话里也没说清楚。"

"不知道你还担心啊。"

"就是因为不知道我才担心啊。"立夏的声音听上去都像要哭了。陆之昂心里也微微掠过一丝恐惧。低下头看看肩膀上的傅小司，沉睡的面容无比地平静。

工作室里坐着三个人。三个人都是公司的上层。看得出来每个人的脸色都不太好。立夏走进工作室的时候就感觉到了。

直接主管工作室的负责人 Aron 朝着桌子上指了指，立夏顺着看过去，就看到一沓厚厚的报纸，最上面的那张报纸的头版就是傅小司的一张大头像。立夏再一看就看到了头版上的那个大大的标题，那一瞬间简直像是五雷轰顶一样，内心突然滚过了无数闷响的巨雷：

——著名画家傅小司畅销画集《花朵燃烧的国度》涉嫌抄袭！原告冯晓翼近日起诉！

手中的报纸滑落下来，掉到地上没有发出一点声音。

傅小司走过来拿起报纸，面无表情地读着，在一行一行地把那些文章看完之后，傅小司突然想起了陆之昂回来的前一天自己接的那个电话，报纸上的报道和那天接的电话有很大关系，可是自己的回答全部被篡改或者巧妙地拼接到了另外的地方：

请问你在画《花朵燃烧的国度》之前看过《春花秋雨》吗？

看过啊，一年前就特意去网上看了，因为要画《花朵燃烧的国度》。

那请问看完《春花秋雨》对你有什么影响吗？

我觉得很好很漂亮，那就是我想要的那种风格。

相对于你而言，《春花秋雨》的作者应该比你名气小很多吧，几乎都没人知道她的。

是啊，所以我才会去用她的那种风格，因为很少有人看过她的画。

那就是说你在画画中是在临摹她的绘画风格了？

嗯，应该是吧，像我们从小开始学美术的时候就是要临摹很多老师的画作啊，就算是现在也要不断地借用别人的东西，不然就画不出来。

那你知道《春花秋雨》的作者现在起诉你抄袭她的画作《春花秋雨》吗？你想要联系她私下解决这件事情吗？

啊，不会吧？那我要和她私下联系。

傅小司躺在卧室的床上。外面的屋子里，立夏和公司几个高层在讨论着什么，透过房间的门传进来模糊的人声。

天花板似乎有段时间没人打扫了，感觉像是蒙了一层灰，并且这些灰都会掉下来。不然为什么眼睛这么涩涩地难受呢？

似乎过了很久，外面渐渐安静下来了。公司的人应该都走了吧。

敲门声。进来的是立夏和陆之昂。

立夏看着躺在床上的傅小司，也不知道说些什么，只觉得胸口发胀。她记得以前傅小司被人骂只会画小女生喜欢的垃圾时就是这样在床上躺了整整一天，也没有吃饭也没有喝水。

"公司说叫你不要被这件事情影响情绪，好好准备接下来在武汉的《屿》的第三本画集的首发式。"立夏小声地说着，尽量维持着声音的平稳。不想让小司听到自己声音里面的难过。

"嗯。"简单的一个字。听不出任何的情绪。依然望着天花板，没有动。

陆之昂摆摆手，示意立夏先出去。因为他看立夏的样子都有点儿要哭了。立夏捂着嘴尽量不发出声音，然后小心地带上了门。

陆之昂挨着傅小司躺下来，陪着他一起不出声地看着天花板。时间像是流水一样从身上覆盖过去，甚至可以听到空气里那些滴答滴答的声音。而窗外太阳终于升了起来，穿破千万朵细碎的云，射出耀眼的光芒。

在被那些光芒照耀得微微闭起眼睛的时候，陆之昂听到身边的小司缓慢而微微哽咽地说：

"你看外面的天，这么蓝，这么高，我在想，这个夏天又快要过去了吧。小昂你知道吗，每个夏天结束的时候，我都会觉得特别地伤心。"

我。

都会。

觉得特别地，伤心。

接下来几天工作室的电话一直不停地响。立夏接电话接到后来忍不住在电话里发了火，"都说了无可奉告了还问什么问啊！你们有病啊！"

公司的大门口每天也都堵着很多记者，他们在门口等着，企图采访到傅小司。

傅小司从窗口看下去，可以看到大厦的入口处始终挤着人，他们拿着话筒，扛着机器。傅小司拉上窗帘，回到画板前继续画画。可是心情烦躁，总是调不出自己想要的颜色。调了半个钟头调出来了，落笔下去，却弄得一团糟。

丢下画笔去上网，看到 MSN 上几个以前一起画画的朋友，因为自己在同行里面太过出类拔萃的关系，所以和他们的来往都变得很淡很淡，其中一个在一些场合聊过几次，感觉还行，小司装作很轻松地打了一行字过去：哎，好烦呢，画不出来，真辛苦啊。

很简单的一句搭讪，目的是消磨时间，希望打发掉坏的心情。可是收到的回话是：是啊，现在又没人给你抄了，你当然画不出来。

那一瞬间傅小司在电脑前面完全呆掉了。这算是什么呢？三天前这个人还在拼命地低声下气叫自己帮忙，把他的画放一些到《屿》系列画集里。

傅小司也没多说什么，只是不动声色地关掉了 MSN。

立夏拿过来一沓文件，是武汉那边传真过来的关于首发式的活动细节。

"小司，你要不要先看一下……"

"嗯，你放在桌子上面吧。"傅小司起身走到沙发上，躺下来，闭上眼睛，也看不出有什么样的情绪。

立夏把文件放到桌上，然后走过去在沙发上坐下来。傅小司把头抬起来，放在立夏的腿上。

"立夏。"傅小司微微翻了下身，看着立夏的脸，"什么时候，我们一起回浅川一中吧，我好想看看那些香樟。不知道在我们走了之后，它们有没有变得更茂盛……"

"好……"

时间过得好快。以前立夏觉得那些诗人啊歌手啊总是无病呻吟，整天都在唱着一些感叹时光如流水的歌，光阴似箭白驹过隙什么的。可是现在，立夏真的完全体会到那种飞速的流动。

似乎一转眼，整个夏天就扑扇着翅膀飞远，而紧接而来的秋天也瞬间消失。十二月的时候北京下了第一场雪。冬天又开始了。

而这半年的时光，应该是无比地漫长吧。

网络上辱骂诅咒傅小司的人络绎不绝。那些以前骂傅小司商业化作品庸俗没有阳刚的其他没有红的画家，在厌倦了以前的那些论调之后，现在终于找到了新鲜的话题，整天纠缠着抄袭抄袭，似乎傅小司所有拿过的奖项所有出版的画作，以及从小到大的努力，全部都是狗屁。甚至有一些"我还奇怪为什么他的画卖得那么好，原来是抄袭的呀"之类的荒谬言论，立夏有时候听到那些记者的话简直想吼他们有没有脑子啊。如果是两本一样的画集，那干吗要抄了之后才会受欢迎呢？

可是这也是没办法的事情。就像陆之昂对立夏说的那样，其实无论是何种结果，受益的都是冯晓翼。立夏知道陆之昂说的是事实，心里就是咽不下这口气，可是咽不下又能怎么样呢？也只能暗地里无数遍地诅咒而已。

工作室里的电话没有停过，读者和记者每天都会打来无数的电话，立夏每次都是叫他们自己去翻翻两本书，看了再来说有没有抄袭的问题，可是一想这样的话不是正好就让《春花秋雨》大卖了吗？于是赶紧补一句，不要去看啊！结果第二天的报纸就有消息出来说：傅小司心虚于是阻止别人看《春花秋雨》，但是依然无法阻止好作品的受欢迎，《春花秋雨》荣登销量排行榜第十名。

那些报纸上的字句，像是匕首，捅进眼睛里，流出眼泪。
那些眼泪流进指缝里面，蒸发掉，剩下细小的白色的盐。

大半年过去，傅小司从最开始的愤怒，到后来的沮丧，再到后来的难过，最后终于又完全变成了高一时候的样子，像是在半年里面，时光飞速地倒流，一切重回十六岁长满香樟的时代。重新变成那个不爱说话不爱笑，没有表情，独自生活在自己的世界里的傅小司。眼神重新降临大雾，越来越浓，越来越浓，直到遮断了所有通向内心世界的道路。

每天早上起来，和陆之昂一起骑着单车背着画板去森林公园，找一处有着高大树木的阴影画画，在日落的时候重新回到工作室里，将白天的画作扫描到电脑里面做修改。不再接任何的通告，不再出席任何的签售会。像是整个人从所有人的视线里凭空消失了一般。

工作室的事情全部都是立夏在处理，官司的事情也是交给律师去打理。而律师看完两本画集，说："肯定没问题，放心吧，法律会还所有人一个公道的。"

立夏点点头，说："嗯。"那一瞬间，立夏心里难过得像是海绵蓄足了水，一碰就会溢出来。

其实很多时候陆之昂心里都在想，现在的日子，怎么会与高中的那么相像，是上帝在补偿曾经离散的岁月吗？还是说小司的世界里，注定只能孤单一个人，他不属于这个繁忙而庸俗的世界？

每天一起画画，一起吃饭，一起穿着随便的衣服在大街上乱晃，带着墨镜拉低帽子，就不会再有人认出来，偶尔会有上高中的女生从身边走过的时候偷偷地打量自己和小司，偶尔还会听到一些少女的对话：

"你看那两个男的，很好看呢。"

"……呕……你连这种老男人也喜欢啊……有点儿品位好不好啊！"

"哼，我知道，在你眼里也就只有三年七班的乔速光好看！全世界的男生就他好看！你满意了吧？"

"你不也是嘛，一看见三年七班的陈过就番茄美少女变身，还好意思说我咧。"

"……"

那些熟悉的对话，带着好多年前熟悉的味道，浮动在自己的身边。陆之昂除了对那句"老男人"微微有点儿吃不消之外，对于其他的话，感觉像是时光倒流。那些在浅川一中的日子，自己和小司就是行走在无数女生的目光里的。在她们的心里，两个男生都是传奇。

"也不知道当初那些喜欢我的女生都去了哪里呢。"喝着可乐，穿着西装坐在路边的栏杆上，这么多年过去了陆之昂还是改不掉当初那个小混混的习惯，"现在的中国，真是好寂寞啊。"

"你去菜市场看看啊，那些买白菜和萝卜回家照顾老公的王阿姨和沈大妈，当初不是就很迷恋你的嘛。"傅小司还是当年一样冷冷的嘲讽语气，回过头看到不知道什么时候坐到栏杆上去的陆之昂，差点儿没把可乐吐出来，"你给我下来！你下次要坐就给我换条牛仔裤再出门！穿套西装坐在栏杆上像什么样子啊你！"

伸手拽下来。

"怎样啊，想打架啊？"

"嗤。"傅小司最常见的白眼。

"哎，小司，你老了。没活力了。你要跟上我的节奏啊，永葆青春！"

"你不是水瓶座的吗？大我差不多半年呢，你个二十三岁的老男人！"

"你说我老？我要报警！"

"报警前想想清楚，我不会给你送饭的。"

"你……好啊，我说不过你啊，从小就这样，你再说我就在街上哭，你有本事你就再说啊，继续说说看啊。"

"……"

在陪伴着小司的半年时光里，那些早就死在记忆里的夏日，像是全部复活过来。香樟发出新鲜的枝叶，染绿了新的夏天。有时候我都在想，这样重新回归以前的宁静，说不定是很好的选择。那些复杂的社会，残酷的人性，天生就不适合小司。

小司，如果可以选择，我宁愿你一直是那个当初只会画画和学习的单纯的小孩，永远是那个横冲直撞脾气臭臭的小孩，你不应该对别人低声下气，你不允许被别人侮辱讽刺，在我心里，你一直都像是一个活在幸福天国的小王子。所有的肮脏的东西都和你无关。

可是这样的你，竟然要面对现在的生活。每次一想到这里，我就觉得格外地伤感。有天我做了个梦，梦里的你一直站在最高的那个山崖上，所有的人都没有你的位置高，所有的人都只能仰望你，连我们这些朋友也一样，我和立夏还有遇见，就那么站在很低的地方，我喊了好几声你的名字，可是你站得太高了，听不见。然后你就突然从那个山崖上摔了下去，我们想救你，都无法上来。

而梦醒后，又是一个又一个沉重的黑夜。那些黑夜都是如此地漫长，漫长到了连我，都会感到害怕。小司，你一定要坚强。以前我一直都觉得，两个人一起无聊，就不叫无聊了。而现在，我也是觉得，两个人在一起，再难过的事情，都会变得不再难过吧。

——2002 年·陆之昂

转眼已经是冬天了。厚厚的雪落满了整个北京城。所有的树木，房屋，街道边的花坛，全部覆盖在白茫茫的大雪里。

已经是 2003 年了。时光过得多么快。

立夏回想着过去的半年时光。所有伤心的事情，开心的事情，全部浮现出来。开心的事……似乎还找不到开心的事情呢。伤心的事情倒是一个接一个。

很多时候自己都难过得想哭，小司却似乎完全没感觉的样子。可是立夏知道，怎么会没感觉呢。应该是放在内心的最里面，不想讲给人听吧。

哪怕是那天在书店看到《花朵燃烧的国度》和新版的《春花秋雨》摆在一起，并且新书上赫然有一条腰封，腰封上是"著名画家傅小司靠抄袭该画集成名，畅销画集《花朵燃烧的国度》完全抄袭该画集，不能不信，您看了就知道……"的时候，小司也是什么都没说地把那本书拿起，又放下，然后低着头走出了书店。

而身边是汹涌的人群，还有那些透过人与人的罅隙传进耳膜的话：

"啊？怎么可能？小司的画集是抄袭这本烂书的啊？"

"你有病啊，我看烂的是傅小司这个人吧，你别执迷不悟了……"

"可是，我不相信小司是这样的人啊。"

"你有毛病啊，不信你就买回去看看那两本书啊。"

"好……我买。"

这些都是生活中的小事情。这些都不会让小司难过。很多时候反倒是傅小司安慰着立夏。他总是很温柔地对立夏说，这些事情不值得去生气的。立夏抬起头看着傅小司大雾弥漫的眼睛，以前这双一直被自己取笑为白内障的眼睛现在却格外地温柔，每次看到小司的眼睛的时候，立夏都会大哭。而傅小司，总是伸开手臂安静地抱着立夏。

小司，不知道为什么，每次在你的怀抱里，我都会觉得世界在一瞬间格外地安静，安静得像是可以听到遥远的浅川那些干净的大雪落下的声音。北京的雪很脏，我一点儿都不喜欢。

小司，你曾经说过，什么时候我们一起回浅川一中去看看那些离别很久的高大的香樟，你知道吗，我一直都在期待着那一天。

——2003 年·立夏

能够让傅小司伤心的，应该就只有那些曾经一直支持着他可是现在却在讽刺着他的人吧。立夏每次想到这些，都感觉伤心的情绪像是潮水一样漫上来，甚至很多时候都想要去给那些肤浅的人一耳光，告诉他们，你们这样的人不配喜欢他。

立夏很多时候都会想起在刚刚过去的秋天里举行的《屿》第三本画集的武汉新书发布会。那个发布会自己花了很多心血，小司花了很多心血，专门为发布会赶画新的宣传画，甚至还专门叫七七从无数的通告里挤出了难得的时间来去武汉唱歌做特别来宾，甚至遇见都去了，而且有乐队现场为遇见伴奏，唱出了震撼全场的歌声。立夏还专门提前了两天去武汉，监视着所有工序的完成，还叫那边的策划单位专门制作了一张很大很大的白色画布，摆放在新书发布会的现场，提供给所有的读者签名留下给小司的话，立夏一直希望小司在看到那些读者的支持的时候，能够更加快乐也更加坚强地去面对以后漫长的时光。

从武汉把那张沉重得几乎挪不动的画布搬了回来，甚至在飞机上还为了这块特别大的画布和空姐起了点儿小争执。

回到工作室遇见和立夏已经累得要死了，遇见躺在沙发上大口喘着气，对立夏说："好啊立夏你，你记得怎么报答我吧，把我当苦力使唤，能耐啊你……"

没有说完的话，断在空气里，因为整个工作室像是被突然浸到深深的海底去了一样，没有一点儿声音，刚刚还在抱怨说手都要搬断了的立夏和一直在道谢的傅小司都没有了声音，所有的人都像是安静地退到了遥远的地方。遇见抬起头看到立夏和傅小司一动不动的背影，甚至看到立夏的肩膀微微地抽动着，她从沙发上站起来，走过去看摊开在地上的画布。

那些"小司我们永远支持你"的话语中间，是无数的鲜红的大字：

傅小司你这个狗屎只会抄袭。

抄袭的人滚回家去不要来污染武汉。

以前喜欢你，现在你完全商业化了，你不再是我心目中单纯的傅小司了。我讨厌你。

哈哈哈哈大傻B。

画不出来了就找歌手来撑场面，下流！程七七不要跟这样的垃圾在一起啊！

……

那些鲜红的字像是心里流出来的血，傅小司呆呆地看着，也忘记了难过，忘记了说话。而旁边，是捂着嘴、低着头泣不成声的立夏。

拳头握紧，指关节发出咔嚓的声响，一张惨白的脸，和遇见哽咽的声音一字一句骂出来的"×他妈"。

遇见把画布拖出去，因为太沉重，只能在地上拖。那些愤怒都化成手上的力量，还有眼底渐渐上涌的泪水。像是发疯了一样，在公司无数员工的注视下，遇见把那张画布拖过一整条长长的走廊，拖到仓库边的那个垃圾房里，重重地踢进去。

立夏在走廊尽头传来的遇见格外响亮的那句"作奸使坏的人不得好死啊"的带着哭腔的骂声里，咬破了嘴唇。苦涩的血流进嘴里。

是最苦最苦的苦味。

窗外是天光逃窜的深秋。寒冷已经不远了吧。

寒冷的冬天又到了。

陆之昂又戴上了种种千奇百怪的帽子。二十三岁的人了还一副小孩子的样子，不过看上去倒是很时尚就是了。只是因为公司的要求严格，只能私下里戴给小司和立夏他们看看。不敢戴到公司去。傅小司每次都说如果公司老板看到他私下的打扮肯定会决定签他下来做艺人的。陆之昂一副"我才不要"的表情，像极了高中的时候被他们取笑时的样子。

最近大家的心情都很好。因为上次在《屿》第三本的发布会上，遇见的歌声让所有的人都大吃一惊。立通传媒的官方网站上也不断地有人留言打听那个唱歌的女孩子叫什么名字。所以，最后公司决定把遇见签到旗下，经纪人就是F。遇见跟以前经纪公司的合约问题也由F出面顺利解决了。

签约的那一天，立夏又哭了。她觉得自己真的很没用，一直都在哭，除了哭什么都做不了。

可是，这只是一个开始。所签的合约也只是一个暂时的合约。公司计划要遇见去参加北京一家电视台举行的一个叫"光芒舞台"的比赛，并且在评委里面打点好了一切。只要遇见能够拿下第一名，公司就会大力地宣传，并且举行盛大的正式签约仪式。

前面的比赛都很顺利，下周就是决赛了。

好大的雪呀。从傍晚的时候开始下，一直下到现在。

段桥趴在收银台的桌子上，看着外面的鹅毛大雪发呆。虽然已经不会再像以前一样因为下雪而大呼小叫了，可是每次都还是会看着飘落的雪花出神。

遇见自从签约立通传媒之后，便利店的工作就辞了。现在是另外一个大学生和段桥换班。

段桥以前总是希望学校快点儿放学，然后把车骑得飞快，冲到便利店，尽量争取和遇见有更多的相处的时间。而现在，似乎已经没什么必要了。空旷的便利店里只有两个男生，你看看我，我看看你，也没什么话说。

段桥开始花大量的时间去整理货架，搞得那个新来的男孩子怯生生地问："学长，在便利店工作需要这么经常整理吗？要么换我来吧……"

段桥哭笑不得，又不能解释自己是因为没有女朋友在身边只能靠整理着乱七八糟的货物来打发时间，不然整日放空走神的日子真够难熬的。

今天也是一样，刚刚整理完货架，现在没事情做，只好对着窗外发呆。背后的男生欲言又止，最后还是忍下来没有问话，只是小声地嘟囔了一句"学长还真是沉默的人啊"。

门上风铃清脆的声音，两个男生同时抬起头——

"欢迎光临！"

"我要一罐牛奶，热的。"

男生正要去电热柜里拿牛奶，结果被段桥敲了下头拉了回去。"小鬼，抢什么，我来呀。"

段桥取出牛奶，递过去。

"谢谢。"温柔的笑容浮现在遇见微微冻得发红的脸上，"不要欺负人家新人啊。"

"喂，小弟弟，我借这个大哥哥一会儿哦。"眯起眼睛的笑容，像冬天里难得的太阳一样温暖，"可以吗？"

"啊……"男生摸了摸头，有点儿不好意思地，"没问题没问题，这里有我呢。"

"谢啦！小兄弟。"段桥转过身去敲了敲男生的头，从墙上拿下大衣，"我马上回来。"

直到两个人打开门走了出去，背影消失在街道的转角，男生依然盯着玻璃门发呆，"真是漂亮的人呢，段桥学长也一表人才，两个人……应该在谈恋爱吧？"

已经慢慢逼近年尾了。街道上开始多了很多红色的灯笼。北京比起上海深圳这样现代化的城市来说，还是显得很古老。在这种古老里，又微微地透出温暖的味道来。

也许是心情比较好吧。看什么都会看出美好的一面。

就像现在一样，仅仅是安静地和段桥背靠背头靠头地坐在街边的长椅上，也觉得世界显得无比地幸福和安详。遇见匆忙赶路的行人看着自己的奇怪眼光就有点儿想笑，他们肯定认为两个精神病人刚刚逃出来了，这么冷的下雪天不在家待着跑到路边挨冻。坐了一会儿帽子上衣服上就落满了雪，两个人看起来像是坐在路边的雪人。

"我明天正式比赛啦。"

"嗯，我知道啊。"段桥把遇见的手拉过来放在自己的衣服里，"我会请假来看的，你不要因为有个帅哥坐在台下就紧张得发抖哦。"

"哈，你不要只顾着看台上的美女看得流口水哦。"男生的手天生就比女生大，和立夏的手比自己的手算大的了，却还是可以完全被段桥握在手心里。

"你帮我签个名咯。"大男生撒娇的语气，"等你成了大明星我还可以拿去卖呀。"

"你去死啊！"

"嘿嘿。可是我又在想……"突然温柔下来的口气，在夜色里变得柔软无比，从大脑的后面传过来，"遇见如果真的成了大明星了，不知道还会不会记得我呢……那个时候，应该有很多喜欢遇见的男孩子吧……"

"段桥……"

"嗯？"

"我们结婚吧。"

在我最平凡也最潦倒的时候，是你用自己单薄的生命来照亮我的黑夜，并且为了我，而变得越来越优秀。段桥，你曾经说过要为了我考到最好的学位找到最好的工作，你再不要我为生计在很冷的天气里送报纸。那个时候我看到你眼睛里含着眼泪，没好意思讲出来，因为你们男孩子都要面子，不喜欢在女生面前哭。可是从那个时候开始，我就决定了，无论我将来是多么地平凡还是格外的光芒万丈，也无论你是多么地潦倒，我都会在你的身边。

我从来就没有忘记过。

以前的自己，为了唱歌而放弃了曾经青涩的爱情，可是现在，我已经学会了把握幸福。如果是以失去你为代价的话，我宁愿不再唱歌。因为就算有一百万个人听着我的歌声落泪，也抵不过你温暖的拥抱和亲吻，而我的歌声，也不具备任何的意义。年少的我不懂这些，是曾经的青田教会了我。我的朋友傅小司有一个理论，他说那些曾经出现在你生命中后来又消失的人，他们都是天使，带给你幸福，或者教会你懂得更多的道理。所以我觉得，青田就像天使，那个天使教我的事，就是不要再任性地弄丢了幸福。

——2003年·遇见

流光剧院已经坐满了人。

"光芒舞台"的决赛就在今天晚上。舞台上匆忙地奔走着工作人员，忙着测试灯光、音响等。

遇见在后台化妆间。化妆师是个年轻的男生，一边给遇见上粉底，一边夸奖遇见的皮肤好。正聊着，听到门口有人叫自己，从镜子里看到是立夏。

立夏立在门边，没进来，很神秘的样子。

遇见说："你干吗啊？"

立夏说："你猜猜今天谁来了？"

遇见反正是知道傅小司、陆之昂，还有段桥都是坐在 VIP 区域的，现在到后台来的会有谁啊？想不出来，摇了摇头。

立夏朝旁边一让，遇见回过头去看到盛装打扮的程七七。

七七一出现就让整个后台化妆间闹得不得了，有的人要签名，有的人要合照，搞得一团乱。七七很有礼貌地应付了一下，然后和立夏走到遇见旁边。

遇见慌忙站起来，有点儿手足无措，毕竟七七是大明星呢。

倒是七七很大方地拉了遇见的手，说："你今天晚上肯定没问题的，因为，我是评委。"

本来七七到现场来已经够让遇见吃惊了，可是听到她刚才那句"我是评委"更是让遇见有点儿惊讶了。她现在才知道公司私下做了很多的沟通工作。

所以立夏在比赛之前才会一直对自己说，遇见你的歌声肯定没问题，就算有问题，也会没问题的。那个时候遇见还不理解立夏充满信心的笑容，而现在，终于明白了原因。

遇见是第四个上场。

第三个歌手被三盏黄灯淘汰下去了。

立夏坐在 VIP 席里，有点儿焦急地等待着遇见出场。倒不是担心遇见会出问题，而是有点儿迫不及待地想让全场甚至全国的观众听到遇见的歌声。

遇见终于站在了灯光下面，立夏在座位上拼命地鼓掌，搞得身边三个大男生哭笑不得。后来还是傅小司把她拉回到座位上坐着，叫她乖乖地听遇见唱歌。

遇见身后是两排灯。第一排是红灯。只需要一盏，歌手就会被淘汰。所以评委都会很慎重地选择红灯。第二排是黄灯。如果亮起三盏，歌手也会被淘汰。前面三个歌手都是被三盏黄灯淘汰的。

开始的时候现场还有一些嘈杂的声音，人们都还在低头议论着什么，甚至在音乐前奏响起之后，也没怎么小下去。可是，在遇见的声音从环绕音响里面扩散出来的时候，那些人声，嘈杂声，咳嗽声，一点一点地消失不见，只剩下遇见的声音，成为空气里唯一的交响乐章。和那天在KTV唱歌的情形一模一样。那些诡异而华丽的色泽又重新从地面浮动起来，像是幻觉里的北极光，在遇见的身边缠绕成无法形容的光环。立夏每次都觉得，遇见唱歌的时候，就像一个女神一样。

于是扬扬得意地回头去看身边的几个男生，段桥一直两眼发直地盯着台上灯光下的遇见，没有理她，傅小司搓着脸，一副无可奈何的表情，只有陆之昂低下头来和她顶嘴，说："你得意什么啊，遇见也是我高中同学啊，而且分科后她是和我同班不是和你啊！哈哈哈哈！"

立夏被堵得胸闷，可又找不到反驳的话，于是只能继续听歌。倒是身旁的段桥一直很紧张，整个背都绷得很直，像小学生上课一样。立夏俯过身去安慰他说："喂，不要紧张啊，我们公司都打点好了，而且，你看，唱到现在，歌曲都要结束了，连一个黄灯都没有，你紧张个什么劲啊，喏，快要唱最后一句了，准备好鼓掌吧，欢迎我们歌坛冉冉升起的……"

话说到一半，硬生生地断在立夏的嘴里，像是突然被折断的筷子，发出清脆的声响。同时停顿的还有遇见的歌声，像遇见突然被人掐住了喉咙，所有华丽的色泽在瞬间消失，歌声像是水一样被海绵吸收干净，空气里瞬间安静到极点，只剩下音乐的伴奏声，和一声尖锐的电子嚣叫。

那一瞬间，VIP席上的立夏，段桥，陆之昂，傅小司，甚至连坐在评委席上的七七，都突然站了起来，所有人都张大了口不敢相信。空气里是紧张的气氛，像是某种透明的物体在无声无息地膨胀。

所有人都望着台上目瞪口呆的遇见，望着她一脸惊讶的表情，和眼底的泪水。

还有她背后那盏刺眼的发亮的红灯。

七七望着周围的评委，每个人脸上都是安静的表情。完全看不出来刚刚是谁把红灯按了下去。目光从每个评委的脸上一一扫过来，还是没有答案。回过头去，看到的是议论纷纷的观众，还有人群里，被傅小司按住双手的，泪流满面挣扎着的立夏，听到她因为被陆之昂捂住嘴巴而变得模糊，可是依然哽咽着吼出来的"是哪个王八蛋按的啊！是哪个王八蛋啊！"。那一瞬间立夏伤心欲绝的脸在七七的视线里无限地放大，放大，直到占据了所有的视线。

耳边是立夏的哭声，和她哽咽的话语。

是哪个王八蛋按的啊！

是哪个王八……蛋按……的啊……

再回过头去的时候，只来得及看到遇见消失在幕布后的背影，都来不及看她有没有哭。

七七的心惶惶然地沉下去。

段桥冲在最前面，立夏和傅小司还有陆之昂跟在后面，一群人冲到后台，可是找不到遇见。听工作人员说是在化妆间卸妆，于是又跑去化妆间。

在打开门的刹那，映进眼里的是空旷的房间，还有黑暗里镜子前唯一亮起的一盏光线不太够的小灯，以及，低着头坐在镜子前一动不动的遇见。

在我的记忆里，那是遇见最伤心的一次哭泣。我以前好多次看到过遇见流泪，都是倔强得没有声音。可是那天，她趴在段桥肩膀上，像个小孩子一样哇哇大哭。像是那么多年的努力，那么多年受的委屈，那么多年来为了音乐而放弃的幸福，都化成了她的哭泣。

那一刻，站在门口的我好难过。周围的人和物都消失不见，甚至连站在我旁边我最爱的傅小司也失去了存在的意义，眼前只有哭泣得像在轻微抽搐的遇见。心里像是突然被插进千万尖锐的钢针，痛彻心扉。如果可以，我甚至愿意那天我没有在现场。如果我不在的话，也就不会在以后的日子里，再也忘不掉那天遇见最后已经嘶哑的哭声，还有她那张伤心欲绝的脸。

那是我记忆里，最让人心疼，最让人难过的遇见。

——2003 年·立夏

"光芒舞台"最后在一片混乱中结束。一个歌手都没有顺利地通过。第一名只能空缺。

散场后七七从后台出来，立夏他们已经走了。公司的车停在剧院门口。七七跟着助手朝车停的地方走去。

关上车门之后，七七没有再说话。头靠在玻璃窗上，低声说了句："送我回家吧。"

身边的经纪人叫司机开车，然后回过头来对七七说："刚刚遇见都要唱完了，我还在担心你会不会改变主意呢，结果还好你在最后时刻按了红灯，不愧是七七啊。哈哈。"

靠在玻璃窗上的七七没有表情，只是呆呆地看着窗外北京的夜色。那些灯光从车窗射进来，倒映在七七的眼里，反射出层层叠叠的光晕来。

等立夏再抬起头来看着窗外的时候，整个冬天已逝。窗外又开始刮起了风沙。树木的新芽被沙尘消减了不少的绿色。整个北京看起来灰蒙蒙的。死气沉沉。

一晃两个月过去了。

前段时间一直昏昏沉沉地在生活，每次想到遇见都想哭。

遇见又重新回到便利店上班去了。因为并没有顺利拿到歌唱比赛的第一名，所以公司让遇见自己选择到底要不要继续签约立通传媒。因为由现在的情况看来，似乎很难不借助任何比赛捧红她。在立通传媒的最后一天，遇见笑着摇了摇头，然后抱了抱立夏，转身离开了立通大厦。

立夏从落地窗看出去，正好看到遇见从大厦门口走出去，单薄的身体，在风里裹得紧紧的风衣。立夏喉咙又有点儿发紧，可是也没有什么办法。

这些伤痛，终究只有时间才能抚平吧。

七天之后，傅小司的第四本画集《冬至》举行首发式。

连续三天都没有睡觉了。可是立夏还是不想去睡。拿着程序表一项一项地核对，生怕任何程序出问题。这本画集是小司在被媒体批判成只懂抄袭没有任何创造力的画家之后的第一本画集，所以，一定不能有任何问题。

一定不能有任何问题。

每天的工作表都被排得满满的。陆之昂被公司调过来负责这次首发式的宣传企划。干通宵的时候就在傅小司的卧室里随便睡一下。

立夏和之昂已经连续三天只在早上睡两个小时，然后继续工作。场地的调动，人员的安排，印刷厂的进度，宣传册的印制，邀请记者，新闻通稿，所有的事情让两个人忙得要死。傅小司看着却帮不上忙。

已经是第四天的早上了。后天上午就是首发式。

"我能帮着做什么？"傅小司坐在沙发上，有点儿沮丧地问。

陆之昂抬起头来，一张疲惫的脸，眼睛里全是血丝，但还是露出了笑容，这更加让小司难过。陆之昂说："你什么都不用做，你的工作都已经做完了。现在你需要做的就是好好休息，做做面膜什么的，哈哈，就像前面你一直在熬夜画画而我们在休息的时候一样，你不需要有任何的内疚。"

傅小司望着陆之昂的面容，心里掠过很多感慨。对他已经日渐成熟起来这个概念在之前只是很朦胧地浮在空气里，可是现在，在看着他工作的时候，在看着他有条不紊地计划着所有的细节的时候，才会深深地感觉到，他已经不是以前那个什么都不知道的冲动的男孩子了。

这也让傅小司觉得格外振奋。

突然，电话响起来，立夏接起来，在一声"你好，立通传媒屿工作室"之后就没了声音。

空气里浮动出尘埃的味道。

陆之昂抬起头，看到立夏不知所措的脸，和沿着脸颊滑下来的泪水。

整个工作室有三分钟没人说话，之后，立夏才低着头小声地说了一句："小司的官司，输掉了。"

一大颗眼泪砸下来，掉在手中的工作表上，模糊了"冬至"那两个黑色的大字。

整个晚上都在给律师打电话，结果，那边也解释不清楚为什么官司会输掉。只是一直重复着说，电话里讲不清楚，改天出来当面讲。

"可是之前不是一直都说情况很好完全没问题的吗？！"

暴跳如雷。完全不是平日里温和的陆之昂。

"很多事情不能在电话里讲，不方便。我已经说了，要当面谈一下。"对方的口气很无奈。

"不方便？！你也知道不方便啊！小司后天就新书发布了！你在这个时候告诉我们官司输了，你叫小司的发布会怎么做啊！"

"你现在冲我发火也没有用啊。"

"那法院的判决什么时候发出？"

"明天。"

"怎么会这么快？"

"我已经说了电话里很多事情讲不清楚，你别问了。"

"好吧。"陆之昂挂掉电话，然后恶狠狠地骂了一句。

打开小司的门，去工作间倒水的时候听到角落里有什么动静。开始吓了一跳，后来仔细看过去，却发现小司坐在地上，脚边散落着无数的信封和信纸。身边是一个好大的箱子，装满了信。陆之昂想起来这个超大的箱子是用来装读者来信的，陆之昂也曾经看过里面很多的信，那些鼓励和支持，很多时候都让他感动得无以复加，只是表面上还要嘴硬地说："啊，这么多喜欢你的女孩子啊，都够赶上我一半了。"

走过去，在小司边上坐下来，抬起头看着他的眼睛，红红的，还有一些潮湿。很明显哭过了。

陆之昂心里像被什么东西狠狠地刺了一下，难过像潮水一样涌起来。

"干吗不睡觉呢，快点儿去睡吧。"控制着声音里的颤抖，希望给他力量吧，"养好精神呀。"

"嗯，好的。"傅小司抬起头，那一瞬间的表情像是一只受伤的小野兽，已经没有了倔强的力量，只剩下可怜，陆之昂觉得喉咙像是被什么东西卡住了，呼吸都有点儿困难，"我马上就去睡了，我以前都没时间看这些别人写给我的信，现在我想看看，因为我想……以后再也没有人给我写信了吧……"

平静的语气。稳定的语速。可是，可是聋子也可以听得出来话里断断续续的、哽咽的哭腔。

陆之昂抱过小司的头，眼泪流下来，"不会的，爱你的人永远都是爱你的，小司，你一定要相信。你一定要相信我。"

你一定要相信。

你一定要相信我。

哪怕所有人你都不愿意相信了。

你也。一定要。相信我。

首发式。早上六点，立夏就已经到了发布会现场。立夏一直担心着不知道会出什么事情，所以打电话给遇见，遇见说你直接在那里等我，我马上就来。

傅小司的发布会设在光华国际会展中心的一楼大厅里，几乎所有文化界的重要新闻发布会都是在这里做的。立夏看着现场的布置，和昨天的一样。只是在小司的发布展台旁边又搭建了另外一个展台。

向工作人员询问了一下，说也不太清楚，好像是一个唱片的新专辑发布会。立夏还是不太放心又打了电话回去询问了公司今天有没有和别的公司撞新闻发布档期，怕记者赶新闻有些就不能来。后来公司又确定了一下准备到场的记者都会出席，立夏才稍微放了点儿心。

看了下时间已经七点多了，立夏心里在担心的问题并不是现场的布置，而是工作室那边，也不知道小司的情绪怎么样了。因为在离开的时候，小司依然蜷着腿坐在沙发上。他已经坐了一整夜了。

立夏看着小司的样子实在是不忍心，于是打了个电话给公司高层，颤抖着说："要么今天的发布会……就临时取消吧……"

结果是公司的总经理 Will 都过来了。

Will 站在工作室里对傅小司说："小司，每个人都会有困难的时候。就像你现在，如果你现在放弃了的话，那么你就是彻底地失败了。而你如果站起来的话，你会得到每一个人的喝彩的。"

傅小司抬起头，眼睛里还有残留的泪水。他没有摇头，也没有点头，只是怔怔地看着空气里的某个地方。

立夏看得心都要碎了。

立夏看了看表，已经快八点了，听到身后有人叫自己的名字，回过头去看到遇见跑过来。立夏突然觉得很感动。于是用力地抱了抱遇见。

"好了，我们去化妆间等小司吧，他来了肯定要急着化妆做造型。"遇见拍了拍立夏的肩膀，"现在不是我们软弱的时候，撑过今天上午，然后我让你大哭一场。"

两个人等在化妆间里。时间从身边不动声色地奔跑过去。甚至可以听到空气里秒针转动发出的滴答声。立夏心里越来越惶恐，感觉像是站在高高的悬崖上被大风一直吹来吹去。

手机突兀地响起来，立夏吓了一跳，看到屏幕上"陆之昂"三个字赶快接起来，然后，手机里传出陆之昂的声音，那种声音是立夏以前听到过的，充满着兴奋和喜悦，他说："小司已经进来了，马上到化妆间，你们快点儿准备！"

立夏挂了电话冲出房间，转过头，看到走廊尽头，傅小司气宇轩昂的脸。

在那一瞬间，我看到走廊尽头穿着黑色西装扎着领带的傅小司，像是感觉到了春天在一瞬间就迫近了我的身旁。他眼中闪烁的光芒，我高三那年在上海看他领人生中第一个美术大奖的时候曾经看到过。于是我知道，他没有让我失望。

他再也不是那个软弱的小男孩了。他是那个带领着人们冲破悲剧的黑暗之神。

再大的伤痛，都在这一瞬间平息在他完美的笑容，和清晰而明亮的眼睛里。

——2003年·立夏

化好妆，弄完头发，刚好八点五十，九点新闻发布会开始。

傅小司在展览中心的保安带领下朝着发布展台走去。立夏和陆之昂还有遇见走在后面。出现在展区的时候，每个人一瞬间都像是被闪电击中一样丧失了语言。

在傅小司展台后面的巨大喷绘海报旁边，是另外一张海报和横幅，上面写着"著名画家冯晓翼最新力作《忧伤的缘分》首发式"。

立夏在一瞬间有点儿手足无措，转过去对着小司说："怎么会这样……我不知道怎么会这样的……"说到后来都急得要哭了。

傅小司抓过立夏的手用力地捏了捏，低下头来小声地说："不要慌，没关系，这没什么要紧的，我会处理的。"

遇见带着立夏走到第一排坐下来，身后是早就在等候的记者。陆之昂和傅小司也在台上坐下来。傅小司的面前是几瓶香槟，旁边是垒成金字塔形的玻璃杯。傅小司在入座的时候朝旁边看了一下，这是他第一次看到冯晓翼这个人。细小的眼睛从眼镜后面发出微小的光芒来，紧闭的嘴唇，还有尖尖的下巴。傅小司看了看之后有礼貌地一笑，然后就把头转过来再也没往那边看过去。

"傅小司先生，请问这次的新作主要内容是什么？"

"因为画集的名字叫《冬至》，所以，是讲一个冬天里的故事，用了很多雪里的香樟树来表现。因为我自己从小到大生活的城市，特别是我的高中校园里，有特别多的香樟树。"

稳定的语气。完美的笑容。优雅的举止。

"傅小司先生，请问您对于冯晓翼小姐的新画集发布会和您选择同一个时间同一个地点举行有什么看法？"

"这个我和我的公司所有的工作人员之前都不知道，我们也是刚刚从里面出来的时候，才看到布置好的现场。不知道冯小姐是否清楚我的发布会是在今天的这个时候，不过我们很早就发布了消息，我想冯小姐或者她公司的人应该能看到吧。"

成熟的回答。适当的反击。

立夏看着台上应对自如的小司，心里都想要哭起来了。谁能相信，这是个在几个钟头之前还缩在沙发上流眼泪的男生呢？谁能相信他现在承受着的压力足够让一个人崩溃呢？

还好，一直都没有记者询问官司的结果问题。看来还没有人知道那个消息。

空气里硬生生插进的一个问题，在那一瞬间，让所有人都停止了说话。立夏回过头，看到傅小司在一瞬间变得苍白的脸，和坐在他旁边表情严肃的陆之昂。

那个发问的记者站在第三排，手中的话筒还没放下去，空气里还一直悬浮着他的那个问题："外界传说您的新画集《冬至》是抄袭去年畅销的另一本画集《香樟树》，请问您对这个有什么看法？"

"我……没有看过《香樟树》……"傅小司的语气开始游移起来，立夏可以看到他脸上渗出的细密的汗，"所以，我也……不太清楚……"

"画了香樟就是抄袭《香樟树》啊？"遇见突然从座位上站起来转过身去，面对着那个记者，把立夏吓了一跳，"那是不是画了梧桐就抄袭了《梧桐雨》啊？要是他还一不小心画了白鸽和橄榄枝，那是不是还要告他抄袭了毕加索啊？你有没有脑子啊？"

遇见极快的语速让那个记者一句话也插不进来，反倒是全场的人都被说得笑起来，搞得那个记者脸上一阵红一阵白的。遇见坐下来之后，立夏在旁边小声地说："我崇拜你啊，偶像。"

台上的傅小司和陆之昂也冲遇见发出赞赏的目光，陆之昂甚至还把手放到下面竖起大拇指比画了一下。

就在所有的人都以为这个新闻发布会就要平静地结束了的时候。对面的冯晓翼突然站起来，对着这边的人说："对面的朋友，我这里有一份关于傅小司抄袭我的画集《春花秋雨》的材料，想听的可以顺便听一下。"

"洪州市中级人民法院 2003 年 3 月 22 日判决，被告傅小司的《花朵燃烧的国度》系抄袭原告冯晓翼的画集《春花秋雨》。判定《花朵燃烧的国度》停止发行，并赔偿原告十一万元人民币。"

人群安静了三秒钟之后突然爆炸起来。

那一瞬间，立夏觉得世界黑暗无边。

慌乱中朝着展台往前挤的记者举高了话筒想要听到傅小司的回答，拿着照相机的记者混乱地抢着拍摄的角度，甚至外围的读者也纷纷朝里面挤进来。陆之昂不得不拿过主席台上的话筒宣布今天的新闻发布会到此结束。可是，所有的人都围在一起了，场面像是失去控制的暴动。

谁都没有看清楚那个拿着矿泉水瓶的男人是怎么冲到傅小司前面的，谁也没有看清楚他是怎么将一大瓶装好的污水从傅小司头上倒下去的，当所有人都安静下来的时候，当所有人回过头的时候，只看见傅小司站在边上一动不动，头发上西装上都是肮脏透顶的污水，那些肮脏的垃圾挂在他的头发上，领口上，那些水沿着他的头发、额头、鼻梁朝下面流下来，散发着让人难堪的臭味。

这一刻，世界无比地安静。只剩下那些滴答滴答的水声，那些水从傅小司身上流下来，流到地面上，迅速地汇成了一摊水。

　　傅小司的眼圈红红的，不知道是因为哭了，还是因为脏水流进去，刺得眼睛发痛。

　　人群里最先回过神来的是遇见，她骂了一句"你他×找死啊！"后一拳就过去了，重重地打在那个男人的下巴上，那个男人一下子没站稳摔在地上，吐出一口血。

　　而这个时候，遇见才看清楚，原来过来闹的人并不只是这一个男人，人群里突然闪出三四个男人，一齐朝着遇见冲过来，展台上的陆之昂跳下来，把遇见朝身后拉过去，然后冲上去开始和他们打起来。

　　那些愤怒积累在心里已经很久了。

　　像是那些从很早以前就开始流淌的河水。

　　这个世界上有很多没有来由的仇恨，很多没有来由的忌妒，没有来由的怀疑，没有来由的愤怒，这些，都在人性美好的一面下暗自滋长着，等待着有一天美好的表层被捅出一个口子，然后，这些黑暗而肮脏的东西就会喷涌而出，一瞬间占领整个世界。

　　所有的人都挤在一起，围成一团，保安被挤在外面无法进来，那些记者没有一个人劝阻，所有的人都是一脸幸灾乐祸的样子举着话筒摄像机和照相机站在旁边安静地抓着新闻，立夏看着这些人的嘴脸一瞬间觉得那些从前自己一直深深相信的人性，也许从来就没有存在过。

　　闪光灯下是陆之昂流血的手背，是遇见被别人扯住的头发，是傅小司替自己挡掉的拳头，是陆之昂摔在那些男人身上的椅子，是遇见敲碎在那些人头上的瓶子。可是这一切，在立夏的眼睛里面却是安静地发生着，像是一部音频出了问题的安静无声的电影，立夏产生了微微恍惚的感觉，眼前的一切就像是闹剧一样。

　　而唯一清晰的声音，就是从身后传来的冯晓翼嘲讽的语气，她面对着记者微笑着说："如果我是抄袭者的话，我早就回家开始忏悔，根本没有脸面站在这里还开新书发布会……"

而之后，谁都没有看清楚展台上的香槟怎么会突然地少了一瓶，谁都没有看到陆之昂怎么就冲出了拥挤得连保安都无法挤进去的人群，谁都没有看清楚陆之昂怎么就翻过了两个展台中间的栏杆。

香槟敲碎在栏杆上，陆之昂紧紧握住剩下的部分……

而当所有的人都看清楚了的时候，冯晓翼已经倒在了地上。现场安静而无声，陆之昂面无表情的脸是无声的，冯晓翼扭曲痛苦的脸是无声的。

立夏突然有种如释重负的感觉，她甚至微微地露出一个扭曲的笑容，因为太过荒唐，她想，这是梦吧，肯定是场梦，等下肯定会有人过来捅我一刀的，然后这个梦就醒了。

而这次最先清醒过来的是傅小司，那声哭着吼出来的"你他×的在做什么啊！"后，在所有的人反应过来前，他已经拉着陆之昂朝门外跑了，之后遇见也反应过来，越过栏杆跳出展区迅速地追了出去。

傅小司扯着陆之昂飞快地出了展区的大门，这个时候，所有的人都清醒了，这是杀人啊，是杀人啊，不再是简单的打架了。

遇见清醒过来了。

立夏也清醒过来了。

会展中心所有的保安都清醒过来了。

在傅小司和陆之昂跑出大门的瞬间，遇见用力地把两扇门关起来，在关上的瞬间对傅小司吼了句"一定要帮他跑出去"之后，遇见就死死地堵在那里。保安过来拉扯着她，可是她的手还是死死地抓着大门。因为她知道，现在是最麻烦的时候，帮他们多争取到一秒钟，也就多一秒可以跑出去的希望。

可是保安越来越多，因为是刑事案件的关系，保安直接拿出了警棍，遇见最后的感觉是头上被重重地敲了一下，然后死死地拉着大门的手就没力了。大门被猛地拉开。

立夏跑过去把遇见抱起来的时候，看到遇见头发里流出来的黏稠的血，心里像是有无数千万斤重的锤子在一下一下地敲打下来。

遇见抓了抓立夏的手，示意她靠近，在她的耳朵边上小声地说了句"叫陆之昂有多远跑多远……"然后就在立夏的怀里昏过去了。

那些眼泪源源不断地从立夏眼睛里涌出来，大颗大颗地掉在遇见脸上，流下来的血被泪水冲开来，变得不再黏稠。

周围的记者还在不断地拍着照片，闪光灯不断地晃着立夏的眼睛。

立夏摸出电话，哆嗦着打给段桥，电话还没接通，立夏就开始语无伦次地边哭边说："段桥，快点儿叫救护车，快点儿啊，遇见流了好多血！段桥你帮帮小司他们啊！段桥遇见在这里啊你快点儿过来啊！段桥你快点儿来啊，我好害怕啊！遇见她听不到我说话啊！"

那些哭喊夹杂在话语里，带着抽泣的声音通过手机的信号传递出去，而那些嘶哑的哭声，回荡在会展中心高高的穹顶上。

所有的保安都已经出去追傅小司和陆之昂了，留在现场的，只有那些记者。

有几个女记者已经看不下去悄悄地离开了。而那些喜欢着小司的读者都哭了。立夏看着他们的脸，已经麻木到没有任何的感觉了。

只是那一天，所有的人都听到了立夏回响在空荡荡的展厅里的哭泣，那是所有人一听过，就再也不会忘记的伤痛，和愤怒。

傅小司拉着陆之昂发疯一样地朝外面冲，脑子里无数混乱的想法，只有一个是最清晰的，那就是遇见在关上门的刹那对他吼的那句"一定要帮他跑出去"。

一定要帮他跑出去！

后面保安的脚步声已经可以听得到了，而面前是走廊通向外面的大门，傅小司拉开门然后把陆之昂丢了出去，大声吼着："快跑！有多远跑多远！"

外面的陆之昂回过头来，眼泪弄脏了他年轻而英俊的脸。那些伤心的表情在瞬间被放大定格，是世界唯一剩下的情绪。

"你傻了啊！你快点儿跑啊！快跑啊！"

傅小司把门用力地合上，回过头，走廊的那边十多个保安拿着警棍跑过来。傅小司安静地站了三秒钟，然后把眼睛一闭，双手用力地抓紧门的把手。

"之昂，我不知道可以拉住这扇门多久，可是，你一定要跑，你一定要逃得越远越好。"

傅小司醒过来的时候已经倒在了刚才那扇门边上，头顶发出剧痛，伸手摸上去一脑袋的血，思绪乱成一片，甚至有点儿想不起来自己为什么躺在这里，刚刚还在新闻发布会上，立夏和遇见还坐在下面，陆之昂还坐在旁边……陆之昂！

脑子里发出剧痛。傅小司站起来朝外面跑。

他也不知道朝哪里跑，脚下却无法停下来。陆之昂，你在哪儿？

冲过车流汹涌的路口，无数的红绿灯，无数的行人匆忙的身影麻木的面容。陆之昂，你在哪儿？

转过街角，绕过围墙。无数的便利店，一两个书店。一家卖早点的铺子关上了门。陆之昂，你在哪儿？

跑得全身像失去了力气。站在车水马龙的十字路中间，周围是喧闹的霓虹和汹涌的人群。整个城市繁忙地运转着。傅小司看着周围陌生的景象也不知道自己跑到了哪里。多年前发过的"不再哭泣"的誓言不知道抛了多远，身体里的悲伤像是汹涌的潮水一样升起来。水位线突破"异常""危险"，逐渐逼近警戒线。

陆之昂你他妈大傻B啊！

你以前说过长生不老是个多么可怕的词语，因为心爱的人和好朋友都不在人世了，活着也很无趣。可是现在，你做出如此愚蠢的事情，以后的日子，如同长生不老般，漫长的日子，没有你和我打架斗嘴，谁要去过啊！

一个站在路中间流眼泪的大男人有多恶心？非常恶心！可是也管不了了，那些荣辱和面子与陆之昂比较起来，完全不值得一提。泪水一行一行地滚下来，喉咙被人抓紧，发不出声音，呼吸断断续续。傅小司呆呆地站在路口，觉得自己的泪水像是一条流淌在身上的悲伤的河，从身体流向地面，把整个城市淹没起来。水面越来越高，那些城市喧嚣的声音就埋在水面下渐渐消失，整个城市越来越安静，最后变得鸦雀无声。

整个世界只剩下一句又一句哽咽的呼唤在小声地重复着，带着山谷的回音回荡在城市暗红色的天空上面——

陆之昂，你在哪儿啊……

陆之昂，你在哪儿……

我累了，找不动了，你出来吧……

算我输了你快点儿出来吧……好吗……

你不要消失不见啊……不要不见啊……让我找到你吧……

不要离开，你已经离开那么多年了，你好意思再离一次吗……

陆之昂，我站累了，你在哪儿……

回到工作室的时候已经深夜了，还没走到门口就看到门口站着的两个警察。傅小司正想揉一下淤血的眼角，冰凉的手铐瞬间就铐上了自己的手腕。

拘留所里，傅小司一进去就看到了头上包着纱布的遇见。

"你没事吧？"

"没事。"遇见站起来，低声说，"他呢？"

傅小司做了个"没有被抓住"的表情。然后就坐下来。旁边还有那几个闹事的人。

先是对那些闹事的人的问话：

"你们为什么要去挑衅傅小司？"

"有人给我们一人五百块，叫我们负责去闹场子就行。"

"给你们钱的人是谁？"

"不知道，电话里是个女的。钱是放在我们住的楼下信箱里的。"

"不记得电话号码？"

"不记得，每次电话号码都不一样，应该是换着公用电话打的吧。"

……

而对于傅小司和遇见的问话，一直围绕着"陆之昂去了哪里"来进行。说了无数遍不知道之后，警察也问烦了，撂下一句"拘留二十四小时"就出去了。

傅小司和遇见从拘留所里出来，一跨出大门，就看到了站在门口等了一整天的立夏和段桥。两个人的眼睛都红红的。

其实，四个人的眼睛都布满着血丝。

遇见被段桥紧紧地抱在怀里，脖子里是他流进来的滚烫的眼泪。遇见闻到段桥头发上熟悉的味道，眼泪就忍不住地流了下来。

而立夏，站在傅小司的面前，看着他头发上还没来得及清理的脏东西，看着他被脏水泼湿的西装发出恶臭的味道，立夏觉得比有人在拿刀捅自己都难受。

傅小司看着立夏，眼里泪光慢慢地浮现出来，他哽咽着说："我也好想抱抱你，可是，我太脏了。"

浴室里一直响着哗哗的水声。

立夏看了看表，已经洗了两个小时了。立夏走到浴室门外面敲门，可是里面除了水声什么声音都没有。立夏心里发慌，声音颤抖地问："小司，你在干吗？"

没人回答。

"小司？"

那些曾经在脑海留下过的种种画面在一瞬间浮现出来。立夏吓得踢开了门。

　　眼前，傅小司蜷缩着蹲在墙角，抱着膝盖，手中的花洒一直往外喷着水。

　　傅小司抬起头来，是那张记忆里十六岁时的脸，像个受伤的孩子一样，他喃喃地说："洗不干净了，太脏了。"

　　洗不干净了。

　　太脏了。

　　立夏静静地关上门。两行眼泪流下来。

　　回到工作室的房间，手机震动起来。

　　"立夏，我是七七。"

　　"嗯。七七，什么事？"

　　"小司的事，我刚刚看新闻了……"

　　"七七，我好想哭……"

　　"立夏……你现在可以出来和我谈谈吗？"

　　"改天好吗？现在我想陪陪小司。"

　　"最好就今天吧。因为也是关于小司的事情。"

　　"什么事？很急吗？"

　　"嗯。也算比较急吧。因为我现在肚子里，有傅小司的孩子。"

2003 夏至 ｜芦苇 ｜短松冈

那些盛开在记忆里的夏天，
在年华里撒落了一整片的花朵。
所有的歌声都在一瞬间失去音符，世界从此丧失听觉。
所有的色彩都在一瞬间褪去光泽，世界从此失去视觉。
而你依然站立在安静的黑白映画里。
那些匆忙跑远的岁月，
它们又重新回来了。
可是匆忙跑远的你，
却从此消失在我的世界。
他们说的那些传奇，
是你吗？

他们讲的那些故事，
是你吗？

那些香樟的阴影里铭记的眼泪和年华，
是年少而冲动的我们吗？

咖啡吧里，七七坐在一个安静的角落里，靠着街边的落地窗。看到立夏走进来，她站起来朝立夏挥手。

　　眼前的七七年轻漂亮，而立夏在坐下来的时候，甚至都说不出自己是什么感觉。脑子里还是回荡着电话里她最后的那句"我现在肚子里，有傅小司的孩子"。这句话像是魔咒一样，瞬间割断了立夏的声带，张着口，却无法发出任何声音。

　　在张了好多次口之后，那一句"是……什么时候的事情"突兀地出现在空气里。立夏自己听到都觉得可笑，完全像是另外一个人在说话。"是什么时候的事情？"这句话仔细想来都让立夏觉得肮脏。

　　"就是在《屿》的第三本画集首发式的时候，那个时候你提前去了武汉，那天晚上正好我找小司喝酒。他因为正在为抄袭的事情烦心，所以就喝多了。"七七低着头，也听不出话里是什么口气，"而那天……我也喝多了，所以，后来就一起去了酒店……"

　　"够了。"不想再听下去。心里涌起一阵一阵的恶心。

"立夏你恨我吗？"七七抬起头，眼里已经有了泪水。

立夏看着她，心里一片空白。恨七七吗？还是应该恨傅小司？或者谁都不恨？又或者，应该恨自己？

"那……孩子，你准备怎么办？打掉吗？"说出这句话的时候，立夏突然对自己极度厌恶。这样的话竟然是从自己的嘴里说出来的，那一瞬间立夏讨厌极了这样的自己。可是要自己平静地说出"生下来吗"这样的句子，那不是太残忍了吗？

"立夏。"七七的手覆盖在自己的手背上，是冰凉的温度，"我可以生下来吗？可能你一直不知道，我，喜欢傅小司七年了。"

立夏在那一刻听到有什么东西从高处摔下来，掉落在自己的心里摔得粉碎的声音。满心房的玻璃碎片，琳琅满目，反射着杂乱的光芒。而之后，又像是谁的手在自己的心脏上用力地捏了一把，于是那些碎片就全部深深地插进心脏里面去。

是痛吗？连痛字都觉得形容不了。

这已经不是什么酒后乱性的事情了。这也不再是单纯的肉体出轨的事情了。立夏望着七七，心里绝望地想，你现在告诉我你喜欢了他七年，又算什么呢？而我，又算什么呢？

"立夏，求你了。"七七的手像冰一样的冷，"让我生下来吧，我喜欢小司的程度，一点儿都不比你少。如果你愿意让给我的话，我发誓一定给他幸福。如果你不愿意，也没有关系，我会悄悄地把孩子养大，就当是小司给我的礼物吧……"

"别说了。"立夏突然站起来，指着泪流满面的七七，"程七七，我从来没有讨厌过你，从前没有，现在没有，以后也不会，可是，你如果要继续说下去的话，我会觉得恶心。"

连立夏都很奇怪自己竟然会如此平静地讲出这些话，对面泪流满面的七七和自己，到底谁才是被伤害的角色呢？连立夏自己都有点儿糊涂了。

"对不起，你别生气。"七七有点儿慌，拉着立夏坐下来，"我没有要炫耀什么的意思。"

立夏看着眼前的七七，是啊，你从来没有想过要炫耀什么，那是因为你从小到大什么东西都比别人好，根本不需要炫耀。

擦了擦眼泪，七七坐直了一些，她看着立夏，考虑了一会儿，然后一字一句地说："立夏，你想过小司现在的情况吗？我可以帮他渡过现在的困境。比如我可以叫公司找小司和我一起代言一两个公益广告，我可以让公司配合立通传媒封杀关于小司的负面新闻，谁都知道立通传媒最大的敌人就是我的公司华力唱片啊。立夏，我可以做的事情，比起你能帮他做的事情，要多太多了。"

立夏站起来，甩开七七的手。她说："你让我考虑一下吧。"然后转身走出了咖啡厅。

看着立夏的身影消失在大门外面，七七拿出手机，拨通了电话。

"刘医生，我上次约的堕胎手术帮我安排在下周做吧。麻烦你了。"

走出咖啡厅，眼泪在瞬间就流下来。

七七，我以前从来没有讨厌过你，现在也没有。我讨厌的是自己。我讨厌这个什么都不能做的自己。

那些各种各样的事情纷乱地在脑海里出没，所有的画面，所有的声音，甚至连一些具体的气味都出现在立夏的脑海里，立夏差点儿蹲在路边吐起来。胃疼得难受，坐在马路边上，春天的风还是很冷。立夏突然想到呕吐不是现在七七应该做的事情吗，于是就哈哈大笑起来。

那些带着滚滚而下的泪水的笑容，是这一生里最难忘记的笑容吧。

回到工作室的时候，傅小司已经从浴室里出来了。新换好的衣服散发着干净的洗衣粉味道。

可是，现在的小司还干净吗？

立夏看着坐在沙发上一动不动的小司，眼睛里涌起的泪水在黑暗里没有人看到。以前一直觉得小司像是一个天使一样，甚至连自己和他接吻，都会格外紧张，甚至觉得这样会弄脏这个干净漂亮的男孩子，可是现在，自己从小到大的好朋友，告诉自己她有了面前这个自己曾经以为是天使的男人的孩子。

立夏强迫自己不要去想小司和七七亲热的镜头，可是，那些画面源源不断地从脑海里冒出来，傅小司身上的味道，七七女生光滑的皮肤，傅小司从来不让人随便摸的头发，七七精心护理的手……所有的东西都纠缠在一起，甚至可以听到傅小司低沉的呼吸和七七的呻吟，胃里恶心的感觉越来越浓。立夏紧闭着嘴，怕自己忍不住吐出来。

"小司，我去武汉的时候，你和七七去喝酒了吧。"

"嗯。"

一个字。很平常的语气。自己从高中开始就习惯了他的这个"嗯"字。可是现在，还是只能得到这个字而已。似乎这么多年的感情，并没有让他对自己改变一样。从前是一个"嗯"字，现在依然是。

"然后七七带你去的酒店？"

"对，你问这些过去的事情干什么！"

不耐烦的语气，厌恶的神色。

像是有人在心上撒了一大把图钉，然后再被一颗一颗用力地踩进心脏里去。

"没什么……我就是刚和七七聊了一下，随便问问……你还在担心，之昂的事么？"

"我现在不想讲话！你不要再来烦我了！"

你不要再来烦我了。

我不会。再来烦你了。

流了一晚上的眼泪，也已经流到尽头了。现在眼睛干得流不出任何东西。立夏收拾着行李，把工作室里那些自己用习惯了的东西顺便放进包里。

用习惯了的那支钢笔，是小司高中的钢笔。

用习惯了的那个计算器，是小司陪着一起去买的。

用习惯了的那个白色的杯子，和小司的蓝色的杯子是一对。

用习惯了的那个座椅靠垫，上面有小司最喜欢的音速小子。

好想带走所有可以带走的东西，可是我的包不够大。如果早知道有一天我要这样默默地离开，如果早知道有一天你会对我说"不要再来烦我了"，我就会买一个很大很大的包，大得可以装下所有的回忆，装下桌子椅子，甚至大床。像一个蜗牛一样，背着自己的房子去别的地方。一路走，一路带着自己的家。

立夏悄悄打开傅小司的门，月光正好照在傅小司熟睡的脸上。两条泪痕依然挂在他英俊而瘦削的面容上。立夏看着傅小司熟睡的面容，眼泪又流下来。本来以为眼睛已经没有任何东西可以流了，可是现在，泪水又重新漫上眼底。

小司，我好想认真地和你道别。我好想抱着你大哭一场，然后再离开。哪怕以后的人生里，再也没有"傅小司"这三个我曾经以为是全世界最重要的字，让我在离开前趴在你的肩膀上痛哭一场也好啊。那些电影里，小说里，故事里，所有认真相爱过的人，都会有着最伤感的别离。可是，我没想到，我们之间最后的一句话，竟然是你对我说的"你不要再来烦我了"。

我每次想到这里，都会止不住地伤心。

小司，你说这些话的时候，都没有觉得我会难过吗？我以前做任何事情的时候，都会想，我这样做，小司会不开心吗？因为在我以前的生命里，我真的觉得，傅小司，就是眼前的你，就是这样站在我面前的那个英俊而面容冷漠的人，就是我全部的，唯一的世界。

直到现在，我依然这么想。只是，前面需要加上一个"曾经"了。

曾经是我全部的，唯一的，世界。

——2005 年·立夏

火车离开北京。

立夏坐在车窗边上，汽笛鸣响。立夏没有告诉任何人自己走了。甚至连遇见都没有告诉。

拿出手机，找到七七的号码，然后发了条短消息："请你照顾傅小司。拜托了。"

然后立夏从手机里取出 SIM 卡，朝窗外扔出去。

空中闪过一丝金属的光泽。以后，世界上再也没有一个人可以找到立夏。

如同世界上从来都没有存在过立夏这个人一样。

遇见在打电话打了三天一直找不到立夏之后，跑到工作室去。一开始遇见以为没有人，黑黑的，没开灯，可是门没锁，直到打开了日光灯，才看到坐在角落里的傅小司。

胡子参差不齐地长在下巴和嘴唇上。头发胡乱地翘着。

"小司……你怎么……"

傅小司抬起头，看了遇见很久，然后才突然像是复活一般冲过来，抓着遇见的手，眼泪唰地流下来，"遇见，有没有看到立夏？有没有看到立夏？"

有没有看到立夏？

有没有看到立夏？

从傅小司那里回来，遇见也搞不明白立夏怎么突然地就会失踪掉。刚刚说自己答应帮他去找立夏，才把傅小司哄去睡觉。傅小司倒下去三分钟就沉沉地睡了过去。

应该好多天没有睡觉了吧。遇见心里微微地疼起来。她甚至无法相信刚刚那个落拓的面容憔悴满脸胡楂的男人就是当初那个王子一样的傅小司。所以，遇见都不忍心告诉他，现在满北京城都贴满了陆之昂的头像。全城通缉。

时光改变了太多。似乎才过去一瞬间，其实已经过去八年。1995 年的浅川一中，2003 年的北京街头。像是两个不同时空的不同世界。

遇见抬起头，月亮高高地挂在天上，朝世界洒下银白的光。

它永远都不知道人间的悲欢离合，却装出一副会阴晴圆缺的脸，在每个寂寞的时刻，惹起更多的寂寞。

在爬上最后一层楼梯的时候，遇见看到坐在自己家门口的段桥。他脸上带着一些欲言又止的神色，和看不出是沮丧还是伤心的表情。

那一瞬间遇见像是看见了未来残酷的侧脸，心里一阵风刮过去，发出空洞的声音。

段桥说："遇见，学校给了我一个名额……剑桥大学……"

心突然沉下水面去，然后浮出月牙白的伤感。

"是么……"

"要去……八年……"

那样漫长的时光。像是穿越着无数个世纪。岁月单薄。可是人生更加的单薄。

"是啊，八年后，我都已经三十岁了吧。"

"遇见，你说，我要去吗？"

"去啊。可以去剑桥念自己最喜欢的建筑，这不是你以前一直期待的么？"

"那是因为以前觉得肯定不会实现，所以才会每天都在你面前唠叨的……"

"呵，还不一样。现在实现了，应该高兴的。"

"那……你会等我吗？"

你会等我吗？这样的问题，像是漂浮在河面的那些落叶，如果不回答，就会硬生生地沉到河底去，然后日渐被黄沙覆盖，被淤泥掩埋，成为地壳里一个再也不会被人们发现的秘密，直到地壳变迁，露出化石僵硬的脉络。曾经的黄叶，早变成石头里僵硬的痕迹。

"你需要我等你吗？八年……是长，还是短呢？"

"……还是不用等了吧。那个时候，遇见应该已经有喜欢的人了吧。"

"你是这么觉得的？"

"嗯。遇见是这么优秀的女孩子，肯定会被无数的男生追吧。"

"嗯。也许是吧。可能还会回到浅川找青田呢。"

"……是么。"

"也许。又或者不。我也不知道。"

遇见觉得一直是另外一个自己在说话，脱离了自己的身体，灵魂悬浮在自己的头颅上面，俯下来看着眼前的这场别离，似乎事不关己的样子，可是，灵魂的眼泪，没有形状，所以，哪怕哭得再伤心，也只在空气里有轻微的波动。

你都看不见。

"我打开门，你进去坐一会儿吧。我想到街上走一走。"遇见说。

段桥看着遇见的背影消失在楼梯的下层，脚步声越来越远。他呆呆地在黑暗里坐了一分钟。

然后突然站起来，朝着楼下狂奔出去。

遇见，在你走下楼的那一刻，我前所未有地害怕失去你。当你的脚步声越来越远的时候，我好怕再也看不到你了。

在那一瞬间，我真的觉得，什么剑桥，什么博士，什么光明灿烂的前途，这些，和与你在一起的时光比起来，单薄得让我觉得可笑。在和你在一起的这些时光里，你教会我太多的事情。包括面对挫折的勇气，包括对待幸福，包括爱情。这些你教会我的事情，我无论在什么地方，都学不到。

所以，让那个什么剑桥见鬼去吧。

遇见，和我结婚啊！

和我结婚吧！

——2003年·段桥

遇见走出楼道之后就开始奔跑起来，越来越快，越来越快，像是身体里有一列火车在轰隆隆作响。

周围的人群急速地朝着身后倒退过去。在这一刻，脑海里是立夏的笑容。立夏，我好想见你，你在哪儿？你在哪儿？

路边的商店发出温暖的光，厚厚的棉布门帘。这些都像是无关紧要的烟雾，从自己身边吹过去。身后响起自己的名字，是段桥的呼唤。

你觉得现在再来追逐我，又有什么意思呢？

你觉得放弃我了之后，再来追逐我，又有什么意思呢？

手被人从身后拉着，把正要过马路的自己拉回人行道上。转过头去，伸出手给了身后的人一耳光，在那一瞬间，拽着自己的手放开了，眼前是段桥流着泪的脸。

遇见转过身朝着马路对面跑过去，也没看清楚是红灯还是绿灯，在那一瞬间，遇见真的是觉得无论红灯或者绿灯都无所谓了。电影里不是经常这样吗，在分手的时候，被抛弃的女主角死在路上。像是一朵盛开的血莲花。

可是，上天永远都不像那些蹩脚的电视剧。遇见冲到马路对面，抬起头发现确实是红灯，可是自己不是也安全地冲过来了吗？

眼泪再也忍不住了，吧嗒吧嗒地滴在手背上。捂着嘴的手太过用力，下巴生生地疼起来。

正要继续跑的时候，身后突然传来尖锐的刹车声，钝物撞击的声音，回过头去，地面上是一道长长的刹车的痕迹，一辆横在路中间的大货车，车轮下熟悉的大红色风衣，风衣下缓慢流出来的血，逐渐蔓延开来。

像是城市中心一朵，最艳丽的，血莲花。

2003 年转眼间就过去了。

在下了好多场大雪之后，北京重新变得银装素裹。

又是快要过新年的时候了。大街上经常有放鞭炮的小孩子，满地都是碎红纸片和刺鼻的硫黄味道。

一个戴着红领巾的小姑娘拉着妈妈的手从人行天桥上走过去，路过一个乞丐的时候她随手把手里的一个一角钱的硬币丢到了乞丐面前的碗里。

"妈妈，刚刚那个乞丐的眼睛真好看，又大又亮，像电影明星的眼睛。"

"小孩子别胡说。乞丐有什么好看的。爸爸才是最好看的。"

那个乞丐收起面前的盆子，慢慢地走下天桥。坐在地上的时候看不出来，站起来，才发现他原来这么高。挺拔的身材，深邃的五官。年纪轻得有点儿不像话。

走下天桥的时候腿格外地疼。特别是在冬天里。从秋天开始，因为一直睡在桥洞下，路边，下水道里。膝盖开始变得越来越敏感。天气稍微变冷或者下雨下雪，骨头就会阴阴地疼。

已经半年了。走过路边那些精致的商店，玻璃窗里的人是个大胡子，一身破烂的衣服，长长地纠缠在一起的头发，上面早就满是油腻了。衣服上的油腻就更多了，厚厚的一层。可是，再厚的油腻，也无法抵挡冬天的寒冷。在路边其他的流浪者那里学了很多的本事，比如怎么用废报纸塞在衣服里取暖，怎么在垃圾桶里翻出可以吃的东西而不吃坏肚子，怎么找到看起来很冷其实却不用吹冷风的地方过夜，哪个地方的人行天桥最容易要到钱。

这些，都是那些萍水相逢的人教会他的事情。

路边的广告牌上，是一个大男生阳光灿烂的笑容，这一整条路都是这个大男生的笑容，乞丐盯着广告牌一直盯了很久，吸引了周围的路人的注意，他意识到自己太引人注目了，于是悄悄地拐进了一条小巷子里。

广告牌上是一个笑容温暖可是眼睛里大雾弥漫的男生。是现在全中国书卖得最好的画家。他安静地站在一棵香樟树下，穿着黑白的制服，提着书包，安静地等待着。而在他的身后，是徐徐升起的朝阳，或者缓缓落下的夕阳。

——傅小司 2004 年度大作，封笔之最后的绚丽，《天使》全国火线上市！

新华书店门口摆放的都是最新的畅销书，很多的女孩子聚集在门口，手里都在翻阅着那本《天使》。后来看到一个乞丐靠过来，都吓得赶紧拿着书去付账，然后匆忙地走掉。

在逼近新年的一个落日的下午，一个乞丐在新华书店门口，翻着一本画集。周围的人都在指指点点，觉得非常地奇怪。可是，那个乞丐却全然不知。

所有的人都看着他一页一页地翻过去，然后这个乞丐奇怪地开始哭了。

新华书店的营业员小阮，刚刚大学毕业，分配进来实习，刚刚在里面整理书架上的书，还不知道门口发生的事情，直到听到一阵撕心裂肺的哭声，才跑出去看发生了什么事情。

是个乞丐，穿着破烂的衣服，光着脚，在大冬天里，脚都被冻坏掉了，他在翻一本刚刚上市的画集，他捏着那本画集的手因为太用力，手指的关节都发白了，而他的喉咙里，像是在嘶吼一样地呜咽着。这样的哭声往往属于小孩子，看到丢失了玩具或者糖果的小孩，往往会这样大声地哭起来。

小阮想要叫他把书放下来，却又不敢上去。那么高的个子，而且又很强壮，怪吓人的。

于是报了警。

警察赶来的时候，那个乞丐依然在哭。开始的时候，警察都没怎么注意，以为是个疯子，准备把他哄走。可是走近一看，猛地把他摁在地上，脚踩着他的脸，把他的手反绑在后面。

小阮有点儿没弄明白，被警察的靴子踩在地上的乞丐有点儿可怜，却一点儿都没有挣扎，只是一直在哭，一直在哭，那种大男人撕心裂肺的哭声，在小阮心里激起一阵又一阵的难过。小阮觉得这简直太过分了。

"我只是报警叫你们把他弄走，别这样对他呀，他又没做什么错事……"

"小姑娘，你太单纯啦，你知道他是谁吗？看看路边墙上贴的通缉令吧。"

那个乞丐在所有人的视线里被带走了。小阮走到路边上，看着墙上的通缉令，那张照片上是个英俊挺拔的年轻人，浓浓的眉毛，还有挺拔的鼻子。好看的嘴角微微地向上扬着。顺着照片下来是一行字：陆之昂，涉嫌谋杀，现全城通缉。

小阮心里吃惊，这样一个好看的男生，怎么会是杀人犯呢。回过头，那本被翻开的画集被风吹回了第一页，小阮拿起来，第一页上还留着乞丐的手指印记。

画面上是一个男孩，留着软软的长头发，和刚刚那个乞丐长得几乎一模一样，旁边是一个女孩子，长头发，笑起来的时候让人觉得像夏天里最明亮的阳光。

画面上有一段文案，小阮小声地念着：

那个男孩，教会我成长

那个女孩，教会我爱

他们曾经出现在我的生命里

然后又消失不见

可是，我不相信他们是天使

他们是世间最普通的男孩和女孩

所以我就一直这么站在香樟树下等待着

因为我相信，他们总有一天会回来

回来找我，教会我更多的事

……

　　小阮回过头去看那个被带走的乞丐，他的身影已经消失在了汹涌的人潮里。

　　可是不知道为什么，他那种悲伤的哭声，却一直在耳边盘旋，盘旋，越升越高，在喧闹的城市上空，来回地回荡着。

　　那个男孩，教会我成长。

　　那个女孩，教会我爱。

Chapter.
forever 2005 夏至 │ 尾声

那些我们以为发生过的事情，其实从来就没发生过。
那些我们以为爱过的人，却永远地爱着我们。

Side A
遇见

很多时候，漫步在浅川长满香樟的街道上，我都会回忆起十年前的浅川。那个时候我刚刚高一，还是一个怀着理想和憧憬的花季少女，而现在，却已为人妻。应该很快就会为人母吧。

每天晚上，青田都会和我一起出去散步，那些黄昏的暮色，竟然和十年前一模一样。很多时候，我都怀疑浅川是一片世外桃源，在外面的世界天翻地覆的时候，这里，无论十年，二十年，还是一百年，永远都是覆盖着香樟阴影的夏天。

炎热的温度。充足的阳光。

手上的戒指也已经换成了一枚小巧而精致的白金婚戒。当初那个青田帮我打的白银戒指，已经和他的那只一起被我们放在了盒子里，将来有一天，留给我们的儿子，或者女儿，告诉他们，他们的父母当初就是这样找到的幸福。

有时候在早上醒来的阳光里，我都恍惚地想，这十年来发生过的故事，真的发生过吗？

我都很少会回忆起段桥了。

只有在孤独的黄昏，或者季节变化的时候，看着那些一群一群飞过去的大雁，我会依稀地记起段桥的容貌。大眼睛，挺拔的鼻梁，还有嘴角边两个酒窝。他们说有酒窝的男生都很会说甜言蜜语，可是，我都已经不记得段桥对我说过哪些好听的话了。

时光像水一样轻易覆盖住我们的人生。

唯一记得的关于段桥的记忆，是那个关于天使的故事。记得自己曾经对段桥说过，我以为青田是自己生命中的天使，教会我成熟，教会我爱。可是没想到，我生命里真正的天使，是段桥。

他匆忙地出现在我的生命里，出现在便利店的收银台后面，出现在接我下班的酒吧门口，出现在北京的大雪里。他教会我真正的爱情，教会我美好的人生。教会我永远不要因为来自一个小城市就放弃自己，哪怕是乡下的小孩，也可以成为最好的建筑师。

这些段桥对我说过的话，我还依稀地记得。

记忆里关于他的片段，还有他出生在永宁那个地方，是个靠近大海的小镇，从小就可以看到大海，却没有看过雪，在北京看到第一场大雪的时候，还被同学耻笑。而现在，他应该在天国了吧。他当初对我解释他的故乡的时候，说是"永远宁静"的意思，那么，白云之上的天国，是不是另外一个永宁呢？

后来的我，独自去了一次永宁。是非常偏僻的一个地方。

周围还是保持着原始的农村的园舍。

大片的南方水稻闪烁着一片绿油油的光。在夏日里散发着熟悉的香味。

当我一个人站在海边的时候，那些潮声，都像是你在对我说话。

只是没有来得及和你一起去看海，这是我一辈子最大的遗憾了。

现在我已经能够平淡地忆起你了，我也已经能够用不伤心的语气来说起你了，我也已经能够不流下眼泪地说出你已经去天国了，我也已经可以很长一段时间都不想起你了。

只是偶尔的，你调皮的脸和你的酒窝还会在记忆里突然地出没，就像生前的你喜欢突然从后面用手紧紧地将我抱紧。

只是偶尔的，在人群拥挤的街头或者公车上，我会突然有点儿怀念你用双手帮我圈出的安静的世界。

只是偶尔的，我会看着一些年轻的便利店男生微微地有些走神。

你看，时间真的是最伟大的治愈师。

那些曾经以为永远不会忘记的伤痛，那些以为永远都无法消失的伤口，都会在时间的手掌里，慢慢地得到抚平。

你曾经说过："在我爱着你的时候，你看到黑夜，也像白昼一样明亮。因为我是燃烧着整个生命，在爱你。"

你留给我很多让我感动的事情，才会让我在剩下的生命里，觉得世界重新变得可爱。

有时候也会看到浅川一中的孩子骑着单车从山坡上冲下来。那一瞬间我都会忆起曾经年轻的我们，立夏，我和你也是那样骑着车从山顶的学校大门一直冲到山脚下的。

立夏，有时候我都在怀疑，你是真实地存在过，还是仅仅就是出现在我的幻想世界里的一个女孩子？你把我带进一个完全陌生的世界，七七，傅小司，陆之昂，这些像是传说一样的人物真的曾经出现在我的生命里吗？有时候我都在问自己。那天走在街上，看到巨大的电子屏幕上出现的七七的脸，我都不敢对青田说，你看，这个是我曾经的好朋友哦。立夏，你知道吗，七七现在已经不是最佳新人了，而是最佳女歌手。好替她高兴啊。

立夏，你还记得那些高中岁月里的事情吗？有一些事情，我到现在，还是可以清晰地回忆起来。那个时候，如果不是你，我的整个高中时代，到现在，就不会让我如此的难忘。那些下着大雨的夜里，正是因为你的等候，我在路上才会不再害怕。前方有人在等候着自己的时候，自己就会变得勇敢。那个时候，我很爱牵着你的手朝前奔跑。现在，一想起牵着你的手，我就会觉得自己瞬间回到少女时代，我还是那个少不更事的叛逆女孩，心里有着无数美好的憧憬，哪怕是我现在已为人妻。

只是，现在的你，又在哪儿呢？

听别人说过，好女孩上天堂，坏女孩走四方。可是，我这个当初的坏女孩都已经回到浅川开始安静地生活，而你呢，还停留在什么地方呢？

很多的时候，当我在路边等着，当我从便利店提着大袋的东西出来，当我没事的时候在浅川一中的香樟下发呆，我都会恍惚地觉得你就在我的附近，没有离开过。

你一直都在。

从来没有离开过。

Side B
陆之昂

以前从来都是在小说里看别人描写的监狱里四角的天空。其实进来之后，才发现并不狭窄。

天空还是很辽阔，依然可以看到白云潇洒地来去。

小司，你会因为我一直不出来接受你的探访而生气吗？如果是的话，我好抱歉。可是我真的很怕看到你伤心的表情。其实我想，在你内心里面，肯定一直觉得是自己连累了我吧？你是不是还是一直活在那种自责的世界里呢？

我知道，你就是这样的人。

而我想告诉你的是，我从来都没有后悔过。假使命运重来一次，我可能不会再这么冲动了，会更理智，但这并不代表我有任何后悔的意思。

如果一定要说到有什么难过的事情的话，那应该就是不能看着你结婚，不能看着你做父亲时脸上洋溢的掩饰不住的高兴，不能看着你走向你的一个又一个事业的巅峰，不能帮助你打造更加辉煌的未来，不能陪着你一起一天一天衰老，不能在我们年老的时候和你一起聊我们曾经年少的岁月。只有这些，会让我觉得沮丧。

因为那个人并没有被我杀死，所以，法官并没有判我死刑。

一开始的时候，觉得无期徒刑太过漫长。甚至已经不能用漫长来形容。所有的漫长，都会有到达的那一天，可是无期，这是一个什么样的概念呢？

可是有一天，我突然想明白了，你看，我们从高一，到现在，似乎才一眨眼的时间，十年过去了，而人生，有多少个十年呢？如果我活到六十五岁，那么我就还有四个十年可以活。而四个十年，就是四个眨眼的瞬间啊。

很多时候回忆起你，心里还是会涌出那么多辛酸的感觉。从小和你一起长大，和你一起念书，和你一起养狗。小司，你知道吗，正是因为有了你，我才会在小学成绩那么烂的情况下，考进浅川一中，越来越优秀。因为从小习惯了有你的生活，好怕和你分开，所以就一直想跟在你的后面，不掉太远，你第一，我就要第二。

可是，后来命运还是安排我们分开了。你知道吗，我在日本的那些日子里，认识了同班的一个男生。他叫浅木直人。他说话的样子，语气，动作，神态，都和你好像。所以，每次我看到他，就会想起你，然后就会跑回宿舍伤心地给你写信。

我很可笑吧。

有时候想想，自己的这一生，就像是为了你才到这个世界上来一趟的样子。这样说好像很肉麻吧，可是，就像别人经常取笑我的那样，我没有认真交过一个女朋友，没有认真地谈过一场恋爱，没有结婚，没有当过父亲，可是这些，我都不遗憾。和你在一起的日子，让我的生命变得好丰富。微微有些遗憾的是没有让我爸爸抱到孙子吧。一想到这里，我就会想起在天国的母亲。不过妈妈也一直很喜欢你的，她肯定不会怪我。

　　以前我经常说，怕你无聊，所以陪着你，因为两个人一起无聊，应该就不算无聊了吧。其实是因为那个时候的我好自卑，我觉得你的生命就像是壮阔的大海，而我的生命，就像那些在太阳底下晒一晒就会蒸发的河流。所以我就好想和你在一起，那样我就会觉得，自己的生命，也随着你的一起，变得波澜壮阔。

　　那些生命中温暖而美好的事情，那些让我在黑暗里鼓足勇气的事情，大部分都是你教会我的。你还记得我们以前很喜欢看的《哈利·波特》吗，里面小天狼星被关在阿兹卡班的时候，他就是因为满怀希望，有坚定的信念，所以，才没有被摄魂怪吸走所有的快乐，才可以一直勇敢地活下去。
　　我到现在还记得你告诉我的那个关于天使的故事，有时候想一想，都不知道算是我在你生命中消失了，还是你在我生命中消失了。
　　可是无论如何，我都觉得，你教会我的事情，比天使还要多。

　　窗外又起风了。转眼就 2005 年年末了，日子就这样不断地过去。
　　他们都说，时间是最伟大的治愈师。可是，小司，你知道吗，每当我想起我们曾经骑着单车在浅川闲晃，想起我们曾经无数次地翻过学校的围墙逃课去玩，想起画室里你散落的那些精美的画稿，每当我想起我在家弹琴你就会趴在旁边睡着，你开始玩拼图，我就开始打哈欠。
　　我一想到这些，还是会流好多的眼泪。
　　很可笑吧。可是。这些想起来，真的让我好难过。

那些没有完成的事情。希望还有下一个人生，继续完成。

Side C
立夏

再一次来到浅川，我已经没什么印象了。从北京回到室县之后，我几乎很少再去浅川。家乡的人和曾经的同学都好奇怪为什么北京念大学的我会回到乡下来，我也没想去解释，只等时间冲淡一切。

于是日子就真的那样平淡地过下来了。平淡地找了份工作，平淡地认识了新的男孩子，平淡地和他谈婚论嫁。只是再也不会有曾经对傅小司的那种感情了。

那样的感情，一辈子，只有一次。

在北京那个炎热的夏天，就被消耗干净了。

不会再去那样地想一个人了。也不会再去那样地挂念一个人了。也不会再去那样地担心一个人有没有吃饭有没有在冬天里穿着温暖的袜子了。也不会再去因为他的一次皱眉而紧张得不知所措了。也不会再去连续熬通宵为了让一个人工作轻松了。

再也不会有那样的时光了。

就像再也不会有那个曾经为了爱奋不顾身的立夏了。

有时候从室县去浅川办些事情，每次事情办完之后，我都会在浅川待上一天，走一走那些熟悉的街道，看一看那些熟悉的风景。

很多时候我都会看见遇见，可是我不敢叫她。记忆里的她，像一只华丽的燕尾蝶，翱翔在山谷的泉水之上。很多时候，我都是安静地看着她，看着她在路边等候，看着她去买东西，看着她和青田一起走过黄昏的街道，就像多年前看着他们一样。

我总是假装着也和她一起享受着这些平凡的幸福，假装着我们还在一起。

即使我们不在一起了。

我没有告诉她我已经回来了。在她的心里，肯定还以为我在没人知道的一个地方吧。

记忆里只剩下一些发亮的细节，在无数个大雨的夜里，重新回到我的梦境中来。

那些梦境中的你，依然是穿着 CK 的白色 T 恤，依然被我不小心弄上了便当上的油渍，依然瞪着双大雾弥漫的眼睛对我面无表情。

那些梦境中的你，依然削好了一支铅笔从前面默不做声地递给我，依然会带着我翻过学校高高的围墙，依然是那个当年全中国似乎只有我才知道的小画家祭司。

那些梦境中的你，依然在大雨里站在公寓的门前等我下楼，依然开心地吃着我从家乡带来的甜点，依然在冬天里穿得单薄不怕寒冷，依然和我一起，在文理分科的表格上，做了一样的选择。

那些梦境中的你，依然是在大雪里用大衣包围着我，依然会对我微笑说早安，无论是多么疲惫的一张脸，依然会为了我的一时兴起而认真地去学校查地图然后带我去没有去过的乡村。

可是那些梦境中的你，早就死在 2003 年的夏天。死在那个连太阳都会觉得发烫的夏日。

重新站在浅川一中门口的时候，我突然想起你曾经躺在我的腿上，对我说："立夏，什么时候，我们一起回浅川去看看那些香樟吧。"

而现在，当初说着一起看香樟的人，只剩下我一个人回到曾经的这个地方。小司，你知道吗，那些从学校里面走出来的女生，好多人都抱着你的画集，甚至可以听到她们口中的你，都已经是被神化之后的你了。很难想象，一个曾经学校里平凡的男孩子，会成为流传在一届又一届学生口里的传奇。你听了，肯定会好开心吧。而曾经的我，也是那样一个抱着你的画坐在浅川一中的树下睡着的女生，只是，那个时候，我不知道被我整天抱在怀里的祭司，原来就和我每天呼吸着同样的空气，走着同样的路。

我甚至在那一瞬间有点儿微微想起你难得一见的笑容，差点儿在马上就要结婚的丈夫面前哭起来。

他也很温柔。

他也很体贴。

他也会在我生病的时候买药给我。

可是他却永远都给不了我你曾经给我的那些色彩。有时候都觉得你太过自私，带我看过了那么美好的风景，却又中途离开，而我以后的路途，从此变得没有了任何可以超越从前的惊奇。

明天我就要结婚了。

今天来浅川挑选装饰家里的饰品。当我路过一家油画店的时候，我惊讶地发现了好多你的画。好多好多，你成名前的，和你成名后的。一幅一幅的画全部挂在墙上，我一幅一幅地看过去，时光在眼前缓慢地流逝，我像是看着你曾经的岁月又在我的面前轰隆隆地跑过去。带出地动山摇的震撼力。像是当年我第一眼看到你的时候一样。

我告诉我的丈夫，说这些画都是我高中时代最喜欢的画家画的。于是他笑眯眯地对我说："只要你喜欢，我们家里可以全部挂起这些画。"

我说好，也只有这些画，才配得上装点我的青春。

我说这句话的时候，心里面像是在黄昏时突然拉起窗帘，一下子全暗了。

我突然想起在大学的时候我们一起看过的话剧，那是《罗密欧与朱丽叶》，里面的一句台词就是：外面的天亮了，我们的心暗了。

那个店的老板还开玩笑说我真年轻，因为现在喜欢这些画的都是那些高中的女孩子。我只是笑了笑，没说话，因为我怕一说话，他们就听出我声音里悲伤的情绪。

我叫丈夫帮我挑第一幅，他指给我看墙角的那一幅，说他很喜欢。我抬头看过去，是那幅《从未出现的风景》。我去付钱的时候，放在最上面的那幅，就是这幅《从未出现的风景》。那一瞬间掠过脑海的，是画面上那个从天国俯下身去亲吻男孩的女孩，那个女孩的白衣裳和那个男孩明亮如星辰的眼睛。以及，在那个除夕夜的晚上，你在窗边对我说的：

立夏，接吻吧。

所有的过去，所有的岁月，所有散发着油墨清香的试卷，所有在夏日的暴雨里打篮球的湿漉漉的男生，所有在湖边安静地背着长长的英文词条的女生，所有盛开在夏天末尾的凤凰花，所有离开的人，所有归来的人，所有光芒万丈的诗篇，所有光阴暗淡的日记，所有离散的时光，所有重建的家园。所有溃烂在雨水里的落叶，所有随着河流漂远的许愿瓶，所有黑夜里唱起的歌，所有白天里飘过的云，所有的幸福和泪水，所有的善良和自由。

都在很多年前的那个夏天里，一起扑向了盛大的死亡。

只剩下连绵不绝首尾相映的香樟，像海浪一般覆盖了整个城市。在一年一度的潮湿的季风掠过树梢的时候，它们才会默默地低声传诵。

传诵着传奇的你们。

和你们留下来的，永不磨灭的传奇。

那些男孩，教会我成长。

那些女孩，教会我爱。

{全文完}

后记 | 夏之墓碑铭
文/郭敬明

你是夏日繁盛的香樟，
扎根在我温暖的心房。

1

那些皑皑的荒原上，离离的坟墓，褪去颜色的夏之墓碑铭，上面落满了厚厚的积雪。

夏天似乎才刚刚过去，日光还未褪去热度，正午的影子依然短小地拓在地面，可是一眨眼，就是茫茫白雪的冬天。飞鸟躲藏在厚厚的落叶深处，剩下一声一声遥远的鸣叫，被冻僵般地贴在湛蓝的天壁上。

我都这么多年没有想起曾经陪伴在我身边的你了。

我也没有想起曾经在我身边陪伴我那么多年的你了。

那些夏天，早就死了。

2

开始写这个故事的时候，还在阳光灿烂的六月，而一转眼，就是深深的冬天，一月末，本该是寒冷的北风喧嚣地穿越荒野的季节，而我现在的窗外，是海南温暖的阳光，人们穿着短袖露出黝黑的皮肤，挑着水果的姑娘从街道边走过，我在酒店的 7 层望出去，是那么完整而庞大的一个夏天，感受不到任何冬日的气息，在这一瞬间，所有的文字像是全部复活，那些面目模糊的久远的夏天，带着海潮的浓烈的味道，扑面而来。

谁都不会觉得现在已经是冬天了，谁都以为现在是阳光灿烂的夏日，而真实的夏天，早就死在年华分岔的路口，仓皇地埋葬，匆忙地刻下墓碑铭，上面是一个大大的夏。

3

那些男孩，教会我成长。

那些女孩，教会我爱。

那些在我笔下还魂的人，教会我更多的事情。他们都是出现在我生命中的天使。在很多不眠不休的夜晚，我和衣趴在地板上，身边的笔记本电脑发出微微的蓝光。梦里的他们总是爱对我说话。

陆之昂调皮的语气说："小四，我跟你说哦，不要老写傅小司，我是第一男主角啊。"

傅小司安静的语气说："小四，你说那些夏天，真的会消失不见吗？"

立夏单纯的口气说："小四，真的不想毕业呢。"

遇见倔强的口气说："小四，总有一天，我会成为全中国闪闪发亮的人。"

在地板上醒过来，眼睛涩涩地痛，窗外是开始飘雪的冬天，而傅小司还是骑着单车，穿着单薄的白衬衣穿越夏日香樟阴影下的街道，在某一个转角，消失不见。

而过去大半年的时光之后，他们就真的消失不见了。像是从来就不曾存在于这个世界。

或者说，他们其实根本就不曾真实地存在过。

4

忘记了自己写这本小说最初的想法，一切都在后来的发展中溃不成军。当初的设想全部推翻，到最后，那样一个惨烈的故事却被我安排上了云淡风轻的结尾。

我都不知道该如何去解释这样的情形，似乎很不甘愿去说自己成长了还是看破了世事。只是很早以前存在于自己脑海中那些激烈的想法早就不复存在了。故事比《梦里花落知多少》似乎还要惨烈，可是，却并没有硬生生地像《梦》一样停在最惨痛的结尾。《夏至未至》的故事，被我安排上了安静的尾音，绵长而温柔地，在世界的角落里被季风扩大成响亮的呼喊。

前半部分的迷幻般的叙述正像落落说的那样，是我设下的一个迷局，当所有的人都沉睡在那样一个温暖而冗长的夏日之梦里，只有我一个人知道之后的冬天有一场不停不休的大雪，大雪里，所有的温度，所有的香樟，所有的凤凰花，所有的爱恨，所有的飞鸟，都会一起死在那个温度陡降的日子里。

突然加快的节奏，突然跳转的世界，突然运转的齿轮，突然措手不及的事件纷乱地翻涌着冲破地表。

然后一切化成荒原上默不做声的岩石。在大雪反射出的皑皑日光下，安静地听着大风呼啸着过去。

年华被整个吹破。朝向北方，四分五裂。

5

世界在这样一个温柔的角度里被切割。日光像水银般倒灌进去，所有的缝隙都被填满。凝固后发出镜面的光，反射出一千个世界。

我也可以不再想念你了，只是在看到白衬衣的时候，还是会闭起眼睛想，这样的衣服只有你穿起来最好看。

我也可以在下雪的日子里不再心情沮丧了，只是路过便利店的门口，还是会看到一些年轻的男生穿着干净的制服，在那一瞬间，我还是有点儿微微地想念你。

我也可以在削铅笔的时候不再走神了，只是当铅笔突然折断在画纸上的时候，我还是觉得年少的你此刻会从前面转过身来对我伸出干净而灵活的双手。

我也可以一个人睡觉而不再害怕了。

我也可以在黄昏的时候安静地翻着同学录，看着上面你露出的笑容而不再哭泣了。

那些久远的事情，我都可以心平气和地对待了。

这些都是我们曾经的年华里失败的事情，我们的友情，爱情，彼此的牵挂，彼此的怨恨，都败给了伟大的时间。我面对着自己失败的青春也会微微地沮丧，可是，这些也是没办法的事情。正是这些曾经的你们，正是这些你们带给我的故事，让我在以后的生命里，变成更加温暖的人，变成更加成熟的人，变成世界上那些拥有幸福的众人中的一个。

可是这些，都与你们无关了。

我们都这样离散在岁月的风里，回过头去，都看不到曾经在一起的痕迹。

尽管曾经那么用力地在一起过。

6

你们都是这个世界上的传奇。

你们惹哭了那么多的人。

7

心里像是被灌满了水，容不得轻轻一握。些微的力量，就可以让我哭出来。

我都不想再去说这本小说装满了我多少的情绪，装满了多少我闪耀光芒的日子，装满了多少我黄昏时的悲伤，装满了多少我站在天台眺望飞鸟的清晨。

这样漫长的一段时光，2004 年的 6 月，写到 2005 年的 1 月。好像这个故事一直都不会结束，我们一直这样在他们的岁月里安静地微笑着，看着傅小司而微微地脸红，看见陆之昂而心情愉快，看见立夏就想轻轻地挽着她的胳膊，看见遇见就想拉着她的手朝前奔跑。那些笑容像是散落的桃花一样的人，全部站立在我的记忆里。他们从来不曾远离。

而故事总会有一个结尾。

从来没有任何一本小说可以写得让我难过。以前写小说的时候，我都像是一个安静的旁观者，或者像一个伟大而称职的编剧，笑着编排好最伤感的剧情。可是，当我写完《夏至》的最后一个 chapter 的时候，我抹掉了眼角残留的水分。

像是一场庞大的舞台剧，像是一场四个小时漫长的电影，像是一部一百集的电视剧，终于在最后亮起了灯，空旷的剧场，凌乱的座椅，满地的可乐罐和爆米花的纸袋。刚刚黑暗时光中流下眼泪的人们，刚刚从包里拿出纸巾的人们，刚刚在黑暗中牵起座位旁边男生的手的女孩子们，刚刚忽然想起了曾经岁月里那些在自己的生命中安静而温暖地出现过的女孩子的男生们，所有的人都在灯亮起的时候渐次消失，剩下一个空旷的剧场，我站在中间，流下滚烫的热泪。

我再也不会这样地去想念你们了。

我再也不会这样地为你们的命运担心了。

因为我知道，你们都成熟了，那些用惨痛的失败学会的事情，让你们变得那么好。好得让我可以看着你们安静地笑了，好得让我那么地喜欢你们，甚至喜欢得胸腔深处发出一阵又一阵酸楚。

这就是为什么，我在最后，会一个人留下来，站在空无一人的大地上，难过地哭泣。

8

我知道你们都消失了。

可是如果有一天，我只是说如果。

如果有一天，我伤心难过的时候，你们会回来看看我吗？

9

小司，立夏，之昂，遇见，段桥，青田。你们知道吗，在我心中，你们都是那么可爱的人。我甚至都觉得自己曾经陪你们走过了一个完整的十年。

看过了十年的夏至。香樟繁盛地蔓延过城市的每一个角落。

看过了十年的大雪。浅川一中冷得不像话。每个人都拿着水杯在开水房的门口排起了长长的队伍，在三个热水龙头前面，在腾腾升起的蒸气里，我们开心地聊天，或者互相打闹，甚至被飞溅的水花烫得跳脚。

看过了十年的成长。陆之昂早早穿起的 XL 的校服。平凡的学生制服被挺拔的你穿出了轩昂的气质，可是你又那么地爱闹爱玩，哪怕是在你从日本回来，变得安静成熟后，在那些不经意的瞬间，你还是会穿着西装突然跳坐上路边的栏杆，惹得傅小司皱起眉头。

看过了十年里大大小小的哭泣。立夏的眼泪每次都让我觉得真实而不做作。那样安宁的一个女生，那么朴实的一个女生。用她单薄的青春，去帮小司撑起一片低矮的天空。是很低矮的，很低矮的天空。却是立夏全部的力量。尽管你知道，小司的天空在无穷高远的地方，那里浮云都无法攀越，可是你还是安静地努力着。在夏天的时候帮小司把衬衣熨烫得格外挺拔，在冬天的

Rush to the Dead Summer

325

时候帮他准备好温暖的羊毛袜子。

看过了十年里咬紧的牙关。遇见挫折的路程，那些坎坷的日子里，你依然倔强的脸。我有时候轻微地想起你，都会觉得难过。不是因为你曲折的命运，而是因为你无论什么时候，都不肯认输。这样倔强的人生，像极了我曾经的样子。

你们都老了吧。你们在哪里呀。

那些唱过的诗经，在日光里缓慢地复活。芦苇流连不断地覆盖了流沙和瞳孔，只剩下你们在墓碑上刻下的传奇，在风里扩展成无调的歌谣。

10

夏之墓碑铭。莉莉周唱过的歌。

在多年后，在你们的世界里，重新发出新鲜的枝叶，穿梭成一整幅流光溢彩的青春。

11

在所有的日子过去之后，你又会带着怎样的心情来回忆我呢？

这些都是在这个冬天里被我反复想起的问题。

大片的时光如浮云样流过。我们的青春单薄地穿梭在蓝天之上。

以前写过的句子，放在这里就显得残忍：我们都忘记了，以后的岁月还有那么漫长，漫长到我可以重新喜欢上一个人，就像当初喜欢你一样。

可是，真的可以像喜欢你一样地去喜欢他吗？

我不相信呢。

那些记忆深处的痕迹，只有你一个人可以用双脚踩出来。

那些漫长的黑夜，只有你一个人的笑容可以把它照亮。

那些寒冷的风雪，只有你的大衣可以让我安然地躲藏，像一只松鼠一样，完全不知道树洞外的风雪。

那些软弱的时刻，只有你的拥抱可以给我力量，在你的手臂里，所有那些看上去无法抵抗的重创，都会慢慢平复。

那些伤感的岁月，只有你可以给我。

那些繁盛的香樟，只有你可以陪我一起仰望。

12

浅川是一个我虚构出来的城市，那个城市里，放着我所有的记忆。

而现在，这个城市也出现在你的眼里，从此留下记忆。

我并没有奢望你们会在很多年之后依然记得这些善良的人，和他们之间的故事。可是，只要你们在那些阳光灿烂的夏天里，在走过一片香樟树的阴影的时候，在抬起头看到阳光碎片的时候，在看到车窗外一个穿着白衬衣留着干净的碎发的男孩子骑着单车停在红灯前等候的时候，在看到两个女孩子手牵着手冲下楼梯，脸上洋溢着幸福的微笑的时候，在看到一个男生在游泳池里沉默地游着一个又一个来回的时候，在看到两个英俊的男生拉着一条高大的牧羊犬在大街上闲晃的时候，在看到两个男生躺在阳光如水银般流淌的草地上，身边放着他们的画板的时候。

在这些时候，你们会想起曾经在书里看到过的一切吗？

13

那些我们曾经以为惨烈的青春，那些我们曾经认为黑暗的岁月，那些我们曾经以为委屈的事情，都在别人的故事里，成为可以原谅的故事。

可能是我以前年少轻狂，总是觉得世界黑暗，一切都不可原谅。可是在日光安静流转的日暑上，在雨水滂沱的山路上，在野火绵延不断地烧过荒原的时候，在季风一年一度地带来雨水的时候，一切都像是贝壳在岁月的累积里褪去了硬壳，露出了柔软的内部，孕育出散发光芒的珍珠来。

这是成长吗？

这是我一直觉得黑暗的成人世界吗？

怎么会有如此善良和美好的面容呢？

所以我在完稿后的好长一段时间里，都觉得，这些出现在我书里的人物，其实不是我创造出来的，他们早就在那里，真实地存在于世界的某一个茂密的丛林深处，或者白雪皑皑的山峰顶端，而他们，有一天不约而同地出现在我的生命里，教会我原谅和宽容，教会我，哪怕遇见再大的挫折，再大的失落，最后，都可以在岁月的手掌里，在时光的变迁里，被完完全全地治愈。

这是件神奇的事情。

也只有传奇中的你们，可以教会我这些在我以前的生命里，从来不曾学会的事。

只是现在你们都离开了，像是天使，回归遥远的天国。

14

"Chapter.forever"是最后加上去的。本来结尾是停留在前面最惨烈的时候。

可是，经过这么多年，经历了这么多的事情，我已经不是那个不想长大的小孩了，我已经不再是以前那个喜欢流泪的软弱的人了，我也已经不再会因为一些无关的人无关的事情而伤心了。

因为在内心的深处，有太多温暖的事情。它们顺着四季里不同的风向，绵延不绝地吹进我的身体，在血液里流淌出一种叫作宽恕和原谅的东西。

这也是我第一本反面人物没被人发现的小说，就算七七做了很多对不起立夏她们的事情，到最后，我也没忍心去揭穿。

像是一个迟暮老人，带着"人之将死其言也善"的心情，于是，所有曾经认为惨烈的事，到最后，都化成了一种淡淡的心痛。

没有人哭，没有人怒吼，没有人像林岚靠着墓碑想念陆叙一样悼念逝去的亡者。所有的人都是带着海啸过去后的宁静。

站在一个宁静而久远的夏天里。用深邃得穿越季节的目光，刻下更为深邃的夏之墓碑铭。

15

最后出现在梦里的情节，却没有写到书里去：

陆之昂靠着监狱冰冷的墙壁，手中是傅小司写的信。那些熟悉的整齐的字体，带着熟悉的夏日的味道，在眼睛里晕染出一层一层的光晕。

抬起头窗外已经是深深的秋天。无数的候鸟成群结队地从天空飞过。他知道它们都将飞向南方广阔的水面。芦苇柔软地在水面拔节，出海口在深深浅浅的木桩后露出安静的面容。它们将在那里栖息过整个漫长的冬天。而候鸟离开时带走的思念，绵延在水面上，波光粼粼。那样漫长的夏季终于还是过去了。气温飞速下降。似乎冬天已经冲破夏日炎热的封闭，缓慢地行走在日暮的阴影上面。

陆之昂闭上眼睛，一颗眼泪无声地打在纸面上，晕开一小片钢笔字迹。

小司，很多想对你说的话，却再也找不到机会对你说了。四角的天空下，我很多时候都是一个人看着昏黄的落日沉下去，监狱里的人们都有着自己的群体，一起活动，一起吃饭，可是我还是习惯一个人。这并不是所谓的孤单，而是一种孤独的世界。以前总是觉得你像是活在一个谁都进不去的世界里，无法想象，可是现在我终于能清晰地感受到了。那是一个只能自己站在旷野里，看着浮云飘过天空，从头顶投下深深浅浅的阴影的世界。很多时候我对自己说，我并不难过。可是，在看着天光逃窜的深秋降临的时候，我心里还是微微地发酸。会有那么一天，突然出现什么奇迹，时光逆转，或者命运重来，我们会再一次躺在草坪上，让软草在脖子里挠出痒来，让青草的香味微微地熏得人昏昏欲睡，让夏天的太阳把闭着的眼皮照出血红色吗？

你说会有这么一天吗？

郭敬明

2005年1月29日 于海口

出品／上海最世文化发展有限公司

官方网站／ www.zuibook.com

平台支持／ 最小说 ZUI Factor

夏至未至

作 者　郭敬明

ZUI Book
CAST

出 品 人　郭敬明

项目总监　痕痕

监　　制　赵萌　刘霁

特约策划　卡卡　董鑫

特约编辑　卡卡　孙鹤

＊装帧设计　ZUI Factor （zui@zuifactor.com）

设 计 师　付诗意

封面插图　孙十七

图书在版编目（CIP）数据

夏至未至 / 郭敬明著 . —— 长沙：湖南文艺出版社，2016.5
ISBN 978-7-5404-7574-1

Ⅰ . ①夏… Ⅱ . ①郭… Ⅲ . ①长篇小说 – 中国 – 当代 Ⅳ . ① I247.5

中国版本图书馆 CIP 数据核字（2016）第 076671 号

上架建议：青春文学

XIAZHI WEI ZHI
夏至未至

作　　者：郭敬明
出 版 人：刘清华
出 品 人：郭敬明
项目总监：痕　痕
责任编辑：薛　健　刘诗哲
监　　制：赵　萌　刘霁
特约策划：卡　卡　董　鑫
特约编辑：卡　卡　孙　鹤
营销编辑：李　素　杨　帆
装帧设计：ZUI Factor（zui@zuifactor.com）
设 计 师：付诗意
封面插画：孙十七

出版发行：湖南文艺出版社
　　　　　（长沙市雨花区东二环一段 508 号 邮编：410014）
网　　址：www.hnwy.net
印　　刷：三河市文通印刷包装有限公司
经　　销：新华书店
开　　本：880mm×1230mm 1/32
字　　数：280 千字
印　　张：11
版　　次：2016 年 5 月第 1 版
印　　次：2017 年 4 月第 1 版 2 次印刷
书　　号：ISBN 978-7-5404-7574-1
定　　价：36.80 元

质量监督电话：010-59096394
团购电话：010-59320018